Einstein's KOMPASS

DAS ZEITREISE – ABENTEUER

ISBN: 978-0-9988308-5-8 (Taschenbuch)
ISBN: 978-0-9988308-6-5 (E-Book)

LEXILE® 860

Namen: Blair, Grace, 1950– Autorin.

Titel: Einsteins Kompass: Ein Zeitreiseabenteuer für junge Erwachsene/Grace Blair.

Beschreibung: [Lubbock, Texas]: [Modern Mystic Media], [2019] | Altersempfehlung: 012–018. | Zusammenfassung: „Wie kam Albert Einstein auf seine weltverändernden Theorien über Licht und Zeit? Hat er spirituelle Bereiche und andere Dimensionen erforscht, ist er in ein längst vergangenes Leben auf Atlantis zurückgekehrt und den Fängen eines riesigen bösen Mensch-Drachen entkommen, der hinter seinem Kompass her war? Hat sein übernatürlicher Kompass ihn zu seinen Entdeckungen geführt?" – Angaben des Verlags.

Identifikatoren: ISBN 9780998830858 (Taschenbuch) | ISBN 9780998830865 (E-Book)

Themen: LCSH: Einstein, Albert, 1879-1955 – Jugendliteratur. | Atlantis (legendärer Ort) – Jugendliteratur. | Übernatürliches – Jugendliteratur. | Zeitreisen – Jugendliteratur. | CYAC: Einstein, Albert, 1879-1955 – Belletristik. | Atlantis (legendärer Ort) – Belletristik. | Übernatürliches – Belletristik. | Zeitreisen – Belletristik. | LCGFT: Paranormale Belletristik. Klassifizierung: LCCPZ7.1.B57 Ei2019 (Druckausgabe) | LCCPZ7.1.B57 (E-Book) | DDC[Fic]--dc23

Einstein's KOMPASS

DAS ZEITREISE – ABENTEUER

GRACE BLAIR

Table of Contents

Prolog

Ca. 10.400 v. Chr. – Die Inseln des Poseidon

*D*as Beben der Erde ließ Raka in seinen Bahnen stehen. Der atlantische Heilerpriester hob seine rechte Hand über seine violetten Augen und suchte die Landschaft nach Anzeichen einer Störung ab. Er zuckte mit den Schultern, als er nichts Ungewöhnliches entdeckte, und setzte seinen Weg in Richtung der Ratsversammlung fort. Was Raka nicht verstand, war, dass der Ruck, den er verspürte, kein irdisches, sondern ein geistiges Erschaudern war. Er hatte begonnen, auf die Dunkelheit zuzugehen, die die Söhne Belials waren, und mit seinem ersten Schritt hatte sich die Tür des inneren Tempels des Lichts für ihn geschlossen. Und so begann seine Reise als ein gefallener Engel des Lichts.

* * *

Eine frische Sommernachmittagsbrise aus dem Osten ließ Rakas schulterlanges blondes Haar aufplustern. Mit seinen über zwei Metern Körpergröße war der braungebrannte Mann von fünfundzwanzig Jahren gutaussehend, und er wusste es. Er lächelte, als er sich mit der Hand durch die Haare fuhr, und tastete dann in einer versteckten Tasche seines Umhangs nach dem Fläschchen mit der DNA, das er aus dem Tempel der Heilung gestohlen hatte.

Das Gefühl der Ampulle weckte Erinnerungen, die er nicht gerade als angenehm empfand. Seine Hände ballten sich zu Fäusten, als er spürte, wie sich eine seltsame Wut in seiner Magengrube aufbaute. *Alles, was ich tue, ist, als Laufbursche für Onkel Thoth und meinen Bruder Arka herumzulaufen, dachte er wütend. Ich habe versucht, Thoth dazu zu bringen, mir zu zeigen, wie der Feuerkristall funktioniert. Aber sie beziehen mich nie in die wirklich wichtigen Diskussionen ein. Sie sagen, dass ich nicht in die tieferen Geheimnisse des Lichts eingeweiht werden kann, solange ich meine "Impulse" nicht kontrollieren kann.* Seine Lippen verzogen sich bei diesem Gedanken zu einem Knurren. *Mein Großvater war der mächtige Gott Atlas. Sicherlich bin ich dazu bestimmt, so groß zu werden wie er.*

Raka hatte sich monatelang mit solchen Gedanken beschäftigt, bis sie ihn schließlich verzehrt hatten. Sein Bewusstsein des Lichts hatte sich in dem Maße verengt, wie die Negativität zunahm. Schließlich hatten sich sein Zorn und seine Frustration so weit gesteigert, dass sie sein Urteilsvermögen überschatteten und ihn zum Handeln zwangen. So war der entmutigte Prinz des Lichts auf der Insel Aryan, um sich mit dem Rat der Söhne Belials zu treffen. Er hoffte, als Gegenleistung für den Verrat an seinen atlantischen Brüdern eine höhere Position in ihrem Rat zu erhalten. Aber wenn er nicht so empfangen wurde, wie er es verdiente, hatte er einen Plan B.

Aryan war ein Militärkomplex und das gelobte Land der Macht, des Prunks und der Zeremonien. Der Tempel der Finsternis wurde von ehemaligen Engeln des Lichts errichtet, die wie Raka eifersüchtig auf die Macht in den Tempeln des Lichts geworden waren, zu denen sie keinen Zugang hatten. Sie hatten die Disziplin des Lichts Gottes abgelehnt. Die Schleier des Lichts, die die Engel des Lichts einst umgaben, verdunkelten sich, und die Engel wurden so, als schliefen sie für den Geist im Inneren. Die grobe Schwere der Angst legte sich um ihre Körper.

Im Laufe der Jahre wurde die Zahl derer, die sich zum Tempel der Finsternis hingezogen fühlten, immer größer. Ihre Trennung vom Licht löste bei den Völkern der Welt Beklemmung aus. Als ihre Anhängerschaft wuchs, versuchten der Rat der Söhne Belials und seine Armee, die fünf Inseln von Poseidan gegen Eindringlinge von außen abzuschirmen. Die Atlanter, die dem inneren spirituellen Licht folgten, überließen die Kämpfe um die weltliche Macht dem Rat der Söhne Belials und seinen Kriegern.

Atlantis mit den Tempeln des Lichts war ein Garten der Liebe Gottes und ein Zufluchtsort vor weltlichem Stress, ein blühender Ort der göttlichen Unschuld und Heilung.

Menschen von den umliegenden Inseln und aus der ganzen Welt kamen, um sich zu erfrischen und sich körperlich, geistig und seelisch zu erholen.

Die Söhne Belials wussten, dass die wahre treibende Kraft der Geist des Lebens war, der auf Atlantis lag. Die unsichtbare Emanation des Feuersteinkristalls war die Energiequelle des Planeten. Dank ihm luden die kreisenden Satelliten im Weltraum die Tempel und Städte auf der ganzen Welt wieder auf. Der Fünferrat der Söhne Belials hatte seine eigenen Vorstellungen davon, was man mit der stärksten Energiequelle des Planeten machen könnte, und gierte nach dem Feuerkristall.

General Tora-Fuliar war der Anführer der arischen Insel. Der Mann um die Vierzig war ein typischer Vertreter seiner Ethnie, 1,80 m groß, blond und blauäugig. Er und seine vier Obersten hatten sich mit dem Priester-Wissenschaftler und Spion Raka verabredet, angeblich, um über seinen Beitritt zu ihnen zu sprechen. Doch in Wirklichkeit wollten sie sein Wissen nutzen, um den Atlantern, die sie für schwach und minderwertig hielten, die Kontrolle über den Feuersteinkristall zu entreißen. Das geheime Treffen sollte in Belial stattfinden, der Felsenfestung mit den hohen Mauern, die den Atlantischen Ozean überblicken.

Als Raka an der Festung ankam, wurde er an den massiven Zwillingstoren von vier arischen Soldaten empfangen, die ihn bereits erwartet hatten. Als sie ihn hereinwinkten, sah der Priester des Lichts Wildschweinkadaver auf einem riesigen Marmoraltar verstreut und erkannte, was sie meinten. Er hielt den Atem an als der Gestank von fauligem, abgestandenem Blut und dunkler Absicht die Luft erfüllte. Die blonden, blauäugigen Krieger durchsuchten Raka nach Waffen, und er lächelte, als seine kostbare Phiole ihrer Suche entging.

Die Wachen eskortierten Raka durch ein zweites Tor innerhalb der Festung zum südlichen Turm. Er wurde in eine große, bedrohliche, fensterlose Kammer geführt, die aus dem lebenden Felsen der Insel gehauen worden war. Seine Augen verengten sich beim Anblick des mit Blut gemalten Pentagramms in der Mitte des fackelbeleuchteten Raums. Die dunkle Energie des Tieropfers, das während des Vollmonds in der vorangegangenen Nacht stattgefunden hatte, verweilte darin.

Am anderen Ende des Kriegsraums hing das Symbol der Schwarzen Sonne hinter dem massiven Schreibtisch des Generals, der aus trübem Obsidian gehauen war, der sich vor Äonen in einem vulkanischen Kataklysmus gebildet hatte. An den fünfzehn Fuß hohen Wänden rechts vom Schreibtisch hingen Karten der Welt. Der General und seine Obersten saßen auf strengen Ebenholzstühlen mit gerader Rückenlehne um einen polierten schwarzen Marmortisch herum. Gekleidet in schwarze Leinenhosen und hellbraune Hemden mit dem Symbol der Schwarzen Sonne auf jedem Kragen und schwarzen Alligatorstiefeln, schafften es die fünf irgendwie, trotz ihrer Strenge lässig zu wirken.

Raka schritt auf den schwarzen Tisch zu, um den herrschenden Rat der Söhne von Belial zu begrüßen. Als er die Szene betrachtete, fiel ihm auf, dass die fünf zwar entspannt wirkten, aber eine gewisse Spannung im Raum herrschte. Auf Raka wirkten sie wie ein Rudel Wölfe, das zum Sprung bereit ist. Er glättete sein goldenes Seidengewand, lächelte und nickte dem General zu. "Ich fühle mich geehrt, dass Sie sich mit mir treffen wollen."

Als der General aufstand, schnupperte er, als ob er Rakas Geruch aufnehmen wollte, und neigte dann den Kopf. "Willkommen. Wir haben uns schon auf dieses Treffen gefreut." Er gab Raka ein Zeichen, sich ihnen gegenüber zu setzen.

Rakas Augen suchten den Raum ab, als er sich vorsichtig in seinem Stuhl niederließ. Die ominöse und barbarische Energie des Rates war ihm unangenehm. Der General zwang sich zu einem Lächeln, das seine Augen nicht erreichte, und begann. "Wir verstehen, dass Sie uns *helfen* wollen."

Raka atmete tief ein und passte sein Energiefeld an, um der negativen Kraft, die von den Anwesenden ausging, zu widerstehen. Mit einem Nicken antwortete er: "Wenn du dich erinnerst, habe ich im Tempel der Heilung vor ein paar Monaten Energie Heilsteine verwendet, um deine Schmerzen zu lindern. Sie hatten sich bei einem ziemlich unglücklichen Vorfall eine Rückenverletzung zugezogen."

Der General runzelte die Stirn, grunzte aber zustimmend.

"Sie blieben mehrere Tage bei uns auf Atlantis, um sich zu erholen, und jedes Mal, wenn ich Sie behandelte, fragten Sie mich nach dem Feuerstein-Energiekristall."

Der General nickte. "Das habe ich."

"Sein Wert ist offensichtlich, aber sagen Sie mir, was Sie daran interessiert."

Der General wollte einem unerfahrenen Außenstehenden seine wahren Absichten nicht verraten und sagte: "Der Feuersteinkristall ist wahrscheinlich eines der wichtigsten Artefakte auf dem Planeten. Ihr Atlanter konzentriert euch auf die Forschung, eure Wissenschaften und Künste. Ihr seid schlecht darauf vorbereitet, den Feuerstein vor denen zu verteidigen, die ihn für ihren eigenen Vorteil nutzen wollen."

Raka nickte verständnisvoll, als der General fortfuhr. "Wir Arier sind stark. Der Feuerstein sollte von unseren Soldaten bewacht werden. Schließlich ist er die Energiequelle für den ganzen Planeten." Der General beugte sich vor, als wolle er seine Argumente vorantreiben. "Der Rat und die Söhne von Belial sind am besten geeignet, den Kristall und euch Heiler von Atlantis zu schützen. Wir wissen, dass uns eine Katastrophe bevorstehen könnte, wenn wir nicht in die Geheimnisse des Kristalls eingeweiht werden."

Raka sah, wie sich die Energie um den Körper des Generals verdunkelte und rot aufflackerte, und er erkannte die Gier nach Macht. Ihm war auch klar, dass der General ihm nicht alles erzählte. Das war keine Überraschung. Der Heiler war kein unwissender Anfänger; er wusste, dass der Krieger den Feuersteinkristall benutzen wollte, um die militärische Macht des Ariers zu stärken - und seine eigene Macht. Er wusste, dass sie mit dem Feuerstein unbesiegbar sein konnten. Und dass sie diese Macht nutzen könnten und höchstwahrscheinlich auch nutzen würden, um zu versuchen, die Atlanter zu kontrollieren und die Herrschaft über den gesamten Planeten zu übernehmen. Trotz seiner Hoffnungen auf ein Bündnis mit den Söhnen Belials akzeptierte Raka nun, dass es lange dauern würde, bis diese Menschen ihm vertrauten - wenn sie es überhaupt jemals tun würden. Er fragte sich, ob er überhaupt überleben würde, nachdem er geliefert hatte, was sie wollten. Er seufzte innerlich und gestand sich ein, dass dies nicht so laufen würde, wie er gehofft hatte.

Dennoch würde er für eine Weile mitspielen. Er sah dem General in die Augen und sagte: "General, ich glaube, ich könnte Ihnen helfen, Zugang zum Feuersteinkristall zu bekommen."

Der General und seine Kolonialisten nickten interessiert, als Raka fortfuhr. "Aber es gibt noch andere Dinge, die ich für euch tun könnte. Mir sind die Tiere aufgefallen, die ihr geopfert habt, um ihre Kraft zu absorbieren. Wie wäre es, wenn du noch mehr körperliche Kraft haben könntest, als die, die du den Wildschweinen entziehst, die du tötest?"

Die Obersten murrten und die Augen des Generals verengten sich. Er warf einen Blick auf seine Lakaien, die ihr Grinsen kaum verbergen konnten, während jeder von ihnen seine eigenen verdrehten Machtfantasien auslebte.

Raka fuhr mit einem verschmitzten Lächeln fort: "Ja, ich nahm an, dass Sie daran interessiert wären." Er lehnte sich zurück, wirkte lässig und sagte: "Wenn ich Ihnen helfen würde, würde ich natürlich eine Gegenleistung verlangen.

Der General beugte sich vor: "Natürlich. Was wollen Sie?"

Raka zog die Phiole aus seiner Tasche und hielt sie hoch, während er höhnisch sagte: "Ich wollte ein Teil von euch sein. Aber wie kann ich einem von euch trauen, wenn ihr mir ins Gesicht lügt?! Ich werde die Macht des Kristalls nicht jemandem überlassen, der mich betrügen würde."

Die Miene des Generals verfinsterte sich, doch bevor er oder der Rat reagieren konnten, zog Raka den Stopfen der Phiole ab und trank den Inhalt in einem Schluck hinunter.

In Wahrheit war Raka nicht sicher, was sie erwarten würde. Die Ampulle war von einem Planeten in der drakonischen Konstellation erhalten worden, mit dem sich Atlantis verbündet hatte. Als Teil ihres Abkommens hatten die Draconianer die Heiler von Atlantis mit einer Lösung ihrer DNA versorgt. Mit Kräutern vermischte Tropfen reichten aus, um Gliedmaßen zu regenerieren oder die fast erschöpfte Lebenskraft eines verletzten oder kranken Patienten wiederherzustellen. Die Menge, die Raka gerade geschluckt hatte, war noch nie ausprobiert worden.

In dem Moment, in dem die Flüssigkeit seine Zunge berührte, begann sich Rakas Körper zu verändern. Die fünf Söhne Belials waren wie erstarrt, als sich Rakas Körper zu winden und zu verdrehen begann.

Ein Schrei entrang sich Rakas Kehle und mit einem Schaudern begann sich die Gestalt des Heilers des Lichts zu verändern. Seine weichen menschlichen Füße begannen anzuschwellen und böse aussehende Klauen hervorzubringen. Seine Haut wurde rau und verhärtete sich. Die dicken Lederriemen seiner Sandalen platzten mit einem Knacken.

Seine Beine zogen sich zusammen und nahmen die Form eines Reptils an, während sich sein Oberkörper verlängerte und sich ein Schwanz aus der Basis seiner Wirbelsäule schlängelte. Sein rosafarbenes Fleisch färbte sich graugrün, dann erschienen Schuppen auf seinem Rumpf, seinen Armen und seinem Hals. Seine geschmeidigen Lippen wurden schmaler und eine lange, schlangenartige Zunge schob sich zwischen ihnen hervor. Mit seinen neuen Sinnen schmeckte er die Luft. Als er sich verwandelte, öffneten sich seine Atemwege und seine Kehle weit. Raka brach auf dem Boden zusammen und zitterte in ekstatischer Agonie, als der Schmerz der sich neu formenden Knochen, Sehnen und des Fleisches ihn verzehrte.

Endlich konnte sich der Rat von seiner schrecklichen Faszination befreien, und der Kriegsraum brach in einen Tumult aus. Von den Schreien angelockt, stürmten eine Reihe von Soldaten mit Speeren und Schilden in den Saal. Es war ein Verdienst ihrer intensiven Ausbildung, dass der Anblick, der sich ihnen bot, sie nur einen Moment innehalten ließ. Mit äußerster Präzision verteilten sich die Soldaten um das sich windende Reptil und stießen ihre Speere nach vorne, deren Spitzen eine 360°-Barriere bildeten.

Aber sie waren bereits zu spät dran; Rakas Verwundbarkeit war vorbei und seine Verwandlung in einen zwölf Fuß großen Drachen war abgeschlossen. Er war völlig wach und bereit, die Kontrolle zu übernehmen. Der ehemalige Heiler des Lichts fühlte sich wie im Rausch der rohen Macht und schwelgte darin. Fast beiläufig streckte er die reptilienartigen Krallen an den Enden seiner Finger aus und schlitzte mit einer Bewegung seines Arms einen der Krieger vom Kinn bis zum Gürtel auf. Seine lange, glitschige Zunge nahm das Blut und die Innereien viel gründlicher wahr als sein bisheriger einfacher Geruchssinn. Mit seiner Reptiliensicht wurde das schwache Licht im Raum hell. Vor lauter Ehrfurcht begann Raka zu begreifen, was sein Streben nach Macht tatsächlich angerichtet hatte. Er warf den Kopf zurück und lachte, als die Speere der Wachen harmlos an seiner dicken, schuppigen Haut abprallten.

Die Luft war elektrisiert von seiner Kraft. Er warf seinen Angreifern einen verächtlichen Blick zu. Hohnlachend über ihre Armseligkeit, ging er auf die Krieger zu. Mit einem Schwanzhieb schlug er mehreren von ihnen die Beine weg, so dass sie zu Boden stürzten. Als die anderen langsamer wurden, um nicht über ihre gefallenen Kameraden zu stolpern, atmete Raka ein und spuckte dann einen Feuerstoß aus, der die Haut der Soldaten, die an der Spitze des Angriffs verblieben waren, schwärzte und verbrannte.

Trotz seines momentanen Sieges wusste Raka, dass bald weitere Truppen in die Kammer eindringen würden. Wenn es genug von ihnen waren, konnte er überwältigt werden. Mit Feuerstößen aus seinem Mund bahnte er sich den Weg. Sein Blick suchte den General und seine Obersten und fand sie zusammengekauert hinter dem Steintisch, den sie umgestürzt hatten. "Jetzt seht ihr die Macht von Raka!", jubelte er. "Ich werde zurückkehren, um meinen Platz an der Spitze des Rates einzunehmen, sobald ihr erkennt, dass ihr keine andere

Wahl habt, als mir zu Füßen zu knien." Mit einem letzten Feuerstoß, der von der dicken Marmortischplatte absorbiert wurde, rannte Raka aus dem Raum.

Der General sprang wutentbrannt auf. Mit vor Wut gerötetem Gesicht schrie er seine Truppen an, den Drachen zu vernichten. Sie fürchteten den Zorn ihres Anführers mehr als die Flammen des Drachens und rannten aus dem Raum, dem noch immer schwelenden Pfad folgend.

Raka flüchtete durch die felsigen Gänge der Festung, bis er zu der entfernten Mauer kam, die sich aus dem östlichen Rand der Insel erhob. Er blickte über den Rand und fand sich in der wütenden Brandung wieder, die über 100 Fuß tief in die zerklüfteten Felsen krachte. Er konnte nirgendwo anders hingehen. Er verfluchte sich dafür, dass er die Insel nicht besser studiert hatte, und machte sich bereit, sich zu verteidigen. Als die Soldaten begannen, gegen die Brüstung zu stürmen, auf der er stand, sah Raka ein, dass er keine andere Wahl hatte. Er stieß einen letzten gewaltigen Flammenstoß aus, um noch ein paar Sekunden zu gewinnen, sprang auf die niedrige Mauer und stürzte sich in die Luft. Dort schien er einen Moment lang zu schweben, bevor er nach unten und außer Sichtweite stürzte.

Ein Jubel brach aus den Kehlen der Soldaten hervor, wurde aber schnell wieder unterdrückt, als der wütende General unter ihnen hervorstürmte. Wo ist er? Die Soldaten fürchteten die Reaktion des Generals, doch schließlich deutete einer von ihnen auf den entfernten Felsvorsprung.

Er schüttelte den Kopf über die Unfähigkeit der Soldaten, ging zur Brüstung und starrte auf die Felsen hinunter, in der Hoffnung, die zerstörten Überreste des Drachenkörpers zu sehen. Aber er sah keine Spur von Rakas Überresten. Er drehte sich um und rief den Soldaten zu, sie sollten zu den Felsen hinuntersteigen und den Körper des Drachens finden.

Einige Zeit später trat ein erschöpfter Hauptmann der Wache zögernd an den General heran. "Wir haben jeden Winkel unterhalb der Klippen abgesucht, Sir." Der General hob fragend die Augenbrauen. Der Hauptmann der Wache schüttelte den Kopf und sah auf seine Füße. "Nichts."

Der General schnaubte, schien aber nicht allzu überrascht zu sein. Verärgert über die ausbleibende Antwort runzelte der Hauptmann die Stirn und sagte: "Ich dachte, wir hätten einen Priester hergebracht, um Sie zu sehen, Sir. Woher kam der Drache?"

Die Augen des Generals verengten sich. "Das ist nicht die Frage, Captain. Was Sie fragen sollten, ist: Wo ist es hin?"

* * *

Raka schwamm wütend unter Wasser und versuchte zu verarbeiten, was geschehen war. Sein Sprung von der Klippe war ein Risiko gewesen, aber es hatte sich gelohnt. Nach einem kurzen Moment der Bewusstlosigkeit nach dem Aufprall hatte sich sein Körper schnell wieder soweit erholt, dass er ins Meer entkommen konnte. Jetzt war er nur noch leicht geprellt. Er war von der Begegnung mit den Söhnen Belials erschüttert und wollte nichts weiter, als sich für eine Weile zurückzuziehen und seinen neuen Körper zu betrachten. Außerdem musste er seine nächsten Schritte planen. Die abgelegenen Höhlen der arischen Insel würden sich für diesen Zweck eignen, beschloss er.

Mit seiner neuen Kraft und seiner übernatürlichen Geschwindigkeit erreichte er schnell sein Ziel: eine unterirdische Höhle in der Nähe des Ufers, wo er und sein Bruder Arka als Kinder auf der Suche nach Kristallen gezeltet hatten. Raka schleppte sich zu einem Wasserbecken, das von einer natürlichen Quelle gespeist wurde, und starrte auf sein Ebenbild. Der einst gut aussehende, blauäugige Priesterwissenschaftler mit schulterlangem, goldenem Haar war nun ein 12 Fuß großer, fleischfressender Wechselbalg. Seine leuchtend roten Augen weiteten sich und er schüttelte ungläubig den Kopf. Er schnaubte über seinen grotesken Körper. Unsicher, was ihn erwartete, berührte er vorsichtig die schwarzen, vier Zentimeter langen Hörner auf seinem Kopf. Schwammig, dachte er. Er betrachtete jedoch mit einiger Zustimmung seine riesigen Arme.

Als er sich umdrehte, entdeckte er kurze, schwarze Stachelflügel auf seinem Rücken und einen langen Schwanz, der aus der Basis seiner Wirbelsäule ragte. Mit seinen rasiermesserscharfen Alligatorenkrallen stach und kniff er in seine gepanzerte, dunkelgrünliche Haut. Keine Zärtlichkeit, keine Spuren oder Blut kamen zum Vorschein. Er öffnete sein Maul, um seine lange, raue, aber schleimige Reptilienzunge und den bösartigen, scharfen Knochengrat hinter seinen Lippen zu untersuchen, der mehr an den Schnabel eines Raptors erinnerte als an irgendetwas anderes.

Nach seiner flüchtigen Selbstinspektion war Raka sowohl entsetzt als auch fasziniert. Er hatte jetzt so viel rohe physische Kraft, aber ... zu welchem Preis. Geistesgegenwärtig schritt der Drache umher. "Kann ich das reparieren und wieder normal werden?" Er dachte an alles, was er über die drakonische DNS wusste, die zur Heilung und sogar zur Regeneration von Organen und Gliedmaßen eingesetzt worden war. In allen Fällen, die er untersucht hatte oder mit denen er zu tun hatte, gab es nie einen Bericht über eine Umkehrung der Wirkungen, die sie hervorrief.

Als ihm die Folgen seines unüberlegten Handelns endlich dämmerten, brach Raka schluchzend auf dem Sandboden der Höhle zusammen.

Als sich seine Frustration und sein Kummer schließlich verflüchtigten, erlag er seiner Erschöpfung und schlief ein.

* * *

Raka saß in seiner Grotte auf einem abgenutzten Holzsessel, der am Ufer seiner versteckten Bucht angespült worden war. In den letzten Tagen hatte er nichts anderes getan, als mit seiner neuen Gestalt und seinen neuen Kräften zu experimentieren. Er hatte begonnen, einen gesunden Respekt vor seiner Stärke und der scheinbaren Unzerstörbarkeit seines

Körpers zu entwickeln. Und er hatte sich mit der Erkenntnis abgefunden, dass es kein Zurück mehr gab.

Um die Wahrheit zu sagen, begann er zu glauben, dass er nicht zurückkehren wollte, selbst wenn es möglich gewesen wäre. Er war nicht geschätzt worden, und weder sein Onkel Thoth noch sein Zwillingsbruder Arka hatten je sein Versprechen gesehen. "Wenn Arka mich nur die mystischen Künste mit ihm hätte üben lassen, hätte ich ihm gezeigt, was ich kann. Dummkopf! Es ist seine Schuld, dass ich hier bin", murmelte Raka vor sich hin.

Als Raka weiter darüber nachdachte, erinnerte er sich an seinen Streit mit Arka am Tag vor seiner Konfrontation mit dem Belial.

Arka zeigte auf den Behälter auf dem Tresen: "Wo warst du heute? Du solltest die Rubinkristalle in den Tempel der Heilung bringen. Als sie nicht ankamen, mussten wir die Behandlungen absagen."

Raka starrte bockig auf den Boden: "Es ist etwas Wichtiges dazwischen gekommen", dann sah er trotzig zu Arka auf. "Aber ich habe Prensa gesagt, er soll die Kristalle in den Tempel bringen. Es ist seine Schuld, dass die Behandlungen abgesagt wurden, nicht meine."

Arka runzelte die Stirn: "Prensa? Er ist unser Koch, nicht dein Diener."

Arka schüttelte den Kopf, als wolle er Rakas schwache Entschuldigung zerstreuen, und änderte dann den Kurs. "Der Tempelwächter sagte, er habe dich mit einem weiblichen

Mitglied der Belial-Bruderschaft in der Nähe der Gärten gehen sehen. Was hast du dort mit ihr gemacht?"

"Oh, sie wollte wissen, was wir im Tempel der Heilung gemacht haben", log Raka, "ich habe ihr das Gelände des Tempels gezeigt." Das war nicht alles, was ich ihr gezeigt habe", dachte Raka mit einem lasziven Grinsen im Kopf.

Arka konnte nur resigniert den Kopf schütteln.

Die Erinnerung weckte Rakas Zorn, der ihn krachend in die Gegenwart zurückbrachte. "Ich bin dazu bestimmt, wichtige Dinge zu tun und nicht nur ein Laufbursche zu sein", schrie er gegen die Felswände der Höhle.

Mit Rachegedanken im Kopf schnappte er sich eine Ratte, die das Pech hatte, vorbei zu huschen. Es war die erste Nahrung, die er seit seiner Verwandlung zu sich genommen hatte - er war nicht wirklich hungrig gewesen. Wütend riss er ein Bein ab und nahm einen Bissen, die erste Nahrung, die er seit seiner Verwandlung zu sich genommen hatte. Als er schluckte, spürte er, wie sich etwas in ihm verwandelte, und kurze graue Haare begannen die Schuppen auf seinem Arm zu ersetzen.

Raka hörte auf zu kauen und beobachtete die Verwandlung. Er war ein Wechselbalg, erkannte er, aber die Verwandlung machte auch vor seiner Drachengestalt nicht halt. Er konzentrierte sich und stellte fest, dass er die Veränderung in seiner Struktur kontrollieren oder sogar aufhalten konnte. Er warf die immer noch zappelnde Ratte beiseite, pflückte einen Käfer von der Höhlenwand und biss mit einem ekelerregenden Knirschen darauf herum. Einen

Moment später begann sich seine Haut zu einem Chitinpanzer zu verhärten.

Rakas Wut verflog so schnell, wie sie gekommen war. Der Gedanke, sich in andere Formen zu verwandeln, faszinierte ihn. Als er anfing, über die Möglichkeiten nachzudenken, flutete sein Geist mit Informationen, die er im Unterricht über Heilenergie gelernt hatte. Hinzu kam noch eine Art Intuition, die mit der Drachen-DNA einherging, die er zu sich genommen hatte. Er begann, eine Bestandsaufnahme dessen zu machen, was er gelernt hatte und was er nun auch über sein neues Drachenselbst ahnte.

Die außerirdischen Draconianer waren intelligent, energisch und sehr stark. Sie hielten sich für anderen Ethnien überlegen und besaßen eine militaristische Veranlagung, die sie in Verbindung mit einem mehr als gesunden Ehrgeiz oft dazu trieb, in tödlichen Prüfungen um Führungspositionen zu kämpfen.

Er entdeckte, dass seine Augen äußerst empfindlich waren; so empfindlich, dass er in völliger Dunkelheit sehen konnte, aber er konnte diese Empfindlichkeit zurückschalten, so dass er bei normalem Licht gut sehen konnte. Er bemerkte auch, dass sich sein Gedächtnis geschärft hatte und er seine gesamte Sitzung mit dem Rat wortwörtlich wiederholen konnte. Tatsächlich waren alle seine Erinnerungen viel lebendiger als je zuvor, was seine Wut auf seinen Onkel und seinen Bruder zu neuer Intensität trieb.

Als er seine Emotionen untersuchte, fand er keine Gefühle des Mitgefühls und lehnte das Konzept der Liebe vollständig ab.

Als er die sich windende Ratte betrachtete, deren Bein er abgebissen hatte, stellte er fest, dass ihr Leiden seinen Tötungsinstinkt weckte. Nur mit Mühe konnte er sich zurückhalten, der armen Kreatur weitere Schmerzen zuzufügen.

Ihm wurde klar, dass er ein Verlangen nach mehr Rattenblut hatte, und er vermutete, dass menschliches Blut und menschliche Organe eine Delikatesse wären. Als er über den Verzehr von Menschen nachdachte, zeigte ihm ein Anflug von Intuition, dass er sich durch den Verzehr eines ganzen Körpers und das Trinken seines Blutes in einen Doppelgänger dieser Person verwandeln würde. Er würde testen müssen, wie lange das anhalten würde, aber er vermutete, dass es so lange anhalten würde, bis er sich entschied, eine andere Form anzunehmen.

Je mehr er die Stärken seiner neuen Form entdeckte, desto mehr erfreute sich Raka an dem Gedanken, dass er nichts zu befürchten hatte. Dann flammte eine Art Ahnenerinnerung auf, die mit der DNS verbunden war. Er sah viele seiner Reptilienfreunde in einem brennenden Gebäude gefangen, die sich qualvoll krümmten. Ein tiefes Gefühl der Angst stieg bei dieser Erinnerung in ihm auf und er erkannte, dass er zumindest eine Schwachstelle hatte: Feuer.

Mit reiner Willenskraft riss sich Raka von der Vision los und holte zittrig tief Luft, um seinen zitternden Körper zu beruhigen. "Genug der Zeitverschwendung mit dem, was ich fürchte. Jetzt ist es an der Zeit, die Zukunft zu planen und mich an Arka und seinesgleichen zu rächen." Das war eine Aufgabe, die seines neuen Ichs würdig war, dachte er.

* * *

Seit Rakas Treffen mit dem Rat hatte sich der Schwerpunkt des arischen Labors auf die DNS und ihre Verwendung zur Transformation verlagert. Tora-Fuliar stellte sich eine Armee drakonischer Soldaten vor, mit der er buchstäblich die Welt erobern konnte. Der Führer des Rates besuchte das Labor jede Woche, um sich über den Stand der Arbeiten zu informieren, und war zunehmend frustriert über die ausbleibenden Ergebnisse. DNA-Experimente erforderten kreative Wissenschaftler, und Kreativität war nichts, wofür die militaristischen Arier bekannt waren. Es war offensichtlich, dass die besten Talente aus Atlantis kamen, und so wurde eine aggressive Anwerbungskampagne gestartet.

Die Lichtheiler auf Atlantis waren größtenteils durch den Wunsch motiviert, dem höheren Licht Gottes mit Liebe zu dienen. Die Haltung des Dienens erzeugte die Klarheit, aus einem reinen Zustand des Gebens zu heilen. Die Liebe trat hervor und hob den Heiler und den Patienten an. Die materiellen Bedürfnisse der Heiler - Nahrung, Unterkunft und Kleidung - waren Teil ihres Dienstes.

Doch der Glanz des materiellen Gewinns und der Anerkennung, den die Arier boten, lenkte allmählich von der Belohnung des Dienens ab. Immer üppigere Angebote lockten die atlantischen Lichtarbeiter von den Heilungstempeln zu den arischen DNA-Forschungslabors. Selbst einige Hohepriester verkauften ihr Wissen und ihre Heilungsgeheimnisse an das dunkle Imperium.

Die DNA-Experimente an Ariern erforderten eine qualitativ hochwertige und kontrollierte Nahrungsquelle, und so verwendeten die Wissenschaftler alles von Kühen bis zu Mäusen. Doch die Experimente waren nicht unproblematisch. Die Erfolge von Aryan beim Klonen hatten unter Wissenschaftlern und in der Öffentlichkeit heftige Debatten über die Moral des Klonens von Pflanzen, Tieren und möglicherweise Menschen ausgelöst. Doch nur wenige wussten, dass das Klonen nur ein Deckmantel für ein geheimes Projekt war, bei dem DNA-Experimente mit tierischer und menschlicher DNA durchgeführt wurden. Vordergründig ging es dabei um die Herstellung von neuartigen Tieren, die auf Aryan zu einem großen Geschäft geworden waren. Wohlhabende Familien und sogar Länder kauften Hybride wie den Minotaurus und den Zentauren.

Die Sache mit dem Klon auf Aryan spielte auch in Rakas Racheplan hinein. Nachdem er sich mit seinem neuen Körper vertraut gemacht hatte, machte er sich auf den Weg zurück in die Stadt und richtete sich in einem verlassenen Gebäude im abgelegenen Industriegebiet, in dem sich der DNA-Forschungskomplex befand, eine Art Beobachtungsposten ein. Jetzt, da er einen Plan hatte, konnte er es sich leisten, geduldig zu sein, und mehrere Wochen lang beobachtete er die Bewegungen der Wissenschaftler, des Militärs und der Wachen.

Der General tauchte am Ende der Arbeitswoche regelmäßig allein in seinem goldenen Anti-Schwerkraft-Fahrzeug auf und parkte außerhalb des Gebäudes, um nicht aufzufallen. Er traf sich mit Dr. Aimee, der Leiterin der wissenschaftlichen Einrichtung, um sich über die Fortschritte bei seiner neuen militärischen Spezies zu informieren.

Als die Tage und dann die Wochen vergingen, begann Rakas Geduld zu schwinden. Wenn nicht bald Fortschritte erzielt würden, hätte es wenig Sinn, weiter abzuwarten und zuzusehen. Selbst dem General musste klar sein, dass er nicht in der Lage sein würde, eine Armee von Kriegern wie Raka zu schaffen - eine Armee, die Raka unbedingt übernehmen wollte. Während er in seinem baufälligen Versteck auf und ab ging und alles um sich herum mit erhöhter Aufmerksamkeit wahrnahm ( ), spürte er, dass die Zeit für seinen Zug näher rückte, was seine Ungeduld nur noch steigerte. Er glaubte, er würde den Moment erkennen.

Als der General in die Einrichtung zurückkehrte, war Raka kurz davor, aus seiner Haut zu platzen. Es kostete ihn alles, was er hatte, um sich zurückzuhalten und zu beobachten. Seine Sinne schärften sich, als er den General aus der Anlage stürmen sah. Der Mann schien wütend zu sein, ein sicheres Zeichen für Raka, dass er weitere schlechte Nachrichten erhalten hatte. Der wütende General machte sich auf den Weg zu seinem Flugblatt und knallte dessen Tür zu.

Raka traute seinen Augen nicht; der Mann hatte sich die Hand an der Türkante eingeklemmt. Selbst aus der Entfernung konnte er hören, wie der General vor Schmerz brüllte, als er die Tür aufriss und aus dem Fahrzeug sprang, wobei Blut aus der selbst zugefügten Wunde spritzte.

Rakas Instinkte setzten ein. Seine geschärften Sinne brachten ihm den Geruch des warmen, reichhaltigen Blutes und trieben ihn in einen Rausch. Die Schmerzensschreie des Generals brachten Raka um den Verstand. Er brach aus seinem Versteck hervor und stürmte über das offene Feld zu dem wütenden Mann. Der General bemerkte seine Anwesenheit nicht, bis es zu spät war.

Ein brutaler Schlag von Rakas Schwanz setzte den General außer Gefecht. Raka packte ihn am Kragen und schleppte ihn schnell zurück in sein Versteck. Drinnen warf er den General grob auf einen zerschlagenen Tisch, und der betäubte Mann stöhnte, als er wieder zu Bewusstsein kam. Als er wieder zu sich kam, weiteten sich seine Augen bei dem Anblick des Drachens, der über ihm stand und dem fauliger Speichel von den Lippen tropfte. "Wa..."

Raka grinste und setzte eine Kralle an seine Lippen. "Pssst, General. Nicht, dass Sie hier drin jemand hören könnte." Dann streckte er eine handähnliche Klaue aus, als wolle er dem General helfen, sich aufzusetzen. Reflexartig griff der General nach Rakas Klaue und kämpfte sich in eine sitzende Position. Raka ergriff die Hand des Generals und legte seine andere Klaue auf die Schulter des Generals. Mit einem grässlichen Lächeln zog Raka brutal an der Hand des

Generals und riss den Arm aus der Gelenkpfanne. Während der General vor Angst und Qualen schrie, betrachtete Raka den Arm nachdenklich und begann dann genüsslich daran zu nagen. Der General lebte lange genug, um zu sehen, wie Raka seinen anderen Arm verschlang und sich an seinem Bein zu schaffen machte. Er lebte nicht lange genug, um zu sehen, wie Raka begann, sich in eine perfekte Nachbildung des Mannes zu verwandeln, den er verzehrte.

Als Raka damit fertig war, das letzte Blut des Generals vom Boden zu lecken, stieß er einen zufriedenen Seufzer aus. Dann legte er sich hin, um sich auszuruhen und zu erholen, während die Verwandlung abgeschlossen wurde. Er schloss die Augen und schwelgte in dem Gedanken, was er als Chef des Arischen Militärrats tun würde.

* * *

1446 v. Chr. - Ägypten

Verborgen im Dunkel des Neumonds und getarnt als Mitglieder der kaiserlichen Garde des Pharaos, schritt Moses mit seinen beiden Priestern heimlich auf das heiligste Heiligtum des Tempels von Theben zu. Seine Augen huschten hierhin und dorthin, während er den Korridor abtastete. Er wusste, dass es schwerwiegende - wahrscheinlich tödliche - Folgen haben würde, wenn sie in dem verbotenen Bereich erwischt würden. Trotzdem würde er sich nicht abschrecken lassen. Es stand zu viel auf dem Spiel. Er musste die heiligen Reliquien sichern, wenn die Israeliten eine Chance haben sollten, den Auszug aus Ägypten zu überleben. Trotz des hohen Risikos seiner Aufgabe stellte er fest, dass die Beruhigungstechniken, die er in seinen Studien gelernt hatte, ihm halfen, konzentriert und einigermaßen ruhig zu bleiben.

Die drei Männer hielten sich in den Schatten auf und bewegten sich lautlos an den Tempelwänden entlang, vom Hauptheiligtum durch die zwölf kleineren Räume zum Mutterheiligtum. Der Duft von Sandelholz begrüßte sie, als Moses die Tür zum verbotenen Raum öffnete und die drei hineinschlüpften. Der Weihrauch und eine einzelne Lampe brannten, um den heiligen Raum von den Ritualen des Tages zu befreien. Vorsichtig schloss er die Tür hinter sich und wischte sich mit dem Ärmel seines Gewandes den Schweiß von der Stirn, dann hielt er inne, während sich seine Augen an das schwache Licht gewöhnten. Von der anderen Seite der Kammer aus konnte er die strahlende Energie des kostbaren Shamir-Steins spüren, der in der goldenen Truhe enthalten war, die er im Traum zu bauen beauftragt worden war. Er hatte keine Ahnung, wozu die Kiste dienen sollte, aber der Traum war so tiefgründig, dass er ihn nicht einen Moment lang in Frage stellte. Und für den Moment schien es angemessen, die heiligen Reliquien seines Volkes darin aufzubewahren, obwohl in der Truhe noch viel mehr Platz war.

Im Schein seiner Lampe standen an den Wänden auf beiden Seiten des Raumes Menschen mit Tierköpfen, die jeweils eine ägyptische Gottheit darstellten. Beginnend mit der Figur auf der rechten Seite verneigten sich Moses und seine Begleiter tief und legten die Handflächen auf ihre Füße. Sie erwiesen jeder Figur ihre Ehrerbietung, indem sie mit der rechten Wand begannen und der Reihe nach um den Tempel herumgingen, bis sie vor dem Altar standen.

Als Moses die Alabasterstufen zum Altar hinaufstieg, schützten ihn der goldene Kopfschmuck und der Mantel der kaiserlichen Garde vor den starken und gefährlichen Energien des Gottessteins in der Truhe. Die Kraft des Steins, der in der Heilkunst verwendet wurde, enthielt alle Farben des Spektrums. Nur ein erfahrener Hierophant des Tempels konnte ihn berühren. Ein atlantischer Priester hatte in den Shamir-Stein die Gesamtheit der symbolischen esoterischen Lehren aus allen Zeitaltern der Menschheit sowie die Kraft, jeden Feind Gottes zu besiegen, eingeschrieben.

Moses hatte einst im Tempel der Isis gedient und die alten atlantischen Lehren, die Sprache und die Hieroglyphen erlernt. Als er sich der goldenen Truhe näherte, hob er die Handflächen zu ihr und begann, innerlich die alten Namen Gottes zu singen. Mit jedem heiligen Namen erhöhte sich seine Schwingung, bis seine Schwingung mit der des kostbaren Gottessteins in der Truhe übereinstimmte.

Auf dem Altar in der Nähe der Truhe befand sich eine Abdeckung mit Hieroglyphen, die die Energie des Steins beim Transport sicher in der Kiste halten sollte. Moses, der nun im Einklang mit dem Stein war und immer noch sang, begann ehrfürchtig, die goldene Lade anzuziehen. Zu seiner Rechten bemerkte er einen kleinen, runden, glänzenden Gegenstand.

Neugierig hob er es auf. Auf dem runden Gegenstand befanden sich zwölf kleine glänzende Edelsteine. Er konnte eine pulsierende Energie spüren, die mit der des Steins in der Lade harmonierte. Da er keine Zeit hatte herauszufinden, wie - oder ob - das runde Gerät mit dem Stein verbunden war, befestigte Mose das Objekt mit den Fäden, die an der Abdeckung befestigt waren, an der goldenen Truhe.

Exodus 25 - Jehova sagte zu Mose: "Sag dem Volk Israel, dass jeder, der will, mir eine Gabe aus dieser Liste bringen soll: Gold, Silber, Bronze, blaues Tuch, purpurnes Tuch, scharlachrotes Tuch, fein gezwirntes Leinen, Ziegenhaar, rot gefärbte Widderhäute, Akazienholz, Olivenöl für die Lampen, Spezerei für das Salböl und für das wohlriechende Räucherwerk, Onyxsteine, Steine für das Priestergewand und den Brustharnisch.

Denn ich will, dass das Volk Israel mir einen heiligen Tempel baut, in dem ich unter ihnen leben kann. Mein Haus soll ein Pavillon sein - ein Tabernakel."

Nachdem Jehova den Bau des Tempels begutachtet hatte, sagte er zu Mose: "Baue die Stiftshütte am ersten Tag des Monats auf. Lege den heiligen Marmorstein, die Zehn Gebote, hinein, und bringe den Vorhang an, der die Bundeslade im Allerheiligsten umschließt."

Eine Schweißperle rann ihm über die Stirn, während die Spannung in Moses wuchs. Er wusste, dass die Neophyten des Tempels bald kommen würden, um ihren Tag zu beginnen. Er wandte sich vom Altar ab und gab den beiden Männern ein Zeichen, sich an die beiden Enden der Truhe zu stellen. Ehrfurchtsvoll näherten sie sich und ergriffen die Griffe, dann gingen sie vorsichtig die Altarstufen hinunter.

Obwohl er äußerlich ruhig war, hatte Moses das Gefühl, dass jede Faser seines Wesens angespannt und auf die Geräusche der sich nähernden Menschen eingestellt war. Die Verkleidung der Männer würde ihnen wenig nützen, wenn jemand sie mit der Truhe sehen würde. Moses blieb an der Tür stehen und spähte vorsichtig den Korridor entlang. Die falsche Morgendämmerung, die dem Morgen vorausging, war noch nicht erschienen. Noch nicht. Aber Moses wusste, dass ihre Ankunft unmittelbar bevorstand.

Mit einem weiteren beruhigenden Atemzug gab Moses den Männern ein Zeichen, ihm zu folgen, und sie verfolgten ihre Schritte zurück. Wenige Schritte vor dem Torbogen, der sich zur Wüste und zu ihrer Freiheit öffnete, erstarrten die Männer, als sie in der Nähe eine Bewegung hörten. Einen Herzschlag später huschte eine Ratte durch den Korridor und verschwand in einem Spalt in der Steinmauer.

Moses stieß einen Atemzug aus, von dem er nicht wusste, dass er ihn angehalten hatte, und wies die Männer an, durch den Torbogen zu gehen. In wenigen Augenblicken waren sie in der frühmorgendlichen Schwärze verschwunden.

* * *

70 n. Chr. - Jerusalem

Der Tempelberg war in Flammen gehüllt. Blut bedeckte den Boden und strömte die Stufen hinunter. Die Zahl der Erschlagenen war unvorstellbar. Es lagen so viele grotesk abgeschlachtete Leichen herum, dass die angreifenden Soldaten über sie hinwegklettern mussten, während sie die wenigen Einheimischen verfolgten, die noch verzweifelt versuchten zu fliehen, wobei ihre flackernden Hoffnungen auf ein Überleben durch die Spitzen der römischen Schwerter und Spieße brutal ausgelöscht wurden. Der beißend süße Geruch von brennendem Fleisch und beißendem Rauch erfüllte die Luft, als die höllischen Feuer den Tempel verschlangen. Es schien, als stünde die ganze Stadt in Flammen.

Auf der Astralebene verhüllt, stand Hesekiel im *Atlas,* seinem goldenen Ein-Mann-Schiff, und umkreiste die Ruinenstadt Jerusalem. Der Bote Gottes blickte durch das kristallene Lux-Portal, ein Tor, das sich zu den inneren Dimensionen des Lichts öffnete. Während Judäa um sein Leben gegen Rom kämpfte, war der Reisende des Lichts und der Weisheit auf einer Mission, um den Inhalt der Bundeslade zu sichern. Entschlossen griff er nach den Kontrollen des *Atlas,* denn er wusste, dass er die Bundeslade in Sicherheit bringen musste, bevor es zu spät war."

Hesekiel hatte die Pläne für den Tempel Salomos gezeichnet. Er wusste, in welchen geheimen Tunneln die Bundeslade lag, die Truhe, die Mose im Traum aufgetragen worden war, zu bauen. Das Allerheiligste war 40 Ellen im Quadrat groß und mit prächtigen Zedernholzplatten verkleidet gewesen. Jetzt war das Holz zu Holzkohle verarbeitet worden. In der Kammer befanden sich kunstvoll geschnitzte Figuren von Cherubim, Palmen und offenen Blumen, die mit Gold überzogen waren, wobei das Metall zu heiß wurde, um es zu berühren. Ketten und Armbänder aus Gold, die näher an den Flammen lagen, schmolzen bereits zu Pfützen aus geschmolzenem Metall, die durch den zerstörten Boden des Allerheiligsten sickerten. Hinter den klaffenden, verkohlten Überresten der Tür aus Olivenholz saß die Bundeslade. Auf dem Alabasteraltar lag sie unangetastet. Versteckt in der vergoldeten Akazientruhe ruhte der Schamirstein. Neben dem Stein des übernatürlichen Gottes lagen die Tafeln mit den Zehn Geboten, die Moses von Gott erhalten hatte. Das blaue Tuch, das die Cherubim mit den zwei Flügeln bedeckte, war irgendwie noch intakt, wie von einer gütigen Hand beschützt.

Vor der Arche stand ein lebender Draco Reptoid, ein schlanker, hoch aufragender Engel der Finsternis. Er war zwölf Fuß groß und seine dünnen, knochigen Flügel waren auf halber Höhe seines Rückens gefaltet. Zwischen seiner Stirn und der Spitze seines Schädels befanden sich zwei chitinöse Hörner. Seine glühend roten Augen waren auf die Lade gerichtet, und eine übelriechende Flüssigkeit entkam seinen Lippen, als er in Erwartung des Geschehens speichelte. Mit einer raschen Bewegung ergriff der dunkle Engel die Lade und hob sie mühelos an.

Bevor die Kreatur entkommen konnte, entblößte Hesekiel den *Atlas und* legte sein Licht aus dem Allerheiligsten frei. Der dämonische Engel der Finsternis drehte sich grinsend um und wich vor dem Licht zurück, als Hesekiel sein Gebet sprach: "Ich bitte darum, dass Gottes Licht des Heiligen Geistes diese Bundeslade und ihren gesamten Inhalt umgibt, erfüllt und schützt." Wie gestochen ließ der Engel der Finsternis die Bundeslade fallen, doch ein Lichtstrahl aus *dem Atlas* fing sie auf und hielt sie in der Luft. Raka hob zornig seine Klauenfaust und spuckte verächtlich Feuer. Seine purpurnen Flügel entfalteten sich und der dunkle Engel fluchte: "Ich werde die Lade bekommen. Was ich mit Atlantis gemacht habe, ist nichts im Vergleich zu dem, was ich tun kann, wenn ich sie erst einmal besitze."

Ezekiel berührte den Bildschirm und aktivierte das Crystal-Lux-Portal. Das holografische Portal öffnete sich, und der Beleuchtungsstrahl zog die Lade durch die astrale Tür. Abgelenkt sahen weder Ezekiel noch der Drache , wie ein kleiner runder Messinggegenstand mit zwölf Edelsteinen von der Stelle fiel, an der er an der Stoffabdeckung der Lade befestigt gewesen war.

Das goldene Schiff verschwand, während der winzige Messingschatz unter den Boden in den dunklen Abgrund stürzte, während der Tempel brannte und dann in sich zusammenfiel.

Kapitel 1
Ein Geschenk

Die Sonne schien hell und ließ die Reste der tristen Tage des Münchner Winters dahinschmelzen. In der Laube auf der Veranda des Einstein-Hauses blühten duftende lila Glyzinien. Der Garten erstrahlte in einem Farbenrausch aus roten Tulpen, gelben Rosen, blauen Kornblumen und einer Vielzahl anderer Blüten in den verschiedensten Farbtönen.

Albert war die Straße hinunter im Haus seiner Tante gewesen. Es war 1885, und die Familie feierte den sechsten Geburtstag seines Cousins Benjamin. Albert war einen Monat zuvor sechs Jahre alt geworden und damit viel größer als sein "kleiner" Cousin, zumindest in seinen Augen. Aber er liebte seinen Cousin - fast so sehr wie den Apfelstrudel seiner Tante. Er liebte das Gebäck sogar so sehr, dass er kurz nach dem Nachtisch nach Hause rannte und sich über die lila Krokusse in seinem Garten hermachte.

Pauline Einstein, die sechsundzwanzigjährige Mutter des jungen Albert, bemerkte, wie er sich abmühte, die

Verandatreppe hinaufzusteigen. Als sie die Haustür öffnete, runzelte sie die Stirn. Mit geröteten Pausbäckchen blickte Albert mit kränklichem Blick auf und ergriff die Hand seiner Mutter. "Mama, ich fühle mich nicht gut", stöhnte er. Pauline kniete nieder und küsste seinen Kopf, dann hielt sie inne und runzelte die Stirn. "Albert, du glühst ja."

Sie zog ihren langen Musselinrock zurück, nahm den Jungen in die Arme und trug ihn die Treppe hinauf in sein Schlafzimmer. Albert hatte sein eigenes Zimmer, eine angenehme Kammer mit winzigen blauen Blümchentapeten.

Albert zappelte unruhig, als Mama ihm die Krawatte abnahm, und ignorierte den Geruch von saurem Erbrochenem auf seinem gestärkten weißen Hemd.

Während Albert seine Hose auszieht, feuchtet Pauline ein Tuch aus dem Waschbecken an und wischt Albert das Gesicht und die Hände ab. Sie zog ihm ein langes Nachthemd aus Baumwolle an und steckte ihn unter die Decke. Albert schlief sofort ein, als sein Kopf das Gänsedaunenkissen berührte. Mama setzte sich auf den Stuhl neben seinem Bett und streichelte ihm über das Haar. "Schlaf gut, mien *Liebling*." Sie blieb die ganze Nacht bei ihm und wischte ihm alle paar Minuten über die Stirn, um sein Fieber zu kühlen. Albert schlief unruhig, ohne die liebevollen Streicheleinheiten seiner Mutter zu bemerken.

Am nächsten Morgen frühstückte Albert nicht mit der Familie. Hermann, Alberts Vater, runzelte die Stirn über die dunklen Ringe unter Paulines Augen. "Geht es Albert besser?"

Pauline stocherte in ihrem Essen herum, seufzte schwer und schüttelte den Kopf: "Ich mache mir Sorgen. Albert ist seit gestern, als ich ihn ins Bett gebracht habe, nicht mehr aufgewacht. Sein Fieber ist immer noch das gleiche. Ich werde Dr. Weiss holen, um ihn zu untersuchen."

Oben lag Albert bewusstlos, sein Geist schwebte über seinem Bett. Desorientiert sah er seinen schlaffen Körper und fragte sich: "*Was geschieht mit mir?*" Eine Bewegung an der Seite erregte Alberts Aufmerksamkeit, und sein Geist erhaschte einen Blick auf ein großes, leuchtendes geflügeltes Wesen am Fußende des Bettes. "Es ist alles in Ordnung, Albert. Ich bin Angel Zerachiel, ich bin hier, um über dich zu wachen." Bei diesen Worten entspannte sich Alberts Körper.

* * *

Pauline drehte den Türknauf und führte Dr. Klaus Weiss in Alberts Zimmer. Alberts Geist und Angel Zerachiel beobachteten teilnahmslos, wie Dr. Weiss seine Brille aus der Innentasche seines maßgeschneiderten Wollanzugs zog. Der Arzt hielt inne, um Alberts Atmung zu hören, dann schob er seine Brille auf die Nase und beugte sich hinunter, um den fiebrigen Jungen zu untersuchen.

Nach ein paar Minuten sanften Stocherns, Drückens und Zuhörens richtete sich der Arzt auf und winkte Pauline zu sich. Sie kam mit einem fragenden Blick auf ihn zu. "Albert ist gerade dabei, etwas in seinem Körper zu verarbeiten", erklärte Dr. Weiss.

"Ist es etwas Ernstes, Doktor?" fragte Pauline und ihre Stimme klang besorgt.

Der Arzt lächelte beruhigend. "Das glaube ich nicht. Geben Sie ihm Weidenrinde gegen das Fieber." Er nahm einen Block heraus, öffnete seinen Füllfederhalter und sprach laut, während er Anweisungen für Pauline schrieb. "Lassen Sie etwa einen Teelöffel des getrockneten Krauts in zwei Tassen kochendem Wasser zehn Minuten lang ziehen und seihen Sie es dann ab." Er öffnete seine lederne Medizintasche und zog ein kleines Blechgefäß mit der Aufschrift "Weidenrinde" heraus. Er reichte Pauline das Kräutermittel. "Du kannst seinen Kopf auch mit Lavendel- und Kamillenwasser beruhigen."

Später am Nachmittag kam Hermann früh von der Arbeit nach Hause. Er öffnete die Tür, die leicht knarrte, und steckte seinen Kopf in das Zimmer. Pauline saß auf dem Stuhl neben Alberts Bett und fütterte mit dem Löffel ihren Sohn, der auf Kissen gestützt war und schon besser aussah, aber immer noch ziemlich schwach

Pauline drehte sich bei diesem Geräusch um und lächelte ihren Mann an. "Die Kräuter, die Dr. Weiss empfohlen hat, haben Alberts Fieber gesenkt."

Hermann zwinkerte Pauline zu, als er das Zimmer betrat und sich auf die Bettkante setzte. Er streichelte Alberts Bein unter dem Bettzeug: "Ich bin so erleichtert, dass es dir besser geht." Albert hob seine kleine Hand, um seinem Papa zu danken. Er erinnerte sich nicht an den Engel oder daran, dass er seinen Körper verlassen hatte.

Hermann griff in seine Moleskinhose und zog einen runden Messinggegenstand an einer silbernen Kette hervor. Die zwölf Edelsteine an der Spitze glitzerten im Morgenlicht. Er ließ den seltsamen Gegenstand vor Alberts Gesicht in der Luft baumeln.

Alberts Augen wurden groß. "Was ist das, Papa?"

Hermann lächelte und freute sich, dass die Krankheit nicht schwer genug war, um Alberts Neugier zu dämpfen. "Das ist ein Kompass, Albert." Das Gesicht des Jungen wurde neugierig. Hermann öffnete den Messingdeckel und zeigte Albert, wie das seltsame Gerät funktionierte. Hermanns Augen leuchteten, als er auf einen schlanken Pfeil zeigte, der über der Vorderseite des Kompasses hing. "Siehst du diesen Pfeil?" Albert nickte, seine Augen waren nur auf das Objekt gerichtet. "Er zeigt immer nach Norden. Das liegt daran, dass die Spitze magnetisch ist; sie richtet sich nach dem Magnetfeld der Erde aus." Albert nickte und sah noch genauer hin. "Der Kompass ist für die Navigation da, er hilft dir, deinen Weg zu finden.

Wie gebannt streckte Albert die Hand aus und griff nach dem seltsamen Gerät. Es fühlte sich schwer an in seinen kleinen Händen. Er drehte, wendete und schüttelte es vorsichtig. Egal, wie er es bewegte, die Nadel zeigte auf mysteriöse Weise nur nach Norden. "Woher hast du das, Papa?" fragte Albert und starrte immer noch auf die Nadel.

Hermann lächelte. "Ein neuer Kunde, Graf von Baden, hat ihn mir geschenkt, damit ich die Beleuchtung in seinem Schloss bezahlen kann. Der Kompass ist seit vielen Jahren im Besitz seiner Familie."

Es muss ihm schwergefallen sein, einen solchen Schatz aufzugeben, Papa", sagte Albert, als er endlich seinen Blick von dem Kompass löste.

Hermann zuckte mit den Schultern. "Es gehörte zu den Dingen, die er uns gegeben hat, um den Preis für seine Arbeit zu senken", sagte Hermann mit einem Augenzwinkern. "Und ich dachte, du würdest es interessant finden." Während Albert grinste, zeigte Hermann auf den Deckel des Objekts. "Siehst du die zwölf Edelsteine auf der Oberseite? Das ist ein einzigartiger Kompass. Bewahren Sie ihn gut auf."

"Das werde ich, Papa!" sagte Albert mit Nachdruck, und seine Augen wurden von dem Gerät angezogen, als ob die Magnetnadel sie anziehen würde. Die Aufregung über das neue Gerät verschaffte Albert einen Energieschub, der jedoch bald wieder verpuffte. Obwohl er sich bemühte, seinen wunderbaren Kompass weiter zu untersuchen, schlief Albert unter den liebevollen Blicken seiner Eltern ein.

Pauline streckte die Hand aus und berührte Hermanns Hand: "Was für ein wunderbares Geschenk für Albert. Er scheint noch besser zu sein, seit du es ihm gegeben hast."

Hermann lächelte, froh, dass er die Besorgnis seiner Frau lindern konnte.

Auch Albert lächelte im Schlaf, als er den Kompass an sein Herz drückte.

Kapitel 2
Ein Freund

Alberts Vater war Teilhaber des Gas- und Elektrizitätsversorgungsunternehmens seines Bruders Jacob, und eines Tages nahm er Albert mit, um eine elektrische Beleuchtungsanlage zu besichtigen, die das Unternehmen installiert hatte. Der Kunde, Frederick Thomas, besaß eine lokale Brauerei, Munich Brau, aber der Grund, warum Hermann Albert mitgeschleppt hatte, war, dass Thomas einen Sohn, Johann, hatte, der in Alberts Alter war. Beide Jungen würden bald in die erste Klasse gehen, und Hermann dachte, es wäre gut für den schüchternen Albert, wenigstens einen Jungen in seiner Klasse zu kennen.

Albert wollte nicht mit seinem Vater gehen; er zog die vertrauten Abläufe zu Hause vor. Wenn er sich an neuen Orten aufhielt, schottete er sich innerlich ab. Als die Jungen vorgestellt wurden, starrte Albert nur auf den Boden und zog sich in seine eigene Welt zurück. Er dachte, dass Jungen in seinem Alter langweilig seien. Er wollte allein sein.

Hermann zwang ein Lächeln auf seine Lippen. Er griff nach unten und rüttelte an Alberts Schulter. "Komm, Albert, Johann will dir die neuen Lichter in der Scheune zeigen."

Albert wusste, dass sein Papa es nicht gutheißen würde, wenn er nicht auf seinen Vorschlag einging, und so schlurfte er widerwillig und mit gesenktem Blick zu Johann hinüber und wünschte sich, er könnte entkommen.

Unbeeindruckt von Alberts Schüchternheit ermutigte Johann ihn mit einem breiten Grinsen: "Warte, bis du die Lichter siehst! Komm, wir machen ein Wettrennen zur Scheune." Brüllend stürmte Johann aus der Küchentür und rannte zur Scheune. Albert verdrehte die Augen. Er schlenderte über den Hof.

Ungeduldig wippte Johann auf den Zehenspitzen, während er neben dem Scheunentor auf seinen Gast wartete. Als Albert endlich kam, riss Johann das Scheunentor auf. Er rannte hinein, sprang auf eine Holzkiste und griff nach einem Schalter an der Wand. "Es ist erstaunlich zu sehen", sagte er, als er den Schalter umlegte. Im Nu erhellte Glühlampenlicht die geräumige Scheune. Der Geruch von frischem Heu und Sattelseife drang in Alberts Nase. Er bemerkte hölzerne Bierfässer, gestapelte Heuballen und die Pferdekutschen.

Unbeeindruckt von der Beleuchtung zeigte Albert auf die Glühbirne und ging in den Vortragsmodus über. "Wenn elektrischer Strom durch einen Draht fließt, erwärmt sich der Draht. Der Draht wird so heiß, dass er leuchtet und Licht abgibt."

Johann sah Albert überrascht an, seine blauen Augen tanzten vor Erstaunen. Verzückt konnte er nicht glauben, was er da hörte. "Woher weißt du das?"

Dieser Junge ist tatsächlich daran interessiert? dachte Albert bei sich. Albert entspannte sich ein wenig und begann zu erklären, ermutigt, dass er Johann beeindruckt zu haben schien. "Papa nimmt mich mit zur Arbeit. Er bringt mir etwas über Elektrizität bei. Er und mein Onkel wollen, dass ich das Beleuchtungsgeschäft lerne und bei ihnen in die Lehre gehe."

"Kein Scherz?" fragte Johann mit offensichtlichem Interesse. "Ist es das, was du tun willst?"

Albert zuckte mit den Schultern. "Ich weiß es nicht. Ich denke, es könnte in Ordnung sein."

Johann nickte und wurde nachdenklich: "Ich weiß, was du meinst. Mein Papa hat vor, dass meine Brüder und ich die Brauerei übernehmen sollen. Aber ich weiß nicht, ob ich das auch will." Ein weiteres Lächeln erhellte Johanns Gesicht. "Hey, ich weiß. Ich werde ein großer Brauer und du kannst alle meine Brauereien elektrifizieren!"

Albert musste lächeln. Johanns Freundlichkeit und Begeisterung waren ansteckend. Ohne Vorwarnung leuchtete im Kopf des Elektrofachmanns eine Glühbirne auf. "Moment mal", sagte Albert und zerrte an einer Kette um seinen Hals, um etwas aus seinem Leinenhemd zu ziehen. "Willst du etwas wirklich Interessantes sehen?"

"Interessanter als elektrisches Licht? Und ob!" Johann nickte eifrig.

Als Albert einen Messinggegenstand an einer Silberkette baumeln ließ, wurden Johanns Augen groß. "Wow, was ist das?"

"Es ist ein Kompass. Mein Vater hat ihn mir geschenkt. Hast du schon einmal einen gesehen?"

Kopfschüttelnd führte Johann Albert zu einem Heuballen und die beiden Jungen setzten sich. "Das habe ich nicht", sagte Johann, fasziniert von dem fantastischen Gerät. "Was macht es denn?"

Albert hielt ihm den glänzenden Messingkompass mit den zwölf funkelnden Edelsteinen hin. Damit Johann ihn besser sehen konnte, öffnete er den Deckel und drehte den Kompass. "Siehst du, wie die Nadel immer nach Norden zeigt, egal wie ich das Gehäuse bewege?" Seine hellen braunen Augen funkelten, als das Geheimnis des Unbekannten seine Seele gefangen nahm. "Eines Tages werde ich verstehen, warum das so ist."

Johanns blaue Augen wurden noch größer. Er hatte nicht nur noch nie einen Kompass gesehen, sondern auch noch nie etwas Vergleichbares. Mitten an diesem fantastischen Tag hielt Johann in Gedanken inne. Er hatte zwei ältere Brüder, Francis und Daniel, die in der Brauerei arbeiteten, aber sie redeten nie so wie Albert. Sein Vater, Friedrich, ein Lutheraner, sagte, die Einsteins seien Juden. Vielleicht war das der Grund, warum er so viel wusste.

Albert gab sich dem Augenblick hin. Er fasste Vertrauen zu seinem einnehmenden und freundlichen Begleiter und erlaubte Johann, seinen geliebten Preis zu halten. Johann öffnete und schloss die Schließe. "He, komm schon!", sagte Johann und sprang auf. Die Augen auf den Kompass geheftet, marschierten die beiden Jungen um die Scheune und beobachteten die Nadel.

Zufrieden mit ihrer ersten Parade kehrten sie zu ihren Sitzen auf dem Heuballen zurück und Johann gab den Kompass zurück. Albert schloss die Augen und drückte sein kostbares Geschenk an seine Brust. "Oh, ich liebe meinen Kompass und ich liebe meinen Papa, der ihn mir geschenkt hat." Der Kompass kribbelte an Alberts Brust. Aus dem Inneren des Kompasses schoss ein Lichtschimmer hervor, der etwa zehn Zentimeter weit um Alberts Hand herum strahlte. Albert spürte die unerwartete Wärme und öffnete die Augen, um einen Regenbogen zu sehen, der von den Edelsteinen ausging. Über dem Kompass schwebte eine dreidimensionale Zahl "33". Johann staunte nicht schlecht und rief: "Sieh dir das an!"

Albert riss überrascht die Hände hoch und ließ den Kompass auf den Strohboden fallen.

Die Jungen saßen eine gefühlte Ewigkeit wie gebannt da.

Hinter ihnen öffnete sich das Scheunentor, und Papa Hermann rief in die Scheune. "Albert, verabschiede dich von Johann, deine Mama wartet mit dem Abendessen."

Albert schnappte sich das verzauberte Instrument und schaute seinen neuen Freund ernsthaft an. "Johann, du darfst nie jemandem erzählen, was heute passiert ist. Versprichst du das?"

Sprachlos nickte Johann zustimmend.

Durch ein besonderes Geheimnis verbunden, ahnte keiner der beiden Jungen, welche Schlüsselrolle der Kompass in dem Abenteuer ihres Lebens spielen würde.

Zwischenspiel

In der der Erde am nächsten gelegenen Dimension, die manchmal als Astralreich bezeichnet wird, schwebten Moses, Hesekiel, Jesus und Echnaton in tiefer Meditation. Sie waren den in die höheren Reiche des Lichts Eingeweihten als Mystische Reisende bekannt und hatten sich in den Hallen des Kristalltempels zu einem heiligen Zweck versammelt.

Der Lichtfaden der Mystischen Reisenden auf dem Planeten Erde reicht vom Anbeginn der Zeit über Ägypten bis in die nächsten Jahrtausende zurück. In der achtzehnten Dynastie unter der Herrschaft von Echnaton, hundert Jahre vor der Zeit Christi, hatten sich in vielen Tempeln böse Praktiken ausgebreitet. Echnaton bemühte sich mit großer Weisheit, die Täuschung durch die Anbetung des einen Gottes auszurotten. Leider ereilte den großen Pharao das Schicksal der ägyptischen Priester, die ihre Macht nicht beschneiden lassen wollten.

Die nächsten Mystischen Reisenden, die kamen, um die Ereignisse in der Welt zu beeinflussen, Moses und Jesus, hatten sich darauf vorbereitet, Prüfungen der höheren Einweihung zu bestehen. In Lichtzentren und Mysterienschulen rund um den Planeten studierten und lehrten sie Frieden und Mitgefühl. Der gewöhnliche Mensch jener Zeit konnte noch auf der Erde lernen, wie er das Christusbewusstsein manifestieren kann.

Während die vier Reisenden meditierten, unterbrach die Vibration von Ezekiels Lux-Kristallportal den erhabenen Moment und sie hielten im melodischen Klang ihres Gesangs inne.

Ezekiel runzelte die Stirn und sagte: "Die übernatürliche Kraft des Shamir-Steins ist aktiviert worden! Wie kann das sein? Wir haben die Bundeslade beim Fall Jerusalems eingeschlossen."

Ezekiel beugte sich zu dem Bild im Portal und sah, wie Albert und Johann mit einem runden Messinggegenstand spielten. Über der Reliquie schwebte die Zahl 33.

"Ich glaube, wir haben eine Situation zu besprechen", sagte Ezekiel nachdenklich. Er berührte sein Portal und das Bild der beiden Jungen erschien auf dem großen Bildschirm vor dem Raum. Die vier sahen sich überrascht an, als sie die 33 sahen.

Jesus dachte über dieses Bild nach. "Dreiunddreißig, die Zahl eines Meisterlehrers. Er wird eine aufrichtige Hingabe entwickeln müssen, um der Welt spirituelle Erleuchtung zu bringen." Jesus konnte in Alberts intensive dunkle Augen sehen und sein Wesen lesen. "Er ist ein seltenes Kind, das schwer zu handhaben sein wird. Er wird Zeit und erhebliche Anstrengungen brauchen, um seine Gabe in seine Persönlichkeit zu integrieren."

Durch das Lux-Kristallportal suchte Ezekiel in den Aufzeichnungen der Zeit nach Albert Einstein. Er sah das Chaos und die Verwirrung, die sich auf dem Planeten ausbreiteten, als die Welt mit dem Übergang ins Industriezeitalter kämpfte. "Könnte dies derjenige sein, der eine Brücke über Zeit und Raum schlägt und der Menschheit die Theorien des Lichts bringt?", fragte er sich.

Ezekiel sprach wieder zu den anderen Reisenden. "Albert Einstein wurde am 14. März 1879, dem Tag der Unendlichkeit, geboren. Ja, er hat die Meisterzahl 33."

Moses betrachtete die Szene mit den Jungen. "Und er hat einen Shamir-Stein? Ich dachte, wir besäßen das einzige Überbleibsel davon. Was ist passiert?"

An seinem Lux-Kristallportal wiederholte Ezekiel seine Mission zur Rettung der Bundeslade für die Reisenden.

Moses überprüfte die Bilder auf dem Portal. Kurz darauf zeigte er auf sie. "Da, hast du einen hellen Blitz gesehen? Etwas ist aus der Arche gefallen."

"Es sieht aus wie der gleiche Gegenstand, den dieser Junge hat", sagte Ezekiel. "Was ist es?"

Moses räusperte sich und die Meister des Lichts richteten ihre Blicke auf ihn. "Als ich die Lade aus dem Tempel holte, fand ich einen runden Gegenstand mit zwölf Edelsteinen auf der Spitze. Ich hatte keine Zeit, es zu untersuchen, aber es schwang mit den Relikten in der Arche, die ich gebaut hatte."

Jesus hob eine Augenbraue: "Resonanz?"

Moses nickte: "Ja, ich wusste nicht, was es war, aber ich hielt es für das Beste, bei unseren heiligen Schätzen zu bleiben."

Echnatons Augen weiteten sich vor Überraschung: "Hast du dieses Objekt untersucht?"

Moses schüttelte den Kopf. "Ich habe von Zeit zu Zeit darüber meditiert, aber es hat nicht die Energie des Shamir ausgestrahlt."

Jesus nickte. "Nun, sie strahlt jetzt eine Form dieser Energie aus."

Ezekiel wandte sich seufzend von seinem Portal ab. "Offenbar ist in diesem Kompassgerät ein schlafendes Fragment des Shamir versteckt. Es würde nur erwachen, wenn es mit einem Wesen in Kontakt kommt, das dazu bestimmt ist, es zu besitzen."

Nun runzelte Echnaton die Stirn. "Aber die übernatürliche Kraft des Shamir-Steins stammt von jenen, die in den Dimensionen des Lichts weit jenseits der Erde oder dieses Reiches leben. Das Geheimnis des Baus der mächtigen Pyramiden liegt in einem solchen kostbaren Stein. Das ist nichts, was man auf die leichte Schulter nehmen sollte."

Jesus nickte. "Wir müssen den Stein und diesen jungen Albert Einstein bewachen und schützen."

Hesekiel stimmte zu: "Die Mächte der Finsternis werden sich dessen bewusst werden, so wie wir es getan haben. Es gibt ein Wesen, das es sich zur Aufgabe gemacht hat, den Shamir zu erwerben und seine Macht für seine eigenen Zwecke zu nutzen. Sollte es ihm gelingen…" Ezekiel wusste, dass er den Reisenden nicht sagen sollte, wie katastrophal das wäre.

Kapitel 3
Der dunkle Herrscher

In einer feuchten unterirdischen Kaverne tief unter dem Schwarzwald in Basel regte sich Raka. In dem Moment, in dem die Zahl 33 über Alberts Kompass erschienen war, hatte ihn die Kraft, die von dem Gerät ausging, aus seinem jahrhundertelangen Schlummer geweckt. Seine roten Augen begannen zu leuchten, als er wieder zu Bewusstsein kam, und seine reptilienartigen Nasenlöcher weiteten sich, als er die Luft schnupperte. Der Geruch zauberte ein Lächeln auf seine Lippen und entblößte messerscharfe Zähne. Seine Augen weiteten sich ungläubig und er schüttelte seinen knochigen, gehörnten Kopf. Seit dem Fall Jerusalems hatte der zwölf Fuß große Engel der Finsternis keine solche Macht mehr gerochen. "Der Shamir-Stein! Es ist schon so lange her..."

Raka kicherte, als er daran dachte, wie er die Zerstörung von Atlantis in die Wege geleitet hatte. "Die Priester des Lichts haben es nicht kommen sehen." Mit dem riesigen sechseckigen Feuersteinkristall im Tempel des Lichts hatte er den Zerfall des gesamten Kontinents verursacht. "Es fühlte sich gut an, meinen Bruder - und SIE - an diesem Tag zu besiegen."

Raka erhob sich von der Steinplatte, auf der er geschlafen hatte, und begann auf und ab zu gehen, während er über die Gegenwart nachdachte. Mit einer tiefen Sehnsucht nach dem heiligen Stein seufzte er: "Um den Shamir zu bekommen, werde ich mich anpassen müssen." Er erschauderte, als ihm klar wurde, was das bedeutete. "Ich werde menschlich erscheinen müssen", dachte er, und sein Verstand spuckte das letzte Wort aus, als hätte es einen üblen Geschmack.

Mit dem übernatürlichen Stein der Antiker würde Raka die Welt beherrschen. Das tiefe, verdorbene Urbedürfnis trieb ihn an, zu kämpfen, zu zerstören und zu töten, um die Macht des Steins des Lichts zu erlangen. "Ich habe viele Versuche unternommen, aber die Lichtreisenden und die Beschränkungen des göttlichen Gesetzes haben mich immer wieder daran gehindert." Die Entschlossenheit in ihm wuchs und der Engel der Finsternis zuckte mit den Schultern.

So mächtig er auch war, Raka wusste, dass ihm Grenzen gesetzt waren. Zwar war alles möglich, aber nicht alles war erlaubt, und wenn er das kosmische Gesetz verletzte, würde er einen hohen Preis zahlen müssen. Er wusste, er würde geduldig sein und gut planen müssen. Die Unsterblichkeit befreite ihn von einigen der Ketten, die seine menschlichen Feinde fesselten.

Raka rieb sich den Kiefer und fing an, Pläne zu schmieden.

Kapitel 4
Rakas Verwandlung

ie Schlagzeile in der Stuttgarter Zeitung lautete: "Einheimischer vermisst".

In der Schwarzwaldgemeinde Stuttgart, südöstlich von München, wird nach einem jungen Mann gesucht, der verschwunden ist. Er wurde zuletzt auf dem Weg zur Universität gesehen. Die Schwarzwaldpolizei hat eine umfangreiche Suche eingeleitet, obwohl ein früher Wintersturm bis zu 5 cm Schnee und eisige Temperaturen bringen soll.

Mit einem zufriedenen Seufzer wischte Raka das letzte Blut des blonden Mannes von seinem Kiefer. Er hatte die klare, reine Essenz eines jungen Menschen zu sich genommen, um seine Energiematrix zu verbessern, die sich verschlechtert hatte, als er zu einem Reptil geworden war.

Raka hatte die Einheimischen nun schon seit Wochen heimlich beobachtet, um die moderne Lebensweise zu lernen und ihre Sprache zu studieren. In dieser Zeit hatte er eine verlassene Hütte gefunden und seine Höhle mit den Dingen eingerichtet, die er in menschlicher Gestalt brauchen würde: Stuhl, Tisch und Bett. Mitten in der Nacht war er in das Haus eines wohlhabenden Junggesellen eingebrochen und hatte den mickrigen Menschen im Schlaf um einige seiner Kleidungsstücke erleichtert. Nachdem er nun einen Menschen verzehrt hatte, um die benötigte DNA zu regenerieren, war er endlich bereit, sich zu verwandeln.

Mit einem Schaudern, dann einem Ruck, begann er sich zu verwandeln. Die Krallen seiner Füße wurden weich und menschliche Zehen erschienen. Behaarte männliche Beine ersetzten seine stumpfen reptilienartigen Hinterbeine und sein Schwanz zog sich in seinen Körper zurück. Die Schuppen seines Rumpfes, seiner Arme und seines Halses verschmolzen zu rosa Fleisch. Seine lange, glitschige Zunge verkümmerte, bis sie nur noch ein oder zwei Zentimeter über seine Lippen hinausragte. Als er sich verwandelte, verengten sich seine Atemwege, und er griff nach seiner Kehle und schnappte nach Luft. Er krümmte sich in ekstatischer Agonie, dann gab er sich dem Schmerz der sich neu formenden Knochen, Sehnen und des Fleisches hin und sackte zu Boden. Nackt lag er regungslos wie der Tod da, während er sich von der Tortur erholte.

Einige Zeit später erwachte Raka zusammengekauert in der Fötusstellung und atmete tief ein. Er war schon sehr lange nicht mehr in menschlicher Gestalt gewesen.

Langsam öffnete er seine Augen. Das Kerzenlicht in der Höhle erschien seinen menschlichen Sinnen nur schemenhaft. Raka rollte sich auf alle Viere, dann richtete er seinen Rücken auf, so dass er auf dem harten Felsen des Höhlenbodens kniete. Er erkundete seine neue schwache und flügellose Gestalt mit seinen weichen, fleischigen Händen. Er fühlte sich verletzlich. Nachdem er seine Einschätzung abgeschlossen hatte, sammelte er die Kraft seines schwachen Körpers und stand auf. Das Blut rauschte aus seinem Kopf und er stolperte zur Seite. Er streckte einen Arm stützend aus und stützte sich an der Höhlenwand ab, dann taumelte er zu einem zerfledderten Sessel und setzte sich mit einem dumpfen Schlag. Die aufgewirbelte Staubwolke brachte ihn zum Husten und er verfluchte die Gebrechlichkeit der Menschen. Nach einem Moment zwang er sich, wieder aufzustehen. Diesmal behielt er das Gleichgewicht. Er hatte keine Zeit zu verlieren, er musste sich anziehen und losgehen.

Als Wechselbalg war er immer noch in der Lage, die Reptiliendrüsen in seiner Kehle zu behalten. Sie zu reiben stimulierte sein Adrenalin und gab ihm ein Gefühl von Macht. Er spuckte auf seine Hand und roch genüsslich den stechenden Reptilienspeichel. "Potent wie eh und je", stellte er etwas beruhigt fest.

Neben dem Stuhl stand ein Einzelbett mit seiner neuen Kleidung. Er zog die Hose, das Hemd und die Jacke an, die er "befreit" hatte, und nickte zufrieden, als er seine Beine etwas verlängerte und seine Arme verkürzte, damit die Kleidungsstücke perfekt passten. Er beschloss auch, seine Gesichtsstruktur gerade so weit zu verändern, dass man ihn nicht für den jungen Mann halten würde, dessen Körper er nun bewohnte. Er hatte kein Interesse daran, Leuten zu begegnen, die der Bursche gekannt hatte.

Nachdem er seine Verwandlung abgeschlossen und die letzten Kleidungsstücke angezogen hatte, bereitete sich Raka auf seinen ersten Einsatz in dieser Inkarnation vor. Er hatte keine Ahnung, wie er das lächerliche Stück Stoff, das die Menschen Krawatte nannten, knoten sollte, also stopfte er es in die Innentasche seiner Jacke. Stirnrunzelnd murmelte er: *"Die Kleidung der Ägypter war einfach. Ich hasse diese einschränkenden Dinger."*

Der Gedanke an Ägypten erinnerte Raka daran, wie er den Hof von Pharao Echnaton manipuliert hatte. Er lächelte, als er sich daran erinnerte, wie er die Priester täuschte, indem er ihnen Macht versprach, wenn sie den Propheten des Einen Gottes aufgeben würden. Er erinnerte sich an das Vergnügen, das er empfunden hatte, als er zusah, wie die verlogenen Narren, Echnatons engste Freunde, den ägyptischen König ermordeten, während er meditierte.

Als er aus seiner Träumerei erwachte, ging Raka zu einer hölzernen Truhe hinüber, in der sich einer seiner wertvollsten Besitztümer befand. Es war etwas, das er in einer anderen Zeit und an einem anderen Ort während eines seiner früheren Streifzüge in menschlicher Gestalt angefertigt hatte.

Er öffnete die fein gearbeitete Kiste und nahm einen verzierten Spazierstock heraus. Sein Griff war ein Drachenkopf aus purem Gold. Ein Paar lupenreiner Rubine bildete die glühenden Augen, die seinen eigenen nicht unähnlich waren, wenn er in Reptiliengestalt war.

Der Stock gab ihm nicht nur Halt beim Gehen, sondern hatte auch eine Hohlkammer in seiner Spitze. Wenn er auf eine bestimmte Weise auf die Rubinaugen drückte, verwandelte sich der Stock in eine Waffe, die mit seinem Reptiliengift versehene Nadeln in sein Opfer schleuderte. Er nickte befriedigt über die Handwerkskunst. Er hatte ein Vermögen für das Stück bezahlt, aber es war es wert.

Nach menschlichen Maßstäben war er ein gut aussehender blonder Mann Anfang dreißig. Raka setzte sich einen Homburg-Hut aus Ebenholz auf und betrachtete sich im Spiegel neben dem Bett. Er machte sich wieder mit den Muskeln seiner stummeligen menschlichen Zunge vertraut und übte die neue Sprache. Als er das Gefühl hatte, dass er das, was er sagen wollte, beherrschte, ging er die gesamte Aufführung durch. Seine charismatischen blauen Augen funkelten und er berührte mit der rechten Hand seinen Homburg. In lupenreinem Deutsch sprach er die Begrüßung, die er beobachtet hatte. "Hallo, mein Name ist Rudolf. Wie geht es Ihnen?"

Raka grunzte befriedigt über seine Leistung. Er war bereit für seine Mission. Der dunkle Engel neigte den Kopf und schnüffelte, um den Geruch der Macht des Shamir-Steins wahrzunehmen. In wenigen Augenblicken hatte er die Richtung gefunden und ging zügigen Schrittes los.

Er erinnerte sich daran, dass seine Mission Jahre dauern könnte. Schließlich gab es kosmische Gesetze, die beachtet werden mussten. Es war nicht so, dass er den Shamir einfach finden, seinen Besitzer ermorden und wieder gehen konnte. Nein, die Wege des Universums waren nicht ganz so einfach.

Das macht nichts. Er würde sich damit vergnügen, sich in die Angelegenheiten dieser Menschen einzumischen, bis er die Dinge zu seinem Vorteil manipulieren konnte.

Er konnte geduldig sein. Schließlich hatte er ... alle Zeit der Welt.

Kapitel 5
Dreiecke

Onkel Jakob fand den zwölfjährigen Albert am Küchentisch sitzend vor, wo er wieder Dreiecke zeichnete. Jakob war das jüngste von fünf Geschwistern. Im Gegensatz zu Alberts Vater Hermann hatte Jakob eine höhere Ausbildung machen können und war Ingenieur geworden. Hermann hatte seinem Bruder diese Chance nicht übel genommen, und gemeinsam bauten die beiden Brüder ein erfolgreiches Unternehmen auf, das Stromerzeuger und elektrische Beleuchtung für Gemeinden in Süddeutschland lieferte. Jakob war für die technische Seite zuständig, während Hermann den Vertrieb übernahm. Und, was für die Partnerschaft vielleicht noch wichtiger war, Hermann konnte Kredite von der Familie seiner Frau erhalten.

Jakobs Ausbildung und Wissen wurden von Albert, der einen unerschöpflichen Vorrat an Fragen hatte, ständig auf die Probe gestellt. Eines Tages wollte er wissen, wie die Generatoren funktionieren. Dann wollte er wissen, welche

Kapazität die Drähte haben, die zu den Beleuchtungskörpern führen. Vor allem aber wollte Albert etwas über Licht lernen. Doch in letzter Zeit hatte sich sein Interesse auf die Geometrie verlagert.

"Ich sehe, dass geometrische Formen deine Aufmerksamkeit erregt haben, Neffe."

Albert nickte, seine hellen Augen waren neugierig. "Irgendwie scheinen Dreiecke Natur und Wissenschaft zu vereinen. Ich sehe sogar geometrische Muster in den Blumen des Gartens."

Jakob hob eine Augenbraue, als er sich gegenüber von seinem frühreifen Neffen einen Stuhl heranzog. "Hmm. Nun, hast du jemals von Pythagoras gehört?"

Albert dachte einen Moment lang nach. "Der Name kommt mir bekannt vor", sagte er zögernd. "Aber ich kann mich nicht erinnern, wer er war." An Alberts Gesichtsausdruck konnte Jakob erkennen, dass Albert mehr wissen wollte.

Der gelehrte Mann beugte sich vor und erklärte: "Pythagoras war ein griechischer Mathematiker, der zwischen 569 und 475 v. Chr. lebte. Er wird manchmal als der 'erste Mathematiker' bezeichnet, was bedeutet, dass er einer der ersten Wissenschaftler war, der einen bedeutenden Beitrag zur Mathematik geleistet hat." Als Albert nickte, fuhr Jakob fort. "Er war jedoch mehr als nur ein Mathematiker; er studierte und arbeitete mit Religion und Philosophie. Außerdem war er auch Musiker; er spielte die Leier."

Alberts haselnussbraune Augen tanzten vor Neugierde: "Das ist ein Mann, über den ich gerne mehr erfahren würde."

Jakob lächelte und winkte Albert, ihm zu einem nahe gelegenen Bücherregal zu folgen. Nachdem er einen Moment lang gesucht hatte, zog er ein kleines Buch aus dem Regal und reichte es dem Jungen. "Als ich dich neulich Dreiecke zeichnen sah, wusste ich, dass es nicht lange dauern würde, bis du das Geheimnis des Pythagoras und seiner Theorien erforschen willst."

Albert schnappte sich das Buch und marschierte zurück zum Tisch. Er bemerkte nicht einmal, dass Onkel Jakob weggegangen war, lächelte und schüttelte den Kopf. "Gib dem Jungen ein Buch und es ist, als ob man einen Schwamm in einen Eimer Wasser wirft. Er saugt jeden einzelnen Tropfen Wissen auf", murmelte er vor sich hin und ging zur Tür hinaus.

Im Haus war es still wie in einer Kirche, als Albert sich in das Buch über Pythagoras vertiefte. Ein warmer Sommerwind wehte durch die gelben Baumwollvorhänge, die durch das offene Fenster über der Küchenspüle flatterten. Die Füße des jungen Mathematikers baumelten von dem mit Stroh gedeckten Holzstuhl an dem rechteckigen Tisch, der mit einem Fleischerblock gedeckt war. Während er las, begann er zu begreifen, dass sein Onkel Jakob ihm sein erstes richtiges intellektuelles Rätsel aufgegeben hatte. In Gedanken versunken, bemerkte Albert nicht, dass er sich fast an seinem Bleistift verschluckt hatte, als er auf das Diagramm eines rechtwinkligen Dreiecks starrte. Während er las, zogen sich seine Augenbrauen immer enger zusammen und Albert war fest entschlossen, den Satz des Pythagoras zu beweisen.

Geistesabwesend begann Albert mit seinem Kompass zu spielen, während er im Buch blätterte. Er las ein paar Absätze und starrte dann auf das Kompassgesicht, während er seine Gedanken spekulativ schweifen ließ. Er konnte nicht wissen, dass die Energie des Kompasses seine Gedanken über Raum und Zeit hinaus trug. Albert war weit weg und wusste nicht, wo er sich befand, während Dreiecke in allen Formen und Größen in seiner Vorstellung tanzten.

Ohne Frage war er entschlossen, die Herausforderung anzunehmen, die sich ihm stellte. Albert erzählte niemandem, woran er gerade arbeitete.

In der zweiten Woche der intensiven Beschäftigung mit dem Thema wirbelten Alberts Theorien in seinem Kopf hin und her. Schließlich füllte er eines Tages vor lauter Aufregung ein Blatt Papier so wütend mit kryptischen Zeichnungen und Zahlen, dass die Bleistiftmine abbrach. Mit zuckender Hand starrte er einen Moment lang auf das zerrissene Papier und den zerbrochenen Bleistift, dann schnappte er zu. Er krallte sich an dem Papier fest, wickelte es zusammen und schrie, als er es quer durch den Raum gegen die Küchentür warf. Sein Körper zitterte vor Wut, und der angehende Wissenschaftler ließ seinen Kopf auf den Tisch fallen und schluchzte.

Seine Mutter Pauline eilte vom Herd, wo sie den Eintopf für das Abendbrot rührte. Mit einem Blick erahnte sie, was passiert war, kniete sich hin und legte einen tröstenden Arm um Alberts Schulter. "Na, na, Albert. Es ist alles in Ordnung."

Albert drehte sich um und vergrub sich in der Umarmung seiner Mutter. "Das ist nicht in Ordnung, Mama.

Es gibt einen Weg, dieses Theorem zu beweisen, und ich kann ihn nicht finden", sagte er, sein Gesicht immer noch vor Wut verkniffen.

Pauline dachte einen Moment lang nach, dann strahlte sie. "Du brauchst eine Pause. Mach etwas anderes."

"Was zum Beispiel, Mama?"

Pauline zuckte mit den Schultern. "Ich weiß es nicht. Vielleicht spielst du Geige. Du weißt doch, wie Musik dich beruhigt und deinen Kopf frei macht."

Pauline zog den stirnrunzelnden Jungen sanft an sich und drängte ihn, sich von seinem Platz zu erheben: "Komm Albert. Lade Johann ein, dann könnt ihr beide die Mozart-Sonate für das Konzert in der Schule nächsten Monat üben."

Albert wollte niemanden sehen. Die einsame Suche kam ihm gelegen, aber sie zehrte an ihm. Er saß fest. Er kam nicht weiter. Die Worte seiner Mutter erinnerten ihn daran, wie sehr die Familie die Auftritte der beiden in den Ferien liebte und wie sehr die Musik seine Laune hob. Und es stimmte, dass er es genoss, wenn Johann ab und zu mitspielte. Resigniert seufzend gab sich der junge Mathematiker geschlagen: "Na gut, ich werde Johann holen."

* * *

"Wow, ist dein Goldfisch gestorben oder so, Albert? Du siehst schrecklich aus." Johann schüttelte missbilligend den Kopf, als sein Freund ihn durch die Eingangstür führte.

Trotz seiner selbst musste Albert über Johanns Fröhlichkeit lächeln. "Ach, ich stecke nur in einem Problem fest und weiß nicht, wie ich da rauskomme", sagte er und wedelte mit dem Arm, als wolle er seinen Ärger wegwischen. Er verbarg seine Mission noch immer und wollte nicht einmal, dass sein Freund erfuhr, was er verfolgte.

In dem Versuch, seine Melancholie abzuschütteln, führte Albert Johann in die Stube: "Meine Mutter meint, eine Pause würde helfen. Wir müssen sowieso für die Aufführung üben."

An Alberts Stimmungen gewöhnt, nickte Johann: "Okay, ich kann eine Stunde lang üben. Mein Vater braucht mich im Wirtshaus, um das Abendbrot zu servieren." Er wischte sich die Hände an seiner Lederhose ab und setzte sich auf die hölzerne Klavierbank, die Beine unter das Klavier gestopft, und schob die Notenblätter auf dem Notenständer hin und her. Albert hatte das Stück bereits auswendig gelernt und bereitete seine Geige vor, während er sich neben Johann stellte.

Nach einer Viertelstunde, in der sie ihr Duett immer weiter verfeinerten, funkelten die Noten. Die Süße der Musik begann in Alberts aufgewühltes Herz zu sickern. Er schloss die Augen, und wie ein Feuerwerk flogen die Dreiecke in den Noten im Rhythmus über seine Geige. Seine Fantasie blühte auf und sprudelte vor neuen Ideen, als Albert sich neuen Dimensionen in seinem Inneren öffnete.

Nach weiteren dreißig Minuten hatte Albert seine Ruhe wiedergefunden - und die Begeisterung für sein Projekt. "Vor lauter Eifer, mit seinen neuen Ideen zu arbeiten, verlor Albert jedes Gefühl für Manieren. Er drängte Johann auf die Beine und half ihm in seine Jacke. "Es ist gut, Johann, wir sind bereit für unseren Auftritt", verkündete Albert und schob Johann zur Tür. Johann versuchte, seine Jacke in der Hektik zurechtzurücken, und sagte: "Nun, ich denke, wir sind bereit." Dann stampfte Johann mit den Füßen auf und drehte sich zu Albert um, wobei er ein Grinsen verbarg. "Aber bist du sicher, dass du nicht noch ein paar Mal üben möchtest? Ich könnte noch ein paar Minuten bleiben ..."

"Nein, nein, ich bin sicher, dass wir bereit sind. Beeil dich jetzt, ich will nicht, dass du zu spät zur Arbeit kommst", erwiderte Albert und knallte die Tür fast zu, ohne zu bemerken, dass Johann genau wusste, was Albert vorhatte. Auf der Veranda lächelte Johann und schüttelte den Kopf, als er sich umdrehte, um zur Bierstube zurückzugehen. Er hatte Albert liebgewonnen und war, ehrlich gesagt, froh, dass sein Freund sein Glück wiedergefunden hatte.

Mit dem Durchbruch im Bewusstsein, den er gewonnen hatte, als er und Johann das Mozart-Stück gespielt hatten, wurde Albert bei seiner Arbeit in den nächsten Tagen immer selbstbewusster. Und mit der Zuversicht kam die Gelassenheit. Der Junge wachte jeden Morgen mit dem Bewusstsein auf, dass die Musik des Satzes von Pythagoras in seiner Vorstellung tanzte. Es war, als ob er die Mathematik in ihrer Vollständigkeit von hoch oben betrachten würde. Und er wusste, dass er den zeitweilig schwer fassbaren Beweis finden würde...

Kapitel 6
Ein Wunder

ief in Gedanken versunken beobachtete Johann den Dämmerungshimmel, ohne den Keks zu bemerken, den er langsam mampfte.

Die frische Sommerbrise wehte über das azurblaue Blätterdach der bayerischen Alpen. Es war dieser ätherische Moment, in dem sich der Tag in die Nacht verwandelt. Raum und Zeit schienen sich auszudehnen, als die Sonne ihren stetigen, majestätischen Abstieg vollzog. Pastellviolette Wolken wichen vor dem sich verdunkelnden Himmel einem Grau. Wie Diamanten tauchten Tausende und Abertausende winziger Funken - Planeten und Sterne - mit dem schwindenden Licht langsam in den Abend ein.

Aus dem hellen Sternenfeld suchte Johanns Blick die Sternbilder der Milchstraße. Er entdeckte den Gürtel des Orion am Himmel und fand dann den Großen Wagen, der ihn zum Nordstern führte. Der hellste aller Sterne, der Polarstern, wies ihm den Weg zum Norden. Auf der mit einer

Gaslaterne beleuchteten Veranda des Gasthauses setzte der verträumte junge Himmelsbeobachter, verloren in der weiten Nacht, langsam seinen Keks an den Mund und nahm einen weiteren, kaum beachteten Bissen.

Zwei Mönche gingen auf dem Weg zur Abendmesse im Kloster und Brauhaus Andechs vorbei. Der Sommer war für die Münchner eine beliebte Zeit, um die Eremitage zu besuchen. Der Biergarten aus dem zehnten Jahrhundert war bei dem warmen Wetter ein wunderbares Ziel. Ein Liter Bier und ein Mittagessen mit Schweinebraten und Sauerkraut gaben den Besuchern zusätzlichen Gesprächsstoff, wenn sie nach Hause kamen.

Die Tür des Gasthauses schlug hinter Johann zu und riss ihn aus seiner Träumerei. Albert schritt mit einem fragenden Blick auf seinen Freund zu. "Gehst du mit deinen Eltern zum Gottesdienst?"

"Ähm, nein...ich weiß nicht. Vielleicht doch. Willst du gehen?", antwortete Johann, der Mühe hatte, seine Gedanken zu sammeln.

Albert runzelte die Stirn und spürte, dass etwas mit seinem Freund nicht stimmte. "Was ist los, Johann?"

Johann strich sich Kekskrümel vom Kinn. "Nichts", sagte er, während er seine Schuhe untersuchte.

Albert hielt den Mund und starrte Johann geduldig abwartend an.

Johann zuckte kurz zusammen, dann seufzte er. "Wenn ein Junge aus der Familie Thomas sechzehn Jahre alt wird, muss er eine einmonatige Lehre in der Brauerei dieses Klosters machen. Die Mönche brauen schon seit Jahrhunderten Bier, und ich denke, wir können dabei eine Menge lernen." Er hielt inne und sah zu seinem Freund auf. "Und du weißt, dass ich letzten Monat sechzehn geworden bin."

Albert dachte einen Moment lang nach, dann wurde ihm alles klar. "Oh, das ist so, wie wenn jüdische Jungs dreizehn werden und eine Bar Mitzwa haben. Das ist ein Übergangsritus in die Männlichkeit."

Johann schaute in die Ferne, als ob er nach seiner Zukunft suchte. "Ja, aber was ist, wenn ich nicht für meinen Vater in der Brauerei arbeiten will? Was ist, wenn ich etwas anderes machen möchte?" Als Johann merkte, was er gerade verraten hatte, wandte er sich schnell an Albert. "Du wirst es doch niemandem erzählen, oder? Ich meine, ich habe das Gefühl, dass ich diese Lehre für meine Familie machen muss, aber ..."

Albert schüttelte den Kopf: "Natürlich nicht." Er ließ sich auf die Bank neben Johann plumpsen. "Du hast früher nie gesagt, dass du nicht im Familienbetrieb arbeiten willst. Was hat sich geändert?"

Johann wandte sich von seinem Freund ab und suchte in seinen Taschen nach einem weiteren Keks. Essen half ihm, sich besser zu fühlen, wenn er ängstlich war. Eigentlich fühlte er sich bei fast jeder Gelegenheit besser, wenn er aß. "Ich weiß nicht", murmelte er um den neuen Keks herum, den er sich in den Mund steckte. Alberts Blick verhärtete sich.

"Es ist nur so, dass... nun ja... ich habe nachgedacht..."

Albert nickte aufmunternd, und Johann platzte mit seinem Dilemma heraus. "Ich glaube, ich möchte Religionswissenschaften studieren." Johann wartete erwartungsvoll, während Albert die überraschende Enthüllung verdaute.

Nach einem Moment lächelte Albert. "Wenn es das ist, was dich anspricht, dann solltest du mit deinen Eltern darüber reden."

"Wirklich?" sagte Johann, sichtlich erleichtert. "Hältst du das nicht für verrückt?"

Albert schüttelte den Kopf, mit einem ernsten Gesichtsausdruck. "Ich weiß nicht, was ich tun würde, wenn meine Eltern darauf bestehen würden, dass ich in das Familienunternehmen für Elektronik einsteige. Ich meine, ich weiß, dass sie das gerne hätten, aber sie sind sehr tolerant gegenüber meiner Neugierde."

"Na, da hast du aber Glück. Ich glaube nicht, dass meine Eltern bereit sind, zu hören, dass ich vielleicht nicht in die Brauerei einsteigen will."

Albert drückte Johanns Arm ermutigend. "Die gute Nachricht ist, dass du jetzt keine endgültige Entscheidung treffen musst. Ich würde sagen, du machst einfach deine Ausbildung weiter, damit du einen guten Eindruck davon bekommst, was es heißt, in diesem Geschäft zu arbeiten."

Johann dachte über den Rat seines Freundes nach, während Albert fortfuhr. "Vielleicht erfährst du etwas, das dein Interesse weckt. Aber zumindest weißt du es aus eigener Erfahrung und nicht nur, wie du es dir vorstellst."

Johann begann zu nicken. "Du bist der Beste, Albert. Das macht wirklich Sinn. Ich bin wirklich froh, dass du mit uns gekommen bist", sagte er und lächelte zum ersten Mal an diesem Tag. Von seinen Sorgen befreit, zumindest für den Moment, wurde Johann munter. "Hey, hast du deinen Kompass dabei?"

Albert strahlte bei dieser Frage. "Natürlich habe ich meinen Kompass. Warum?"

"Die Mönche der Brauerei veranstalten morgen ihre jährliche Schatzsuche. Jungs in unserem Alter nehmen daran teil, und ich habe uns angemeldet. Nachher gibt es auch ein Mittagsbuffet", fügte er hinzu, der sich nie ein gutes Essen entgehen lässt. "Ich wette, dein Kompass wird uns einen Vorteil verschaffen!"

"Könnte sein", sagte Albert nachdenklich. "Eine Schatzsuche, was? Interessant."

* * *

Eine Menschenmenge versammelte sich an der Ostseite des Heiligen Bergs am Ammersee. Die frühe Morgensonne brach über den Gipfel. Fünf Benediktinermönche verteilten Zettel mit Anweisungen an die Jägerinnen und Jäger. Die Schnitzeljagd würde um neun Uhr morgens beginnen.

Der dunkelhaarige, blauäugige Mönch um die dreißig, Dr. Peter Collins, stand auf einem Trittschemel in seiner braunen Mönchskutte. Er blickte in die Menge, räusperte sich und rief mit lauter, enthusiastischer Stimme: "Guten Morgen allerseits! Willkommen zu unserer jährlichen Schnitzeljagd anlässlich des Festes der Maria Magdalena. Heute werdet ihr die Nachbildungen alter Reliquien in unserem Kloster suchen, darunter auch die der ehrwürdigen Heiligen selbst."

Johann überblickte die Menge von der Mitte der Gruppe aus und schätzte, dass es etwa dreißig waren; 15 Teams mit je zwei Jungen. Er war natürlich mit Albert eingeteilt, der den Zettel in der Hand hielt, den sie bei ihrer Ankunft am Morgen erhalten hatten.

Johann bemerkte, dass der Tyrann, Werner von Wiesel, im Mittelpunkt einer Gruppe von Speichelleckern stand - Jungs, die sich bei ihm einschleimten, weil sein Vater, ein pensionierter Oberst der preußischen Armee, als "wichtiger Bürger" Münchens galt. Aus Johanns Sicht war Werner nur ein verwöhntes reiches Kind. Aber aus irgendeinem Grund schien er es auf Albert abgesehen zu haben. Er ließ kaum eine Gelegenheit aus, um Albert das Leben schwer zu machen.

Während Johann über Werner nachdachte, fuhr der Bruder fort. "Jedes Team hat ein Anweisungsblatt mit einer Karte der Gegend. Unten auf der Karte siehst du eine Liste mit Koordinaten und Hinweisen, die sich auf einige Reliquien des Klosters beziehen." Dann blickte er mit einem verschmitzten Grinsen auf. "Aber um die Sache interessant zu machen, beziehen sich nicht alle Koordinaten oder Hinweise auf die Reliquien, die wir für diese Jagd ausgelegt haben."

"Wie viele Reliquien sind es, Bruder Peter?" wollte Werner wissen.

"Das Grinsen des Mönchs verbreiterte sich zu einem Grinsen. "Nun, wenn wir dir das sagen würden, Werner, würde es dir den Spaß verderben." Die Jungen stöhnten auf.

"Wenn ihr eine Reliquie findet, sollt ihr neben dem Hinweis darauf schreiben, um welche Reliquie es sich handelt. Berührt oder entfernt nicht, was ihr findet. Wir wollen, dass jeder die Chance hat, die Jagd zu beenden."

Der Mönch blickte zu Boden und sah in seinen Notizen nach, dann fuhr er mit seinem Vortrag fort. "Wenn ihr alle Reliquien gefunden und ihre Standorte auf eurer Karte eingetragen habt, bringt ihr euer Anmeldeformular in den Speisesaal. Einer unserer Brüder wird es entgegennehmen und eure Zeit notieren."

Der Abt, der sehr ernst dreinschaute, sagte: "Da ihr euch auf eurer Reise sicher einen ziemlichen Appetit angeeignet habt, werdet ihr alle mit einem herzhaften Mittagessen verwöhnt." Er lächelte und nickte, als sich der Jubel in Luft auflöste.

"Der Gewinner wird anhand der Anzahl der gefundenen Reliquien, der Genauigkeit der Notizen zu den identifizierten Reliquien und der Geschwindigkeit, mit der sie gefunden wurden, ermittelt.

"Was werde ich dieses Jahr gewinnen, Bruder Peter?" rief Werner hochmütig aus.

Der Mönch wartete, bis die Ausrufe und das Gejohle aufhörten, dann sagte er: "Wir verraten den Preis nicht im Voraus, Werner, also musst du einfach warten, um ihn zu erfahren.

Nach dem vorhersehbaren Gemurre fragte der Mönch: "Okay, irgendwelche Fragen?"

"Genug geredet! Lasst uns loslegen!" brüllte Werner ungeduldig. Der Mönch hob die Hände und sah Werner stirnrunzelnd an. "Immer mit der Ruhe, Werner. Wir wollen sicherstellen, dass jeder weiß, was er wissen muss.

Werner blickte finster drein und schaute sich drohend im Raum um. Viele der Jungen zuckten angesichts Werners Wut zusammen, und niemand wagte es, eine Frage zu stellen.

Der Mönch wartete, und als er keine Fragen hörte, nickte er: "Also gut. Meine Herren, Sie können beginnen!"

Die meisten der Jungen stürzten sich auf die Jagd. Werner schaffte es, Albert im Vorbeilaufen anzustoßen und ihn fast umzuwerfen. "Hoppla, *tut mir leid*, Einstein", grinste er unaufrichtig, als Albert sein Gleichgewicht wiederfand.

Obwohl sie genauso ungeduldig wie die anderen Jungen waren, mit der Suche zu beginnen, trabten Albert und Johann zur grünen Wiese neben dem Hauptgang des Klosters und setzten sich. Albert wollte die Jagd vernünftig angehen. Er legte die Karte auf die Wiese und holte seinen wertvollen Kompass heraus.

"Was hast du mit dem Kompass vor, Albert?" wollte Johann wissen.

"Ich bin mir nicht sicher, aber ich dachte, es könnte uns helfen, uns auf die Hinweise zu konzentrieren und darauf, wohin wir gehen wollen", antwortete er, während Johann sich neben ihm niederließ und ihn interessiert beobachtete.

Albert öffnete den Deckel des mit Edelsteinen besetzten Kompasses und legte ihn auf die Karte, während er den Plan betrachtete. Die morgendlichen Strahlen spiegelten sich auf der Oberfläche des Geräts. Mit einem Blick auf die Karte und die Topografie der Umgebung versuchte Albert zu bestimmen, wohin sie gehen mussten. Er zeigte auf die Karte und sagte: "Der erste Koordinatensatz lautet 47,58 Nord 11,118 Ost, aber es ist nicht klar, wo genau das ist."

Als Albert die Koordinaten sprach, schoss plötzlich ein violetter Lichtstrahl aus dem Kompass, der sich bis zu einem Punkt auf der Karte erstreckte. Beide Jungen keuchten schockiert auf. Sie konnten nicht glauben, was sie sahen.

Johann schluckte und flüsterte: "Was war das?!"

Albert konnte nur starren, als das Licht verschwand. Dann schloss er die Augen und rieb sich die Schläfen, als wolle er einen Schmerz lindern. "Ich habe keine Ahnung. Das ist wissenschaftlich nicht möglich."

Johann kam wieder zu sich und packte Alberts Arm. "Ja, aber es ist passiert. Wenn es wissenschaftlich unmöglich ist, dann muss es Magie sein!"

Albert schüttelte den Kopf, als wolle er den Gedanken aus seinem Kopf vertreiben. "Ich kann nicht sagen, dass es Magie ist...", dann hellte sich Albert auf, "aber was auch immer es ist, es hat uns ein Ziel gegeben. Lasst uns gehen." Er schnappte sich den Kompass und die Karte und stand auf.

Angestachelt von ihrem Wunsch, den Wettbewerb zu gewinnen, huschten die beiden Abenteurer von der Bergkirche hinunter in ein Tannenwäldchen. Als sie weitergingen, blieb

Alberts Blick an einer jungen Frau in einem roten Mantel hängen, die am Rande der Bäume stand. Ihre dunklen Augen strahlten eine freundliche Wärme aus, als sie ihm winkte, ihr zu folgen. Einen Moment lang trafen sich Alberts Augen mit den ihren, und Albert zuckte zusammen, als hätte ihn ein Stromschlag getroffen. Die Frau lächelte und machte erneut eine Bewegung.

Albert konnte nur einen Moment lang sprachlos vor sich hinstarren. Dann sammelte er seinen Verstand, zeigte auf Johann und sagte: "Ich... ich glaube, diese Frau will, dass wir ihr folgen!"

"Welche Frau?", antwortete Johann und sah sich um.

Für Albert sah Johann die Frau direkt an. Er hielt inne, dann sagte er: "Macht nichts. Folgen Sie mir einfach", und er ging hinter der Frau her.

"Äh, richtig", stimmte Johann zu, mit einem sehr verwirrten Gesichtsausdruck.

Die Jungen wanderten durch eine Wiese mit bunten Blumen und dichtem Wildgras. Ihre geheimnisvolle Führerin glitt vor ihnen her und blieb dann an einem weiß getünchten Lattenzaun stehen. Sie zeigte auf einen Strauß weißer, violetter und roter Rosen im Inneren des Zauns. "Sie will, dass wir dort hineingehen", sagte Albert. Sein Herz schien zu pochen, als ihr Blick über ihn hinwegging.

Verwundert runzelte Johann die Stirn, schwang das Gartentor auf und trat auf einen Weg, der in die Mitte des Rosengartens führte. Dort hing eine rote Fahne an einem schmalen Pfahl, der über die Rosensträucher hinausragte. In der Nähe der Fahne lag eine einzelne goldene Rose auf einer Mahagonibank, und die Sonnenstrahlen glitzerten auf ihren metallischen Blütenblättern.

Albert näherte sich ihr und achtete darauf, sie nicht zu stören. "Sieht aus, als hätten wir unser erstes Relikt gefunden", sagte er und reichte Johann die Karte. "Zu welchem der Hinweise passt die goldene Rose?"

Johann überprüfte die Hinweise. "Hmm. Ich habe die Reliquien des Klosters studiert, mal sehen, ob sich meine Arbeit gelohnt hat." Als er mit dem Finger über die Liste der Hinweise fuhr, blieb Johann plötzlich stehen. "Hier!", sagte er und stieß auf das Papier. Der Hinweis lautete: "Der Preis des Gründers." Johann nickte vor sich hin. "Die goldene Rose gehörte dem Gründer des Klosters, Herzog Albrecht", sagte er und schrieb "Albrechts goldene Rose im Rosengarten" neben den Hinweis.

"Gute Arbeit, Johann!" sagte Albert anerkennend.

Johann nickte und sah von der Karte auf. "Danke. Aber dein Kompass hat sicher seinen Teil dazu beigetragen. Hast du ihn heute schon einmal zur Orientierung benutzt?"

Albert schüttelte den Kopf. "Ich brauche keinen Kompass, um mich in München zurechtzufinden, also war es nicht nötig. Das ist einer der Gründe, warum ich mich auf diese Reise gefreut habe - um ihn auszuprobieren. Und natürlich, um etwas Zeit mit meinem besten Freund zu verbringen", fügt er grinsend hinzu. "Diese Schatzsuche ist eine fantastische Übung. Ein echtes Experiment in einer kontrollierten Umgebung." Albert kratzte sich am Kopf. "Aber ich muss sagen, ich war genauso überrascht wie du, als ich den Kompass öffnete und dieser Lichtstrahl herausschoss."

"Also, ähm, das ist nicht das, was normalerweise mit Kompassen passiert?" fragte Johann, ziemlich sicher, dass er die Antwort kannte.

"Bei weitem nicht", sagte Albert und rollte mit den Augen.

"Gut, öffnen wir die Karte und schauen, ob der Kompass beim nächsten Hinweis hilft", schlug Johann vor.

"Richtig", stimmte Albert zu, dessen Neugierde nun auf Hochtouren lief. Diesmal war er bereit, das Phänomen zu beobachten. Falls es wieder passiert.

Albert öffnete vorsichtig die Karte, die am anderen Ende der Mahagonibank lag, wo die goldene Rose saß. Er legte den Kompass darauf und wählte wahllos eine andere Koordinate aus: "47,964 Nord, 11,202 Ost." Einen Moment lang passierte nichts, und Albert dachte, dass es sich beim ersten Mal um einen Zufall gehandelt haben musste. Doch dann leuchtete der Kompass auf und projizierte einen dünnen Strahl violetten Lichts auf einen Punkt auf der Karte.

"Oh, mein Gott." sagte Albert ehrfürchtig.

Johann schüttelte nur staunend den Kopf. "Wie geht das, Albert?", fragte er aufrichtig verwundert.

"Ich habe keine Ahnung", sagte Albert kopfschüttelnd. "Es gibt keine Stromquelle, und doch strahlt das Licht aus, wenn ich die Koordinaten sage. Das ist ... nicht möglich."

"Ja, aber es ist passiert. Schon wieder", sagte Johann und zerrte an Alberts Arm. "Komm schon. Wir haben eine Schnitzeljagd zu gewinnen!"

Vorsichtig schloss Albert den Kompass und ließ sich von seinem Freund dorthin führen, wo der Kompass die nächste Reliquie angezeigt hatte.

Als die beiden Abenteurer ihren Weg durch die Landschaft machten, sah Albert die Frau in Rot in der Nähe. Sie schien auf sie zu warten. Albert schloss die Augen und schüttelte den Kopf. Als er sie öffnete, lächelte sie immer noch und lud sie ein, ihr zu folgen. Wieder fühlte Albert ... etwas. Nach einem Moment des Nachdenkens wurde ihm klar, dass er sich freute, sie zu sehen.

Albert sagte zu Johann: "Da ist wieder die Frau in Rot. Sie will, dass wir ihr folgen."

Johann drehte sich nach links, dann nach rechts: "Wirklich? Wo?"

Albert zeigte auf die Stelle, wo die Frau wartete. "Da drüben."

"Wenn du meinst", sagte Johann und ging in die von Albert angegebene Richtung.

"Wenn wir wieder in der Halle sind, werde ich einen der Mönche fragen, ob hier eine Frau lebt, die ihr ähnlich sieht."

Johann nickte, "Gute Idee. Wer auch immer sie ist, sie scheint auf jeden Fall von der Schatzsuche zu wissen und wo die Reliquien sind."

Johann blieb bei Albert, als er der Frau durch Weizenfelder und üppiges Grün folgte, bis sie zu einem unberührten, kristallklaren Teich kamen. Hohe, weidenbewachsene Kiefern und wilde Blaubeersträucher säumten das Ufer auf der anderen Seite. Johann deutete auf eine blaue Fahne in der Nähe eines der Bäume. "Da!", sagte er aufgeregt.

"Ich sehe es", sagte Albert, nickte mit dem Kopf und beschleunigte seinen Schritt, ohne zu bemerken, dass die Frau in Rot nicht mehr zu sehen war.

Neben der Flagge fanden sie eine Miniaturtanne, die wie ein Weihnachtsbaum geschmückt war. Albert kratzte sich am Kopf: "Ein Weihnachtsbaum im Juli?"

Johann zeigte auf den Hinweis auf der Schatzkarte. "Was hat der heilige Nikolaus dem Weihnachtsfest hinzugefügt?", las er vor. Albert sah ihn schmunzelnd an und sagte: "Das ist ganz einfach: Der Nikolaus hat angefangen, einen Baum für das Weihnachtsfest zu verwenden. Im Kloster gibt es mehrere Reliquien von ihm."

"Hmm, interessant", sagte Albert mit einem Nicken, als Johann die Antwort "Nikolausbaum am Teich" neben den Hinweis schrieb.

"Dank des Kompasses und deiner unsichtbaren Dame haben wir zwei für zwei", sagte Johann und griff nach einem Stück Kuchen, das er in eine Stoffserviette eingewickelt und in eine Tasche seiner Lederhose gestopft hatte. "Also, was hältst du davon, wenn wir kurz anhalten und uns ausruhen?"

Albert fasste Johanns Handgelenk fest und schüttelte den Kopf. "Nicht bevor wir alle Relikte gefunden haben. Du kannst dich 'ausruhen'", fügte Albert hinzu, wobei er das Wort mit seiner Stimme in Anführungszeichen setzte, "wenn wir den Parcours beendet und alle in die Halle zurückgeschlagen haben."

Albert legte die Karte auf einen Felsen in der Nähe des Sandstrandes und richtete den Kompass vorsichtig darauf aus. Er wählte eine weitere Reihe von Koordinaten und sprach sie laut aus. Diesmal geschah nichts. Er sagte sie erneut und wartete. Der Kompass tat nichts.

Ich glaube, wir haben unseren Vorsprung verloren", bemerkte Johann, der mit dieser Entwicklung überhaupt nicht zufrieden war.

Albert dachte einen Moment lang nach. "Der Abt sagte, nicht alle Hinweise seien nützlich. Wir sollten dem Kompass eine weitere Chance geben." Er überprüfte erneut die Karte und die Hinweise und wählte eine weitere Reihe von Koordinaten. "47,968 Nord, 11,194 Ost", sagte er laut.

Nach einer kurzen Pause strahlte der Kompass ein winziges Licht auf einen Punkt auf der Karte. Johanns Gesicht erhellte sich mit einem Lächeln. "Du hattest recht! Komm schon", er packte Albert am Ärmel, und Albert konnte nur mit Mühe den Kompass und die Karte aufheben, bevor Johann ihn in die neue Richtung eilen ließ.

Als die Jungen an der Baumgrenze vorbeimarschierten, sah Albert in einiger Entfernung die Frau in Rot. Als Albert auf sie zuging, zeigte sie auf ein Bauernhaus in der Ferne. Dieses Mal erwähnte Albert nicht, dass er sie gesehen hatte. Als Albert und Johann näher an die Frau herantraten, schien sich die geheimnisvolle Führerin in Luft aufzulösen. Albert schüttelte den Kopf und blinzelte, aber Johann ging weiter, als ob nichts geschehen wäre. Für ihn war natürlich auch nichts passiert.

Die Jungen liefen eine ganze Weile auf einer schmalen, staubigen Straße in Richtung des Bauernhauses. Es war ein langes, rotes Backstein- und Fachwerkhaus, etwa 15 Meter lang. Hinter dem Haus scharrten mehrere Hühner auf dem Hof. Neben dem Hühnerstall stand eine grüne Fahne. Als die Jungen sich der Fahne näherten, sahen sie einen kurzen, hölzernen Schemel. Auf dem Schemel saß in einem geflochtenen Korb, der mit frischem Moos verziert war, ein einzelnes rotes Ei.

Albert lächelte, als er die Flagge sah: "Okay, das muss es sein." Er hielt inne und runzelte die Stirn: "Aber was für ein Relikt ist ein rotes Ei?"

Johann schmunzelte. Er wusste gerne Dinge, die Albert nicht wusste. Es kam ja auch selten genug vor. "Das rote Ei war ein Geschenk von Maria Magdalena an Kaiser Tiberius. Sie brachte ihm ein weißes Ei als Zeichen für die Geburt Christi. Als er das Ei sah, lachte er und sagte: 'Ich werde glauben, dass es Christus darstellt, wenn das Ei rot wird.'

"Als Maria Magdalena dem Kaiser das Ei hinstreckte", so Johann weiter, "wurde es rot."

"Wirklich?", sagte Albert, der nicht so recht wusste, was er von dieser Geschichte halten sollte.

"Aha", nickte Johann, nahm die Karte und schrieb "Maria Magdalenas rotes Ei im Hof" neben einen Hinweis, auf dem stand: "Was Tiberius überzeugt hat."

"Nun, ich weiß nichts über die Geschichte", sagte Albert, "aber ich bin froh, dass du bei deinen geheimen Studien auch die Reliquien des Klosters berücksichtigt hast. Ich hätte keine Ahnung gehabt, welche Reliquie zu welchem Hinweis passt."

Johann errötete über das Lob und wurde dann ernst. "Danke, dass du das sagst, Albert. Aber lass uns mit der Jagd weitermachen."

Albert nickte, als er die Karte aufklappte und den Kompass darauf legte. "Gute Idee."

Johann zeigte auf eine der anderen Koordinaten, und Albert las die Zahlen laut vor. Der Kompass antwortete nicht. Albert wiederholte die Koordinaten, und als wieder keine Reaktion kam, las er schnell die wenigen verbleibenden Koordinaten durch. Jedes Mal reagierte der Kompass nicht mehr.

Johann runzelte verwirrt die Stirn. "Meinst du, der Kompass ist kaputt, Albert?"

Albert schüttelte langsam den Kopf. "Könnte sein, aber ich halte es für wahrscheinlicher, dass wir alle Hinweise gefunden haben."

"Das macht irgendwie mehr Sinn, denke ich", räumte Johann ein. "Wenn das so ist, dann lass uns zurück in den Speisesaal gehen."

"Richtig", stimmte Albert zu und faltete die Karte sorgfältig zusammen. "Wir haben das zusammen gemacht, und ich will, dass wir gewinnen."

"Richtig", nickte Johann. "Wir haben es zusammen gemacht."

* * *

Als sie in den Speisesaal blickten, sank Alberts Herz. Dort wimmelte es von den Jungen, die auf der Schatzsuche gewesen waren. Für ihn sah es so aus, als wären er und Johann als letzte zurückgekehrt. Da er von Natur aus ein Wettkämpfer war, wollte er unbedingt gewinnen. Als sie eintraten, blickte Werner von der anderen Seite des Flurs von seinem Mittagessen auf. "Wird auch Zeit, dass ihr endlich zurückkommt, ihr Verlierer", spottete er.

Johann zog eine Grimasse und wollte etwas erwidern, aber Albert legte ihm die Hand auf die Schulter. "Beachte ihn gar nicht, Johann. Er ist nur ein Idiot."

Ein lächelnder Mönch an der Tür begrüßte Albert und Johann: "Herzlichen Glückwunsch zum Abschluss der Jagd." Er hob eine silberne Kette hoch und schaute auf seine Taschenuhr, nickte und notierte die Zeit neben Johanns und Alberts Namen.

Albert fragte den Mönch: "Ähm, Bruder, ich habe mich gefragt, ob du mir eine Frage beantworten kannst."

Seine freundlichen haselnussbraunen Augen funkelten, und der Mönch antwortete: "Natürlich, mein Freund, was möchtest du wissen?"

Alberts Gedanken rasten, während er versuchte, sich einen Reim darauf zu machen, was er gesehen hatte. Er neigte den Kopf zur Seite und sagte: "Ich habe eine junge Frau gesehen. Sie hatte dunkles Haar und braune Augen. Sie könnte in den Zwanzigern gewesen sein. Meine Freundin hat sie nicht gesehen, aber ich möchte mich bei ihr bedanken. Es war nett von ihr, uns bei der Suche nach den Reliquien zu helfen."

Der Bruder starrte einen Moment lang, seine Augen verengten sich leicht. Albert konnte sich nur winden und fragte sich, ob es ein Problem gab.

"Dunkles Haar, sagten Sie?", fragte der Mönch fast schroff.

Albert nickte. "Ja. Oh, und sie trug einen roten Umhang."

Als er das hörte, runzelte der Mönch die Stirn. "Dunkles Haar, braune Augen und ein roter Umhang. Vielleicht olivfarbene Haut?"

Albert nickte. "Äh, richtig. Als ob sie wirklich braun wäre."

Der Mönch nickte, seine Stirn legte sich in Falten. Der Mönch kniete sich auf Alberts Höhe hinunter und sagte: "Bitte sag mir deinen Namen. Der Abt wird davon hören wollen."

Albert war besorgt. Hatte er etwas falsch gemacht? "Mein Name ist Albert Einstein." Er zeigte auf Johann, dessen Aufmerksamkeit auf den reichlich gedeckten Tisch gerichtet war. "Ich bin zu Besuch bei meinem Freund Johann und der Familie Thomas."

Zögernd lenkte Johann seine Aufmerksamkeit wieder auf das Gespräch und nickte dem Mönch zu.

"Natürlich, ich kenne die Familie Thomas." Er legte Johann die Hand auf die Schulter und sagte: "Ich habe gehört, dass du bald dein Praktikum hier machen wirst."

Johann nickte. "Äh, richtig", antwortete er.

Der sanftmütige Bruder lenkte die Jungen zu dem riesigen Tisch am Kopfende des Raumes in der Nähe eines Podiums. In der Nähe standen zwei lange Tische mit Bänken zu beiden Seiten, an denen die Jungen von der Schatzsuche saßen. "Lasst euch das Mittagessen schmecken, das wir für euch vorbereitet haben. Ihr habt es euch verdient."

Johann betrachtete die Auslage und begann sich zu freuen. "In der Zwischenzeit", fuhr der Mönch fort, "werden wir alle Karten überprüfen und in Kürze die Gewinner der Jagd bekannt geben."

Alberts Mund verzog sich zu einem Anflug von Stirnrunzeln. Er hatte den Wettbewerb unbedingt gewinnen wollen. Aber er glaubte nicht, dass er eine große Chance hatte, wenn sie als einer der letzten in der Halle ankamen.

Johann zerrte Albert zum Essenstisch und die Jungen füllten ihre Teller. Albert musste zugeben, dass die Schatzsuche ihm Appetit gemacht hatte. Johann aß mit Genuss, aber Alberts Begeisterung wurde durch seine Enttäuschung über die späte Rückkehr gedämpft. Er war auch etwas beunruhigt über die misstrauische und rätselhafte Antwort des Mönchs auf seine Frage nach der Frau, die ihm und Johann bei der Suche nach den Reliquien geholfen hatte. Er blickte an der langen Tafel entlang und sah, dass Werner mit vielen anderen

Jungen Hof hielt. Albert schüttelte den Kopf und bemerkte, wie die anderen Jungen dem Großmaul die Stirn boten.

Albert hob einen Bissen Wurst an seine Lippen und betrachtete die Frau in Rot. Er konnte nicht leugnen, dass er … etwas … fühlte, als seine Augen die ihren trafen. Es war, als ob ein Wiedererkennen zwischen ihnen stattfand, und sein Herz wurde erleichtert. Albert knabberte gedankenverloren an dem Käse und der Wurst.

Gerade als die Jungen das letzte Stück ihres Mittagessens verzehrt hatten, wurde es still im Raum. Als Albert und Johann aufblickten, sahen sie den lächelnden Mönch und einen anderen Mann, der eine noch kunstvollere Halskette vor seinem Gewand hängen hatte. "Der Abt?" Johann murmelte. "Er kommt normalerweise nicht zu solchen Veranstaltungen."

Der Abt trat an die Stirnseite des Saals und blickte in den Raum hinaus. Seine freundlichen Augen schienen Alberts zu treffen, als sie die Menge abtasteten. Dann lächelte er und sagte: "Na, das war ja eine richtige Schnitzeljagd. Alle Jungen kicherten oder murmelten zustimmend. Der Abt hob die Hände zum Schweigen.

"Ich bin sicher, ihr seid alle gespannt, wer dieses Jahr den Preis gewonnen hat", sagte der Abt. "Aber bevor wir dazu kommen, würde ich gerne wissen, ob einer von euch während der Jagd eine Frau auf dem Gelände gesehen hat. Die Frage wurde mit verwirrten Blicken beantwortet und viele der Jungen schüttelten den Kopf oder murmelten "nein". Ein verunsicherter Albert hob zögernd die Hand.

Der Abt nickte und sah Albert an. "Kannst du die Frau beschreiben, die du gesehen hast?" Albert zuckte zusammen, weil es ihm unangenehm war, dass alle Jungen ihn beobachteten, und stand auf.

"Nun, sie hatte dunkles Haar. Und, äh, sie trug einen roten Umhang."

"Sonst noch etwas?", fragte der Abt und strich über sein Kinn.

"Sie sah aus, als hätte sie viel Zeit in der Sonne verbracht." Der Abt nickte. "Albert schloss die Augen und erinnerte sich an die Frau. "Oh, und ihre Augen." Nun nickte der Abt aufmunternd. "Was ist mit ihren Augen?"

"Sie waren... ich weiß nicht", Alberts Ton wurde wehmütig. "Sie waren... schön und erfüllt von diesem... Etwas. Ich weiß es nicht. Ich fühlte mich irgendwie warm, als ich sie ansah."

Der Abt wartete, während Albert sich weiter in seine Erinnerungen vertiefte. "Es war wirklich erstaunlich. Ich hatte fast das Gefühl, sie würde mich umarmen, als ich ihre Augen sah."

Johann starrte Albert verblüfft an. "Wow, wie konnte ich das übersehen?", fragte er sich flüsternd.

Der Abt schien überhaupt nicht verwirrt zu sein. Im Gegenteil, sein Lächeln strahlte Freude aus. "Meine Herren, wir sind gesegnet worden." Er winkte einem der Mönche zu, der gerade den Raum betrat und ein in Stoff eingewickeltes Paket trug. Der ältere Mann hielt es dem Abt hin und begann, die Verpackung zu entfernen. Dies ist ein Gemälde, das in einem Lagerraum in unserem Keller aufbewahrt wurde. Ich glaube nicht, dass es jemand seit Jahren betrachtet hat.

Als das letzte Stück der Verpackung entfernt wurde, keuchte Albert auf und ließ sich auf seinen Sitz zurückfallen. Das war sie. Es war die Frau, die ihn und Johann zu den Reliquien geführt hatte. Der Abt fuhr fort: "Dies, meine Freunde, ist ein Bild von Maria Magdalena, deren Festtag, den 22. Juli, wir heute mit unserer Schnitzeljagd feiern." Alberts Kinnlade fiel herunter.

Der Abt lächelte Albert wieder an und fuhr fort. "Es ist selten, aber nicht unerhört, dass jemand mit einem ganz besonderen Herzen Maria Magdalena hier auf dem Gelände sieht. Ich kann mich ehrlich gesagt nicht erinnern, wann es das letzte Mal passiert ist, aber anscheinend wurden wir heute durch ihre Anwesenheit geehrt." Der Abt wandte sich Albert direkt zu und sagte: "Sie, junger Herr, haben großes Glück. Sie zu sehen, kann nur Gutes für Sie bedeuten, und ich gratuliere Ihnen zu diesem großen Segen, der Ihnen zuteil geworden ist."

Albert schloss den Mund und nickte verlegen mit dem Kopf, während die anderen Jungen auf dem Flur miteinander tuschelten. Albert bemerkte, dass Werner ungewöhnlich still war, seine Augen verengten sich, als würde er nicht glauben, was Albert gesagt hatte. Er drehte sich zu dem Jungen neben ihm um." Wie konnte dieser dürre kleine Jude Maria Magdalena sehen?", spuckte er flüsternd aus.

Der Raum wurde wieder still und der Abt ergriff das Wort, diesmal mit einem Lachen in der Stimme. "Ich bin mir sicher, dass ihr euch alle sehr für den jungen Herrn Einstein freut, aber ich wette, ihr seid auch ein bisschen neugierig, wer die Schnitzeljagd gewonnen hat." Der Raum, in dem es still geworden war, wurde nun wieder laut, mit Gejohle und Rufen wie "Da hast du recht!" und "Ja, fang an!"

Der Abt bat um Ruhe und sagte: "Das Team von Werner von Wiesel und Ulli Schmidt hat es als erstes mit der Karte und den zwei richtigen Relikten zurück in den Speisesaal geschafft." Der Raum brach in Geplauder aus, und Werner machte eine große Show, indem er herumstolzierte und seinen Arm zum Siegesgruß stemmte. Alberts Stimme wurde leiser, aber er zwang sich zu einem Lächeln, um den Erfolg der Jungs zu feiern. Johann hatte einen eher erwartungsvollen Gesichtsausdruck. Albert warf ihm einen verwirrten Blick zu. Johann hielt nur zwei Finger hoch. Albert runzelte die Stirn und versuchte zu verstehen, was sein Freund ihm sagen wollte.

Der Abt hob die Hände und der Raum wurde still. "Ich lobe euch junge Männer für eure Schnelligkeit und Klugheit." Werner und Ulli nickten süffisant. Doch der Abt war noch nicht fertig. "Aber, wie ihr euch vielleicht erinnert, war Schnelligkeit nur eines der Kriterien." Albert hörte aufmerksam zu. "Nur ein Team hat alle *drei* Reliquien, die wir ausgelegt haben, richtig gefunden und identifiziert." Ein Schweigen legte sich über den Raum, als die Jungen sich alle umsahen. Jedes Team wusste, dass sie nur zwei Relikte gefunden hatten.

Der Abt wandte seinen Blick zu Albert und Johann und lächelte: "Offenbar hat Maria Magdalena diesen beiden jungen Männern zugelächelt", sagte er und zeigte auf Albert und Johann. "Für die Entdeckung und richtige Identifizierung aller Reliquien bei dieser Jagd", der Abt hielt eine kleinere Version des roten Eies hoch, das die Jungen im Hof gefunden hatten, "geht diese Nachbildung des roten Eies von Maria Magdalena, die von einem unserer feinen Kunsthandwerker hier im Kloster handgeschnitzt und bemalt wurde, an... Johann Thomas und Albert Einstein!"

Der Raum wurde still. Albert schluckte und hoffte, dass die Jungen nicht wütend waren, weil sie den Preis nicht gewonnen hatten. Dann stand Werner auf und starrte Albert an. Mit einem wütenden Winken rief Werner das halbe Dutzend Jungen in seinem Gefolge zusammen und stürmte in fassungslosem Schweigen aus dem Speisesaal.

Die Stille dauerte noch einen Moment, dann wurde sie durchbrochen, als alle Jungen in der Halle in begeisterten Jubel und Applaus ausbrachen. Die Jungen um sie herum klopften Albert und Johann auf die Schulter und schüttelten ihnen die Hände. Die beiden Jungen standen auf und nickten schüchtern zum Dank für die warme Anerkennung ihrer Leistung.

Als sie sich wieder hinsetzten, beugte sich Johann vor und flüsterte: "Ich finde es toll, dass wir gewonnen haben. Aber ich glaube nicht, dass Werner über die Niederlage glücklich sein wird. Vor allem nicht gegen dich."

Albert nickte mit einem Stirnrunzeln. "Ich weiß." Dann zwang er sich, sich zu entspannen. "Aber was soll's? Ich meine, was kann er schon tun?"

Johann zuckte mit den Schultern. "Ja, was kann er schon tun?"

Kapitel 7
Oktoberfest

In den letzten Septembertagen des Jahres 1894 wehte ein frischer Westwind und läutete das 16-tägige jährliche Volksfest ein, das als Oktoberfest bekannt ist. Das erste Oktoberfest fand am 12. Oktober 1810 statt, als alle Münchner Bürger zur Hochzeit von König Ludwig I. eingeladen waren, der Prinzessin Therese Charlotte Luise von Sachsen-Hildburghausen heiratete. Der Erfolg war so groß, dass sich die Idee durchsetzte und das Oktoberfest auch 84 Jahre später noch eine beliebte Veranstaltung ist.

In Lederhosen und mit seiner smaragdgrünen Lieblingsmütze aus Alpenwolle schlenderte der sechzehnjährige Albert auf den Festplatz. Er hatte sich seinen Appetit für das Festessen am Nachmittag aufgespart, und sein Magen knurrte in Erwartung. Überall auf dem Gelände standen festliche Zeltdächer, und Albert atmete den verlockenden Duft von Knödeln, die in riesigen Pfannen gebacken wurden, von Hähnchen, die am Spieß gebraten wurden, und von Würsten, die in ihrem Saft brutzelten, ein. Alberts Augen weiteten sich angesichts der Fülle an bayerischen Köstlichkeiten und sein Magen knurrte wieder.

Die Dämmerung senkte sich langsam über das Meer der bunten Zelte, die mit den noch neuartigen elektrischen Glühbirnen beleuchtet wurden. Eine Woche zuvor hatte Albert als Geselle in der familieneigenen *Elektrotechnischen Fabrik J. Einstein & Cie.* die Glühbirnen im Schottenhamel-Zelt montiert.

Der aufgeregte Teenager ging am Hippodrom vorbei, einer Pferderennbahn, die sich auf magische Weise in einen Tanzsaal verwandelt hatte. Die Luft war erfüllt vom aufgeregten Geplapper der Feiernden, untermalt von den fröhlichen Klängen einer munteren Polkakapelle. Vor dem großen, reich verzierten Gebäude unterhielten sich Familien in ihren Festtagskleidern angeregt mit den Nachbarn, die mit ihnen in der Schlange standen.

Albert pfiff leise vor sich hin, als er sich auf den Weg zum westlichen Ende des Messegeländes machte. Eine neue Ausstellung von Munich Brau bot einen Wettbewerb für den besten Armbrustschützen an. In der Nähe des Bierwagens von Munich Brau fand Albert Johann, der die Zielscheiben aufstellte. "He, Johann, brauchst du Hilfe?" rief Albert über das Geschnatter und die Musik hinweg.

Johann in einem verschwitzten weißen Bauernhemd und Lederhosen drehte sich um. "Albert! Du hast es geschafft!", sagte er und umarmte seinen Freund brüderlich.

"Ich würde das Oktoberfest nicht verpassen", erwiderte Albert empört.

"Nun, danke, dass ihr zu unserem Zelt gekommen seid. Mein Vater hat viel Geld in den Armbrustwettbewerb investiert, und ich bin gerade dabei, hier fertig zu werden. Geht schon mal rein. Ich komme bald nach."

Albert nickte und ging in den Münchener Brau-Pavillon. Eine hölzerne Tanzfläche bedeckte die Mitte des pagodenartigen Zeltes, das fünfzig Fuß im Quadrat maß und an den Seiten von Tischreihen und Bänken gesäumt war. Auf Brettern an der Südseite des Festsaals standen Teller mit frischen Bratwürsten und Krüge mit kühlem Bier bereit.

"Ich bin am Verhungern", sagte Albert zu sich selbst, als er sich umdrehte und zielstrebig auf den Essenstisch zuging. In seiner Euphorie übersah Albert den Fuß, der sich ihm in den Weg stellte und ihn in das Stroh auf dem Boden schleuderte. Unter höhnischem Gelächter hievte sich Albert auf die Beine. Als er das Stroh von seiner Kleidung streifte, stand er Werner von Wiesel gegenüber.

"Viel laufen, Tollpatsch? Und sieh dir diese dumme Mütze an", spottete der Rüpel und schlug Albert die Ziegenhaarmütze vom Kopf.

Mit einer weißen Schürze bekleidet, marschierte der stämmige Frederick Thomas wütend auf die Jungen zu und vergaß dabei fast, dass er einen Teller mit Würstchen in der Hand hielt. "Das reicht, Werner", sagte er streng, während er Alberts Hut aufhob. "Das ist kein sportliches Verhalten. Ich werde dich vom Armbrustschützenwettbewerb ausschließen, wenn du dich weiterhin so benimmst."

Albert starrte den Rüpel an, während er sich das Sägemehl von der Wollmütze bürstete. Werner, ganz unschuldig, sah verletzt aus. "Ich? Ich habe nichts getan." Er warf einen Blick auf einen Nachbartisch und suchte Unterstützung bei seinem Vater, einem pensionierten preußischen Kolonialisten, der unter Bismarck in der deutschen Armee gedient hatte. Doch zwischen Bratwurstbissen und kalten Bierschlucken plauderte der ältere von Wiesel mit Freunden und verpasste den Auftritt seines Sohnes. Werner zuckte mit den Schultern, drehte sich um und schritt auf den Essenstisch zu, als ob er Albert nicht beachten würde.

Friedrich schüttelte den Kopf über Werners Dreistigkeit und wandte sich an Albert. "Das tut mir leid, Albert." Dann erinnerte er sich daran, dass er einen Teller mit Leckereien in der Hand hielt, lächelte und reichte Albert den mit Würstchen gefüllten Teller. "Sie haben bei der Installation des elektrischen Lichts hervorragende Arbeit geleistet. Jetzt genieße das, was *wir* am besten können." Albert lief das Wasser im Mund zusammen, als er den würzigen Duft der dampfenden Würstchen einatmete, und er nahm den Teller dankbar an.

Sorgfältig balancierte Albert den prall gefüllten Teller, den er in einer Hand hielt, zu einem Tisch in der Nähe der sechsköpfigen Band und holte sich unterwegs einen kühlen Krug Bier von einem Bierstand. Die Musiker stimmten ihre Instrumente, während eine Gruppe von Tänzern auf den Beginn der Musik wartete. Er stellte die Platte auf den

Tisch und schichtete ein paar Würstchen auf einen der sauberen Teller, die am Rand des Tisches standen. An einem Nachbartisch lächelte ein hübsches junges dunkelhaariges Mädchen Albert an. Albert errötete ein wenig, nickte und lächelte zurück.

Die Begegnung mit Werner hatte Alberts Appetit nicht gemindert, und er wandte seine Aufmerksamkeit den dampfenden Würsten vor ihm zu. Es dauerte nicht lange, bis sein Teller sauber und der Becher leer war. Gesättigt lehnte sich Albert in seinen Stuhl zurück und schloss die Augen und fragte sich: *Soll ich bleiben oder gehen? Es gibt viele Zelte, in denen man die Festlichkeiten genießen kann. Wenn ich die Augen aufmache, ist Werner dann schon weg?"* Dann schnitt er eine Grimasse. *"Wenn ich gehe, wird er mir dann folgen?"*

Das Akkordeon erwachte zum Leben und die Trommel schlug das Tempo für eine schwungvolle Polka an. Albert spürte die Musik, öffnete die Augen und sang mit der begeisterten Menge mit. Er klatschte in die Hände und beobachtete die Band.

Johanns Mutter Christine, die ihr rothaariges Haar unter eine weiße Mütze gesteckt hatte, tippte Albert auf die Schulter und zeigte auf das junge Fräulein, das Albert vorhin angelächelt hatte. "Albert, bitte tanze mit Mileva. Sie ist die Tochter einer netten Familie, die wir kennengelernt haben. Sie sind zu Besuch aus Österreich-Ungarn.»

Albert blickte schüchtern zu der zierlichen Schönheit am Nebentisch. Sie lächelte zurückhaltend und sah dann zu

Boden. Albert fasste sich ein wenig Mut und fragte zögernd: "Ähm, hi. Möchtest du, äh, tanzen?"

Mileva nickte, und die beiden standen auf, damit Albert das zierliche Fräulein auf die Tanzfläche führen konnte. "Was für ein schönes Mädchen", dachte er, als er einen verstohlenen Blick zur Seite warf. Als sie auf der Tanzfläche Platz genommen hatten, hielt Albert Mileva wie eine Porzellanpuppe. Trotz seiner Schüchternheit war er ein recht geübter Tänzer und konnte sich unter den vielen Paaren auf der Tanzfläche zurechtfinden. Milevas strahlend blaue Augen funkelten vor Freude, als Albert sie meisterhaft zu den Klängen von Strauss' Donauwalzer führte. Sie war so beweglich, dass Albert nicht einmal wusste, dass eine Kinderkrankheit dazu geführt hatte, dass ein Bein kürzer war als das andere.

Nach ein paar Tänzen brachte Albert seine Partnerin zu ihrem Platz zurück. Als er sich umdrehte, um zu seinem Tisch zurückzugehen, legte Mileva ihre Hand auf seinen Arm. "Bitte leisten Sie mir Gesellschaft", sagte sie und sah ihm in die Augen.

Albert schluckte, nickte und ließ sich auf einem Stuhl neben dem jungen Mädchen nieder. Er winkte einer vorbeigehenden Hostess, die ein Tablett mit Bierkrügen trug. "Mileva, möchtest du etwas trinken?"

Mileva lächelte und nickte. "Das wäre schön."

Als die Gastgeberin zwei Tassen auf den Tisch stellte, warf sie einen Pappuntersetzer zu Boden. Als Albert sich bückte, um ihn aufzuheben, schoss wie aus dem Nichts ein Pfeil an ihr vorbei, flog durch die Krone von Alberts Hut und riss sie ihm vom Kopf. Erschrocken zuckte Albert zurück, rüttelte am Tisch und stieß den Becher um. Das schaumige Gebräu schwappte über die Tischkante direkt in seinen umgestürzten Hut.

Die Kapelle, die von dem Überfall nichts mitbekommen hatte, spielte weiter muntere Polkas und stattliche Walzer. Inmitten der Fröhlichkeit war Mileva die Einzige, die bemerkte, was geschehen war. Albert beugte sich vor und hob seinen Hut und den Pfeil auf, der sich in den strohbedeckten Boden in der Nähe eingegraben hatte.

Mit entsetzter Miene rief Mileva aus: "Wer würde so etwas tun?"

Albert überlegte, ob er ihr seinen Verdacht mitteilen sollte. Er setzte ein tapferes Lächeln auf und schüttelte den Kopf, leerte reumütig das Bier aus seinem Hut und schüttelte die letzten Schaumkrümel ab. "Ich bin sicher, es ist nichts. Nur ein Versehen." Er legte seinen Hut auf den Tisch, sah Mileva an und lächelte. "Oder vielleicht hat Amor seinen Pfeil abgeschossen."

Mileva errötete hübsch und schaute auf den Tisch.

Alberts Gesichtsausdruck wurde noch düsterer. "Aber im Ernst, bitte sagen Sie niemandem etwas davon."

"Ich werde es nicht tun, wenn du es nicht willst", stimmte Mileva zu.

Albert nickte anerkennend und suchte die Menge nach Werner ab, aber der Junge war nirgends zu sehen. Während Mileva ruhig zusah, untersuchte Albert den Pfeil. Er war klein, als wäre er von einem Kinderbogen. Als er ihn in seinen Fingern drehte, bemerkte er ein "WvW", das in das Holz gebrannt war. Albert zog eine Grimasse und schüttelte den Kopf. Er fragte sich, wie jemand so dumm sein konnte, einen Pfeil auf jemanden zu schießen, in den seine *Initialen* eingeritzt waren. Aber Werner war noch nie die hellste Glühbirne gewesen, dachte Albert bei sich.

Als Albert den Raum erneut absuchte, entdeckte er Frederick Thomas auf der anderen Seite des Zelts, der einen scheinbar endlosen Vorrat seines schaumigen Biers in die Krüge der Feiernden schüttete. Alberts Augen verengten sich, als er überlegte: *Sollte er ihm den Pfeil abnehmen? Wenn er das tat, würde Werner vom Armbrustschützenwettbewerb ausgeschlossen und möglicherweise wegen böswilliger Körperverletzung verhaftet werden.* Als er das Treiben sah und bemerkte, wie beschäftigt Herr Thomas war, seufzte Albert. Dies war weder der richtige Zeitpunkt noch der richtige Ort, um sich damit zu befassen. Aber hier zu bleiben, würde auch nicht funktionieren.

Den biergetränkten Hut in der linken Hand, streckte Albert mit einer leichten Verbeugung die rechte Hand aus und sagte: "Es tut mir leid, Mileva, aber ich glaube, ich muss … äh, mich um etwas in meinem Haus kümmern."

Unfähig, ihre Enttäuschung zu verbergen, ergriff Mileva seine Hand. "Es tut mir leid, dass du so früh gehen musst."

"Ich auch." sagte Albert, wobei seine natürliche Schüchternheit in den Vordergrund trat. "Ich … ähm … habe wirklich gerne mit dir getanzt."

Mileva hellte sich ein wenig auf. "Ich auch. Vielleicht sehen wir uns wieder, während ich hier bin ... oder irgendwann?", sagte sie und legte den Kopf schräg.

"Ich... ich würde das wirklich gerne tun", sagte Albert, drehte sich um, steckte den Pfeil unter seine Jacke und bahnte sich einen Weg durch die Menge und aus dem Zelt.

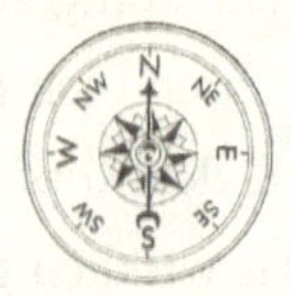

Kapitel 8
Zur Aufgabe berufen

Als Albert sein Fahrrad am Seiteneingang des Gymnasiums sicherte und seine Bücher aus dem Korb vor dem Lenker nahm, fragte er sich, was die Benediktinermönche wohl von einem jüdischen Jungen halten würden, der ihre angesehene Schule besucht.

Gekleidet in einen eleganten anthrazitfarbenen Wollanzug, ging Albert auf die Vorderseite des Gebäudes zu. Als er die Treppe hinaufstieg, nahm er seinen dunklen, kurzkrempigen Filzhut ab und strich sich das widerspenstige kastanienbraune Haar glatt. Er war spät dran. Schon wieder. Aber das war ihm egal.

Von den hohen dorischen Säulen in den Schatten gestellt, richtete er seinen Blick auf den Boden. Er warf nicht einmal einen Blick auf die lange Wandrolle mit dem schwarz-goldenen Wappen der bayerischen Mönche, die über ihm hing. Alberts Schritt verlangsamte sich. *"Ich freue mich nicht auf einen weiteren Tag voller Langeweile mit diesen Langweilern."*

Mit seinen sechzehn Jahren und einer Größe von fünf Fuß neun war Albert keine imposante Erscheinung. Der milde Ausdruck auf seinem Gesicht verbarg den Feuersturm der Wut, der sich in seinem Kopf zusammenbraute. *"Tag für Tag das Gleiche. Dieses ständige Auswendiglernen tut meinem Gehirn weh."* Albert holte tief Luft, um sich zu beruhigen, und ließ seine Gedanken zu seiner Mutter und seinem Vater schweifen. Er vermisste seine Familie. Wehmut überkam ihn, als er sich an den Abschied im Frühsommer erinnerte, als seine Eltern ihn bei seiner Tante und seinem Onkel ließen, um in Italien zu arbeiten. Bevor sie weggegangen waren, hatte er sein Leben geliebt. Jetzt saß er in einer Klasse fest, in der die Jungen Dinge lernten, die er Jahre zuvor gemeistert hatte, und seine Erziehungsberechtigten zeigten nicht das gleiche Verständnis wie seine Eltern.

Albert blieb neben einer Säule stehen und lehnte sich dagegen, als er sich daran erinnerte, wie er die Magie der Mathematik entdeckte. Er war erst etwa zwölf Jahre alt gewesen, als ein Freund der Familie, Max Talmud, Albert ein Geschenk machte, das sein Leben veränderte.

Max war ein erfolgloser Medizinstudent, der die Einsteins am Schabbat besuchte. Das Buch *"Einfache Algebra"* eröffnete Albert, der damals die Folkenshuler-Grundschule besuchte, neue Welten. Albert meisterte das Buch ganz allein und überraschte Max immer wieder damit, wie viel er seit dem letzten Freitag gelernt hatte.

Für Albert war *Simple Algebra* wie ein Gebetbuch. Er erinnerte sich an seine Verwunderung, als das Buch begann, Fragen in seinem Kopf anzuregen. Jedes Problem wurde zu einem Rätsel, das es zu lösen galt. Das Leben war eine Reihe von "X", beschloss er, eine Reihe von Unbekannten. Das Konzept hatte ihn fasziniert. "Wie löse ich mein Bedürfnis, mein Diplom zu bekommen, damit ich unterrichten kann? X + meine Bemühungen = Diplom. Was ist X?", fragte er sich immer.

Albert zwang sich aus seiner Träumerei und setzte seinen Weg zum Unterricht widerwillig fort.

Er betrat das Klassenzimmer und nickte seinem Freund Johann zu. Der Lehrer, Herr von Achen, schrieb an der Tafel, mit dem Rücken zur Klasse. Von Achen war ein streng disziplinierter Mann, an dem vierzig wie sechzig wirkte. Seine Augen waren grau hinter einer goldumrandeten Brille, und seine Züge waren verkniffen und schienen unter seinem kahlen Kopf ein ständiges Stirnrunzeln zu zeigen.

"Der "späte" Herr Einstein", spottete Werner von Wiesel, als Albert sich auf den Weg zu seinem Platz machte. Werner war wie immer unausstehlich. Die Jungen in der Klasse hätten über das Wortspiel gelacht, aber sie hatten diesen Satz schon oft von Wiesel gehört. Sein Gefolge lachte leise, als Albert auf seinen Platz rutschte und den Rüpel ignorierte.

Von Achen drehte sich um und runzelte die Stirn. "Genug, Herr von Wiesel", sagte er halbherzig. Albert, der ihn oft herausforderte, war alles andere als der Lieblingsschüler des Lehrers. Und von Achen wollte sich nicht mit dem Sohn von Oberst von Wiesel anlegen, der zu den soliden Bürgern Münchens gehörte (auch wenn von Achen ihn insgeheim für einen aufgeblasenen Arsch hielt).

Mit einem missbilligenden Blick auf Albert begann von Achen den Unterricht. "Heute werden wir die mathematische Behandlung der Astronomie, Newtons Entwicklung der Himmelsmechanik und die Gesetze der Gravitation besprechen. Hat jeder sein Lehrbuch dabei? Einige der Jungen nickten und holten ihre Exemplare von Josef Krist's *Essentials of Natural Science?*"

Albert hob die Hand. "Bei allem Respekt, Herr von Achen, was hat Astronomie mit Physik zu tun?"

Ein Raunen und Murren ging durch das Klassenzimmer. Werner verdrehte die Augen und stöhnte: "Nicht schon wieder... Einstein, musst du das machen?"

Albert blieb standhaft. "Mein Interesse ist es, Physik zu lernen. Diese Astronomie scheint mir eine Zeitverschwendung zu sein."

Herr von Achen wandte sich an Albert. "Im Rahmen dieses Kurses behandeln wir die fünf Zweige der Naturwissenschaften: Astronomie, Biologie, Chemie, Geowissenschaften und Physik. Du sollst ein breites Spektrum an Fächern lernen, nicht nur ein oder zwei."

"Das habe ich schon erledigt", dachte Albert bei sich. Frustriert schüttelte er resigniert den Kopf.

Herr von Achen forderte Albert auf. "Herr Einstein, bitte stehen Sie auf und erklären Sie der Klasse die Newtonsche Theorie der Himmelsmechanik."

"Das Gesetz der universellen Gravitation besagt, dass sich zwei beliebige Körper im Universum mit einer Kraft anziehen, die direkt proportional zum Produkt ihrer Massen und umgekehrt proportional zum Quadrat des Abstands zwischen ihnen ist", ratterte Albert von seinem Platz aus.

Das Gesicht von Herrn von Achen rötete sich. "Wovon reden Sie? Wo in Ihrem Lehrbuch haben Sie das gesehen?" Der ältere Mann wurde wütend und spuckte aus: "Und wenn ich Ihnen sage, Sie sollen aufstehen, junger Mann, dann werden Sie aufstehen!"

Albert warf die Hände hoch und stellte sich neben seinen Stuhl. "Herr von Achen, ich habe die Newtonsche Theorie der Himmelsmechanik schon vor einigen Jahren gelernt. Ich habe die *Völkerbücher der Naturwissenschaften* gelesen, als ich zwölf war. Alle einundzwanzig Bände."

Ein kollektives, ungläubiges Aufatmen ging durch das Klassenzimmer.

Herr von Achen, der seine Wut kaum unterdrücken konnte, erklärte: "Es ist mir egal, was Sie lesen und wann." Er nahm die Kopie des Lehrbuchs von seinem Schreibtisch und hielt sie hoch. "Wir arbeiten mit diesem Lehrbuch und den darin enthaltenen Informationen. Also", sagte er und sein Körper bebte, als er das Buch mit einem scharfen Knall wieder auf den Tisch knallte, "können Sie jetzt Ihr Maul halten und sich hinsetzen!"

Der Lehrer drehte sich von Albert zur Tafel und begann zu kritzeln, während er in kurzen Stakkato-Sätzen wissenschaftlichen Jargon sprach.

Albert schüttelte erneut frustriert den Kopf. Er wünschte sich, er wäre irgendwo anders als hier. Während die anderen Jungen fieberhaft Notizen machten und versuchten, mit ihrem immer noch wütenden Lehrer mitzuhalten, ließ sich Albert in seinen Stuhl fallen und zog seinen Messingkompass aus der Tasche. Er fand es unendlich faszinierend, seinen wertvollen Besitz zu studieren. Er fragte sich, während er auf die zwölf Edelsteine wie auf Knöpfe drückte, wie er ihn wieder einschalten konnte ... wie konnte er die Zahl "33" so zum Blinken bringen, wie sie es beim ersten Öffnen getan hatte?

Er wurde von der Uhr, die das Ende der Stunde anzeigte, aus seiner Träumerei gerissen. Mit einem Seufzer der Erleichterung legte Albert seinen Kompass weg und sammelte seine Bücher ein. Als er auf die Tür zuging, winkte Herr von Achen ihn energisch zu seinem Schreibtisch herüber. Albert näherte sich vorsichtig. Er konnte seine Frustration kaum zurückhalten, als von Achen mit dem rechten Zeigefinger auf Albert zeigte und mit zusammengebissenen Zähnen sagte: "Für wen halten Sie sich eigentlich, Herr Einstein?"

Albert holte tief Luft und antwortete: "Was wollen Sie von mir hören, Herr von Achen?"

Von Achen spuckte aus: "Du kommst zu spät zum Unterricht, sitzt in der letzten Reihe und streitest mit mir, wann immer du kannst. Wo bleibt dein Respekt?"

"Ich respektiere Wissen und kritisches Denken, Sir", antwortete Albert, dessen Geduld am Ende war. "Ich finde in dieser Klasse wenig von beidem", sagte er müde.

Herr von Achen warf dem Jungen einen bösen Blick zu: "Na, dann sind Sie vielleicht woanders besser aufgehoben." Er zog einen Umschlag aus seiner Jackeninnentasche und klatschte ihn Albert gegen die Brust. "Du sollst dich in sechs Wochen mit dem Akademikerkomitee treffen. In dem Brief ist alles erklärt." Er wandte sich von Albert ab, um einige Papiere auf seinem Schreibtisch zu ordnen. "Und, Herr Einstein", sagte er mit Sarkasmus, seine Aufmerksamkeit auf die Papiere gerichtet, "seien Sie pünktlich."

Verblüfft über diese unerwartete Entwicklung und ohne zu wissen, was er sagen sollte, trat Albert zurück und starrte ausdruckslos auf den Brief in seiner Hand. Als ihm klar wurde, dass er von der Schule verwiesen wurde und seine Pläne über den Haufen geworfen wurden, wurde sein Gesicht rot. Seine Gedanken überschlugen sich. Seine Lehrer an der Folkenshuler und jetzt am Gymnasium versuchten, ihn zu zwingen, sich anzupassen, und Albert fand das erdrückend. Plötzlich fühlte es sich an, als würde der ganze Ort auf ihn zukommen, und Albert stürzte aus dem Klassenzimmer und rannte durch den Flur zur Vordertür hinaus.

Der beißende, fast winterliche Wind traf Albert, als er aus der Turnhalle stürmte. Er rannte, bis er außer Atem war, blieb in der Nähe des Museums stehen und bückte sich, die Hände auf den Knien. Während er die kalte Luft in seine Lungen einatmete, versuchte Albert, sich zu beruhigen und Bilanz zu ziehen. Er musste allein sein. Als sich seine Gefühle beruhigten und die Vernunft zurückkehrte, wurde Albert klar, dass er sein Fahrrad brauchte. Mit gesenktem Blick, um niemanden anzusprechen, machte er sich auf den Weg zurück zum Seiteneingang des Gymnasiums.

Niemand beachtete Albert, als er auf sein Fahrrad stieg und losradelte. Sein schwerer Wollanzug hielt Albert in der Herbstkälte kaum warm, aber er bemerkte es kaum. Nach einer Weile nahm er eine Hand vom Lenker, um sich die Tränen aus den Augen zu wischen. Sein innerer Norden führte Albert zum Gasteig-Park und zur Brücke am Ende der Prinzregentenstraße. Vor einer Bank in den formalen Gärten hielt er an und stellte sein Fahrrad auf das brüchige braune Gras.

Er ließ sich auf die Bank fallen und griff in seine Jackentasche nach einer Zigarette. Er lehnte sich zurück, schloss die Augen und atmete ein. In einem Rauchschwall machte er seinem Ärger über Herrn von Achen Luft und nahm einen weiteren Zug. Als Albert fertig war und die Zigarette mit seinem Schuh zerdrückte, hatte er sich wieder besser unter Kontrolle. Er ließ seinen Blick über die Terrassen schweifen. In der Achse der Prinzregentenstraße ragte der "Friedensengel" empor, eine Statue der altgriechischen Siegesgöttin Athene Nike. Albert starrte auf die hoch aufragende, goldene Statue. "Mein einziger Gott ist die Mathematik", sagte er zu sich selbst.

Die Sonne begann unterzugehen und Albert fröstelte in der kühlen Luft. "Ich muss irgendwo sein, wo ich nachdenken kann", beschloss er. Er wollte das nicht mit Johann besprechen, und seine Tante und sein Onkel würden ihm keine Hilfe sein. Dann wurde ihm klar, dass er den perfekten Ort hatte.

Es war bereits völlig dunkel, als Albert an den mit Kerzen beleuchteten Häusern der Mittelklassefamilien vorbeifuhr. Kurze Zeit später kam er an seinem Ziel an. Er brachte sein Fahrrad leise zur Rückseite des Hauses und stellte es unter einem kleinen Vordach ab, das für die Fahrzeuge der Familie gedacht war. Er öffnete die Hintertür und betrat ein ruhiges Haus. Er war allein. Da seine Eltern mit seiner jüngeren Schwester Mara nach Italien gefahren waren, hatte er das Haus der Familie ganz für sich allein.

Er schaltete das Flurlicht an und stieg die Treppe hinauf, zwei Stufen auf einmal. Er öffnete die Tür und stellte fest, dass sein Bett, seine Kommode und sein Kleiderschrank nur eine leichte Staubschicht aufgesetzt hatten, seit er sie im Sommer verlassen hatte. Allein die Tatsache, dass er wieder in seinem vertrauten Zimmer war, beruhigte ihn. Albert atmete tief durch, griff unter das Bett und holte seinen Geigenkasten hervor. Er öffnete ihn und nahm vorsichtig seine Freundin Violina heraus.

Albert stand in der Mitte des Raumes, schloss die Augen und erinnerte sich daran, wie er das Wiegenlied "Ich sehe den Mond" von Mozart spielte und seine Mutter ihn dabei am Klavier begleitete. Albert vermisste seine Familie sehr und begann zu spielen. Als die süßen Töne von Violina erklangen, begann Albert, erst zu gehen und dann sanft durch den Raum zu tanzen. Er konnte fast hören, wie seine Mutter die Melodie sang. Das volkstümliche Liebeslied ließ sein Herz höher schlagen und er hörte ihr Lachen. Verloren in seinen Träumen, ließ Albert sich von dem Lied erfüllen.

Während er die letzten Töne der schönen Melodie anstimmte, drängte sich Albert die Erinnerung an seine Tortur mit Herrn von Achen in sein Bewusstsein. Die warme Violina immer noch in seinen Händen, öffnete er die Augen und sah ein verlassenes, schwach beleuchtetes Schlafzimmer. Er seufzte und legte Violina in ihr Etui. Mit einem Gefühl der Verlassenheit ließ sich Albert auf sein Bett fallen und schlief tief und fest. Morgen würde ein neuer Tag beginnen.

Kapitel 9
Ein Traum (oder war es einer?)

Albert liebte es, zu gehen. Beim Gehen wurde sein Geist frischer, und er schnippte mit den Fingern im schnellen Rhythmus eines jeden Schrittes. Während er eine Melodie summte, um Schritt zu halten, atmete er die kühle Herbstluft ein. Die Besorgnis, die der Brief von Herrn von Achen in ihm ausgelöst hatte, war in den Hintergrund getreten. Schon bald befand sich Albert auf dem Marienplatz, dem Herzen Münchens.

Junge Paare und Familien strömten durch die Straßen der Innenstadt. Die Menschenmenge versammelte sich, um das Glockenspiel zu sehen.

Albert starrte auf die hoch aufragende gotische Uhr mit ihren zweiunddreißig geschnitzten Figuren. Sie schienen den Himmel zu berühren. Jeden Tag um 11 Uhr ertönte das Glockenspiel. Es stellte die Hochzeit und die Feierlichkeiten des örtlichen Herzogs Wilhelm V. mit Renata von Lothringen aus dem 16. Die Uhr zeigte ein Ritterturnier mit lebensgroßen

Rittern zu Pferd, die in den jeweiligen Landesfarben gekleidet waren: Weiß und Blau für die Bayern und Rot und Weiß für die Lothringer Sieger. Der bayerische Ritter gewann jedes Mal. Der Tanz der Uhr dauerte etwa 12 Minuten, und am Ende der Show zwitscherte ein kleiner goldener Vogel an der Spitze des Glockenspiels dreimal.

Als das wunderbare Spektakel zu Ende ging und die Leute sich zu entfernen begannen, öffnete sich lautlos eine kleine, fast verborgene Tür am Fuß des Uhrenturms. Die Bewegung erregte Alberts Aufmerksamkeit und er runzelte die Stirn. So oft er am Uhrenturm vorbeigelaufen war, hatte er nie eine Tür bemerkt. Da er bemerkte, dass niemand sonst darauf zu achten schien, drehte er sich um und ging auf die Öffnung zu.

Als Albert in den dunklen Eingangsbereich blickte, sah er ein eingraviertes Metallschild mit der Aufschrift "Zutritt verboten". Aber die offene Tür winkte und er trat über die Schwelle. Drinnen angekommen, schwang die Tür langsam zu. Albert streckte die Hand aus und zog an dem schmiedeeisernen Griff in Form eines Wasserspeiers, aber die Tür schien fest verschlossen zu sein. Er begann, mit der Tür zu ringen, aber das Tick ... Tack ... Tick ... Tack der Uhr im Inneren erregte seine Aufmerksamkeit und er hörte auf zu zerren. *"Was könnte sich wohl in diesem prächtigen Zeitmesser befinden?"*, fragte er sich, während ihm die Möglichkeiten durch den Kopf gingen.

Dem inneren Herzschlag des Uhrenturms folgend, bewegte sich Albert auf eine Wendeltreppe zu. Das einzige Licht im Korridor kam von hoch über ihm. Tick…Tock…Tick… Tock. Albert schritt im Takt der Uhr und stieg rundherum auf. Die Zeit schien stillzustehen, während er hinaufstieg. Oben auf der Treppe blieb er stehen, dann zog ihn das leuchtende Licht zu einer massiven, geschnitzten Holztür, und Albert ging auf sie zu.

Die Tür war teilweise geöffnet, und als Albert in den Raum blickte, blieb sein Blick auf einem großen Mahagonischreibtisch hängen. Dann bemerkte Albert den Mann, der an diesem Schreibtisch saß. Er schien um die 50 Jahre alt zu sein und hatte weich aussehendes, silbernes, schulterlanges Haar. Er trug ein weißes, langärmeliges Bauernhemd und dunkelbraune Lederhosen. Auf dem Schreibtisch vor ihm lagen Federkiele mit Tintenfässern, Stapel von Papier und in der rechten Ecke des Schreibtischs ein Apfel. Die gesamte Rückwand des Raums war mit Regalen mit antik anmutenden Bänden und einer Reihe von Messingleuchtern mit Kerzen bestückt, die einen sanften Schein in den Raum warfen. An der Decke des Raumes befand sich eine Art Oberlicht, durch das ein Strahl Sonnenlicht fiel.

Der Mann am Schreibtisch hielt einen dreieckigen Kristall in den Lichtstrahl, und das gebrochene Licht des geschliffenen Kristalls warf einen Regenbogen von Farben an die Wand. Der Mann lächelte zufrieden.

Albert sah den Regenbogen und murmelte vor sich hin: "Newtons Theorie besagt, dass weißes Licht eine Zusammensetzung aus allen Farben des Spektrums ist."

Der Mann sah von den Regenbögen auf und lächelte Albert an. "Gut gesagt, Albert, ich bin so froh, dass du den Weg hierher gefunden hast, um uns zu besuchen." Alberts Kinnlade fiel herunter. "Wie haben Sie ...?" Der Mann hob seine Hand und lächelte. "Alles zu seiner Zeit, mein Junge." Er erhob sich von seinem Stuhl, ging auf Albert zu und streckte ihm die Hand hin. "Mein Name ist Isaac. Und bitte, setzen Sie sich." Der sprachlose Albert schaffte es, sich auf einen Stuhl vor dem Schreibtisch zu setzen, während Isaac sich wieder auf seinen Platz setzte.

"Ich weiß, wer du bist, Albert", sagte Isaac mit einem freundlichen Lächeln. "Du darfst dich nicht zu sehr mit dem beschäftigen, was du jetzt lernst. Du hast die mathematischen Grundlagen der Naturphilosophie begriffen. Das soll die Grundlage für deine zukünftige Arbeit sein." Isaac hob den Apfel auf seinem Schreibtisch auf und warf ihn Albert sanft zu. "Schwerkraft, das Universum, Raum, Entfernung und Bewegung sind deine Zukunft." Albert nahm den Apfel und nickte, während das Ticken der großen Uhr an seinem Bewusstsein zerrte. Tick...tock...tick...tock....

Tick...tock...Ringgggggggg. Der Wecker, der neben Alberts Bett stand, schrie ihn an. Albert setzte sich kerzengerade auf und hatte Mühe, sich wieder zu orientieren. Schwankend zwischen dem Traum und der wachen Realität ließ Albert sich zurück auf sein Kissen fallen. Er drehte den Kopf, um zu sehen, wie viel Uhr es war. Auf dem Tisch neben dem Wecker lag ein Apfel. "Was zum...?" Albert stöhnte auf.

Albert erhob sich aus dem Bett und begann sich anzuziehen, während er über die Auswirkungen seines Traums nachdachte. Je mehr er darüber nachdachte, desto aufgeregter wurde er. Er knöpfte den letzten Knopf seines Hemdes zu, zog seine Jacke an und verließ fluchtartig das Haus. Er musste das Glockenspiel untersuchen.

Er schwang sich auf sein Fahrrad und radelte so schnell er konnte zum Uhrenturm. Die Sonne kam ihm entgegen, als sie am frühen Morgen über der Stadt aufging. Er raste zu dem Ort seines Traums und dachte: *"Ich muss verrückt werden."* Er fand das Zentrum von München noch schlafend vor. Er stieg ab und ging zu der Stelle, an der er in seinem Traum den Turm betreten hatte. Da war keine Tür. Albert tastete den kalten Stein mit seinen Händen ab und suchte nach einem Riss oder einem Scharnier, nach irgendetwas, das das Vorhandensein eines Eingangs verraten könnte. Er stieß auf nichts als die raue Steinoberfläche. Er schaute nach oben und fand weder Fenster noch andere Lichtquellen als das Sonnenlicht, das in der frühen Morgendämmerung glitzerte.

Enttäuscht wandte er sich vom Turm ab, ging zurück zu seinem Fahrrad und fuhr langsam nach Hause zurück. Als er wegfuhr, zwitscherte der kleine goldene Vogel auf der Spitze des Glockenspiels dreimal.

Zwischenspiel

Durch die Öffnung in der Kuppel des Heilungstempels ließ Hesekiel seinen Blick über den lachsfarbenen Himmel schweifen, über die Zwillingsmonde, die darin schwebten. Er beobachtete Hunderte von Engeln, die wie Diamanten vom Himmel fielen, eine visuelle Symphonie von transzendentem Glanz. Die schillernden Wächter des Lichts in ihren pastellfarbenen Gewändern setzten sanft vor dem gleißend weißen Tempel auf dem Gartengelände auf. Eine Aura von liebevoller Energie durchdrang die Luft. Im Schatten der majestätischen Eichen auf dem hohen Hügel in der Nähe des Ufers eines ruhig dahinfließenden Flusses wuchsen Reihen von hohen, duftenden, violetten Rosen in Hülle und Fülle.

Im Tempel der Heilung lernten die Neophyten Methoden der Energiemanipulation, um Körper und Geist ins Gleichgewicht zu bringen. Rechts vom Heilungstempel befand sich der Tempel der Lehre. Hier lernten die Schüler die zweite Ausbildungsstufe, bei der Klang und Licht zur Anhebung der

Energiefrequenz des Körpers eingesetzt werden. Auf der linken Seite des Heilungstempels befand sich der Forschungstempel, in dem die Absolventen der Lehrpläne für Heilung und Lehre mit Kristallen und Methoden zur Verbesserung des Lebens experimentierten.

Hesekiel schritt zum gewölbten Eingang des Tempels und betrachtete die Szene. Während er dies tat, rief Vater-Mutter-Gott ihn und die Reisenden des Lichts an. Lautlos teilte Er ihnen mit, dass Er wolle, dass sie sich für Albert und Johann einsetzten, allerdings innerhalb der Richtlinien des Kosmischen Gesetzes.

Ezekiel beschwor seine Herzenergie, um seinen Körper schweben zu lassen und ihn in den Garten zu bringen. Eine Matrix aus goldenem und amethystfarbenem Licht sendete einen telepathischen Ruf an die Versammlung der Lichtarbeiter. Daraufhin versammelten sich die Engel und Lichtreisenden im Garten.

Während sich die letzten Ankömmlinge einrichteten, informierte Ezekiel sie über die Situation, die er seit der Entdeckung, dass sich ein Fragment des Shamir-Steins nicht bei der Bundeslade befand, beobachtet hatte. "Wir haben entdeckt, dass sich ein Fragment des Shamir-Steins in den Händen von zwei Kindern auf dem Planeten Erde befindet. Sie wissen nicht, was sie haben. Sie wissen auch nicht, dass sie in großer Gefahr sind."

Die Versammlung hörte aufmerksam zu, als er seine Ausführungen machte. "Raka, der dunkle Engel, weiß, dass der Stein wach ist. Ich habe seine Dunkelheit in der Nähe der

Kinder gespürt. Er wird auch wissen, dass der Stein sich auf den Jungen, der ihn besitzt, eingestellt hat und dass der Stein, solange der Junge lebt, für ihn nutzlos sein wird. Wir müssen den Jungen und den Stein um jeden Preis schützen - aber innerhalb der Grenzen von Gottes Gesetz des Universums."

Ezekiel hielt inne, dann lächelte er. "Vater-Mutter-Gott hat Albert Einstein zu einem Sternenkind des Lichts und des Friedens erklärt. Es mag notwendig sein, ihn hierher zu bringen, um sein numerologisches 33-Meister-Pfad-Schicksal zu erfüllen. Wir werden nicht wissen, ob er die Energie der Erleuchtung halten kann, bis er reif ist."

Viele Köpfe nickten verständnisvoll. "Im Moment beobachten wir. Wir wissen, dass Raka vor nichts zurückschrecken wird, um den Stein zu ergreifen, aber wir wissen nicht genau, wie er vorgehen wird. Höchstwahrscheinlich wird er sich in einen Wechselbalg verwandeln und die Gestalt von jemandem annehmen, der den Kindern nahesteht, um die Menschen in seiner Gemeinschaft zu betören und sie für seine Zwecke zu manipulieren, da er Albert nicht direkt angreifen kann, ohne große geistige Konsequenzen zu riskieren. Die Meister des Lichts im Tempel der Forschung werden die Situation verfolgen."

Mit Blick auf eine Gruppe von Engeln wies Ezekiel sie an: "Ihr alle sollt auf dem Planeten Erde vor Raka und seinen Schergen auf der Hut sein. In der Zwischenzeit werden die Lichtreisenden den jungen Albert auf seinem karmischen Weg unterstützen. Die Aufgabe seines Freundes Johann ist es, Alberts Freund und Vertrauter zu sein. Das mag zwar einfach klingen, ist aber in dieser Phase der Entwicklung der Menschheit keine leichte Aufgabe. Sie könnte Johann und sogar seine Familie in Gefahr bringen."

Hesekiel hielt erneut inne, um sich zu vergewissern, dass alle verstanden hatten. Dann beugte er sein Haupt und schloss. "Wir beten, dass unsere Liebe zum Frieden Gottes, zum Heiligen Geist, zum Christus und zu den Lichtreisenden uns umgibt, erfüllt und schützt. Wir segnen Albert Einstein und Johann Thomas, und wir wissen, dass Gottes Wille zum höchsten Wohl aller Beteiligten geschieht."

Nach einem Moment ehrfürchtigen Schweigens löste sich die Versammlung auf. Wie so oft, wenn er die höheren Energien des Geistes anzapfte, war Hesekiel von Ehrfurcht und Dankbarkeit erfüllt, dass er Gottes Plan auf diese Weise dienen konnte. Dennoch lenkte er seine Aufmerksamkeit wieder auf das, was vor ihm lag, und runzelte die Stirn. Er wollte nicht darüber spekulieren, was Raka tun würde, um die Kontrolle über den Shamir-Stein zu erlangen, aber er wusste, dass seine Handlungen entsetzlich sein könnten. Hesekiel war sich bewusst, dass Gottes Plan perfekt war. Er wusste auch, dass er Albert wahrscheinlich große Freude und großes Leid bringen würde, während er sich entfaltet.

Kapitel 10
Hass auf

Der Raum war mit hölzernen Schreibtischen gefüllt, die in drei genau geordneten Doppelreihen vor der Wandtafel im vorderen Teil des Raumes angeordnet waren.

Albert machte sich auf den Weg zu einem Platz am Ende einer der Reihen. Er ließ seine Bücher auf den Tisch fallen und suchte nach Johann. Er war überrascht, seinen Freund neben Werner von Wiesel sitzen zu sehen. Als Johann aufblickte, gab Albert seinem Freund ein Zeichen, sich neben ihn zu setzen. Johann schüttelte den Kopf und sah zu Boden, ohne Albert in die Augen sehen zu können. Verblüfft zuckte Albert mit den Schultern und setzte sich, während ein blonder Junge den Platz einnahm, der eigentlich Johanns Platz sein sollte.

Mit dem Rücken zur Klasse sprach der Lehrer, Herr Hamlin, während er an die Tafel schrieb: "Was ... bedeutet ... es ..., deutsch zu sein?" Gekleidet in einen einfachen dunkelgrünen Wollanzug, stand der große, weißhaarige Herr steif aufrecht da. Er wandte sich der Klasse zu. "Heute werden wir den Deutsch-Französischen Krieg von 1870 und seine Auswirkungen auf die Menschen in Deutschland besprechen. Kann jemand der Klasse sagen, wie der Krieg von 1870 Deutschland verändert hat?"

Der Junge neben Albert hob eine Hand.

Herr Hamlin gestikulierte mit Kreide: "Ja, Herr Frederick?"

Ulrich Friedrich stand auf, räusperte sich und formulierte seine Antwort präzise. "Der preußische und deutsche Sieg hat die endgültige Einigung Deutschlands herbeigeführt. Es war unter König Werner I. von Preußen."

Hamlin wandte sich der Klasse zu und verschränkte die Arme. "Wer waren die beiden militärischen Führer, die den Krieg geführt haben?"

Werner von Wiesel, der Tyrann der privilegierten Klasse, rief in gelangweiltem Ton von seinem Platz aus: "Napoleon III. für Frankreich und Bismarck für Deutschland".

Hamlin nickte: "Gut." Dann lächelte er. "Wissen Sie, Herr von Wiesel, ich habe unter Ihrem Vater während des Deutsch-Französischen Krieges gedient."

Werner richtete sich auf und blähte sich auf. "Ja, Herr Hamlin. Wenn mein Vater über den Krieg spricht, erwähnt er oft Sie und Ihre Tapferkeit als Soldat." Alle Augen richteten sich auf ihn, Werner lächelte und richtete seine Weste. "Mein Vater ist der Meinung, dass ganz Deutschland den Preußen hätte helfen sollen."

Mit fester Stimme stach Hamlin mit seinem Zeigefinger auf die Tafel. "Die Jugend unserer Nation muss daran erinnert werden, wer wir sind. Also, sagen Sie mir, Herr von Wiesel, was bedeutet es, Deutscher zu sein?"

"Werner zog die Schultern zurück, streckte die Brust heraus und sagte: "Deutsch sein heißt STARK sein!"

Hamlin nickte zustimmend und wandte sich dann an Alberts Sitznachbarn. "Herr Frederick, was bedeutet es Ihrer Meinung nach, ein Deutscher zu sein?"

Herr Frederick sagte: "Der ist mutig und ehrenhaft", und setzte sich dann mit fast militärischer Präzision.

Alle Augen richteten sich auf Albert. Er stand auf, um zu antworten, aber bevor er ein Wort herausbringen konnte, spuckte Werner aus: "Du bist ein Jude, kein Deutscher. Du bist ein Ausländer, der der deutschen Armee Schande machen wird, wenn du nächstes Jahr eingezogen wirst."

Albert starrte Werner an und stemmte die Hände in die Hüften: "Ich will nur Wissenschaftler werden. Ich werde nicht in der Armee dienen; ich glaube nicht an den Krieg." Albert blieb standhaft und dachte bei sich: "*Was für ein arrogantes Großmaul.*"

Werner drehte sich um und zwinkerte Johann verrucht zu. Er zeigte auf Albert und spottete: "Wie Sie an seiner Bemerkung sehen, Herr Hamlin, ist unser Jude ein Feigling".

Alberts Gesicht rötete sich, während seine Wut stieg. "Meiner Meinung nach ist die Wehrpflicht die Hauptursache für den moralischen Verfall. Sie bedroht nicht nur das

Überleben unseres Landes, sondern unserer gesamten Zivilisation!"

Herr Hamlin nahm seine Brille ab und polierte sie mit einem sauberen weißen Taschentuch. Mit strenger Stimme warnte er: "Vorsicht, Herr Einstein, Sie könnten ins Gefängnis kommen, wenn Sie nicht dienen. "Er hielt seine Brille gegen das Licht und bestätigte ihre Sauberkeit: "Schließlich wurden die deutsche Nationalarmee und die allgemeine Wehrpflicht nach dem französisch-preußischen Krieg organisiert. Bismarcks Vision hat den Sieg über Napoleon III. herbeigeführt, der zur Einigung unserer Nation geführt hat. Das würden Sie doch nicht in Frage stellen, oder?"

Albert klappte der Kiefer zusammen, aber er war so klug, den Mund zu halten, als Herr Hamlin nach einer Pause fortfuhr. "Napoleon III. kapitulierte im Januar 1871, nachdem er seit dem 19. September 1870 belagert worden war. Der Vertrag von Frankfurt wurde am 10. Mai 1871 unterzeichnet. Frankreich trat das Elsass mit Ausnahme von Belfort und Ostlothringen an Deutschland ab." Hamlin setzte seine Brille wieder auf und sagte: "Die deutsche Armee konnte Nordfrankreich besetzen, bis wir eine Zahlung von fünf Milliarden Francs erhielten. Jetzt hat Deutschland dank dieses Krieges die stärkste Wirtschaft auf dem Kontinent." Hamlin begann sich umzudrehen, dann drehte er sich wieder um. "Und das stärkste Militär!"

Hamlin wandte seinen Blick wieder von Albert ab und sagte: "Ich werde unsere Diskussion darüber, was es bedeutet, Deutscher zu sein, beenden und zu anderen Themen übergehen. Ich möchte jedoch, dass jeder von Ihnen heute Abend an der völkischen Kundgebung teilnimmt. Sie findet im Englischen Garten statt." Er ordnete die spärlichen Gegenstände auf seinem ohnehin schon akribisch aufgeräumten Schreibtisch und gab die Anweisung: "Bereiten Sie sich darauf vor, Ihre Antwort auf meine Frage in unserer nächsten Stunde zu geben."

Albert runzelte die Stirn, als er an die Kundgebung dachte, die mit Sicherheit von antisemitischer Rhetorik erfüllt sein würde. Diese Gedanken lenkten ihn für den Rest der Stunde ab. Das nationalistische Gerede, das Gewalt und Hass propagierte, wurde von Tag zu Tag häufiger.

Als Herr Hamlin die Klasse entließ, sammelte Albert seine Bücher ein und sah dann zu dem Platz, an dem Johann gesessen hatte. Sein Freund war nicht mehr da. Tatsächlich sah Albert ihn nirgendwo in dem sich schnell leeren Raum. Er verließ das Klassenzimmer und setzte seine Suche außerhalb des Gebäudes fort.

Schließlich fand er Johann, der unter einem Baum kauerte und sich von der Turnhalle abwandte. Albert ging auf seinen Freund zu und sprach ihn leise an. "Johann?" Der Junge zuckte bei diesem Geräusch zusammen.

Albert setzte sich vorsichtig neben Johann auf den Boden. "Was ist denn los, mein Freund?" Johann sah Albert nicht an, schüttelte nur den Kopf und blickte sich nervös um." Verblüfft versuchte es Albert erneut. "Also, warum hast du dich heute zu Werner gesetzt? Normalerweise sitzen wir beide doch zusammen."

Ein verzweifeltes Wimmern entrang sich Johanns Lippen. Mit Schmerz in den Augen wandte er sich an seinen Freund. "Albert, ich weiß, wir sind seit Jahren Freunde, aber…" Johann hielt inne, dann seufzte er, "nicht mehr."

Albert keuchte, als ob er einen Schlag in den Magen bekommen hätte. Johann war mehr Bruder als Freund. Johann sah zu Boden und sagte: "Die Dinge ändern sich in Deutschland. Tyrannen wie Werner…"

Albert nickte. "…werden immer beliebter und einflussreicher. Ich weiß."

"Ja", sagte Johann düster. "Es ist so weit gekommen, dass meiner Familie und mir Schaden zugefügt wird, wenn ich mit dir befreundet bleibe."

Alberts Augen füllten sich mit Tränen, aber auch Mitgefühl und Verständnis spiegelten sich in ihnen wider. "Du hast Recht. Es wird so hässlich." Alberts Herz füllte sich mit Entschlossenheit. "Wir können nicht zulassen, dass dir oder deiner Familie wegen mir und meiner etwas passiert." Albert ergriff Johanns Arm. "Wir werden nicht vor dieser Art von Hass kapitulieren … aber wir werden tun, was getan werden muss, um dich zu beschützen. Für den Moment."

Jetzt liefen Johann die Tränen über die Wangen. Er sah Albert in die Augen und sagte: "Ich wusste, dass du es verstehen würdest. Du bist ein besserer Mensch als ich, Albert." Er drückte erneut Alberts Arm, während er sich aufrichtete. "Und … ich danke dir, Albert. Wir werden einen Weg finden, das zu überstehen. Ich weiß, dass wir das werden."

Albert konnte nur nicken, als er seinen Freund weggehen sah. "Wir *werden* einen Weg finden." Aber er seufzte, als er wieder aufstand. "Aber nur Gott weiß, wie lange es dauern wird und was in der Zwischenzeit passieren wird."

Albert schüttelte den Kopf und ging zurück zum Schulgebäude, ein kaltes Gefühl des Grauens füllte seinen Magen und Traurigkeit bedrückte sein Herz.

* * *

Die deutsche Blaskapelle spielte die Nationalhymne *Das Deutchlandlied*. Die einleitenden Worte forderten alle Deutschen auf, zusammenzuhalten. Die Tränen liefen über viele Gesichter der Hunderte von Menschen des Volkisch-Norddeutschen Verbandes. Ihre Stimmen erklangen im Freiluft-Amphitheater des Englischen Gartens.

Deutschland, Deutschland, über alles - Deutschland, Deutschland über alles.

Über alles in der Welt

Wann, zum Schutz und zur Verteidigung,

Es braucht immer einen brüderlichen Zusammenhalt.

Von der Maas bis zur Memel,

Von der Etsch zum Belt,

Deutschland, Deutschland über alles,

Über alles in der Welt!

Das Lied endete mit einem Jubelschrei. Mitten in der Menge stehend, gab sich Werner von Wiesel zusammen mit seinen Klassenkameraden dem Jubel hin. Der Schweiß rann ihm über das blasse Gesicht.

Auf der Tribüne saß Werners dickbrüstiger Vater. Gunter von Wiesel, alle fünf Fuß und zehn Zentimeter von ihm, vibrierte praktisch mit fast religiöser Inbrunst. Der aristokratische preußische Antisemit trug seine blaue Regimentsuniform. Als Offizier der kaiserlichen Armee betrachtete Oberst von Wiesel Juden nicht als Deutsche, er betrachtete sie kaum als Menschen. Er nickte seinem ehemaligen Kameraden, dem Geschichtslehrer seines Sohnes, Dieter Hamlin, zu. Hamlin antwortete mit einer sitzenden Verbeugung, Ehrfurcht vor dem Oberst in seinen Augen.

Hans Torbiger, der Vorsitzende des Norddeutschen Volksbundes, schwenkte seinen Ebenholzhut. Sein tiefschwarzer Schnauzbart und sein akkurat gestutzter Bart schimmerten im Licht des Amphitheaters. Er trug eine formelle Weste und ein perlenbesetztes Halstuch. Als sich die lärmende Menge beruhigt hatte, rief Torbiger: "Meine Freunde, wir stehen vor einem schrecklichen Problem. Wir haben einen Feind im Inneren. Und dieser Feind ist kein anderer als der Jude!"

Die Menge rief lautstark ihre Zustimmung aus. Torbiger gestikulierte mit seinen Händen, um die Menge zu beruhigen. "Juden sind nicht wie wir!"

Die Menge murmelte zustimmend, viele Köpfe nickten.

"Juden sind nicht nur eine andere Religionsgemeinschaft, sondern eine ganz andere Ethnie!" stellte Torbiger lapidar fest.

Aus der Menge war zustimmendes Gemurmel zu hören.

"Der Jude ist ein Fremder", so Torbiger weiter, "der aus Asien eingewandert ist. Er ist eine Krankheit, die sich in das Fleisch Deutschlands frisst."

Das Rumpeln der Menge wurde lauter.

"Die Ausbeutung des wahren Volkes ist sein einziges Ziel. Egoismus und mangelnder persönlicher Mut sind seine Haupteigenschaften. Selbstaufopferung und Patriotismus sind ihm völlig fremd." Torbiger beendete seine Rede mit einer Warnung. "Nehmt euch in Acht vor dem Juden - er schwächt das Vaterland!"

Ein Redner nach dem anderen verbreitete giftige, aufrührerische Äußerungen und Hassaufrufe. Schließlich begann sich die Begeisterung abzukühlen. Nachdem der letzte Redner seinen antisemitischen Standpunkt dargelegt hatte, begann sich die Menge aufzulösen. Werner schloss sich seinem Vater an und sie gingen in Richtung ihres Hauses.

"Wie fandest du die Rallye, Werner?"

"Es war wunderbar! Inspirierend! Ich könnte nicht mehr zustimmen, dass der Jude eine Geißel für unsere Nation ist", sagte Werner mit einem finsteren Blick.

Der ältere von Wiesel nickte. "Als deine Mutter und ich heirateten, bat ich den jüdischen Bankier um ein Darlehen für den Kauf eines Hauses. Der Jude lehnte ab. Offenbar entsprachen wir nicht seinem jüdischen Standard."

Werner schüttelte den Kopf. "Typisch." Gunter nickte. "Als wir im Deutsch-Französischen Krieg gekämpft haben, habe ich mich geweigert, auch nur einen einzigen Juden in mein Regiment aufzunehmen. Das sind alles Feiglinge."

Der ältere von Wiesel hielt inne und sagte dann: "Weißt du, Werner, ich habe die Hoffnung, dass du ein großer Anführer sein wirst."

"Ich werde mein Bestes tun, Vater", antwortete der Junge entschlossen.

Aber Gunter war sich da nicht so sicher. Dieser blonde Junge ähnelte mehr seiner rehäugigen Mutter als seinem stämmigen, standhaften Vater.

Werner blickte ehrfürchtig zu seinem Papa auf. Er fühlte sich klein und schwach im Schatten seines Helden. Er wusste, dass sein Vater ihn niemals als den starken Deutschen sehen würde, für den er sich selbst hielt. Irgendwie, so beschloss er, würde er einen Weg finden, seinem Vater zu zeigen, wie stark er war.

Zwischenspiel

Der königliche Echnaton, der ein einfaches, knielanges, elfenbeinfarbenes Shendyt trug, streifte seine Sandalen ab. Er setzte sich hin, schlug die Beine übereinander und entspannte sich im Lotussitz unter einer majestätischen Eiche außerhalb des Tempels der Forschung. Der unverkennbare Ruf eines Wiedehopfs, der über ihm kreiste, lenkte ihn nicht ab, selbst als der Vogel mit seinen breiten, abgerundeten Flügeln anmutig schlug und ihn in einen Nistkasten trug, der zwischen zwei Ästen des Baums angebracht war.

"Meister Echnaton?", ertönte eine zögerliche Stimme. Kendra, ein junges Mädchen im einfachen Tempelgewand eines Neophyten, mit kastanienbraunem Haar, das in goldene Fäden gewickelt war und mit ihren Schritten wippte, näherte sich Echnaton vorsichtig. Kendra war fest entschlossen, die Gabe zu besitzen, durch das Unendlichkeitsportal zu sehen. Aber sie musste ihre Fähigkeiten erst noch erproben. Die Ausbildung, die notwendig war, um sie auf diese Aufgabe vorzubereiten, war äußerst anspruchsvoll. Neophyten mussten lernen, über das intellektuelle Verständnis hinaus in die Intuition zu gehen, und viele schafften die Vorbereitung nicht. Aber Kendra hatte fleißig und mit großer Hingabe gearbeitet. Sie lebte in einem Tempel der Seher, in dem alle Frauen lebten, die die strengen Regeln des Tempels als ihre Lebensweise akzeptierten. Es war eine Hingabe, die sie liebte.

"Ja, Kendra. Was kann ich für dich tun?", sagte Meister Echnaton und sah zu dem Mädchen auf.

Kendra war überrascht, dass der Meister ihren Namen kannte. Ihr war nicht bewusst, dass viele der Meister auf ihre Fortschritte aufmerksam geworden waren. "Theresa von Avila meinte, Sie könnten mir vielleicht helfen. Hätten Sie einen Moment Zeit?"

"Hat sie? Dann weiß ich es natürlich." Echnaton neigte den Kopf zur Seite und runzelte nachdenklich die Stirn. "Hast du denn deine Ausbildung im Tempel der Seher abgeschlossen?"

Kendra nickte feierlich, aber Echnaton konnte dem Mädchen die Aufregung ansehen, die in ihrer Aura brodelte. "Das habe ich. Deshalb habe ich mich gefragt, ob du mich als deine Schülerin aufnehmen und mir zeigen könntest, wie ein Lichtreisender durch die Zeit sieht." Kendra hielt erwartungsvoll inne, aber Echnatens Gesicht verriet ihr nichts.

Sie atmete tief ein und fuhr fort, in der Hoffnung, den Meister davon zu überzeugen, dass sie würdig war. "Ich habe gelernt, dass diese Reisenden kommen, um ein spezielles Gleichgewicht zu schaffen; um die Negativität der Menschen, denen sie dienen, in jeder historischen Periode umzuwandeln."

"Ich verstehe", sagte Echnaton. "Nun, du hast recht mit deinem Verständnis der Rolle eines Lichtreisenden." Der Meister hielt inne und dachte über seine nächsten Worte nach. "Ich möchte jedoch hinzufügen, dass wir nicht nur dieses Gleichgewicht herstellen, sondern auch die Tugenden der Worttreue, der persönlichen Integrität, der bedingungslosen Liebe und des Bewusstseins der Erhabenheit lehren. All dies trägt dazu bei, die Menschen darauf vorzubereiten, ihr wahres Selbst zu erkennen. Und sie sind notwendig für die Selbsterkenntnis, möchte ich hinzufügen."

Kendra nickte, als die Erkenntnis in ihr dämmerte. "Hmmm. Ja, natürlich. Nach meinen Studien ist es klar, dass Reisende so etwas tun. Ich habe es nur noch nicht zusammengefügt, bis du das gesagt hast."

Echnatons Gesicht blieb ernst. "Gut. Wie ich sehe, haben meine Worte bei dir Verständnis geweckt."

Ermutigt blickte Kendra bescheiden zu Boden. "Ich danke Ihnen für die Erkenntnis. Ich kann verstehen, dass diese Qualitäten den Menschen die Kraft verleihen, zu noch höheren Ebenen des Bewusstseins vorzudringen."

"Gern geschehen." Meister Echnaton deutete Kendra an, sich vor ihm auf den Grasteppich zu setzen. "Aber bevor ich entscheide, ob ich dich als Schülerin des Unendlichkeitsportals annehme, sollten wir ein paar Dinge besprechen."

Mit einem Nicken setzte sich Kendra hin und versuchte, sich auf die Prüfung vorzubereiten, die Echnaton für sie vorgesehen hatte. Sie hatte hart gearbeitet und fühlte sich bereit, sich jeder Herausforderung zu stellen, aber von Meister

Echnaton angenommen zu werden, war ein sehr großer Schritt in ihrer Entwicklung, und sie war nervös. Trotz des Unbehagens war ihre Neugierde unstillbar und sie konnte nicht anders, als zu fragen: "Was du gerade gesagt hast, hat mich an einige Dinge erinnert."

Echnatons Augenbrauen hoben sich verwundert. "Ach?"

Kendra ging voran, denn sie wusste, dass die Zeit des Meisters nicht verschwendet werden durfte. Aber sie brannte vor Verlangen nach Wissen. "Ja, darf ich Ihnen einige Fragen stellen?", fragte sie eifrig.

Echnaton strich sich nachdenklich über das Kinn und neigte dann den Kopf. "Wenn ich beurteilen soll, ob du würdig bist, mein Schüler zu sein, dann hast du auch das Recht zu sehen, ob ich derjenige bin, den du als deinen Lehrer haben willst."

Kendra war etwas erstaunt über Echnatens praktische Überlegungen zu diesem Thema, gewann aber schnell ihre Fassung wieder und fragte: "Nun, zunächst einmal, wie bist du ein Lichtreisender geworden?"

Echnaton lachte laut auf, und Kendra erschrak innerlich, weil sie befürchtete, ihre Frage könnte dem großen Lehrer frivol erscheinen. Aber er schien nicht beunruhigt zu sein. "Das war sicher nicht meine Absicht", sagte Echnaton und lehnte sich gegen den Baum. "Auf der irdischen Ebene regierte ich das Land Ägypten. Man nannte mich Pharao Amenhotep IV. In einem Traum bat mich Gott, die Stadt Armana zu errichten - einen Ort, der mit einem 'Neuen Jerusalem' vergleichbar ist."

"Gott hat zu dir gesprochen?", fragte Kendra, die von dieser Vorstellung beeindruckt war.

"Es war, wie gesagt, ein Traum. Das ist eines der Dinge, die dich herausfordern werden, während du lernst und wächst; wie du erkennen kannst, was dir auf deinen Reisen in deinen Träumen gegeben wird."

"Sie waren sich also nicht sicher, ob es Gott war oder nicht?"

Echnaton schüttelte feierlich den Kopf. "Der einzige Weg, wie du sicher sein kannst, was du in deinen Träumen hörst, ist, sie in der Welt zu testen. Du musst ein 'spiritueller Wissenschaftler' werden."

Kendra atmete tief ein und versuchte zu begreifen, was Echnaton durchgemacht hatte. "Du hast also eine Stadt auf der Grundlage eines Traums errichten lassen?"

Ein kleines Lächeln erschien auf Echnatons Lippen. "Nun, ich war der Pharao, also musste ich mich vor niemandem rechtfertigen." Dann wurde Echnaton wieder ernst. "Ich habe nicht nur eine neue Stadt gebaut, sondern mich auch dazu inspirieren lassen, eine neue Lehre einzuführen: den Monotheismus, das Wissen um den einen Gott. Sein Name war Aten. Und ich wurde Echnaton."

"Den Glauben eines Volkes zu ändern, klingt nach einer entmutigenden Aufgabe", sagte Kendra und runzelte die Stirn.

Echnaton nickte. "Ich hätte es nicht für möglich gehalten. Aber da ein strahlendes Wesen mir dies durch Licht und Klang mitgeteilt hatte, wusste ich, dass ich es nicht nur tun konnte, sondern tun musste. Mein Wissen war so stark."

Echnaton schien in die ferne Vergangenheit zu blicken und sich zu erinnern. "Als Echnaton habe ich die ägyptische

Tradition auf den Kopf gestellt. Und diese Veränderungen wurden von den meisten meines Volkes nicht begrüßt."

Als sie tiefer in die Geschichte eintauchte, fragte Kendra: "Und was hast du dagegen getan?"

Echnaton zuckte die Achseln. "Ich konnte nichts anderes tun, als mich an die Integrität der Vision zu halten, die mir gegeben wurde." Er seufzte. "Meine 'Ketzerei' wurde vollständig zurückgewiesen. Und die Bestrafung wurde schnell vollzogen, eine Effizienz, die ich bewundert hätte, wenn das Ergebnis nicht meine Ermordung gewesen wäre." Dann lächelte Echnaton und sah Kendra an. "Aber die Saat wurde gepflanzt. Und die Saat der Wahrheit kann aufgehen, auch wenn der Boden ihr nicht gerade freundlich gesinnt ist."

Kendra lächelte zögernd zurück. "Sie sagen also, dass die Menschen sich nicht aussuchen, Lichtreisende zu sein, sondern dass der Geist sie auswählt?"

"So ähnlich ist es", sagte Echnaton lachend. "Es ist eher so, dass das, was wir sind - die Seele - sich vorbereitet, aber wir sind uns dessen vielleicht nicht bewusst, wenn wir uns wieder verkörpern."

Kendra ließ diesen Gedanken auf sich wirken und fuhr dann mit einem leichten Kopfschütteln fort. "Nun, ich weiß, dass es schon immer Lichtreisende auf der Erde gegeben hat, aber ich weiß nicht viel über sie. Du warst ein König ... sind alle Reisenden Menschen von hohem Rang?"

Meister Echnaton gluckste nicht unfreundlich. "Ganz und gar nicht. Einige waren Dichter, Schriftsteller, Wissenschaftler, Philosophen und Lehrer auf der Erdebene. Andere haben ein so gewöhnliches Leben geführt, dass sie praktisch unbemerkt blieben, obwohl sie diese mächtige Energie des Lichts in der physischen Welt verankert haben."

"Was meinst du damit, dass sie dieses Licht 'verankert' haben?" fragte Kendra sofort. Sie war fasziniert und erfreut, dass Meister Echnaton bereit war, so offen zu sein. Obwohl diese Lehrer des Lichts und des Klangs sehr liebevoll waren, gingen sie nicht oft so offen auf die Fragen ihrer Schüler ein - vielleicht, weil die Fragen, wenn sie erst einmal begonnen hatten, endlos sein konnten. Aber Echnaton schien damit zufrieden zu sein, Kendras Neugier zumindest ein wenig zu befriedigen.

"Der Vater/Muttergott breitet sein Licht und seinen Klang überall aus. Auf der irdischen Ebene ist es notwendig, dass ein physischer Körper diese Energie empfängt und sie in diese Ebene fließen lässt. Das ist es, was Lichtreisende tun."

In Kendras Augen dämmerte das Verständnis, also fuhr Echnaton fort. "Zu besonderen Zeiten in der menschlichen Evolution werden einem Reisenden die Schlüssel zur Seelentranszendenz gegeben: Die Praktiken, die das Bewusstsein von sich selbst als Seele und als mehr als das wecken, das Wissen um die Einheit mit Gott. Dies ist kein theoretisches Verständnis, sondern die tatsächliche Erfahrung dieser lebendigen Realität."

"Ist es das, was Ihr gelehrt habt, Meister Echnaton?" wollte Kendra wissen.

Echnaton schüttelte den Kopf, lächelte aber. "Ich habe das nicht gelehrt, als ich Pharao war, weil die Menschen noch nicht auf der Stufe ihrer Entwicklung waren, um das zu wissen.

Die inneren Geheimnisse des Lichts und des Klangs waren viele Jahrhunderte lang weitgehend geheim, bis ein Lichtreisender, der als Jesus bekannt wurde, sie verkörperte."

Erneut nickte Kendra. Jesus war allen Neophyten bekannt. "Zu seinen Lebzeiten", fuhr Echnaton fort, "hat er die inneren Weisheiten den Massen zugänglich gemacht. Danach war das spirituelle Wissen für jeden zugänglich, der zur inneren Wahrheit erwachte."

Während Kendra zuließ, dass sich die Weisheit, die sie erhalten hatte, in ihr festsetzte, machte Echnaton eine Geste, während er sein Bewusstsein auf einen geheimen, heiligen Gedanken richtete, und beschwor ein Unendlichkeitsportal. "Nun lasst uns die Geschichte des Shamir-Steins betrachten", sagte der Meister, als das Portal entstand. Obwohl sie Echnaton beeindrucken wollte, zuckte Kendra zusammen. Sie wusste, dass dies der Test war, mit dem Echnaton ihre Bereitschaft beurteilen würde, seine Schülerin zu sein. Jegliches Selbstvertrauen, das sie gewonnen hatte, als der Meister so offen mit ihr gesprochen hatte, verflog, als sich das Portal verfestigte, und das Mädchen war angespannt. Dies war viel zu wichtig, um auch nur einen einzigen Fehler zu machen. Nur weil Echnaton das Portal heraufbeschworen hatte, bedeutete das nicht, dass sie die Visionen, die es bot, auch sehen konnte. Es lag an ihr, die nötige Konzentration so lange aufrechtzuerhalten, wie der Meister es ihr befahl.

Das Portal selbst hatte die Größe eines aufgeschlagenen Buches. Seine Oberfläche hatte das Aussehen eines Spiegels, der aus einem großen Edelstein geschliffen und kristallklar poliert war. Die Schüler, die sich zu Sehern ausbilden ließen, blickten während ihrer Ausbildung in diese Portale. Sie sahen die Farben, das Licht und die Symbole der Geisterwelt. Ihre Sicht würde sich auf die Schwingungen und Farben der Welt um sie herum vertiefen. Sie würden in ihrem Portal die Emanationen der höheren Reiche des Geistes fühlen, hören und sehen. Tägliche Meditationen und spirituelle innere Übungen würden ihre Fähigkeit stärken. Es war bedeutsam, dass Echnaton ein Portal für Kendra geöffnet hatte. Sie wusste, dass sie ihr ganzes Training einsetzen musste, um die Verbindung zu diesem Portal aufrechtzuerhalten.

Meister Echnaton gestikulierte erneut, und das Portal projizierte das holografische, heilige geometrische Muster der Blume des Lebens. Die schwebende Blume ließ die Energie rundherum pulsieren.

Echnaton schloss seine Augen und segnete das Portal. "Wir rufen vorwärts und segnen die Geschichte des Shamir-Steins für das höchste Gut". Echnaton berührte die Mitte des Portals, wodurch sich das geometrische Muster drehte, und sagte: "Ich werde die Geschichte des Shamir-Steins nutzen, um zu zeigen, wie wir durch die Zeit suchen. Das Portal der Blume des Lebens ist nur für fortgeschrittene Eingeweihte, für diejenigen, die die Fähigkeit bewiesen haben, sich durch die Zeit zu bewegen."

Der Meister berührte Kendra in der Mitte ihrer Stirn und sie spürte ein Kribbeln. Sie schloss kurz die Augen und öffnete sie dann, als Echnaton sagte: "Mal sehen, ob du die Energie lange genug halten kannst, um der Geschichte zu folgen."

Kendra schaute sich das Portal genauer an. Trotz ihrer Besorgnis funkelten ihre bernsteinfarbenen Augen vor Aufregung. Sie hatte gelernt, dass die Berührung eines Portals ohne einen Segen das Tor der Zeit nicht öffnen würde. Nur wenn man eine klare, von Herzen kommende Absicht hatte, konnte man die besten Ergebnisse erzielen.

Während die Oberfläche des Portals Szenen von Ereignissen im Laufe der Zeit zeigte, begann Echnaton, den mysteriösen Shamir-Stein zu erklären. "Der Shamir-Stein war eines der zehn wundersamen Artefakte, die Gott in der Dämmerung des sechsten Schöpfungstages schuf. Er ist ein übernatürlicher Wurm von der Größe eines einzigen Gerstenkorns. Sein Blick ist so mächtig, dass er jedes Material mit Leichtigkeit durchschneiden kann, sogar Diamant, die härteste Substanz der Erde. Ein solch wundersames Geschöpf vertraute Gott dem Wiedehopf an. Er wurde beauftragt, dem Shamir zu dienen, wann und wo auch immer die Zeit dafür gekommen ist."

Echnaton zeigte auf das Vogelnest oben in der Eiche. "Seine Art ist es, den Shamir vor allem Unheil zu schützen. Wiedehopfe sind nicht übernatürlich. Sie sind an Orten, die Europa und Asien genannt werden, auf der Erdebene weit verbreitet."

Kendras Augen verengten sich, als sie in einem unsicheren Ton fragte. "Moment, ich bin verwirrt. Warum nennt man den Shamir einen Stein, wenn er doch ein Wurm ist?"

Echnaton antwortete: "Der Shamir wird Stein genannt, um seine Identität geheim zu halten. Nur diejenigen, die wissen, was ein Shamir ist, wissen, dass es ein Wurm ist. Und der winzige Bleikasten, in dem er ruht, sieht aus wie ein Stein."

Das Portal enthüllte Symbole und eine Projektion von Hermes, dem Hohepriester von Atlantis, der den Schamir von Atlantis nach Ägypten bringt.

Als Hermes erschien, runzelte Kendra die Stirn: "Das ist Hermes! Ich habe ihn in unserem Garten gesehen. Was hat er mit dem Shamir zu tun?" Kendra war so aufgeregt, dass sie gar nicht merkte, dass es ihr gelungen war, das Bewusstsein aufrechtzuerhalten, das sie brauchte, um durch das Portal zu sehen.

"Du wirst sehen", sagte Echnaton nicht unfreundlich.

Fasziniert beobachtete Kendra Hermes in der Nähe einer Pyramide in Ägypten. Sie wurde an einem Ort gebaut, an dem sich ein Energiewirbel von der Erde ausbreitete und mit den Sternen des Sternbilds Orion am Himmel ausgerichtet war.

Echnaton fuhr fort: "Siehst du Hermes, der eine kleine Metallkiste trägt?" Kendra nickte, gefesselt von der Szene. "Der Shamir wurde immer in Wolle eingewickelt und in einem Gefäß aus Blei aufbewahrt, wo er ruhte und durch die inneren Reiche des Lichts reiste, bis er im irdischen Reich gebraucht wurde. Jedes andere Gefäß würde unter dem Blick des Shamir schmelzen und sich auflösen."

Kendra beobachtete Hermes, wie er sich einen goldenen Brustpanzer anlegte. Er öffnete den Deckel des kleinen Bleikästchens und wickelte das Wolltuch aus. Dann setzte er den Shamir über die Baupläne der Pyramide des Nordens. Der Shamir schwebte und nahm die Bilder in sich auf. Auf ein für die Beobachter unsichtbares Zeichen hin legte Hermes ihn zurück in sein Kästchen, schloss es und erhob sich.

Die Szene im Portal verblasste, dann erschien eine neue Szene. Der Meister und der hoffnungsvolle Eingeweihte sahen zu, wie Hermes an dem Ort ankam, wo mehrere unbehauene Steine in der Nähe der teilweise errichteten Pyramide lagen. Wieder öffnete Hermes, während ein Wiedehopf in der Nähe hockte, die Kiste. Der Vogel hob mit seinem langen Schnabel behutsam den winzigen Wurm auf und legte ihn neben die grob behauenen Steine. Es gab eine kurze Pause, und dann brach ein Lichtstrahl aus dem Blick des Shamirs hervor und breitete sich auf den rohen Stein aus. In wenigen Augenblicken schnitt das Licht die Steine genau nach den Maßen der Zeichnung, die es absorbiert hatte.

Das Portal offenbarte, dass der Wiedehopfvogel den Wurm Tag für Tag von Stein zu Stein bewegte. Als alle massiven Steine zerschnitten waren, trat Hermes vor und winkte einer Gruppe atlantischer Priester zu. Mit höchster Konzentration hoben sie ihre Hände und projizierten eine ungeheuer starke Energie, die die Schwerkraft und die Polarität umkehrte. Wie schwerelos erhoben sich die tonnenschweren Steine und bewegten sich an ihren Platz.

Als sich der letzte Stein setzte, hob Meister Echnaton seine linke Hand über das Portal und beendete die Sitzung. Er warf einen Blick auf Kendra, um zu sehen, ob sie in der Lage war, das Bewusstsein aufrechtzuerhalten, das notwendig war, um den Kontakt mit dem Portal aufrechtzuerhalten. Er sah, dass sich Schweißperlen auf ihrer Stirn gebildet hatten und ihr

Gesicht durch die intensive Konzentration leicht verhärmt war. Aber er sah an ihrer Aura, dass sie die Geschichte bis zum Ende verfolgt hatte.

Trotz ihrer nahen Erschöpfung spannte sich Kendra beim Blick des Meisters an und wartete auf Echnatons nächste Worte. Sie wusste, dass dies die Verkündung sein würde, die den Verlauf ihres gesamten Lebens verändern könnte. Die Zeit schien sich zu verlangsamen, während er über seine Entscheidung nachdachte.

"Habe ich bewiesen, dass ich würdig bin, Schülerin dieses Mannes zu werden?" fragte sich Kendra. "Habe ich zu viele Fragen gestellt? War ich stark genug? Sollte ich etwas sagen? Sollte ich ein respektvolles Schweigen bewahren?" Während diese Fragen Kendra durch den Kopf gingen, wurde sie immer unsicherer. "Was soll ich tun, wenn er mich ablehnt?"

Echnaton nickte einmal und kam zu einem Schluss. Er atmete tief durch, fast wie ein Seufzer, und sagte: "Ich denke, das reicht für deine erste Lektion im Portal der Blume des Lebens."

Kendra wurde blass. "Ich kann es besser", platzte sie heraus. "Wirklich, ich werde mich mehr anstrengen. Ich bin sicher, ich kann ..." Den Tränen nahe, hielt Kendra inne und schloss ihren Mund mit einem Klatschen. "Warte, was hast du gesagt?"

Echnaton streckte sich und umarmte Kendra sanft. "Ich sagte, junge Eingeweihte, dass du für deine erste Lektion genug getan hast. Wir werden uns bald wiedersehen."

"Werden wir?" fragte Kendra verblüfft.

Echnaton lachte: "Natürlich werden wir das. Da du jetzt mein Schüler bist, werden wir uns noch oft sehen."

"Ihr St..."

Echnaton nickte mit dem Kopf, lachte und scheuchte sie mit seinen Händen weg. Kendra sprang auf ihre Füße. "Oh, ich danke Euch, Meister Echnaton. Ihr werdet diese Entscheidung nicht bereuen."

Der Meister nickte, immer noch lächelnd, als Kendra sich zurückzog. "Geh, hol dir ein Glas Wasser, feiere mit deinen Freunden..." Als sie sich umdrehte, wurde sein Gesicht wieder etwas ernster. "...denn deine eigentliche Arbeit beginnt erst jetzt", sagte er so leise, dass sie es nicht hören konnte.

Kendra konnte ihre Freude kaum zügeln. Es wäre nicht gut, wenn man einen brandneuen Eingeweihten durch den ruhigen Garten rennen sehen würde. Aber sie ging mit federndem Schritt los, um ihre Freunde zu finden und ihnen ihr Glück mitzuteilen.

Der Wiedehopf mit seiner Krone aus bunten Federn erhob sich aus seinem Nest hoch oben in der Eiche und ließ sich auf Echnatons Schulter nieder. "Ja, mein Freund", sagte Echnaton zu dem Vogel, "er wird ein hervorragender Schüler sein, dessen Zukunft sehr rosig sein wird." Der Vogel schien einmal mit dem Kopf zu nicken und wirkte viel weiser, als ein Vogel sein sollte.

Kapitel 11
Hoffnung

Der steife Wind des späten Dezembernachmittags wehte draußen und drang in Alberts Gedanken ein. Es war der erste Donnerstag der Winterschulpause. In der Hoffnung, seinen Sorgen zu entfliehen, war Albert in die Bayerische Bibliothek in der Nähe des Gymnasiums gegangen, wo er über seinen Kompass nachdachte. Die Inspiration blieb aus, also steckte er seinen Schatz in die Manteltasche und wanderte zu den Bücherregalen. Er suchte halbherzig nach einem seiner Lieblingsphilosophen, Kant, und fand *Kritik der reinen Vernunft*. Als er das Buch aus dem Regal zog, hörte er eine vertraute Stimme seinen Namen rufen.

"Albert?"

Albert drehte sich um und sein Gesicht erhellte sich: "Herr Talmud, es ist so schön, Sie zu sehen!"

Sie umarmten sich herzlich, Max, einen Kopf größer, mit einem verfrühten Anflug von Grau in seinem kastanienbraunen Haar und Schnurrbart. Obwohl er erst Mitte 30 war, wirkte er wie ein weiser älterer Herr.

Max war ebenso aufgeregt, seinen jungen Freund zu sehen. Er hielt Albert auf Armeslänge und begutachtete den Jungen. "Du bist ganz schön groß geworden, Albert. Wie ist es dir ergangen? Bist du auf dem Gymnasium und machst dein Abitur?"

Bei der Erwähnung des Gymnasiums sackte Alberts Körper in sich zusammen. "Äh, das ist eine ziemlich lange Geschichte. Vielleicht kann ich sie dir beim Abendessen erzählen. Können Sie mir Gesellschaft leisten?"

"Natürlich", antwortete Max lächelnd und legte einen Arm um Alberts Schultern. "Ich würde gerne herausfinden, was mit einem meiner Lieblingsmenschen los ist."

Zum ersten Mal seit langer Zeit spürte Albert, wie er sich in der Gesellschaft eines Freundes entspannte, als die beiden zur Garderobe gingen. Wenige Augenblicke später traten sie in die kalte Abendluft und gingen den Hügel hinunter zu einer Bierstube ein paar Blocks entfernt,

Unweit der bayerischen Bibliothek lugte Raka heimlich unter seinen Mantel und überprüfte seinen Spazierstock. Er drückte auf die Rubinaugen im Kopf des Drachen und vergewisserte sich, dass die mit Gift gespickte Stahlnadel bereit war. Er wusste, dass er dem Besitzer des Shamir keinen Schaden zufügen konnte, ohne einen hohen karmischen Preis zu zahlen, aber man konnte nie wissen, wann es ein nützliches Werkzeug sein würde, um jemanden zu zwingen, seinen Willen zu tun. Er war dem Shamir dicht auf den Fersen und wusste, dass er sich in der Nähe befand. Als er sich vergewissert hatte, dass alles bereit war, setzte er die Nadel zurück und setzte seinen Weg fort.

Er schnupperte an der Luft und stellte fest, dass der Geruch von Shamir viel stärker war als noch vor wenigen Minuten. Er beschleunigte seinen Schritt, denn der Gedanke, den Stein zu besitzen, ließ ihn geradezu speicheln.

Ein paar Straßen von der Bibliothek entfernt betraten Max und Albert das Alehouse und fanden einen ruhigen Tisch. Nachdem sie bei der molligen Kellnerin mittleren Alters Bier und Sauerbraten bestellt hatten, setzten sie ihr Gespräch fort.

"Weißt du noch, wie ich dich und deine Familie jeden Schabbat besucht habe?" fragte Max. "Deine Eltern waren so nett zu mir, als ich mich als Medizinstudent abmühte."

Albert nickte, ein warmes Gefühl erfüllte ihn, zusammen mit den Erinnerungen an einfachere Tage. "Ja, ich erinnere mich. Ich habe dich vermisst. Es war eine aufregende Zeit, als du neunundzwanzig warst und ich erst zehn und du mir Bücher über Philosophie und Mathematik mitgebracht hast. Ich liebte die Tests, die du dir für mich ausgedacht hast, um zu prüfen, wie gut ich meine Aufgaben verstanden hatte."

Max grinste, als er einen Bissen Rindfleisch kaute und seine Gabel auf Albert richtete. "Es hat nicht lange gedauert, bis ich *dir* nicht mehr folgen konnte.

Albert strahlte über das Lob, und die beiden unterhielten sich angeregt und erinnerten sich an die vielen Schabat-Abende, die sie gemeinsam verbracht hatten.

Vor der Bierstube näherte sich Raka, und seine Schritte wurden in Erwartung schneller. Er schnupperte ein letztes Mal und überzeugte sich, dass er am richtigen Ort war. Seine Gedanken wurden bestätigt, als er den Wiedehopfvogel über der Tür sitzen sah. Der Geruch von menschlichem Essen, der aus der Bierstube kam, interessierte ihn nicht. Vielmehr erinnerte ihn die Ratte, die um die Ecke des Gebäudes rannte, als er sich näherte, daran, dass er schon eine Weile nichts mehr gegessen hatte.

Raka trat ein und ging lässig zu dem Tisch neben dem, an dem Albert und Max sich unterhielten. Als sich die Kellnerin näherte, bestellte er ein Bier, um seine Anwesenheit zu rechtfertigen, und setzte sich zurück, ohne ein Zeichen zu geben, dass er dem Jungen und dem Mann am Nachbartisch aufmerksam zuhörte. Raka fragte sich, wer von den beiden den Shamir besaß.

Obwohl er das Gespräch als entspannend und angenehm empfunden hatte, beschloss Albert, dass es an der Zeit war, das Thema anzusprechen, das er wirklich besprechen wollte. Er nahm einen Bissen von seinem Schmorbraten und wurde ernst. "Max, kann ich dir etwas anvertrauen?"

Das Lächeln verschwand aus Max' Gesicht und wurde durch einen besorgten Blick ersetzt. "Natürlich kannst du mir alles erzählen. Was ist los, Albert? Stimmt etwas nicht mit deinen Eltern?"

"Nein, nein, meinen Eltern geht es gut, sie sind in Italien. Ich wohne bei meiner Tante und meinem Onkel, die nicht weit weg wohnen." Albert hielt inne und nahm einen langen Schluck Bier, während er seine Gedanken sammelte. Er versuchte herauszufinden, wie er seine Geschichte erzählen sollte, aber als ihm nichts einfiel, machte er einfach weiter. "Es ist nur so, dass ich das Gefühl habe, meine Zeit auf dem Gymnasium zu vergeuden. Ich bestehe meine Mathe- und Naturwissenschaftsprüfungen mit Leichtigkeit, weil ich mir die Dinge, die wir im Unterricht lernen, schon vor Jahren selbst beigebracht habe." Albert zog den Brief des Gymnasialdirektors aus der Tasche und sagte: "Aber wenn ich darum bitte, dass man mir fortgeschrittenere Arbeiten zum Lernen gibt, werde ich nur verärgert." Er reichte den Brief an Max weiter, der die Stirn runzelte, als er ihn las.

Lieber Herr Einstein,

Sie werden gebeten, am 15. Dezember 1894 um 10 Uhr im Büro des Direktors zu erscheinen, um Ihre Zukunft am Luitpold-Gymnasium mit dem Rat des Akademischen Ausschusses zu besprechen. Bitte seien Sie pünktlich.

Mit freundlichen Grüßen,
Stefan Braun,
Direktor

Max schüttelte den Kopf, als er den Brief faltete und ihn Albert zurückgab. "Das wundert mich nicht, Albert. Ich hatte vermutet, dass du es am Gymnasium schwer haben würdest."
"Sie haben?"

Max nickte. "Ja. Sie befinden sich eigentlich mitten in einem Kampf innerhalb des Schulsystems selbst. Der *Schulkrieg* ist ein Kampf zwischen den Befürwortern der klassischen Werte, die mit dem Unterricht in Latein und Griechisch verbunden sind, und den Befürwortern des Unterrichts in modernen Sprachen und Naturwissenschaften."

Albert lehnte sich in seinem Stuhl zurück, überrascht von dieser Enthüllung. "Ich hatte ja keine Ahnung."

Max seufzte. "Nein, woher willst du das wissen. Aber weißt du, ich habe auch gekämpft, als ich die Schule besuchte, um Arzt zu werden."

"Wirklich?" Albert war verblüfft.

Max nickte: "Hm, hm. Ob du es glaubst oder nicht, das Luitpold-Gymnasium hat einen Ruf als aufgeklärte Schule. Ganz Deutschland feiert seine 'Bildungseinrichtungen', weil es in den letzten drei Jahrzehnten so wohlhabend geworden ist. Deutschland ist weltweit führend in dem, was man die industrielle Revolution nennt."

Albert winkte mit der Hand, als wolle er Max' Aussage wegwischen. "Lehranstalten? Pah! Das sind doch nur Fabriken, in denen auswendig gelernt wird."

Max hat nicht widersprochen. "Wie dem auch sei, Deutschland ist stolz auf seine Schulen." Als Albert die Stirn runzelte, fuhr Max fort. "Aber, mein Freund, ich kann dir sagen, dass es in der Schweiz Schulen gibt, die für dich interessant sein könnten. Ich habe eine davon besucht, bevor ich an die Universität München ging."

Albert hob die Augenbrauen. "Die Schweiz?"

Max nickte: "Das Polytechnikum in Zürich, wo ich studiert habe. Und ich habe einen Onkel, der in Zürich lebt. Er war maßgeblich daran beteiligt, dass ich das Polytechnikum besuchen konnte, und ich glaube, er wäre auch bereit, dich zu unterstützen. Es würde Ihnen die Ausbildung geben, die Sie, wie ich glaube, suchen."

Alberts Gesicht hellte sich auf: "Das wäre wunderbar ... wenn es nicht zu viel Mühe macht, meine ich."

Max berührte Alberts Arm, um ihn zu beruhigen, und sagte: "Was mich betrifft, gehörst du zur Familie, Albert, ich helfe dir gerne. Es macht mir überhaupt keine Mühe. Das ist das Mindeste, was ich für Menschen tun kann, die mich so freundlich behandelt haben."

Albert lehnte sich in seinem Stuhl zurück. Zum ersten Mal seit Monaten hatte er das Gefühl, atmen zu können.

Albert und Max schwelgten wieder in Erinnerungen, als sie ihr Abendessen beendeten. Albert spürte, dass ein frischer Wind in seinen Segeln wehte, der ihn in eine neue Richtung brachte, und war nun mehr als bereit, den Direktor und seine Leutnants zu treffen. Als die beiden ihr Bier ausgetrunken hatten, machte sich Albert daran, die Rechnung zu begleichen.

Raka war in Gedanken vertieft und überlegte, was er gehört hatte, als er sah, wie der jüngere Mann in seine Tasche griff und seine Geldklammer zusammen mit einem runden, messingfarbenen Gerät herauszog. Raka hielt den Atem an. Da war er, sein Schatz. Er wollte aufspringen und ihn sich schnappen, aber er war geistesgegenwärtig genug, um zu wissen, dass dies nicht der richtige Weg war, um sein Ziel zu erreichen. In der Aufregung, den Shamir zu sehen, ließ Raka die Konzentration fallen, mit der er die Illusion seiner menschlichen Gestalt aufrechterhalten wollte, und seine Schuppen begannen auf seinem Gesicht zu erscheinen. Er rieb sich mit den Händen über das Gesicht und der weiche, menschliche Teint kehrte zurück. Raka zitterte fast vor Erwartung und war überwältigt von der Nähe des Preises, nach dem er seit Jahrtausenden gesucht hatte, und machte sich keine Gedanken mehr über die Folgen.

Als sie aufstanden und sich auf den Weg zur Haustür machten, bemerkten weder Albert noch Max die finster dreinblickende Gestalt am Tisch hinter ihnen.

Raka wartete, bis Max und Albert das Ale House verlassen hatten, bevor er ein paar Münzen auf den Tisch warf und ihnen folgte. Als er das Gebäude verließ, sah er Max nach links gehen und Albert nach rechts, um sein Fahrrad aus der Bibliothek zu holen. Raka grinste und ging über das Kopfsteinpflaster auf Albert zu, während er mit der pechschwarzen Nacht verschmolz. Er konnte die Atemzüge von Albert in der kalten Luft sehen, als er den langen Hügel zur Bibliothek hinaufstieg.

Albert ging um die Ecke der nun dunklen Bibliothek und ging dorthin, wo er sein Fahrrad abgestellt hatte. In Gedanken an seine Zukunft versunken, bemerkte er nicht, dass Raka sich ihm von hinten näherte. Raka keuchte vor Erwartung und bereitete sich auf den Angriff vor, das kosmische Gesetz sei verdammt. Er bereitete seine Waffe vor, indem er auf die rubinroten Augen des Drachens drückte und die giftige Stahlnadel freilegte. Gerade als er zu zielen begann, flog der Wiedehopfvogel wie aus dem Nichts direkt in die böse Echse, sein spitzer Schnabel durchbohrte sein linkes Auge. Raka unterdrückte einen Schrei und krümmte sich vor Schmerz auf dem Boden, als der schnelle Vogel davonflog.

Durch das dumpfe Geräusch aus seinen Gedanken gerissen, sah sich Albert um. Aber die Nacht war dunkel und er sah weder Raka noch die Waffe, die ihm aus der Hand fiel, als die Echse sein verwundetes Auge bedeckte . Der Spazierstock fiel auf das Kopfsteinpflaster, und die Spitze der Giftnadel brach mit einem Knacken ab und prallte auf ein Eichhörnchen in der Nähe, das wütend schnatterte.

Als er sein Bein über sein Fahrrad legte, hörte Albert das Geräusch und sah das kleine Nagetier an ihm vorbeihuschen. Weil es so dunkel war, traute Albert seinen Augen nicht, als das Fell der Kreatur zu rauchen begann und das Tier sich in eine Pfütze aus Schlamm aufzulösen schien. Albert schüttelte den Kopf und schimpfte mit sich selbst, weil ihn seine Augen so getäuscht hatten. Er zog den Kragen seines Mantels fester um sich, um sich vor dem schneidenden Wind zu schützen.

Lautlose Flüche auf den Wiedehopf murmelnd, schlich Raka in der Dunkelheit umher und versuchte, seine Wunde zu versorgen. Sie war zwar nicht tödlich für den Wechselbalg, aber schmerzhaft genug und erforderte seine Aufmerksamkeit. Er verfluchte sich lautstark für seinen Übereifer und wurde sich bewusst, was er beinahe getan hätte. Der Preis, den er dafür gezahlt hätte, so wurde ihm klar, war zu hoch, selbst für den Shamir. Er würde diesen Fehler nicht noch einmal begehen.

Während er durch die dunkle, kalte Nacht ging, schwor sich Raka, einen weitaus narrensichereren Plan auszuarbeiten. Ja, es würde Zeit brauchen. Ja, er würde geduldig sein müssen. Aber er würde nicht zulassen, dass ihm der Shamir noch einmal durch die Lappen ging. In seinem Kopf begann sich ein Plan zu formen - einer, der andere Menschen einbezog. Wie einen kostbaren Samen würde er ihn hegen und pflegen, bis er erblühte und Früchte trug.

Auf seinem Fahrrad radelte Albert in Richtung des Hauses seiner Tante, während er an eine viel bessere Zukunft dachte.

Nicht weit hinter dem Jungen flog der Wiedehopf, stets wachsam gegenüber den potenziellen Gefahren, die Albert glücklicherweise nicht kannte.

Kapitel 12
Die Schicksalswende

Leuchtende Regenschirme zierten den Bauernmarkt in der Münchner Innenstadt und bildeten einen Regenbogen aus leicht verblassten, aber immer noch festlichen Farben. Die Rufe der Käufer, die an diesem kalten Dezembersamstag um frisches Obst, Gemüse und Fleisch feilschten, erfüllten die Luft.

Am Vormittag schlurften die müden Marktbesucher, die schon seit dem Morgengrauen auf den Beinen waren, in den Münchener Brau Biergarten, um Sandwiches und Bier zu genießen. Reihenweise saßen die Leute an langen Picknicktischen, um eine wohlverdiente Pause einzulegen und ihre Mahlzeit zu genießen.

Johann wischte gerade die Theke mit einem feuchten Lappen ab, als er Albert durch die Tür kommen sah. Seine erste Reaktion war Freude, die jedoch schnell von Angst abgelöst wurde. Johann sah sich hektisch um, um zu sehen, ob einer der Jungs, die samstags nach einer harten Schulwoche oft im Biergarten abhingen, Alberts Ankunft bemerkt hatte. Seit ihrer verhängnisvollen Diskussion am Tag der Nazikundgebung hatte sich Albert von seinem Freund - eigentlich von der ganzen Familie Thomas - ferngehalten, um ihnen keine Probleme zu bereiten, weil sie mit einem Juden zu tun hatten.

Trotzdem konnte sich Albert ein Lächeln nicht verkneifen, als er sich einen Barhocker am anderen Ende der Bar heranzog. Johann polierte weiter die Theke, während er sich langsam zu Albert vorarbeitete. Johann schaute sich verstohlen um und zischte Albert flüsternd an. "Was machst du hier, Albert? Du weißt, dass es für uns gefährlich ist, wenn man dich mit mir reden sieht."

Albert winkte die Besorgnis seines Freundes ab und beugte sich zu ihm vor. "Mein 'Problem' scheint gelöst zu sein! Und damit wird auch *unser* Problem verschwinden."

Johann runzelte die Stirn und schien an einem besonders hartnäckigen Fleck auf der Theke zu reiben. "Bist du verrückt? Wie meinst du das?"

Mit einem Grinsen erzählte Albert Johann kurz von seinem Abendessen mit Herrn Talmud und seinen Hoffnungen, in die Schweiz zu gehen - was Albert effektiv aus der lokalen Szene entfernen und ihn sicher von Johann und seiner Familie fernhalten würde. Während Albert die Situation schilderte, wischte Johann in immer langsameren Kreisen, und sein Stirnrunzeln wandelte sich in ein Lächeln. Als Albert seine Erzählung beendete, hatte Johann seine Bedenken schon fast vergessen. "Albert, das wäre wunderbar!", rief er aus, schlug sich dann die Hand vor den Mund und schaute sich um, um zu sehen, ob es jemand gehört hatte. Albert grinste und nickte, als Johann ein Gedanke durch den Kopf schoss und er wie ein geplatzter Luftballon die Luft abließ. "Aber ... die Schweiz?"

Albert legte seine Hand auf den Arm seines Freundes. "Ich weiß. Aber es ist nicht so weit weg. Da ich nicht mehr im Mittelpunkt stehen werde, werden wir uns wohl sehen können, wenn ich nach Hause komme, um meine Familie zu besuchen."

"Ja. Vielleicht", sagte Johann nicht ganz überzeugt, während er sich wieder dem Polieren der Bar widmete.

Hinter Albert stießen die Jungen der Abschlussklasse aufeinander an. Sie waren von dem Optimismus und der Hoffnung junger Männer erfüllt, die sich darauf vorbereiten, in ein paar Monaten ihren Weg in die Welt zu machen. Johann schenkte Albert ein Bier ein und entschuldigte sich dann, um den überquellenden Mülleimer zur Mülltonne zu bringen. Als er gerade die letzten Reste aus dem Eimer leerte, kam Werner von Wiesel auf seinem Fahrrad angeradelt.

In der Hoffnung, seinem Mitschüler aus dem Weg zu gehen, wandte sich Johann zum Gehen. Doch Werner rief ihm zu. "Warte einen Moment, Johann." Mit dem Rücken zu Werner, zog Johann eine Grimasse. Er wollte nichts mit dem Tyrannen zu tun haben, der ihn bedroht hatte, wenn er mit Albert befreundet blieb. Aber der Junge wurde in der Schule immer einflussreicher. Johann konnte ihn auf keinen Fall ignorieren, ohne Repressalien zu bekommen.

Werner ging auf Johann zu und legte ihm die Hand auf die Schulter. "Johann, ich möchte mich dafür entschuldigen, was ich über dich und Albert gesagt habe."

Johann drehte sich um und seine Augen weiteten sich vor Unglauben. "Was?"

"Nein, wirklich. Ich habe darüber nachgedacht. Es gibt keinen Grund, warum wir nicht Freunde sein können." Werner lächelte und lachte nervös, als er seine Hand zum Schütteln ausstreckte.

Johann kaufte ihm das nicht ab. "Was willst du, Werner?", fragte er, ignorierte die dargebotene Hand und war so schroff, wie er sich nur traute.

Werner sah Johann einen Moment lang an, und Johann konnte praktisch sehen, wie sich die Räder im Kopf des Jungen drehten. Dann beugte sich Werner zu Johann. "Okay, hör mal", sagte er verschwörerisch. "Ich habe gehört, wie du und Albert über seinen Kompass gesprochen habt. Ich will ihn mir mal ansehen."

Johann runzelte die Stirn und dachte angestrengt nach. "Kompass? Äh, ich weiß nicht, wovon du redest, Werner."

Jetzt war es Werner, der die Stirn runzelte, seine Geduld war am Ende. Er packte Johann vorne am Hemd und zog ihn zu sich heran. Mit zusammengebissenen Zähnen sagte er: "Stell dich nicht dumm, Johann. Ich will den Kompass sehen und ich *werde* ihn sehen." Dann stieß er Johann grob weg, so dass der Junge auf ein Knie fiel. Werner drehte Johann den Rücken zu und schritt in den Biergarten, während Johann seine Hose abstaubte und seine Kleidung zurechtrückte. Als er mit seinem Äußeren zufrieden war, holte er seinen leeren Mülleimer zurück und folgte Werner wieder ins Haus.

In der Zwischenzeit hatte Raka auf einem Fahrrad den Geruch des Shamir verfolgt. Durch einen plötzlichen Anstieg negativer Energie angelockt, unterbrach er seine Suche, um dem nachzugehen. Negativität jeglicher Art gefiel ihm. Er stieg ab, fuhr mit seinem Fahrrad in Richtung der Energiequelle hinter dem Biergarten und spähte vorsichtig um die Ecke des Gebäudes. Er kam gerade noch rechtzeitig, um den größten Teil von Johanns und Werners Gespräch über den Kompass mitzubekommen.

Der Hass in Werners Bewusstsein schmeckte angenehm, fast süß auf Rakas Zunge, als er diese Entwicklung betrachtete. Ein Menschenjunge mit dem gleichen Ziel - wenn auch sicher nicht dem gleichen Motiv - wie er selbst. Und ein Junge, in dem Angst und Hass brodelten und nur darauf warteten, dass etwas sie zum Überkochen brachte. Das war einfach zu schön, um wahr zu sein. Raka genoss den Gedanken, den Jungen in einen Lakaien zu verwandeln, der nach seiner Pfeife tanzen würde. Jetzt musste er sich einen Plan einfallen lassen, um Werner für seine Sache zu gewinnen.

Ein ruhender Schlehdornstrauch am Rande des Biergartens brachte ihn auf eine Idee. Er brach einen kurzen Zweig ab, an dem ein böser langer Stachel hing. Aus einer Drüse in seiner Kehle sonderte er ein spezielles Gift ab und spuckte es auf den Dorn. Mit einem verstohlenen Blick nach links, dann nach rechts, befestigte er den tödlichen Stachel an der Außenseite des Griffs auf der rechten Seite von Werners

Fahrrad. Er wusste, dass dieses Sekret für manche tödlich sein konnte. Aber für diejenigen, die von Hass und Negativität durchdrungen waren, würde es eine andere Wirkung haben.

Raka setzte seinen Plan in die Tat um, ließ sein eigenes Fahrrad an der Wand lehnen und ging zur Vorderseite des Gebäudes, wo er eintrat und einen Platz fand, um sein Ziel zu beobachten. Er entdeckte Werner mit seinen Freunden am Ende eines der großen Familientische.

Johann stand unglücklich in der Küchenzeile. Ihm gefiel der Gedanke nicht, dass Albert in die Schweiz ging, auch wenn er sah, dass es wahrscheinlich eine gute Sache war. Und es gefiel ihm ganz sicher nicht, dass Werner sich für Alberts Kompass interessierte. Aber an beiden Situationen konnte er im Moment nichts ändern. Mit einem schweren Seufzer packte er mehrere in Papier eingewickelte Schinkenbrote und Bierflaschen in einen Sack, um sie zu seinem Vater zu bringen, der in der Nähe arbeitete.

Als er an Albert vorbeiging, sagte er: "Ich bin in ein paar Minuten zurück. Ich möchte mehr über deine Neuigkeiten sprechen."

Von seinem Tisch aus bereitete sich Werner darauf vor, Johann noch einmal anzusprechen. Da er aber sah, dass dieser im Begriff war zu gehen, wartete er und verfolgte Johanns Bewegungen mit Interesse. Als Johann den Biergarten verließ, ging Werner zum hinteren Teil des Gebäudes, wo er sein Fahrrad abgestellt hatte.

Draußen vor der Tür legte Johann den Sack in den Weidenkorb seines Fahrrads. Er fröstelte in der

Dezemberkälte, als er sein Fahrrad bestieg und die kurze Fahrt begann, um seinem Vater und den Angestellten das Mittagessen zu bringen.

Im hinteren Teil des Biergartens wickelte Werner seinen Schal um Hals und Gesicht, um sich vor der kalten Luft zu schützen, als er sich beeilte, auf sein Fahrrad zu steigen. Er griff nach dem Lenker und schrie vor Schmerz auf. Er starrte auf seine Hand und sah, dass ein Dorn in seiner Handfläche steckte. Er riss den Stachel heraus und warf ihn wütend auf den Boden, während er in die Pedale trat, um Johann einzuholen. Er würde dem Jungen noch eine Chance geben, Albert dazu zu bringen, ihm seinen Kompass zu zeigen.

Als er in die Pedale trat, begann das Gift des Dorns seinen Körper zu durchströmen. Die Wirkung trat sofort ein. Sein Gesicht färbte sich purpurrot. Die Nasenlöcher blähten sich auf und seine Augen traten hervor. Seine Muskeln und Venen spannten sich gegen seine Haut. Er spürte einen Ansturm von Hass und Wut auf Johann. "Wer war er, dass er nein sagen konnte?!", fragte er sich. Werner umklammerte den Lenker fester und raste auf Johann zu.

Um zu sehen, wie Werner auf sein Gift reagieren würde, hatte sich Raka ebenfalls aus dem Biergarten geschlichen. Er lachte zufrieden, als er sah, wie der Junge seinen Lenker umklammerte und dann zusammenzuckte. Als Werner wegfuhr, stieg Raka auf sein Fahrrad und folgte ihm in einigem Abstand. Er lächelte, als er sah, wie sich die Aura des Jungen rot färbte; ein sicheres Zeichen dafür, dass das Gift die gewünschte Wirkung zeigte.

Johann strampelte über das unebene Kopfsteinpflaster, überquerte Thal und bog auf den Marienplatz ein. Johann fuhr parallel zu den Straßenbahnschienen und begann zu bremsen, als er in der Ferne eine Straßenbahn auf sich zurasen sah. Er wusste, dass sie auf diesem Abschnitt ihrer Strecke ein gutes Tempo fuhren. Plötzlich hörte er ein Geräusch hinter sich. Er warf einen Blick über die Schulter und sah, wie ein Fahrradfahrer, dessen Gesicht von einem flauschigen Schal verdeckt war, ihn schnell überholte. Verwundert runzelte er die Stirn, dann erkannte er Werner, der mit der Faust schüttelte. "Du Judenfreund, das hast du davon, wenn du dich mir widersetzt!"

Bevor Johann reagieren konnte, zog Werner neben ihm her und schlug mit aller Kraft zu, die er aufbringen konnte, und wendete dann schnell außer Sichtweite auf einer Querstraße. Johanns Fahrrad wich durch die Wucht des Schlages aus und der unglückliche Fahrer stürzte mit ihm auf die Gleise vor die heranrasende Straßenbahn. Der Junge und das Fahrrad verschwanden unter dem heranrasenden Fahrzeug mit einem unangenehmen Knirschen von Metall und Knochen. Obwohl der Wagen bereits bremste, trug ihn seine Wucht noch einen halben Block weiter, bevor er zum Stehen kam.

Der Schaffner rannte von der Straßenbahn zu dem zerstörten Fahrrad und Johanns leblosem Körper. Er schaute die Seitenstraße hinunter, in die Werner geflüchtet war, aber von Fahrrad und Fahrer war nichts zu sehen. Als sich die Schaulustigen auf den Schaffner stürzten, konnte er nur den

Kopf schütteln. Er hatte keine Ahnung, wer der mysteriöse Fahrer gewesen war.

Raka, der jetzt in der Nähe des Schauplatzes neben seinem Fahrrad stand, hatte die ganze Sache gesehen. Eine Welle der Befriedigung überkam ihn; er wusste, dass er jemanden gefunden hatte, der ihm helfen konnte, sein dunkles Ziel zu erreichen.

Zurück im Biergarten, saß Albert fröhlich summend da und wartete auf Johanns Rückkehr. Es war schon eine Weile her, dass er sich wirklich mit ihm hatte unterhalten können, und er vermisste seinen besten Freund schmerzlich. Er lächelte und dachte, dass sich das alles ändern würde, da das Glück ihm nun hold war.

Die Dinge waren tatsächlich im Begriff, sich zu ändern.

Kapitel 13
Abschied nehmen

München Times - Montag, 17. Dezember 1894 - Der sechzehnjährige Johann Thomas wurde am Donnerstag, den 12. Dezember um 11.45 Uhr von einem nach Süden fahrenden elektrischen Zug der Städtischen Straßenbahnen erfasst und getötet. Der Unfall ereignete sich in der Münchner Innenstadt in der Nähe des Rathauses. Der junge Thomas aus Obergiesing verlor die Kontrolle über sein Fahrrad und stürzte vor dem Zug auf die Gleise. Nach Angaben des Münchner Bezirksgerichtsarztes Hans Gottlieb wäre er sofort an seinen Verletzungen gestorben. Nach Angaben der Münchner Polizei und der Münchner Gerichtsmedizin besteht der Verdacht auf fahrlässige Tötung, ein Motiv ist jedoch nicht feststellbar.

Die neuen Glocken der evangelischen Lukaskirche verkündeten traurig das Ableben von Johann Thomas. Der graue Winterhimmel lag schwer über München, umso trostloser, als Johann im Frühling seines Lebens gewesen war. Sein stoischer Vater, Friedrich, tröstete seine Frau Pauline, die nicht aufhören konnte zu weinen. Freunde und Verwandte aus ganz München kamen in den gotischen Dom, um der aufrechten Familie die letzte Ehre zu erweisen.

Dunkle Ringe lagen unter Alberts leeren Augen. Er sehnte sich nach einer Umarmung durch seinen besten Freund. Seit dem Tag, an dem Johann gestorben war, hatte Albert nicht mehr geschlafen. Die wenigen Tage, die vergangen waren, fühlten sich wie Jahre an, da die Erinnerung an diesen schicksalhaften Morgen immer wieder in Alberts Kopf ablief.

Er hatte sich mit dem Fahrrad auf den Weg gemacht, als Johann von seiner Brötchen- und Bierlieferung nicht zurückkam. Als er sich dem Marienplatz näherte, wuchs seine Besorgnis, als er die Menschenmenge sah, die den Platz umgab. Er sprang von seinem Fahrrad ab und drängte sich durch die Menge. Er fand den zerschundenen und leblosen Körper seines Freundes auf den Straßenbahnschienen liegen. Bei diesem Anblick hatte er vor Entsetzen geschrien. Die Polizisten stießen ihn zurück, als er versuchte, den schlaffen Körper seines geliebten Freundes zu erreichen.

Über Johann stand Johanns Vater Friedrich, dessen Gesicht vor Zorn purpurrot war. Er hatte den Vorfall von einem Fenster in einem nahe gelegenen Gebäude aus miterlebt. Friedrich hatte gelächelt, als er Johann auf seinem Ritt sah, als er seinen Korb mit Erfrischungen ablieferte. Er war stolz auf seinen Sohn. Plötzlich schob von hinten ein Jugendlicher auf einem Fahrrad seinen Sohn in den Weg der Straßenbahn.

Er sprang auf; er konnte nicht glauben, was er gesehen hatte. Er schrie: "Oh mein Gott, nein!" und stürzte auf die Straße hinunter.

Weiße Lilien schmückten den geschlossenen Eichensarg. Die Trauergemeinde, die der Jahreszeit entsprechend gekleidet war, füllte das riesige Schiff der Kirche. Aus der Orgel ertönte "*Amazing Grace*". Albert schob seinen Kummer beiseite. Er und drei seiner Schulfreunde hielten sich an den geschnitzten Tauben an den vier Ecken fest und hoben den Sarg von dem Sockel, auf dem er stand. Sie schritten im Rhythmus der sakralen Musik und trugen Johann zu dem wartenden, schwarz lackierten Leichenwagen vor der Kirche.

Die Schneeflocken fielen. Albert begleitete die Familie Thomas in ihrer Ebenholzkutsche. Ein majestätischer, von einem Friesenpferd gezogener Leichenwagen geleitete die Parade der Trauernden zum Ostfriedhof. Albert kauerte neben Pauline und Frederick, während Pauline eine Wolldecke um sie wickelte. Mit schmerzendem Herzen wollte Albert den Eltern von Johann die Hand reichen. Er wollte gerade etwas sagen, als die Pferdekutsche am Friedhofseingang anhielt.

Johanns letzter Weg führte sie durch das Labyrinth des Friedhofs zur Thomas-Grabstätte. Hinter der hoch aufragenden Statue des Angel Protectorate in der Nähe der Grabstätte kauerte Werner von Weisel. Er rang die Hände und verkroch sich weiter in den Schatten, seine Augen huschten umher, um zu sehen, ob jemand, den er kannte, ihn sah. An einem nahe gelegenen Grabstein stand ein hagerer, großer, blonder

Fremder. Er schaute Werner direkt an. Er lächelte, wenn auch nicht gerade fröhlich, und tippte mit der Hand an seinen Hut, als wolle er ihn grüßen. Werners Gesicht wurde weiß vor Angst und er erstarrte auf der Stelle. Seine Gedanken überschlugen sich: *Er weiß, was ich getan habe.* Werner wollte weglaufen, aber seine Füße wollten sich nicht bewegen.

Raka, ruhig wie eine warme Sommerbrise, sah den Schrecken in Werners Gesicht, als sich ihre Blicke trafen. Sein Lächeln wurde breiter. Werner versuchte zu atmen, während er sich die Augen rieb, um festzustellen, ob das, was er gesehen hatte, ein Geist oder ein echter Mensch war. Als Werner die Augen öffnete, stand er alleine da.

Kapitel 14
Garten des Gedenkens

Das Glockenspiel ertönte zwölfmal. Der Rhythmus der Zeit schien sich mit jedem Schlag zu verlangsamen, als Johann in die Bahn der Straßenbahn stürzte. Das letzte, was er hörte, war Werners lauter, wütender Schrei. Außer Kontrolle geriet sein Fahrrad ins Schleudern, und der Korb mit den belegten Brötchen flog durch die Luft. Während er noch versuchte, die Kontrolle über sein Fahrrad wiederzuerlangen, stürzte Johann auf die Gleise und unter die unbarmherzigen Stahlräder der entgegenkommenden Bahn. Sein letzter Gedanke galt seinem Vater, Frederick. Johann hatte aufgeschaut und festgestellt, dass er ihn aus dem Fenster im zweiten Stock beobachtete. Dann schlug sein Kopf auf dem Boden auf, und das war zum Glück das letzte, was er sah, als das kalte Eisen des Zuges seinen Körper zerfetzte.

* * *

Es war hell. Johann wunderte sich darüber. Was auch immer der Ursprung war, ein heller Lichtwirbel schien ihn nach oben zu ziehen. Er fühlte sich seltsam friedlich. Er fühlte sich sogar wunderbar. Als Johann seinen Körper transzendierte, hob sich ein Schleier und es schien ihm, als würde er im Raum schweben. Er schloss die Augen und ließ sich in seinem Bewusstsein treiben.

Nach einer unbestimmten Zeitspanne erwachte er und fand sich in einem Garten wieder. Üppige grüne Rasenflächen mit Wegen aus schillerndem Stein, die sich in sanften Bögen durch das Grün schlängelten, umgaben ein glitzerndes weißes Gebäude. Ein Fluss mit ruhigem, blauem Wasser floss an der Stelle vorbei, wo Johann lag. Als er sich aufsetzte, sah er, dass üppige Beete mit riesigen violetten Rosen und roten und weißen Tulpen einen nahe gelegenen Hügel schmückten. Auf der anderen Seite des Gebäudes lag ein Tal, in dem er weiß gekleidete Menschen wandeln sah. Als er auf die Szene starrte, bemerkte Johann, dass sich ihre Beine nicht bewegten; sie schwebten tatsächlich knapp über dem Boden auf das Gebäude zu.

Johanns Verstand rebellierte, als er versuchte, sich einen Reim auf das zu machen, was er sah. Verwirrt fragte er sich, was geschehen war und wie er hierher gekommen war - und wo "hier" war. Er schloss die Augen und rieb sich die Schläfen. Als er keine Eingebung erhielt, öffnete er die Augen und sah eine strahlende, weiß gekleidete junge Frau auf sich zukommen.

Die Eingeweihte des Lichts, Kendra, lächelte, als sie Johanns Fragen innerlich hörte. "Du bist jetzt in Sicherheit, Johann", sagte sie und beruhigte ihn.

Johann schüttelte ungläubig den Kopf. "Sicher? Ich bin von einem Zug überrollt worden!" Um es zu beweisen, schaute er nach unten und seine Augen wurden groß, als er sah, dass sein Körper ganz und heil war. "Was...? Wie...? Wer bist du?" Johann versuchte aufzustehen, aber er stolperte.

Mit einem schnellen Schritt ergriff Kendra Johanns Arm und ließ ihn wieder auf den weichen Boden sinken. "Es ist alles in Ordnung. Ich weiß, du hast eine Million Fragen." Sie legte ihre Hand auf ihre Brust und sagte: "Mein Name ist Kendra und ich bin eine Agentin Gottes, die geschickt wurde, um dir zu helfen." Als Johanns Kinnlade herunterfiel, drückte Kendra seinen Arm und setzte sich. "Hier, lass mich sehen, ob ich dir das erklären kann." Johann nickte verständnislos.

Mit Wärme und Fürsorge fragte Kendra: "Was ist das Letzte, woran Sie sich erinnern?"

Johann blickte zu Boden und blinzelte einige Male, um seine letzten Momente zu erfassen. "Ich ... ich war auf meinem Fahrrad und die Straßenbahn kam vorbei ... und ich ... bin gestürzt." Während er das sagte, wurde Johann bewusst. "Oh mein Gott! Bin ich, ah, bin ich... tot?"

Mit einem mitfühlenden Lächeln beugte sich Kendra vor und nahm Johanns Hand. "Nun, Johann, du lebst nicht mehr so wie früher. Dein Körper ist irreparabel geschädigt worden. Er ist in der Tat tot." Johann schluckte, als Kendra fortfuhr. "Aber *du*, mein lieber Freund, bist bei weitem nicht so tot, wie sich die Menschen auf der Erde diesen Zustand vorstellen."

Johann zwickte sich. Es fühlte sich so an, wie es sich immer angefühlt hatte, wenn man gekniffen wurde. "Ähm, ich glaube, ich verstehe, was du meinst." Er sah sich um. "Ja, niemand mit Flügeln und Harfen, den ich sehen kann, heh heh", sagte er und griff nach einem Scherz.

Kendra küsste Johanns Hand. "Sehr gut, Johann. Manche Menschen brauchen viel länger, um zu akzeptieren, was mit ihnen geschehen ist."

Er entspannte sich in der Liebe, die die Essenz dieser Daseinsebene war, und fragte: "Aber wo bin ich? *Was* bin ich?"

"Das sind genau die richtigen Fragen", sagte Kendra ermutigend. "Ihr seid in einem Garten Gottes, der Garten der Erinnerung genannt wird. Manche nennen ihn Sommerland und halten ihn für den Himmel. Du wirst hier Menschen sehen, die du kennst und die von uns gegangen sind. Du bist das, was manche Menschen einen Engel nennen - aber nicht das, was die Menschen traditionell für Engel halten."

"Aber was soll das bedeuten, Kendra?"

Mit einem weiteren strahlenden Lächeln sagte sie: "Das bedeutet, dass du bald eine neue Rolle haben wirst, in der du den Menschen auf der Erde dienen kannst. Und einigen Menschen ganz besonders", sagte sie mit einem Augenzwinkern.

Johanns Gedanken überschlugen sich, er schüttelte ungläubig den Kopf. "Aber wenn ich tot bin, warum habe ich dann einen Körper?"

Kendra lachte, ihre Augen funkelten vor Freude. "Du hast hier einen Körper, weil du dich auf der Astralebene befindest, die dich so erscheinen lässt, als hättest du einen Körper. Es gibt viele Bereiche des Seins. Die Menschen sind sich der physischen Sphäre bewusst und können sie identifizieren. Es ist offensichtlich: Sie haben einen physischen Körper, also existieren Sie in dieser physischen Welt. Der Astralkörper ist eine Replik des physischen Körpers, aber subtiler. Er ist eine Energiehülle, die die meisten Menschen unmittelbar nach dem Tod bewohnen. Wenn wir leben, bleibt der Astralkörper mit dem physischen Körper über einen Energiestrom oder ein Energieband verbunden. Man kann den physischen Körper im Schlaf, im Koma, bei der Meditation oder in einer Art Trance verlassen. Manchmal verlassen Menschen den Körper auch unter dem Einfluss von Drogen oder, wie Sie erlebt haben, bei einem Unfall."

Dann runzelte Kendra die Stirn und fragte: "Kannst du dich daran erinnern, was du gefühlt hast, als du die Erdebene verlassen hast?"

Johann seufzte und dachte darüber nach. "Ich war am Fallen. Dann fühlte ich mich von einem hellen, weißen Licht emporgehoben." Er hielt seine Hand an sein Herz und schloss die Augen. "Die Liebe erfüllte und umgab mich. Es war so schön. Ich schwebte. Ich glaube, ich bin vielleicht eingeschlafen. Als ich meine Augen öffnete, war ich hier."

Mit einem sanften Lächeln, das immer noch aus ihren Augen strahlte, nickte Kendra und streckte Johann die Hand entgegen. "Ausgezeichnet. Wenn Menschen verunglücken oder einen gewaltsamen Tod erleiden, erkennen sie manchmal nicht, was geschehen ist, und bleiben an ihren physischen Körper gebunden. Sie irren auf der Erde umher und wissen nicht, dass sie weitergehen müssen, bis jemand mit einem höheren Bewusstsein sie auf ihre nächste Ebene führen kann."

"Wirklich?" fragte Johann fasziniert.

Kendra nickte feierlich. "Aha. Aber du hast dich nicht gewehrt und dich auf die Liebe und das Licht hier eingelassen", sagte sie anerkennend. "Bist du also bereit zu entdecken, was dich erwartet? Es gibt viel, was ich dir zeigen kann."

Aus irgendeinem Grund fühlte sich Johann weder ängstlich noch traurig oder besorgt. In der Tat war er erstaunlich ruhig und entspannt. Dieser Sommerland-Garten kam ihm irgendwie fast vertraut vor, und alles, was Johann wirklich fühlte, war... Liebe. Er streckte die Hand aus, nahm Kendras Hand und erhob sich auf die Füße. Er spürte, wie richtig das alles war. "Ich bin bereit."

"Das freut mich zu hören", sagte eine Männerstimme hinter ihnen.

Als sie sich umdrehten, brach Kendra in ein breites Lächeln aus. Zwei Männer standen da, beide strahlten Frieden aus. Ein Gefühl der Freude erfüllte Johann, als Kendra sagte: "Johann, ich möchte dir gerne jemanden vorstellen..."

Johann schluckte, dann stiegen ihm Tränen in die Augen. Er fiel auf die Knie, und der größere der beiden Männer griff nach unten und hob ihn sanft auf die Beine. "Aber, aber, Johann. Das ist nicht nötig."

Johann wischte sich über die Augen und lächelte verlegen. "Entschuldigung, äh ..." Johann blinzelte, schüttelte den Kopf und versuchte, seine Gedanken zu sammeln. "Du bist, ähm, Jesus, richtig?"

Das Lächeln des Mannes strahlte aus seinen Augen, als er nickte und auf seinen Begleiter zeigte. "Mm-hmm. Und das ist mein Freund, Moses."

Moses nickte: "Wir haben ein spezielles Training für dich, zusätzlich zu dem, was Kendra dir beibringen wird."

"Ausbildung? Für mich? Aber warum...?"

Jesus legte seinen Arm um Johanns Schulter. "Nun, es hat mit einem Freund von dir zu tun. Einem Jungen namens Albert Einstein."

Kapitel 15
Raka rekrutiert

ohanns Beerdigung ging zu Ende und die müden Trauernden begannen sich zu entfernen. Johanns Mutter war der Meinung, dass Albert ein letztes Mal Abschied nehmen sollte, und so folgte Albert den Eltern seines Freundes zu ihrem Wagen. Nach dem Trauerabend im Hause Thomas hatte er vor, die Nacht in Johanns Schlafzimmer zu verbringen.

Raka hingegen hatte es nicht eilig, den Friedhof zu verlassen. Er hatte dort noch etwas zu erledigen. Nachdem die Menge gegangen war, machte er sich auf den Weg zur Statue des Protektorats der Engel, wo ein kleiner Junge lauerte. Raka näherte sich von hinten und griff dem Jungen an die Schulter. Werner von Wiesel entfuhr ein Schnauben, als Raka den Jungen zu sich drehte.

Werner sah blass und abgehärmt aus. Voller Selbsthass wünschte er sich, er könnte zurückgehen und ändern, was er Johann angetan hatte. Jeder musste wissen, dass er derjenige war, der seinen Schulkameraden ermordet hatte. Warum hatte er es getan? Was machte ihn so wütend? Er dachte daran, zu gestehen, aber er konnte weder die Enttäuschung seines Vaters noch die Folgen seiner Tat ertragen.

Raka schaute erst nach links und dann nach rechts, um sich zu vergewissern, dass niemand in der Nähe war, und lehnte sich dann dicht an Werner heran. Der Junge wich vor dem fauligen Atem des Mannes zurück, aber Rakas Griff war zu fest. Die stahlblauen Augen des dunklen Lords hielten Werners Blick gefangen, während der Junge sich winden musste. Als Werner schließlich nachgab, sagte Raka: "So ist es besser. Nun denn, ich fand es ... interessant ... was du mit deinem Freund gemacht hast."

Werner holte tief Luft: "Ich ... ich habe nichts getan. Ich weiß nicht, wovon du sprichst?"

"Ach komm, mein Junge, ich habe gesehen, wie du deinen Freund vor die Straßenbahn gestoßen hast." Raka genoss es, Werners Verzweiflung zu beobachten.

Werners Hoffnungen, der Vergeltung zu entgehen, zerschlugen sich, als ihm klar wurde, dass er wirklich aufgeflogen war. Dann, blitzartig, ersetzte Wut seine Angst. Mit einem spöttischen Blick sah er wieder zu Raka auf. "Na gut, und wenn schon?" Es war seine Schuld. Er wollte Albert nicht sagen, dass ich seinen Kompass sehen darf."

Raka nickte. "Und das hat dich wütend gemacht, ja?"

Werner runzelte die Stirn und wurde noch wütender. "Und ob es das war. Ich musste ihm zeigen, dass ich seine Unverschämtheit nicht hinnehmen werde." Werner hielt

inne, als er merkte, was er gerade zugegeben hatte und überlegte, ob er es nicht ein wenig zurücknehmen sollte. "Aber
ich wollte ihn eigentlich nicht umbringen. Ich wollte ihm nur
Angst einjagen, das ist alles.

Raka runzelte die Stirn, als ob er über Werners
Geschichte nachdachte. "Hmmm, ich verstehe."

Bevor Werner reagieren konnte, streckte Raka seine
Hände aus und bedeckte Werners Kopf mit seinen Händen.
Heiße Energie strömte durch seine Handflächen und in
Werners Kopf. Plötzlich befand sich Werner wieder auf der
Straße, auf der Johann ermordet worden war, und seine
Handlungen spielten sich vor seinen Augen ab. Werner
keuchte auf, als er sah, wie wütend er gewesen war und dass
er Johann auf jeden Fall etwas antun wollte. Als die Szene zu
Ende war, fand er sich auf dem Friedhof wieder. Zufrieden
ließ Raka die Hände sinken.

"Ich weiß nicht, wie Sie das gemacht haben, Mister,
aber okay, Sie haben mich erwischt. Werden Sie mich jetzt
der Polizei ausliefern?"

Raka schien einen Moment lang über diesen Vorschlag
nachzudenken und erlaubte dem Jungen, sich in seiner Not
zu winden. "Hmm, das scheint das Richtige zu sein...aber..."

Werner runzelte die Stirn. Er begann zu glauben, dass
hinter diesem Mann mehr steckte als nur seine imposante
Gestalt. Irgendetwas ging hier vor, und Werner hatte keine
Ahnung, was es war. Er beschloss, dass er wenig zu verlieren
hatte und ging ein Risiko ein. "Hören Sie, ich weiß nicht, wer

Sie sind oder was Sie vorhaben, aber wie ich schon sagte, es war alles die Schuld des Judenliebhabers."

Raka nickte wieder wissend. "Du musst es mir nicht erklären. Ich verstehe, was du getan hast. Du musstest ihm zeigen, dass du ein Mann bist, den man respektieren muss."

"Genau", stimmte Werner zu und begann sich ein wenig zu entspannen. Das lief ganz und gar nicht so, wie er es sich vorgestellt hatte.

Rakas Augen verengten sich und er tippte sich mit dem Zeigefinger auf die Lippe, als ob ihm gerade eine Idee gekommen wäre. "Wie ist dein Name, junger Mann? Ich denke, du hast Potenzial und ich möchte dir ein paar Freunde von mir vorstellen."

"Werner. Werner von Wiesel. Freunde sagst du?" fragte Werner neugierig.

"Ja", sagte Raka und lächelte. Er lehnte sich verschwörerisch näher an Werner heran. "Heute Abend findet ein Treffen eines Geheimbundes statt."

Werner hob fasziniert die Augenbrauen. "Rakas Gesicht wurde sehr ernst. "Aber es ist ein Geheimnis - nur für dich und mich, damit wir es wissen. Verstehst du, Werner von Wiesel?"

Werners Gesicht hellte sich auf. Vielleicht wäre dies eine Chance, seinem Vater zu zeigen, dass er stärker war, als man ihm zutraute. "Ja, natürlich. Geheim. Ich werde es niemandem erzählen."

Raka nickte zufrieden. "Also gut. Wir treffen uns heute Abend um zehn in der Bayerischen Staatsbibliothek - in der Nähe des Hintereingangs."

Werner stand aufrecht, seine Augen leuchteten vor Aufregung: "Ich werde da sein."

Raka schaute Werner mit einem durchdringenden Blick an, nickte, drehte sich um und ging weg.

Werner sah zu, wie der geheimnisvolle Mann sich in die Ferne entfernte. Er hatte bei all dem ein sehr gutes Gefühl.

∗ ∗ ∗

Die pechschwarze Nacht und die Windböen des Wintersturms ließen Werner frösteln. Als er mit dem Fahrrad die Ludwigstraße hinunterfuhr, kam er an vier Gelehrten der Bayerischen Bibliothek der italienischen Renaissance vorbei, die in Richtung einer Bierstube huschten. Er hatte Zweifel.

Ich weiß nicht, was ich in einer solchen Nacht draußen mache. Es ist kalt und ich werde nass. Er zog eine Grimasse und seine Hände umklammerten den nassen Fahrradlenker fester. *Andererseits scheint dieser Mann mich zu sehen, mein wahres Ich. Das könnte eine einmalige Gelegenheit sein.* Er spürte eine Enge in seiner Brust, während sein Verstand mit Was-wäre-wenn-Varianten auf beiden Seiten des Hauptbuchs rannte. Am Ende siegten Werners Ego und sein Wunsch nach Respekt.

Raka wartete auf seinen jungen potenziellen Schützling an der Treppe, die zur Rotunde des Satanstempels hinunterführte. Er fröstelte in der feuchtnassen Nachtluft. *Ich hasse die Kälte*, dachte er verbittert bei sich. Seine Gedanken schweiften zu warmen Sommertagen, an denen er nackt in der Sonne lag.

Das Geräusch von Werners Annäherung holte ihn in die Gegenwart zurück, und er lächelte in sich hinein. Er liebte es, kleine Jungen zu unterrichten - sie waren so formbar. Werner würde, wie viele seiner Schüler, eifrig bemüht sein, zu gefallen. Sein Geist war frisch wie eine saubere Schiefertafel, auf der er schreiben konnte. Er musste den Jungen nur trainieren.

Werners Herz klopfte vor Vorfreude, als er sein Fahrrad hinter der Bibliothek abstellte und auf Raka zuging. Er lächelte, schüttelte das Wasser von seinen Armen und streckte seine rechte Hand aus.

Raka runzelte die Stirn und ignorierte Werners Geste. "Du bist fast zu spät", sagte er missbilligend. "Hast du jemandem gesagt, wo du hingehst?"

"Nein. Nein, natürlich nicht." antwortete Werner ein wenig niedergeschlagen. "Du hast gesagt ..."

Raka unterbrach Werners Antwort, indem er ihm den Rücken zudrehte und auf die Treppe zuging. Mit einem Schwung seines frisch reparierten goldenen Drachenkopfstocks gab er dem Jungen ein Zeichen, ihm zu folgen. Sie stiegen die geschwungene Treppe mit zwanzig schmalen Kopfsteinpflasterstufen hinab und gelangten so zum kerkerartigen Portal der Kirche. Der Lehrer klopfte mit seinem Gehstock zwei-, dann dreimal auf die alte gewölbte Eichentür. Werner schauderte, als er den ziegenähnlichen Wasserspeier an der Spitze des Bogens bemerkte.

Die massive Tür öffnete sich knarrend und gab den Blick frei auf einen altertümlichen, mit Fackeln beleuchteten Feuertempel mit einem frisch gemalten Blutpentagramm in der Mitte. Raka gab Werner ein Zeichen, einzutreten, und eine statuenhafte, rothaarige Frau in einem eng anliegenden, tief ausgeschnittenen schwarzen Ledergewand begrüßte sie. Werner hörte ein subtiles Summen und sein Körper begann zu vibrieren, als ob eine Energiekraft ihn durchdringen würde. Raka bedankte sich bei der Frau mit einem Kuss auf den Rücken ihrer rechten Hand. Dann wandte er sich an Werner, der versuchte, überall gleichzeitig hinzusehen. "Gräfin Victoria von Baden, ich möchte Ihnen meinen Gast, Herrn Werner von Wiesel, vorstellen."

Werner wusste nicht, was er tun sollte, und fühlte sich eindeutig überfordert, machte eine kurze Verbeugung und nickte.

"Die Gräfin ist ein Transmedium, ein Telepath, der außerirdische Botschaften in einen deutschen Geheimcode übersetzt", erklärte Raka. Werners Augenbrauen hoben sich bei dieser Enthüllung. Er hatte schon von Transmedien gehört, wusste aber nicht, was er davon halten sollte.

Die Gräfin befeuchtete ihre purpurnen Lippen, während sie den Jungen betrachtete. Ihr gingen mehrere Gedanken durch den Kopf, was sie mit einem jungen Mann wie ihm anstellen könnte.

"Frau Gräfin, würden Sie bitte meinen Gast herumführen."

Die Adlige um die dreißig lächelte, während sie an ihrem hüftlangen rothaarigen französischen Zopf spielte. "Natürlich, Herr Raka. Ich habe gehört, dass Sie heute Abend jemanden von Interesse zur Einweihung mitbringen." Die Gräfin nahm Werner am Arm und drängte ihn, mit ihr zu gehen, wobei ihre fünf Zoll hohen Stöckelschuhe auf dem Steinboden klapperten. Werner, der es nicht gewohnt war, von Frauen beachtet zu werden, und schon gar nicht von einer so schlanken Frau wie der Gräfin, war begeistert von ihrer Berührung.

Raka schlich sich in die hinterste Ecke des Raumes, um Werner mit der Gräfin zu beobachten.

Das Paar bahnte sich seinen Weg durch die Gruppen von Männern und Frauen, die sich in dem dunklen, schattigen, mittelalterlichen gotischen Verlies unterhielten. Eine Fackel beleuchtete jede der fünf Ecken des fünfeckigen Hauses der dunklen Anbetung. Aus irgendeinem Grund erschauderte Werner erneut, als er die ziegenköpfigen Wasserspeier bemerkte, die die Fackeln an den Wänden hielten.

Die Gräfin lächelte und nickte mehreren der Mitglieder zu, die alle schwarz gekleidet waren. Werner bemerkte mit Interesse, dass jeder von ihnen einen verzierten Spazierstock trug, an dessen Spitze ein Rubin in ein goldenes Pentagramm eingelassen war.

Die Gräfin spürte Werners Nervosität und grinste in sich hinein. Es gab ihr das Gefühl, noch mehr Kontrolle zu haben, als sie es sonst bei Männern hatte. Ihre bernsteinfarbenen Augen musterten ihn. Sie sah in ihm sowohl Potenzial als auch jemanden, der sich ihrem Willen nicht widersetzen konnte. Besser als ein Verbündeter, er könnte ein Diener ihrer Ambitionen werden. Ihre Mundwinkel zogen sich bei diesem Gedanken genüsslich nach oben und sie fragte: "Kennen Sie hier jemanden, Herr von Wiesel?"

Werner sah sich um und schluckte schwer, seine Stirn und Handflächen schwitzten. "Nein, ich glaube nicht", schaffte er es zu sagen. "Wer sind diese Leute? Und, warum bin ich hier?" Er hielt inne, dann verengten sich seine Augen. "Und was ist das für ein Geräusch?"

Mit einem vorsichtigen Blick nach rechts und links führte die Gräfin den Jungen in eine ruhige Ecke des Raumes. Mit dem Rücken zur Wand wandte sie sich Werner zu.

Dies ist die Gesellschaft der Wahrheit. Dort auf dem Boden in der Mitte des Raumes ist ihr Symbol, der Blitz der Schwarzen Sonne." Werners Augen wurden groß, als er das Bild erkannte. Die Gräfin deutete auf einen muskulösen blonden Mann in den Fünfzigern. "Und das ist Herr von Hofer, der Anführer der Macher der Finsternis."

Der Ritter der Schwarzen Sonne sah ihre Geste und beendete sein Gespräch mit einem jungen Mann. Mit einem fragenden Blick schritt er zu der Gräfin und Werner hinüber. Der braungebrannte, imposante von Hofer nahm die rechte

Hand der Gräfin und küsste sie. Die Gräfin schloss für einen Moment die Augen, um den Augenblick zu genießen.

Nach einer kurzen Pause öffnete sie die Augen, lächelte und sagte: "Herr von Hofer, bitte erlauben Sie mir, Ihnen Werner von Wiesel vorzustellen. Er ist ein Gast von Herrn Raka."

Von Hofer lächelte und wandte sich an Werner. "Von Wiesel? Sind Sie mit dem preußischen General von Wiesel verwandt?"

Werner plusterte sich auf: "Ja, Herr von Hofer. Ich bin stolz, sagen zu können, dass der General mein Vater ist."

Von Hofer nickte und sein Lächeln wurde noch breiter. "Nun, dann ist es mir eine noch größere Freude, Sie kennenzulernen. Ich hoffe, Sie werden den Abend genießen."

"Ich bin sicher, dass ich das tun werde", sagte Werner, der sich in von Hofers offensichtlicher Zustimmung sonnte und begann, sich entspannter zu fühlen.

Von Hofer zögerte und überlegte, wie viel er diesem Fremden preisgeben sollte. Mit forschendem Blick und vorsichtig mit seinen Worten fuhr er fort: "Sagen Sie mir, Herr von Wiesel, spüren Sie etwas? Hören Sie etwas?"

Werner fand es seltsam, solche Fragen zu stellen, aber er antwortete: "Na ja, eigentlich höre ich ein leises Summen, und ich fühle mich ... ich weiß nicht ... äh, leichter, vielleicht." Er runzelte erinnerungsvoll die Stirn. "Es fühlte sich an, als ob eine Kraft von mir Besitz ergriffen hätte, als ich den Raum betrat."

Der Ritter der Finsternis kniff die Augen zusammen und überlegte, was er antworten sollte, dann entschied er sich, etwas von der arkanen Natur des Ortes preiszugeben. "Sehr gut. Unter dem Boden des Tempels befindet sich ein großer Rubinkristall. Seine Kapazität erzeugt eine Kraft, die unseren Geist und unsere Fähigkeiten steigert. Dass du sie spüren kannst, ist ein gutes Zeichen für dich."

Werner lächelte über das Kompliment, während von Hofer fortfuhr. "Sie kennen Herrn Raka. Was Sie vielleicht nicht wissen, ist, dass seine ungeheure Meisterschaft aus dieser Energie stammt. Seine Familienlinie der atlantischen Arier kam von einem fremden Planeten hierher, um die Menschen zu vervollkommnen. "

"Seine was?" platzte Werner heraus.

Von Hofer machte keine Pause. "Sie brachten viele Kristalle der Macht mit sich. Die Adeligen sind von reinem Blut dieser alten Linie. Ist es nicht so, Gräfin?"

Die Gräfin lächelte und neigte anerkennend den Kopf.

Werner war verblüfft von dem, was er gehört hatte, und atmete tief ein, um sich zu beruhigen. Er schloss die Augen und erlaubte sich, die Energie für einige Sekunden zu spüren. Die Schwingung schien ihn zu beruhigen und sein Geist wurde ruhiger. Er würde später mehr Antworten über Herrn Raka erhalten. Aber im Moment war er mehr daran interessiert, was er fühlte und wie er es zu seinem Vorteil nutzen konnte. "Hmmm. Wie setzt du diese Kräfte ein?"

Die Gräfin schenkte ihm ein kurzes, falsches Lächeln. "Ich bin sicher, Sie haben viele Fragen, Herr von Wiesel, und dafür wird später noch Zeit sein." Sie blickte wieder zu von Hofer. "Aber ich glaube, es ist bald an der Zeit, unser neuestes Mitglied einzuweihen."

Von Hofer sah auf seine Armbanduhr und nickte: "In der Tat. Danke, Frau Gräfin." Er nickte Werner zum Abschied zu und schritt dann auf die Mitte des großen Raumes zu. Im Vorbeigehen reichte ihm einer seiner Untergebenen einen Stab, der zu dem Stab passte, den er bereits trug. Als er sich der Mitte des Raumes näherte, begann sich das Pentagramm aus Blitzen der Schwarzen Sonne im Boden zu erheben. Raka, die Gräfin und drei weitere Mitglieder der Schwarzen Sonne versammelten sich um den Kreis, und ihre Eingeweihten drängten sich dahinter, als die große Scheibe in einer Höhe von etwa zwei Fuß stehen blieb und eine Bühne bildete.

Von Hofer betrat die Plattform und ging in die Mitte des Kreises. Alle Augen waren auf ihn gerichtet. "Wir erkennen Dunkelheit und Licht, Schöpfung und Zerstörung. Das schöpferische und das zerstörerische Prinzip bestimmen unsere technischen Mittel. Alles Zerstörerische ist satanischen Ursprungs. Alles Schöpferische ist von der göttlichen Energie des Vril." Die Anwesenden nickten und murmelten zustimmend. "Jetzt möchte ich, dass jeder von euch seinen Stab in Richtung des Zentrums der Schwarzen Sonne ausstreckt. Spürt, wie die Kraft des Vril eure Blitzableiter auflädt!" Als jedes Mitglied des Ordens die Spitze seines Spazierstocks auf das Zentrum der Plattform richtete, blickte von Hofer in die Runde. "Wir begrüßen in unserer neuen Weltordnung...Hans von Schrader!"

Die Gläubigen hoben ihre Stöcke und riefen: "Heil, Heil, Dunkler Prinz".

Ein strammer, blauäugiger, flachsblonder Jüngling löste sich aus der Menge und schritt zielstrebig in die Mitte des Kreises. Als er von Hofer und die anderen, die ihn umringten, erreichte, blieb er stehen und verharrte in starrer Haltung.

Der Anführer schenkte dem Eingeweihten ein Willkommenslächeln und reichte ihm seinen Blitzableiter mit den Worten: "Herr von Schrader hat sich als würdig erwiesen, indem er einen jüdischen Bankier zum Wohle der Allgemeinheit beseitigt hat." Die versammelten Mitglieder spendeten Beifall und von Hofers Augen funkelten. "So verleihen wir Ihnen den allmächtigen Stab der Macht. Bitte rezitiere für uns aus Offenbarung 6,12, dem Gebet der Schwarzen Sonne und des Satanstempels."

Von Schrader stand mit seinem Preis in der rechten Hand und hob die Arme. Aus dem Gedächtnis rezitierte er das Gebet. "*Offenbarung 6:12-17: Und als es das sechste Siegel öffnete, sah ich, und siehe, da war ein großes Erdbeben, und die Sonne wurde schwarz wie ein Sack. Und der Vollmond wurde wie Blut. Und die Sterne des Himmels fielen auf die Erde, wie ein Feigenbaum seine Winterfrüchte abwirft, wenn er von einem Sturm geschüttelt wird. Der Himmel verschwand wie eine Schriftrolle, und jeder Berg und jede Insel verschwand von ihrem Platz. Könige, Fürsten, Generäle, Reiche, jeder Sklave und jeder freie Mann versteckten sich in den Höhlen zwischen den Felsen der Berge. Sie riefen zu den Bergen und den Felsen. Fallt über uns und verbergt uns vor dem Angesicht dessen, der auf dem Thron sitzt, und vor dem Zorn des Lammes! Denn der große Tag ihres Zorns ist gekommen, und wer kann da bestehen?"*

Werner konnte vor Ehrfurcht und Erschütterung nicht glauben, was er sah. Die Spazierstöcke glühten. Eine Welle von donnerndem Geschrei kam aus der Menge.

Von Hofer sagte: "Wir segnen dich im Namen von Samael, der Schlange im Garten Eden. Er reichte dem Eingeweihten einen goldenen Becher in Form eines Totenkopfes. "Nun trinke diesen Becher mit dem Blut des jüdischen Bankiers und verbinde deinen Geist mit dem Engel des Todes."

Werner stand außerhalb des Kreises und blickte auf den neuen Eingeweihten. Jetzt wusste er, warum er hier war. Es hatte mit Juden zu tun. Er verachtete sie. Seine Gedanken spielten verrückt. *Ich habe Johann getötet, weil er ein Judenliebhaber war. Eines Nachts werde ich so geehrt werden!*

Er drehte sich um und fand Raka, der ihn anlächelte, dann fiel sein Blick auf die Hand des Mannes. Raka sah, wie Werner auf seine Hand starrte und blickte nach unten. Er runzelte die Stirn über die schwarze, geschuppte Klaue, die er sah, und schob seine Hand lässig in seine Tasche.

Rakas Körper war den ganzen Tag über instabil gewesen. Die Übernahme eines Menschen und die Gestaltveränderung in diese Form war nicht von Dauer und erforderte Energie und Konzentration.

Werner konnte sich nicht beherrschen. "Was ist mit deiner Hand passiert?"

Der Drache runzelte die Stirn und sagte: "Es ist nichts. Eine Verletzung."

Bevor Werner ihn weiter ausfragen konnte, fragte Raka: "Wie hat dir die Zeremonie gefallen?"

Werner wurde sofort ernst. "Es, es war ...", er suchte nach dem richtigen Wort. "Sehr stark", sagte er schließlich.

Raka nickte lächelnd. "Ja, das dachte ich mir auch." Als ob es ein neuer Gedanke wäre, fragte er: "Sagen Sie, Herr von Wiesel, möchten Sie Mitglied unserer Gesellschaft werden?"

Werner spürte, wie ihm warm ums Herz wurde, und er antwortete: "Ich glaube, das würde mir sehr gefallen." Dann erinnerte er sich daran, was Herr von Shrader getan hatte, um seine Mitgliedschaft zu verdienen, und sein Herz begann vor Aufregung zu rasen. "Also, was müsste ich tun?"

Von Hofer, der in der Nähe stand, reagierte auf Rakas subtile Aufforderung und ging zu den beiden hinüber. Raka sagte: "Herr von Hofer, würden Sie Herrn von Wiesel sagen, was es braucht, um Mitglied der Schwarzen Sonne zu werden?"

Von Hofer nickte: "Natürlich." Er sah zu Werner hinunter und wurde sehr ernst. "Es ist keine Kleinigkeit, diesen Schritt zu tun, Herr von Wiesel. Und wenn man diesen Weg einmal beschritten hat, gibt es kein Zurück mehr."

Werner erkannte, dass er an der Schwelle zu etwas Bedeutendem stand, und einen Moment lang hatte er Zweifel. Aber sie waren nicht von Dauer. "Ich verstehe", sagte er mit Entschlossenheit.

Von Hofer nickte. "Natürlich müssen Sie sich erst einmal als würdig erweisen."

Werner nickte feierlich: "Das habe ich nach dem, was ich heute Abend gesehen habe, auch angenommen, Herr von Hofer. " Dann, mit einem Seitenblick auf Raka, sagte Werner mit einem verschmitzten Grinsen: "Ich denke, ich habe bewiesen, dass ich in der Lage bin, mit ... dem jüdischen Problem umzugehen."

Von Hofer warf auch einen Blick auf Raka, die leicht nickte, damit er fortfuhr. "Nun, das mag sein, aber wir haben eine ganz besondere Aufgabe für Sie." Er deutete auf den sehr lebensechten, ausgestopften Schwarzen Panther in der Nähe des Eingangs und sagte: "Eine, für die du so verstohlen und rücksichtslos wie ein Panther sein musst."

"Ich bin sicher, dass ich es tun kann, wenn es zur Ausrottung der" Werners Mund verzog sich zu einem Stirnrunzeln "Juden führt", spuckte er.

Sowohl von Hofer als auch Raka lächelten über die Vehemenz des Jungen. Raka legte eine Hand auf Werners Schulter. "In gewisser Weise wird es zur Vernichtung der Juden und vieler anderer Minderwertiger führen", sagte er und seine Augen leuchteten vor Begeisterung.

Von Hofer nickte. "Sehen Sie, Herr von Wiesel, Ihre Aufgabe ist es, einen ganz besonderen Kompass für uns zu stehlen."

Werner konnte nicht glauben, was er da hörte. "Was? Du willst nur, dass ich Albert Einsteins Kompass klaue?", sagte er enttäuscht. Dann verengten sich seine Augen und seine Lippen verzogen sich zu einem Lächeln. "Willst du, dass ich ihn töte, um ihn zu bekommen?"

Raka lächelte: "Das wäre ein Teil der Aufgabe, ja."

Werner nickte zufrieden. "Also, was ist so wichtig an diesem Kompass?", fragte er und hatte das Gefühl, in der Wertschätzung der beiden Männer einen Schritt nach vorne gemacht zu haben.

Rakas Augen wurden rot, als er auf die Unverschämtheit des Jungen reagierte: "Das geht dich nichts an. Holen Sie es einfach."

Werner zuckte zurück, aber Rakas Griff um seine Schulter wurde fester. Er beugte sich herunter und flüsterte: "Wir wollen doch nicht, dass die Behörden erfahren, was wirklich mit dem Thomas-Jungen passiert ist, oder?" Werner wurde blass und schüttelte den Kopf.

Raka stand auf. "Das dachte ich mir. Das ist deine Aufgabe. Sagt uns Bescheid, wenn ihr sie erfüllt habt." Dann wandten er und von Hofer sich wieder der Menge zu und ließen Werner allein stehen. Er freute sich darauf, der Schwarzen Sonne beizutreten, aber er fühlte sich von einer so trivialen Aufgabe im Stich gelassen. Einen Juden zu verprügeln, damit konnte er umgehen. Sogar genießen. Einen dummen Kompass zu stehlen war eine Aufgabe unter seiner Bedeutung. Er blickte sich um und wollte gehen, während er halb zu sich selbst murmelte: "Ich weiß nicht, was ich tun soll? Wie soll ich einen blöden Kompass stehlen?"

Plötzlich spürte Werner etwas in seiner Hand. Er schaute nach unten und sah, dass ihm jemand einen Zettel zugesteckt hatte. Er drehte sich um, um hinter sich zu schauen, und fand die Gräfin lässig dastehen, ihren Körper teilweise von ihm abgewandt. Verblüfft öffnete Werner heimlich den Zettel. Seine Augen wurden groß, als er las. Neben einer Adresse stand dort nur: "Ich werde Ihnen helfen".

Kapitel 16
Die Spinne spinnt ihr Netz

Die Mittagssonne brach endlich durch die schweren Schneewolken. Werner griff nach dem zerknitterten Zettel, den er vor ein paar Nächten bei der Einweihung der Dunklen Sonne erhalten hatte; eine eilig geschriebene Einladung der Gräfin von Baden, ihr Haus, das Alte Schloss, zu besuchen. Während er den steilen Pfad hinaufwanderte, konnte Werner hören, wie sich die Wellen an der zerklüfteten Klippe hinter dem Schloss brachen, das auf einem felsigen Vorsprung über dem Bodensee lag.

Werner war mehr als nur ein wenig nervös vor seinem Treffen mit dieser Frau. Er kannte niemanden wie sie. In einem vergeblichen Versuch, sich zu entspannen, rollte er mit den Schultern. Die fast dreistündige Zugfahrt von München aus hatte ihn müde und unruhig gemacht. Er verstrickte sich immer tiefer in diese Menschen, die er kaum kannte, und er fragte sich, warum die Gräfin ihm bei seiner Initiationsaufgabe helfen wollte. Trotz der Kälte waren seine

Hände in den Strickhandschuhen, die er trug, warm und verschwitzt.

Der Geruch von brennendem Holz im Kamin des nahe gelegenen Schlosses stimmte ihn melancholisch. Eigentlich wollte er in der vertrauten Behaglichkeit des Hauses seiner Familie sein, mit dem Weihnachtsschmuck um den hohen Fichtenbaum in der Stube. Stattdessen stapfte er weiß Gott wohin, um herauszufinden, wie man eine dumme Aufgabe erledigte, die ihn irgendwie dem Respekt näher bringen würde, den er zu Recht verdiente.

Schließlich erreichte er die Brücke, die zum Eingang des Schlosses führte. Er überquerte sie und schritt durch das offene schmiedeeiserne Tor. Er befand sich in einem schneebedeckten Hof und kam an der Statue eines Kreuzritters vorbei, der rittlings auf einem Pferd saß und sein Schwert wie zum Gruß zog. Als er sich nach dem Burgtor umsah, entdeckte Werner eine Fackel an der Westseite des Hofes. Er ging darauf zu und fand einen massiven Eisenschlüssel im Schloss, der auf ihn wartete. Er atmete tief durch, steckte die Einladung in seine Tasche und zupfte an seiner Kleidung, um sie zu richten.

Nachdem er sich vergewissert hatte, dass er vorzeigbar war, drehte er den riesigen Schlüssel um. Ein lautes Klirren durchbrach die Stille. Ein leichter Schauer lief ihm über den Rücken, als er sich anstrengte, die massive Tür aufzustoßen. Die Zeit schien stillzustehen, als er sich in der großen Halle umsah. Sein Herz raste, als er zu der hoch aufragenden gotischen Architektur hinaufblickte.

Sein Blick wurde von einer Bewegung im Raum angezogen. Als sich seine Augen an die Düsternis gewöhnten, sah Werner die Gräfin. Wie eine Katze schritt sie auf ihn zu, in ihrem bodenlangen kastanienbraunen Seidengewand, dessen schwarze Nerzbesätze im schwachen Licht schimmerten. Lächelnd überquerte sie den schwarz-weiß schachbrettartig gefliesten Boden und reichte ihm die Hand. "Willkommen, Herr von Wiesel. Wie war Ihre Reise?" Ihre Stimme war schwül, und sie fuhr sich mit den Händen durch ihre hüftlangen, rothaarigen Locken und warf dann ihr wallendes Haar über ihre Schulter zurück.

Ihre faszinierenden bernsteinfarbenen katzenartigen Augen schienen zu leuchten und zogen den Jungen in ihren Bann. Dann wurde sein Blick von einem roten Rubin gefangen, der in eine goldene Spinne eingebettet war, die an einer goldenen Halskette hing, die sich in ihrem üppig ausgestellten Dekolleté befand. Werner holte tief Luft, als er sich immer tiefer in ihr Netz verstrickte.

Er schaffte es, seinen Blick von der Spinne loszureißen und leckte sich über die Lippen. "Äh, es war gut. Ich war froh, München für eine Weile zu verlassen. Und nenn mich bitte Werner." Er kämpfte darum, seine Fassung wiederzuerlangen, strich sich das Haar zurück und verschränkte dann die Arme. Die Verführerin sagte. "Dir muss kalt sein von der Reise." Sie nahm Werners Hand und führte ihn zum Kamin. "Komm, setz dich zu mir auf das Sofa am Feuer."

Als sie saßen, stellte Werner dankbar fest, dass auf dem kniehohen Rosenholztisch vor der Couch ein poliertes

Silbertablett mit einer üppigen Auswahl an frischem Obst, Käse, Fleisch, Brot und Kuchen stand. Eine silberne Teekanne mit dem Monogramm "B" zierte das Porzellan.

Werner hatte zuletzt beim Frühstück gegessen und nichts für die Zugfahrt eingepackt. Das und der Marsch vom Bahnhof hinauf zum Schloss hatten einen Riesenhunger aufkommen lassen. Die Gräfin bemerkte seinen Blick und sagte: "Verzeihen Sie, Sie müssen hungrig sein." Sie wies auf das Tablett. "Ich habe meinen Dienern einen Imbiss für Sie zubereiten lassen, bevor ich sie für den Rest des Tages entlassen habe. Bitte, bedienen Sie sich. Er brauchte keine weitere Aufforderung und begann, Käse und Wurst auf eine dicke Scheibe des noch warmen selbstgebackenen Brotes zu stapeln. Er schloss die Augen, atmete genüsslich ein und öffnete seinen Mund für einen großen Bissen.

Die Zauberin neckte Werner, indem sie lächelte und ihm die Hand mit dem Sandwich vom Mund wegschob. "Nicht so schnell. Ich habe dich hierher eingeladen, damit wir unter vier Augen reden können. Hast du jemandem von deinem Besuch erzählt?

"Nein, natürlich nicht. Sie waren ganz klar der Meinung, dass ich es niemandem erzählen soll."

Die Gräfin verengte ihre Augen. "Nicht einmal Raka? Besonders er."

Werner schüttelte entschieden den Kopf: "Nein, ich habe es niemandem gesagt. Nicht einmal meinen Eltern. Ich habe nur gesagt, dass ich heute noch ein paar Schulsachen erledigen muss und vielleicht später zurückkomme." Seine

Hundeaugen flehten die Gräfin an, ihm zu erlauben, einen Bissen von seinem Sandwich zu nehmen.

Die Gräfin hielt noch einen Moment inne, um Werner wissen zu lassen, wer hier die Macht hatte, dann deutete sie mit einem Lächeln mit ihren zentimeterlangen blutroten Fingernägeln an, dass Werner essen sollte. Der hungrige junge Mann wandte seine Aufmerksamkeit dem Essen zu und hatte in wenigen Minuten seinen Hunger gestillt. Mit einem tiefen Seufzer der Zufriedenheit ließ er sich in die Tiefen der Plüschcouch zurücksinken und wandte sich wieder der Gräfin zu. Sie lächelte halb amüsiert, als sein Blick erneut auf die goldene Halskette fiel ... und auf das, worauf sie ruhte.

"Gefällt es dir?", fragte sie schüchtern.

Mühsam richtete Werner seinen Blick auf ihr Gesicht und wurde ganz rot. "Ähm, was?", fragte er verlegen.

"Das Collier", sagte die Gräfin, beugte sich zu Werner hinunter und enthüllte noch mehr von ihrem üppigen Dekolleté. "Gefällt sie Ihnen?"

"Oh, ja", stammelte er. "Es ist sehr ... ich meine ..."

Die Gräfin lachte und lehnte sich zurück, während Werner sich abmühte, seine Gedanken auf den Grund seines Besuches zu lenken. Er war sehr abgelenkt und erlebte Gefühle, die ihm ungewohnt waren. Die Gräfin ihrerseits fand sein Unbehagen amüsant. Schließlich nahm Werner seinen Verstand zusammen. "Frau Gräfin, Sie sagten, Sie würden mir helfen. Warum bin ich hier?"

Victoria war begeistert von Werners Naivität. Es war lange her, dass sie sich so jung und verletzlich wie er gefühlt hatte. Von Kindheit an hatte ihr Vater sie als Spielfigur in einem Schachspiel um Macht und Einfluss gehalten. Ihre Schönheit und die Tatsache, dass sie eine von Baden war, machten sie zum Mittelpunkt der Aufmerksamkeit der Reichen und Mächtigen. Als sie in die Pubertät und darüber hinaus kam, lernte sie, welche Wirkung sie auf Männer hatte. Sie lernte auch, dass sie sie in ihrem Sinne beeinflussen konnte, aber sie musste auch sehr vorsichtig sein und durfte die Grenzen nicht überschreiten. Das Gebot ihres Vaters, sittsam zu sein und Männern zu gefallen, war ihrem Charakter fremd. Wenn er von ihr verlangte, die schwache kleine Jungfrau zu sein, wollte sie schreien.

Die Mutter der Gräfin war bei der Geburt ihres Kindes gestorben. Ihr älterer Bruder war grausam und herrschsüchtig, während ihr Vater kontrollierend und gleichzeitig überfürsorglich war. Wie eine Löwin im Käfig hatte sie sich die meiste Zeit ihres Lebens gefangen gefühlt.

Als Teenager hatte sie es geliebt, das riesige Schloss zu erkunden. Es war ihre liebste Art zu fliehen, wenn das Leben sie einzuengen drohte. Vielleicht weil sie so isoliert vom Rest der Welt waren, liebte sie die Keller und Verliese, die sich bis ins Innere der Erde zu erstrecken schienen. Selbst als sie zu einer jungen Erwachsenen heranwuchs, zog sie sich in diese unterirdischen Kammern zurück.

Eines Tages stieg sie in diese hinab, in der Hoffnung, den Prüfungen ihres Lebens zu entkommen. Als sie die Tür zu ihrem Lieblingsversteck öffnete, sah sie eine furchterregende Kreatur auf einer Bank sitzen. Sie erstarrte, unfähig, sich zu bewegen, geschweige denn zu fliehen. Das Gefühl menschlicher Anwesenheit ließ Raka erwachen, und er sah eine verängstigte junge Frau, die ihn anstarrte. Das Drachenwesen sagte mit einer warmen, sanften Stimme: "Hab keine Angst, Victoria, ich habe auf dich gewartet. Ich werde dir nichts tun."

Victoria war wie hypnotisiert. Raka verwandelte sich in seine menschliche Gestalt und lächelte: "Ich kann sehen, dass du eine mutige und kluge junge Frau bist. Aber du wirst von den Plänen deines Vaters, der dich kontrolliert, unterdrückt." Ihr fiel vor Erstaunen die Kinnlade herunter. Woher kannte er sie? In einem Augenblick hatte sie das Gefühl, dass er sie durchschauen konnte. Raka lächelte in sich hinein. Er spürte ihre Verletzlichkeit und wusste, dass sie ihn brauchte, um ihre wahre Macht zu finden - und die war beträchtlich. "Glaube mir, ich kann dir helfen, die Dinge zu erreichen, von denen du träumst. Das war zu seltsam. Aber es war auch faszinierend. Sie wusste nicht, was sie tun sollte. Am Anfang. Aber sie war geblieben, um zuzuhören.

In den folgenden Jahren hatte Raka ihre Entwicklung gelenkt, indem er ihre Frustration und Unzufriedenheit mit den Plänen ihres Vaters aufbaute und sie Schritt für Schritt für seine dunklen Methoden aneignete.

Dann starb ihr Vater und es gab nur noch sie und ihren Bruder. Eine Zeit lang. Ihr Vater hatte gewollt, dass sie seine Vision erfüllte, einen Ehemann zu haben, der sie rettete; eine Vision, die sie nicht im Geringsten teilte. Der Gutsherr wäre entsetzt gewesen, wenn er erfahren hätte, wie sie die Fähigkeiten einsetzte, die sie dank seines Schießunterrichts erworben hatte. Wie schade, dass ihr Bruder bei einem verrückten Jagdunfall ums Leben gekommen war. Noch merkwürdiger war, dass die Kugel, die ihn tötete, durch seinen Rücken und direkt in sein Herz gegangen war. Nach seiner Beerdigung erklärte sich die Gräfin zur Schlossherrin. Sie war eine Macht geworden, mit der man rechnen musste.

Die Gräfin holte sich in die Gegenwart zurück. Sie sah einen ähnlichen Konflikt in Werner. Sie lächelte und antwortete auf seine Frage: "Ich habe dich hierher eingeladen, um mir zu helfen, das zurückzustehlen, was mir gehört."

Auf Werners verwirrten Blick hin fuhr sie fort. "Raka sagte mir, dass dein Freund meinen Kompass hat. Mein Vater hat ihn und andere Juwelen vor einigen Jahren eingetauscht, als er Geld brauchte, um in unserem Haus elektrisches Licht zu installieren. Ihr Porzellangesicht rötete sich und ihre Nasenflügel blähten sich: "Er hatte kein Recht, ihn mir wegzunehmen. Er gehört mir. Ich habe es in einer Truhe mit Reliquien aus den Kreuzzügen gefunden. Mein Ur-Ur-Großvater hat es vor langer Zeit erworben. Mein Vater sagte, die Geschichte, die über Generationen weitergegeben wurde, besagt, dass die Ritter auf der Suche nach der Bundeslade waren." Sie schloss ihre katzenartigen Augen und erinnerte sich an das Vergnügen. "Die Juwelen funkelten im Licht und gaben mir immer ein gutes Gefühl. Ich vermisse es, sie zu haben. Ich muss sie wiederhaben."

Werner zögerte, denn er wusste, dass Raka den Kompass wollte. Als die Gräfin sein Zögern sah, verstärkte sie ihren Appell. Sie ergriff Werners Hand mit beiden Händen und drückte sie an ihre Brust, direkt unter ihrem Hals, ihre Lippen zitterten und Tränen liefen ihr über die Wangen. "Oh, bitte Herr von Wiesel, Werner, Sie sind meine einzige Hoffnung, meinen geliebten Schatz zurückzubekommen."

Werners Blick schwankte zwischen den Tränen der Frau und seiner Hand, die nur wenige Zentimeter von ihrem Dekolleté entfernt war. "Äh, nun, ähm ..." In diesem Moment knallte ein Holzscheit im Kamin, was sich anhörte wie ein Pistolenschuss. Werner zuckte erschrocken zurück, dann wurde ihm klar, was geschehen war. Er rang um Fassung und zog die Hände der Gräfin von ihrer Brust weg. Er tätschelte sie und schaute ihr in die Augen. "Ich verstehe Ihre Verzweiflung, Gräfin. Aber Herr Raka ..."

Die Gräfin lächelte und wischte sich die Tränen aus den Augen. "Ich weiß, Herr Raka hat Sie gebeten, es für ihn zu stehlen. Aber es gehört doch eigentlich mir."

Werner zögerte, und die Gräfin beugte sich zu ihm vor. "Außerdem weiß ich, wie man mit Herrn Raka umgeht."

"Wirklich?", fragte Werner, der wieder einmal in ihren Bann gezogen wurde. *Sie ist so schön, dachte er. Und sie hat mich offensichtlich gern.* Die Gräfin konnte sehen, dass der Junge zögerte. Sie nickte und lächelte. "Ja."

Werner wünschte sich nichts sehnlicher, als dieser Frau zu gefallen, aber es gab noch eine weitere Sorge. "Äh, Herr Raka hat einige ... Informationen ... über mich, die mich in Schwierigkeiten mit den Behörden bringen könnten. Er hat gedroht, mich bloßzustellen, wenn ich den Kompass nicht sicherstellen kann."

"Verstehe", sagte die Gräfin, ging zu einem Schrank in der Nähe und holte einen Silberkolben heraus. Sie trug ihn zusammen mit zwei Kristallpokalen zu Werner zurück. Sie schenkte jedem von ihnen ein gutes Maß der goldenen Flüssigkeit ein und sagte: "Wir müssen darüber nachdenken. Ich bin mir sicher, dass es eine Lösung gibt."

Sie reichte Werner einen der Becher und sagte: "Haben Sie das schon einmal getrunken? Das ist Vin Mariani. Es ist wirklich ein magisches Tonikum. Du wirst sehen, wie viel besser du dich fühlen wirst, wenn du davon getrunken hast." Werner nahm einen zögernden Schluck und seine Augenbrauen hoben sich überrascht über den angenehmen Geschmack. «Mmmmm», sagte er anerkennend und nahm einen weiteren Schluck des kokainhaltigen Weins.

"Wussten Sie, dass Papst Leo diesen Wein mit einer Goldmedaille des Vatikans ausgezeichnet hat? In königlichen Kreisen und bei allen Monarchen, einschließlich Queen Victoria, ist er der letzte Schrei", sagte die Gräfin ermutigend. Werner fühlte sich langsam ganz besonders, dass diese wunderbare Frau etwas so Besonderes mit ihm teilen würde. Er spürte auch ein warmes Gefühl und sein Selbstvertrauen war gestärkt.

"Mein Vater hält nichts von starken Getränken. Er meint, es trübt den Verstand." Werner hielt inne, dann plusterte er sich auf. "Aber ich glaube, er irrt sich. Ich fühle mich viel besser nach einem Schluck von diesem hier." Werner hatte jedoch mehr als einen Schluck genommen, und der Alkohol und die Droge begannen zu wirken. Werner ging durch den Kopf: "*Die Mädchen in der Schule denken, ich bin noch ein Junge. Was wissen die schon? Diese schöne Frau sieht in mir einen Mann, der es versteht, sich um sie zu kümmern.*

Die Gräfin beobachtete Werner mit halb geschlossenen Augen und stellte fest, dass die Zeit reif war. Plötzlich hellte sie sich auf. "Ich habe es! Ich weiß, was wir tun können."

Ihr Ausruf holte Werner in den Moment zurück, er trank den letzten Schluck Wein aus seinem Kelch und beugte sich dann begierig vor. "Wirklich?"

Die Gräfin nahm wieder Werners Hand. "Ja. Ich werde Herrn Raka erklären, dass Sie verstehen, dass der Kompass mir gehört und dass ich Ihnen versichert habe, dass ich ihn gerne mit ihm teilen würde, sobald ich ihn habe."

Als Werner ihre Worte hörte, fühlte er sich fantastisch. Die Schwere, die ihn unterdrückt hatte, fiel von ihm ab, als er spürte, wie der flüssige Mut ihn durchströmte. "Ja! Das ist die perfekte Lösung", sagte er und drückte liebevoll ihre Hand.

"Ja, perfekt. Sie sind mein Held", sagte die Gräfin, beugte sich zu Werner und küsste ihn auf die Wange. Werners Laune stieg.

An diesem Abend, im Zug nach Hause, versuchte Werner zu planen, wie er Alberts Kompass stehlen würde. Aber seine Gedanken gingen immer wieder zu diesem Kuss zurück.

Kapitel 17
Werners Versuch

Werner zuckte mit den Schultern. Er hatte das Gefühl, dass ihn jemand beobachtete. Er schaute sich verstohlen um, sah niemanden Verdächtiges und schüttelte den Kopf, als er in Richtung Turnhalle ging. Vielleicht war er einfach nur paranoid. Seit dem Mord an Johann hatte er das Gefühl, dass jeder um ihn herum ihn mit anklagenden Blicken beobachtete. Durch den Stress hatte er an Gewicht verloren und sich immer mehr in sich selbst zurückgezogen. Der Schlaf war ein unberechenbarer Besucher. Er war letzte Nacht zu ihm gekommen, blieb aber nicht lange.

Um sich von seinen Sorgen abzulenken, ging er in Gedanken noch einmal die Begegnung im Alten Schloss durch. Der Gedanke an die Gräfin versetzte ihn in Erregung. Im Nachhinein war er mehr denn je davon überzeugt, dass es richtig war, ihr bei der Wiederbeschaffung des Kompasses zu helfen. Er gehörte ihr ja schließlich. Der Gedanke an die sinnliche Frau erfüllte Werner mit einer ungewohnten Wärme, eine willkommene Ablenkung von der Angst, die zu seinem fast ständigen Begleiter geworden war.

Er seufzte, holte sich widerwillig in die Gegenwart zurück und zog einen silbernen Flachmann aus seiner Manteltasche. Er vergewisserte sich noch einmal, dass ihm niemand Aufmerksamkeit schenkte, und nahm einen kleinen Schluck des Vin Mariani, den er sich besorgt hatte, nachdem er den Namen seines Vaters bei einem ihm bekannten Weinhändler erwähnt hatte, und atmete dann aus, als das Getränk sanft seine Kehle hinunterlief. Schon nach wenigen Augenblicken spürte er, wie das Wundertonikum wirkte. Seine Muskeln, die angespannt waren, begannen sich zu entspannen. Sein rasender Herzschlag verlangsamte sich. Er war nicht mehr so wütend wie bei dem Angriff auf Johann, und die Angst, die ihn in Erwartung der bevorstehenden Begegnung mit Albert erfüllt hatte, schwand zu einem dumpfen Dröhnen.

Dank seines Vaters, der im Akademischen Ausschuss des Gymnasiums saß, hatte Werner erfahren, dass Albert heute um 10:00 Uhr zu einem Gespräch über seine Zukunft an der Schule erscheinen sollte. Werner dachte sich, dass dies eine ausgezeichnete Gelegenheit für ihn wäre, sich den Kompass zu sichern.

Früher, nachdem der Patriarch zur Arbeit gegangen war, stahl sich Werner in das Arbeitszimmer seines Vaters. Herr von Wiesel war ein begeisterter Waffensammler und Werner wusste genau, was er wollte. Vorsichtig nahm er die neue Borchardt C93 seines Vaters - die erste moderne "automatische" Pistole - aus der Vitrine.

Das erste Mal, dass er sie in die Hand nehmen durfte, war, als er mit seinem Vater beim Scheibenschießen war. Die Handfeuerwaffe hatte sich in Werners Hand wie ein Spielzeug angefühlt. Der Federmechanismus befand sich im Griff und man brauchte nur den Abzug zu betätigen. Kein Schwarzpulver mehr, das unschöne Rauchwolken hinterließ. Werner hatte gelächelt, als er die Waffe und die Kugeln hinter seinem Rücken in die Flanellhose unter seinem Mantel gesteckt hatte. Mit dieser kleinen Schönheit würde es eine saubere Tötung sein.

Werner holte seine Gedanken wieder in die Gegenwart zurück, als er neben dem Fahrradständer im hinteren Teil des Gymnasiums stand. Er tippte ungeduldig mit dem Fuß und schaute auf seine silberne Taschenuhr. Es war 9:45 Uhr. Er schritt auf und ab und murmelte: "Komm schon Albert. Wo steckst du?" Er wusste, dass Albert sein Fahrrad hier abstellen würde, bevor er das Gebäude betrat. Es war Samstag und die Gegend war weitgehend menschenleer.

Er ging in Gedanken genau durch, wie er den Kompass mitnehmen wollte. Wenn Albert ankam, würde er ihn begrüßen, während er sein Fahrrad abstellte. Dann würde er seine Pistole zücken und den Kompass fordern. Albert war so ein Weichei, dass er ihn wahrscheinlich ohne viel Aufhebens herausgeben würde. Sobald er ihn in den Händen hielt und der Jude sich entspannt hatte, würde Werner abdrücken. Er lächelte bei diesem Gedanken und nahm noch einen Schluck von dem Elixier.

Wenige Augenblicke später sah er Albert um die Ecke eines Gebäudes biegen und auf ihn zukommen. Er richtete sich auf und winkte, wobei er mit der anderen Hand hinter seinem Rücken sicherstellte, dass die Waffe leicht zugänglich war. Doch als der Fahrer näher kam, sah er, dass es nicht Albert war. Die Gestalt, die ihm entgegenfuhr, war Johann auf dem Fahrrad, das unter einer Straßenbahn zerquetscht worden war.

Werner taumelte zurück, seine Knie wurden weich. Er blinzelte, aber er sah immer noch Johann. War der Tote wieder zum Leben erwacht? Ihm wurde schwindlig und er griff nach dem Fahrradständer, als er die Kontrolle über sich verlor und sich zu übergeben begann.

Johann in seinem strahlenden Geist bleibt vor Werner stehen. "Ich weiß, was du hier tust, Werner. Ich bin gekommen, um dich davor zu warnen, Albert etwas anzutun."

Werner richtete sich auf und wischte sich den Mund mit dem Handrücken ab. Er konnte zunächst nicht sprechen. Schweißperlen traten ihm auf die Stirn und mit zittriger Stimme schaffte er es, zu stammeln: "Ich ... ich dachte, du wärst tot? Ich meine, wie kannst du tot sein und hier sein?"

Johann stellte sein Fahrrad ab und trat näher an den fassungslosen Werner heran: "Egal, was du mit mir gemacht hast, ich warne dich, lass Albert in Ruhe. Vergiss den Kompass. Er ist nicht das, wofür du ihn hältst, und was er wirklich ist, kannst du nicht wissen."

Damit drehte sich der Geist um und schritt zur Turnhalle. Als er die Tür öffnete, um einzutreten, war es Albert, den Werner das Gebäude betreten sah.

Zitternd drehte sich Werner eilig um und lief den Weg zurück, den er gekommen war.

Kapitel 18
Drache Enttäuscht

Der dumpfe Schein der Glühbirne erhellte die Drachenhöhle nur schwach. Es war kaum besser als eine Fackel, dachte Gräfin Victoria von Baden, als sie auf dem Steinboden umherging und ungeduldig auf ihren Mentor wartete. Die Hände ballten sich zu Fäusten und lösten sich wieder, sie wollte jemanden verletzen, Blut sehen. Sie stieß ein lautes, gutturales Brüllen der Frustration aus und warf ihren schwarzen Kapuzenumhang auf das zerwühlte rote Samtsofa.

Raka schlüpfte durch seinen privaten Eingang hinein und fand seinen Schützling wütend vor. Sie hatten Werner von Weisel angeheuert, um den Kompass zu stehlen und Einstein zu töten, aber der Junge hatte trotz der angedeuteten Belohnung durch die Gräfin versagt.

Rakas Anwesenheit trug nicht dazu bei, die Frau zu beruhigen, und sie starrte ihn an.

"Sei nicht böse auf mich, Victoria. Ich war es nicht, der den Kompass nicht bekommen hat."

Die Gräfin ließ sich mit einem Seufzer auf das Plüschsofa fallen. "Ich weiß. Es ist nur so...."

Raka hob beschwichtigend die Hände: "Oh, bitte, mein Liebling, hab Geduld. Ich teile deine Frustration. Lass uns überlegen, was passiert ist."

Die Gräfin nickte, obwohl sie weiterhin bockig blieb.

"Glaubst du, dass Werner der Aufgabe gewachsen war?", fragte Raka.

"Ich dachte, er wäre es. Offenbar habe ich mich geirrt." Sie rieb sich die Stirn und versuchte, die Anspannung wegzumassieren. "Wir sprachen über die Pistole und die Notwendigkeit, Albert zu töten. Er wusste, was zu tun war, und schien es ... eifrig ... zu tun." Sie hielt inne und schüttelte den Kopf. "Ich habe ihn von der anderen Straßenseite aus mit meinem langlinsigen Teleskop beobachtet." Ihre Augen verengten sich. "Etwas ... Seltsames ist passiert."

Das erregte Rakas Aufmerksamkeit. "Seltsam?", fragte er misstrauisch.

"Ja. Als Albert hinauf ritt, erschien eine ... helle Wolke. Ich habe keine anderen Worte, um es zu beschreiben. Werner schien... ich weiß nicht... erschrocken zu sein."

Raka begann auf und ab zu gehen, und wurde mit jedem Schritt wütender. "Was ist dann passiert?", fragte er mit zusammengebissenen Zähnen.

Die Gräfin, deren Wut weitgehend verflogen war, fuhr müde fort. "Werner wurde sehr blass und verstört. Er taumelte, dann übergab er sich", sagte sie mit einem resignierten Seufzer.

Raka schüttelte den Kopf. "Du hast eine helle Wolke gesehen? Um welche Zeit ist das passiert?"

"Kurz vor zehn heute Morgen. Warum?" fragte Victoria und sah vom Sofa auf.

"Weil ich gespürt habe, dass die Präsenz des Lichts damals das Zeitkontinuum durchbrochen hat", antwortete er wütend.

"Was meinst du mit 'das Licht'?" fragte Victoria erstaunt. Obwohl sie schon seit einiger Zeit mit Raka zusammenarbeitete, hatte er dieses Licht noch nie erwähnt.

Raka presste den Kiefer zusammen und holte tief Luft. Er schloss die Augen: "Wie soll ich eine Macht erklären, die mich seit Jahrtausenden quält?" Raka schien tief in seinen Gedanken zu versinken, dann öffnete er abrupt die Augen und holte sich in die Gegenwart zurück. "Das ist jetzt egal", sagte er und schüttelte den Kopf, als wolle er die beunruhigenden Gedanken vertreiben. "Bevor ich überhaupt mit dir über das Licht sprechen kann, haben wir Wichtigeres zu tun.

Die Gräfin begann zu protestieren, aber beim Anblick seiner zusammengekniffenen Augen überlegte sie es sich anders. "Du hast recht. Wir müssen uns darauf konzentrieren, den Kompass um jeden Preis zu bekommen."

Raka zischte sein Einverständnis und winkte sie näher heran, um einen Plan zu entwerfen.

Kapitel 19
Der spirituelle Kompass

Johann wurde im Garten der Erinnerung ruckartig wieder bewusst und keuchte: "Ich war da, in der Schule. Mit Werner!" Er schüttelte den Kopf, als wollte er ihn klären, dann runzelte er verwirrt die Stirn: "Er hatte eine ... eine Pistole in der Hand. Ich glaube, ich habe ihn erschreckt."

Als er neben dem verwirrten Reisenden stand, lächelte Mose. Er legte seinen Arm um die Schulter des Jungen und zog ihn näher zu sich heran. Der braunäugige Weise blickte auf ihn herab und sagte: "Das hast du gut gemacht, Johann. Dein Auftreten hat Werner davor bewahrt, eine unkluge Entscheidung zu treffen." Moses warf einen Blick auf das kristallene Sichtportal, das in der Nähe im Gras lag. "Wie war es für dich, durch die Zeit zu reisen?", fragte er.

Johanns Augen beschlugen: "Es war genau so, wie du und Jesus es mir gesagt haben. Der HU-Sound umgab mich und ich war erfüllt von... Freude. Ich schwebte auf lila Licht durch etwas, das sich wie eine Tür anfühlte. Es war, als würde ich in einen anderen Raum gehen." Johann runzelte die Stirn, während er versuchte, sich zu erinnern. Plötzlich befand ich mich wieder in Deutschland. Ich fuhr auf einem Fahrrad." Johanns Blick nahm einen fernen Ausdruck an, als er darüber nachdachte. "Es kam mir wie ein Traum vor, und ich sagte Werner, er solle den Kompass vergessen und Albert in Ruhe lassen." Der Junge riss sich zurück und sah den Meister an. "Im nächsten Moment war ich hier."

Moses lächelte: "Ausgezeichnet. Klingt, als wäre deine erste Rückkehr in die physische Welt recht angenehm für dich gewesen."

Johann errötete über das Lob. Dann wurde sein Gesicht ernst. "Warum ist Alberts Kompass so wichtig, Moses?" Obwohl Johann ein relativer Neuling in der Astralwelt war, hatte er sich schnell eingelebt. Er starrte nicht mehr mit großen Augen auf die himmlischen Wesen, die diesen Ort oft besuchten, und er hatte sein neues Leben mit bemerkenswerter Leichtigkeit akzeptiert, dank des Mitgefühls und der Fülle an Liebe, die ihm von allen entgegengebracht wurde, die er traf.

Moses wies ihm den Weg zu der Bank neben der Eiche und deutete ihm, sich zu setzen. "Was weißt du über den Kompass, Johann?"

Der Novize setzte sich und dachte über die Frage nach. Er tippte mit einem Finger auf seine Lippen und sagte dann nach einer kurzen Pause: "Normalerweise benutzt man einen Kompass, um den Weg zu finden. Er zeigt auf den magnetischen Norden der Erde, damit man sich orientieren kann." Wieder hielt er inne. Aber ich habe gesehen, dass Alberts

Kompass magische Dinge tut. Ich vermute also, dass er kein gewöhnliches Gerät ist."

Moses lächelte und nickte: "Er ist in der Tat ziemlich einzigartig. Alberts Kompass kann, wenn er mit Liebe benutzt wird, übernatürliche Ereignisse hervorrufen." Moses lächelte Johann wieder an und sagte: "Denk daran zurück, als Albert dir den Kompass zum ersten Mal zeigte und du die Zahl dreiunddreißig von ihm in die Luft vor dir projiziert sahst."

Johanns Augen funkelten bei der Erinnerung: "Wir waren noch kleine Kinder, als das passierte. Wir hatten uns gerade erst kennengelernt. Woher wusstest du von der Nummer?"

Moses lächelte: "Sagen wir einfach, dass ich dich und Albert schon seit langem kenne. Und jetzt überleg mal, was Albert gemacht hat, dass die Nummer auftaucht."

Johanns Gesicht erhellte sich, als die Erinnerung zurückkehrte: "Ich glaube, Albert hat sich den Kompass an die Brust gelegt. Er sagte, er liebe seinen Papa dafür, dass er ihm den Kompass geschenkt hat. Und dann ist es passiert."

"Ja, ja, das ist es", sagte Moses anerkennend.

Johann wurde still. Er erinnerte sich daran, wie sie am Festtag von Maria Magdalena im Kloster den Kompass benutzt hatten. "Wir haben auch einmal eine Reliquienschnitzeljagd im Kloster gewonnen. Albert hat die Heilige Maria gesehen und sie hat uns geholfen, den Weg zu finden. War das auch der Kompass?"

Moses nickte. "Alberts Kompass ist dazu da, den wahren geistigen Norden zu finden. Er zeigt die Richtung im

Reich des Geistes an, wie es ein physischer Kompass in der natürlichen Welt tut."

Während sie sich unterhielten, näherte sich Jesus, und Mose winkte ihm, sich zu ihnen zu setzen. "Der junge Johann hatte einige Fragen zum Kompass, mein Freund. Vielleicht kannst du etwas dazu sagen."

Jesus lächelte, als er sich auf Johanns andere Seite fallen ließ. "Ah, ein interessantes Thema, in der Tat." Er strich sich über den Bart, während er überlegte, was er sagen sollte. Als er die richtige Einstellung gefunden hatte, fragte er Johann: "Kennst du die Geschichte von den Zehn Geboten, die Moses von Gott erhalten hat?"

Johann nickte, "Natürlich. Mose ging auf einen Berg und Gott übergab ihm eine Steintafel, auf der zehn Regeln standen, die das Leben der Menschen leiten sollten. Dinge wie nicht zu stehlen oder zu morden. Nicht zu lügen. Solche Dinge."

Jesus sagte: "Richtig, die Zehn Gebote waren Regeln, die den Menschen leiten sollten. Man könnte sagen, sie waren wie ein Kompass für die Menschen, mit dem sie gute Entscheidungen treffen konnten.

Johann sagte: "Albert lernt also, seinen Weg zu finden. Und sein Kompass wird ihm dabei helfen."

Jesus und Moses lächelten sich gegenseitig an. "Ja ... das ist genau richtig. Und es hat auch noch andere Kräfte - fast unvorstellbare Kräfte -, die wir ein anderes Mal besprechen werden. Aber für den Moment habt ihr die Grundidee." Dann wurde Moses ernst. "Aber es gibt Kräfte, die diese

Kräfte nutzen wollen, um die Menschheit auf einen anderen Kurs zu bringen. Sie haben es sich zur Aufgabe gemacht, den Kompass zu erwerben."

Als er begriff, was Jesus gesagt hatte, sprang Johann auf und sagte: "Ich muss es Albert sagen. Ich muss ihm helfen!"

Aus Jesu Augen strahlte große Liebe, und er streckte die Hand aus und ergriff sanft Johanns Arm. "Ruhig, Johann. Wir hatten gehofft, du würdest Albert helfen wollen, und wir werden dich dabei unterstützen. Albert hat eine wichtige Aufgabe für die Welt - und du bist dazu bestimmt, auch eine Rolle darin zu spielen."

Moses nickte. "Aber es gibt noch mehr, was du lernen musst, bevor du deinem Freund helfen kannst. Es gibt Regeln und Grenzen - für beide Seiten -, die nicht überschritten werden dürfen."

Jesus nickte. "Du siehst also, mein Freund, wir haben zu tun."

Kapitel 20
Konfrontation mit der Autorität

Alberts bleierne Schritte hallten durch die verlassenen Flure des Luitpold-Gymnasiums, als er zum Büro des Direktors stapfte. Er freute sich ganz sicher nicht auf dieses Treffen. Er hatte wenig Respekt vor den Lehrern, die darauf bestanden, dass er seine Zeit damit verschwendete, elementare Informationen auswendig zu lernen. Wenn die Dinge so liefen, wie er hoffte, würde er natürlich nicht mehr lange hier sein müssen. Aber für den Moment musste er sich mit den Formalitäten abfinden.

Als er im Büro ankam, wurde er von Fräulein Schmidt begrüßt, einer sympathischen Frau um die vierzig, gekleidet in Tweed und mit dunklem, streng geflochtenem Haar. Sie saß an ihrem kleinen Schreibtisch im Vorzimmer vor dem Büro des Direktors und begrüßte Albert mit einem sympathischen Lächeln. "Guten Morgen Herr Einstein. Bitte nehmen Sie Platz", sagte sie und deutete auf das kleine Sofa gegenüber ihrem Schreibtisch. "Der Direktor wird Sie anrufen, nachdem er Ihre Situation mit den Mitgliedern des Beraterkreises besprochen hat." Sie sah Albert an, ihr Blick war nicht unfreundlich. "Wir wissen, dass Ihre Eltern nicht in München sind, deshalb hat der Direktor darum gebeten, dass Oberst von Wiesel und Frau Thomas an ihrer Stelle handeln. Deine Ausbilder Herr von Achen und Herr Hamlen sind auch dabei."

Wie ein hilfloses Tier, das in einer Schlinge gefangen ist, fühlt sich Albert in dieser Situation gefangen. Aber er machte gute Miene zum bösen Spiel und zwang sich zu einem Lächeln und einer leichten Verbeugung. "Danke, Frau Schmidt, für Ihre Freundlichkeit. Innerlich lächelte er nicht. "*Warum ist die Mutter von Johann hier? Sie ist zerbrechlich und hat schon so viel durchgemacht*", fragte sich Albert.

Albert erinnerte sich an ihr Mitgefühl. Nach der Beerdigung hatte sie ihn beiseite genommen und ihm trotz ihres Verlustes einen Rat für seine schulische Situation gegeben. "Du musst deine Lehrer mit Respekt behandeln, auch wenn du mehr weißt als sie. Ich weiß, dass es schwer für dich sein muss, Albert, aber wenn du das nicht tust, bekommst du nur Ärger."

Diese Szene verschwand aus seinem Gedächtnis, als er an den anderen Erwachsenen dachte, der sich bei diesem Treffen für ihn einsetzen sollte. *Dieser Antisemit von Wiesel soll den Platz meines Vaters einnehmen? Was haben sie sich nur dabei gedacht, als sie ihn ausgewählt haben?"*

Albert starrte auf die hohen Mahagonitüren zum inneren Büro des Direktors und wünschte sich, die Tortur wäre vorbei und er würde durch sie nach Hause gehen.

Auf der anderen Seite der Tür wurde vom Direktor und der von ihm zusammengestellten Gruppe über Alberts Zukunft an der Schule entschieden.

Frau Thomas war einst fröhlich und lebenslustig, aber der Verlust ihres Sohnes Johann hatte ihr Leben in Millionen Stücke zerrissen. Sie sah gebrechlich und leblos aus. Es war, als ob das Licht des Lebens in ihr erloschen wäre.

Dennoch war sie zu dem Treffen gekommen, um Albert zu unterstützen. Johann hätte gewollt, dass sie für seinen besten Freund da war. Aber es hatte sie all ihre Entschlossenheit gekostet, morgens einfach aus dem Bett zu kommen. Nichtsdestotrotz hatte sie ihr rothaariges Haar gebadet und mit angenehm duftender Seife gewaschen, dann zu einem weichen, anmutigen Knoten gebunden und mit einem spanischen Kamm befestigt. Sie erklärte sich für vorzeigbar und machte sich auf den Weg in die Turnhalle.

Sie saß am Tisch und hielt ein Taschentuch mit Monogramm in der Hand, ein Geburtstagsgeschenk von ihrem Sohn. Die weiche Baumwolle gab ihr das Gefühl, als sei er irgendwie da, um sie zu trösten. Sie betete um Kraft, damit sie dies durchstehen konnte. Sie hoffte, Albert würde sich respektvoll benehmen.

Zuvor hatte Schulleiter Braun sie begrüßt und ihr aufrichtig dafür gedankt, dass sie sich für Albert eingesetzt hatte. Er hatte gesagt, er wisse, dass sie eine hervorragende

Fürsprecherin für den Jungen sein würde. Sein Kompliment hatte sie leicht aufgemuntert. Dann hatte er ihr gesagt, wie bemerkenswert ihr Sohn gewesen sei und wie sehr er bedauere, was geschehen sei. Sein gut gemeintes Beileid erinnerte sie nur an ihren Verlust, und der graue Nebel der Depression, ihr ständiger Begleiter seit der Beerdigung, legte sich wieder um sie.

Der Schulleiter, Stefan Braun, hatte den Ruf, gerecht zu sein. Der sympathische und intelligente Mann um die fünfzig verfügte über reichlich Erfahrung und hätte selbst die Entscheidung für den jungen Einstein treffen können. Aber er wollte die Meinung der Lehrer und anderer Erwachsener einholen, die Albert kannten, in der Hoffnung, dass er etwas finden würde, das eher zu Alberts Gunsten ausfiel. Er hielt Albert im Grunde für einen anständigen Jungen, wenn auch vielleicht ein bisschen zu klug für sein eigenes Wohl. Bis jetzt sah er nicht, wie er die Beschwerden der Lehrer so lösen konnte, dass Albert weiterhin am Gymnasium bleiben konnte. Und das beunruhigte ihn.

Das fünfköpfige Gremium saß um einen runden Tisch. Oberst von Wiesel saß auf der rechten Seite des Direktors und Frau Thomas auf seiner linken Seite. Von Achen, der Physiklehrer, saß neben Frau Thomas und Hamlin, der Geschichtslehrer, saß neben dem Oberst. Dem Direktor gegenüber saß ein leerer Stuhl für Albert.

"Ich möchte Ihnen allen für Ihr Kommen danken", hatte Direktor Braun die Sitzung eröffnet. Sein ruhiger Blick berührte jeden Einzelnen. "Ich habe Sie hierher eingeladen, um zu entscheiden, ob Herr Einstein weiterhin Schüler unserer Schule bleiben soll." Er legte die Hände auf den Tisch, nickte den beiden Lehrern zu und fuhr fort: "Unsere Lehrer haben mich auf die Probleme aufmerksam gemacht, die der Junge in der Klasse hat. Und ich habe Gerüchte über sein Verhalten gehört, die mich besorgt machen. Daher wäre ich dankbar, wenn jeder von Ihnen seine Erfahrungen mitteilt."

Von Achen schaltete sich sofort ein, sein Gefühl drückte sich deutlich in seinem Stirnrunzeln aus. "Der Junge ist unausstehlich. Er ist arrogant. Er glaubt, er wisse mehr über Mathematik als ich." Die Wut des Mannes wuchs, und seine Lautstärke nahm mit jedem Wort zu. "Ich fordere ihn auf, zu wiederholen, was er im Lehrbuch gelesen hat, und er schweift in eine Richtung ab, die nicht nur nichts mit dem Thema zu tun hat, sondern auch für niemanden einen Sinn ergibt." Mit stolzgeschwellter Brust hielt der Ausbilder inne. Dann, als hätten seine Worte seine ganze Wut ausgespuckt, schien der kahlköpfige Mann in seinem Stuhl zu erschlaffen.

Oberst von Wiesel schüttelte den Kopf. "Unausstehlich ist eine gute Beschreibung." Sein Gesicht wurde bitter. "Diese Juden halten sich für etwas Besseres als alle anderen", spuckte er. Die schweinischen Augen des Mannes suchten die Versammlung ab, als wolle er, dass ihm jemand widerspricht.

Herr Hamlin antwortete im Gegensatz zu den Sticheleien des Colonels ruhig. "Entschuldigen Sie, Colonel, aber ich bin Jude. Ich denke, es ist richtiger zu sagen, dass wir uns als entschlossen und nicht als besser betrachten." Er räusperte sich. "Wie dem auch sei, es ist wahr, dass der junge Einstein sich nicht an die Regeln hält. Er denkt, er kann tun, was er will. Er starrt aus dem Fenster und will sich nicht an den Plan halten, den wir für die Klasse aufgestellt haben. Ich habe alle Techniken ausprobiert, die ich kenne, und ich fürchte, ich weiß einfach nicht, was ich tun soll, um zu verhindern, dass sein Verhalten meine Klasse stört."

Frau Thomas nahm Albert in Schutz. "Ich weiß, dass es für Sie ärgerlich sein muss, wenn Sie gerade versuchen, unsere Kinder zu unterrichten. Aber denken Sie daran, Albert ist frustriert und versteht nicht, warum andere Menschen nicht so klug sind wie er. Er hält sich nicht an die Regeln, weil er nicht versteht, welchen Wert sie haben und warum sie auferlegt worden sind."

Von Achen schlug mit der Faust auf den Tisch und Frau Thomas zuckte zusammen und brach fast in Tränen aus. Die Lehrerin wurde rot im Gesicht und rief: "Die Regeln wurden nicht aufgestellt, damit er sie versteht. Sie wurden von denen aufgestellt, die es besser wissen, und er muss sie befolgen, ob er sie versteht oder nicht!"

Direktor Braun hob beschwichtigend die Hände. "Bitte, lassen Sie uns ruhig bleiben." Er sah jeden Teilnehmer an, während er sprach. "Ich stimme Herrn Hamlin zu, dass es nicht darum geht, Jude zu sein. Und Frau Thomas hat ein gutes Argument, dass Alberts Verhalten auf seinem Unverständnis beruht. Er wandte seinen Blick zu den beiden Lehrern. "Aber Ihre Bemerkungen sind auch berechtigt, meine Herren. Vielleicht kann uns Herr Einstein selbst einen Hinweis auf eine Lösung geben." Der Oberst seufzte und gab sich der Notwendigkeit hin, mit dem Jungen im selben Raum zu sein, und von Achen runzelte die Stirn.

Der Schulleiter erhob sich vom Tisch. Er schritt zur Bürotür und drehte den Messingknauf. Er blickte in den angrenzenden Raum und nickte Albert zu. "Bitte, Herr Einstein, kommen Sie herein." Albert stand steif auf und richtete seine Kleidung. Mit so viel Würde, wie er aufbringen konnte, betrat er das Büro des Direktors. Die Feindseligkeit im Raum war für ihn spürbar.

Die Mitglieder des Beraterkreises schwiegen, als Albert den Raum betrat. Frau Thomas lächelte dem Jungen vage aufmunternd zu und Hamlin behielt einen neutralen Ausdruck bei. Von Wiesel und von Achen sahen sich offen an. Der Schulleiter deutete auf einen Stuhl für Albert, aber statt sich zu setzen, blieb Albert stehen und zog einen Umschlag aus seiner Manteltasche. Er streckte ihn dem Schulleiter entgegen. "Wenn Sie so freundlich wären, Herr Direktor, dies in Ihrem Gespräch zu berücksichtigen." Mit einem verwirrten Blick nahm der Direktor den Umschlag entgegen.

Frau Thomas schüttelte den Kopf und hielt den Atem an, als Direktor Braun den Umschlag öffnete und den Brief laut vorlas.

Sehr geehrter Herr Direktor Braun,

Ich habe Herrn Albert Einstein untersucht und bin zu dem Schluss gekommen, dass er an nervlicher Erschöpfung leidet, die durch den Tod seines Freundes Johann Thomas noch verstärkt wurde. Ich empfehle von Berufs wegen, ihn für eine unbestimmte Zeit vom Unterricht am Gymnasium zu beurlauben.

Ich danke Ihnen für Ihre freundliche
Berücksichtigung in dieser Angelegenheit,
Dr. Joshua Talmud, M.D.
Universitätsklinikum München

Nachdenklich faltete der Schulleiter den Brief zusammen und steckte ihn zurück in den Umschlag, die Erleichterung stand ihm ins Gesicht geschrieben. Er wandte sich an Albert und sagte: "Wir werden dies sicherlich in unsere Überlegungen einbeziehen, Herr Einstein. Haben Sie noch etwas zu sagen?

Albert schüttelte den Kopf. "Ich weiß es nicht."

Der Direktor holte tief Luft und atmete langsam aus. "Nun denn, danke, dass Sie heute gekommen sind. Wir werden Sie wissen lassen, wie wir uns entscheiden."

Albert nickte dem Direktor zu und dann den anderen, die am Tisch saßen. Er schenkte Frau Thomas ein kurzes Lächeln und verließ dann den Raum.

Als sich die Tür schloss, lehnte sich der Direktor in seinen Stuhl zurück. "Nun, das ändert die Dinge ein wenig." Er las der Gruppe den Brief vor und sagte dann: "Wenn Sie einverstanden sind, werde ich einen Brief an Albert und seine Eltern schreiben, in dem ich bestätige, dass es im besten Interesse der Schule und von Herrn Einstein ist, wenn er vom Unterricht befreit wird. Ich werde vorschlagen, dass sie während seiner Genesungszeit eine Schule finden, die seinen Bildungsbedürfnissen besser entspricht." Auf das Nicken der anderen sagte er: "Dann ist es beschlossen. Da wir die ärztliche Diagnose einer nervlichen Erschöpfung haben, kann ich dafür sorgen, dass in seinem Schulzeugnis kein Fehlverhalten vermerkt wird, so dass es für ihn leichter sein wird, in einer anderen Schule aufgenommen zu werden."

Die Anwesenden nickten, aber Oberst von Wiesel sah nicht glücklich aus. Er hatte mit einer härteren Strafe für den Juden gerechnet, beschloss aber, den Mund zu halten. Zumindest für den Moment.

Als Albert sich auf den Heimweg machte, war er nur noch erleichtert. Er war sich sicher, dass er nie wieder auf das Gymnasium zurückkehren würde. Der Brief von Max gab dem Direktor den Ausweg, den er zweifellos gesucht hatte, und er befreite Albert von der erdrückenden Fadheit des Unterrichts, den er hatte ertragen müssen.

Zum ersten Mal seit Johanns Tod begann er zu hoffen, dass es in seiner Zukunft etwas Helles geben könnte. Trotz des grauen Tages und der klirrenden Kälte begann Albert langsam zu lächeln, als er an die Schweiz dachte und daran, wie die Schule dort sein könnte.

Kapitel 21
Neue Anfänge

Albert ließ sich müde auf den Zugsitz fallen und stieß einen langen, schweren Seufzer aus. Er war erleichtert, als er feststellte, dass er der einzige Fahrgast in dem Abteil war. Im Frühjahr 1895 war er gerade sechzehn geworden, und Albert lebte seit fast zwei Jahren bei seiner Tante und seinem Onkel. Er versank in einen Tagtraum und fragte sich, wie es wohl sein würde, seine Eltern wiederzusehen. Albert hatte keine Ahnung, wie sie auf die Nachricht reagieren würden, dass er das Gymnasium verlassen hatte.

Ein grauhaariger Portier schlurfte in das Abteil und sagte: "Die Fahrkarten bitte". In Gedanken versunken, antwortete Albert nicht. Der Portier tippte dem verstörten Teenager auf die Schulter. "Sir, eine Fahrkarte bitte". Albert erschrak, dann lächelte er verlegen. "Tut mir leid", er griff in seine Tasche und reichte dem Angestellten seinen Gutschein, den der Portier kopfschüttelnd lochte und zum nächsten Abteil schlenderte.

Während der Zug rumpelte, schloss Albert die Augen und versank wieder in seine Träumerei. Er begann, seine Geschichte aufzuschreiben, um seiner Mutter alles zu erzählen, was seit der Abreise seines Vaters und seiner Mutter geschehen war. Er zupfte abwesend an der Silberkette seines glänzenden Messingkompasses und zog ihn dann aus seiner Tweedmanteltasche. Noch immer in seine Gedanken versunken, lächelte er, als er an seinen Jugendfreund Johann dachte. Das letzte Mal, dass er ihn gesehen hatte, war auf dem Bauernmarkt gewesen. Nun, zumindest physisch. Das letzte Mal, dass er ihn "gesehen" hatte, war nach der Beerdigung im Schlafzimmer seines Freundes gewesen.

Albert hatte nach dem Abendessen auf Johanns Bett gelegen und um seinen Freund getrauert. Ähnlich wie gerade eben hatte er seinen Kompass hervorgeholt und beim Anblick der Juwelen auf seinem Deckel einen vagen Trost gefunden. Wie aus dem Nichts erschien ein schimmerndes Licht über dem Kompass, und Johann hatte sich materialisiert, seine Gestalt leuchtend und durchscheinend. Er lächelte, und Albert spürte, dass von den Augen seines Freundes Wärme und Liebe ausgingen. Die Form hielt, und ein Gefühl des Friedens hatte sich über Albert gelegt. Irgendwie wusste er in seinem Herzen, dass mit seinem Freund alles in Ordnung war. Als sich diese Erkenntnis Albert offenbarte, hatte Johann genickt und war dann langsam abgeklungen. Von diesem Zeitpunkt an war der Schmerz über Johanns Verlust überschaubar geworden, und es gab sogar ein Gefühl der Freude, weil er wusste, dass es Johann irgendwie gut ging.

Das morgendliche Sonnenlicht schien durch das Fenster des Zugabteils und glitzerte in den zwölf funkelnden Juwelen, als Albert seinen Schatz hin und her schwenkte und ihn dann auf seinen Schoß legte. Die Steine schimmerten wie Sterne in einem Regenbogen aus Licht. Eine Lichtspirale schien von dem Kompass auszugehen, und Albert schwebte in sie hinein und in eine andere Dimension der Zeit. Wie hypnotisiert driftete Albert ab.

Der Geruch von Weihrauch weckte ihn auf. Er sah riesige fliegende Strebepfeiler und erkannte, dass er sich in einer gotischen Kathedrale befinden musste. Neben ihm auf der Kirchenbank saß ein bärtiger, glatzköpfiger Herr. Er starrte den Mann an und beobachtete die Schwingungen eines bronzenen Kronleuchters, der an einer langen Metallkette von der Decke hing und in regelmäßigen Abständen hin und her schwang.

Nach einem Moment sprach der Mann. Es war eine Sprache, die Albert nicht kannte, aber er verstand sie irgendwie. "Sehr interessant, finden Sie nicht?"

"Ich bin mir nicht ganz sicher, was ich da sehe, Sir", antwortete Albert respektvoll.

Der Mann nickte, dann sagte er: "Legen Sie Ihre Hand für einen Moment über Ihr Herz und berühren Sie dann Ihr Handgelenk mit Ihren Fingern."

Albert fügte hinzu: "Dein Herz schlägt wie wild, ja?" Albert nickte. "Und dein Puls macht dasselbe."

"Ja", bestätigte Albert.

Mit seinem Arm spiegelte der Mann den Schwung der Lampe wider. "Siehst du, junger Mann? Ich habe beobachtet, dass der Leuchter, egal wie groß oder klein der Bogen ist, seine Hin- und Herbewegung in der gleichen Zeitspanne vollzieht."

"Wirklich?" fragte Albert, der plötzlich voll in das Gespräch vertieft war.

Der Mann nickte feierlich.

Als er den Inhalt des Gesprächs verstand, wurde Albert plötzlich klar, mit wem er sprach. Erstaunt fragte er zögernd: "Sind Sie, äh, Galileo, Sir?"

Mit einem Augenzwinkern bejahte der Mann dies. "Ich muss zugeben, dass ich er bin." Galilei beugte sich vor: "Nun, wir haben festgestellt, dass wir die Zeit messen können, richtig?" Albert nickte. "Dann merken Sie sich das und kommen Sie mit mir", sagte er, legte ein Gebetbuch nieder und gab Albert ein Zeichen, ihm zu folgen."

Als sie nach draußen zu einem schiefen Turm in der Nähe schlenderten. Galilei hob zwei Steine auf, einer doppelt so groß wie der andere. Mit Albert im Schlepptau kletterte er die Treppe zur Spitze des Turms hinauf. Galileo lehnte sich über die Kante und sagte: "Pass auf. Ich lasse sie zur gleichen Zeit fallen.

Die Felsen fielen und landeten mit einem entfernten Aufprall zusammen. "Siehst du, Schwerkraft! Man muss die Schwerkraft mit der Zeit nutzen."

Albert nickte nachdenklich und lehnte sich weiter über den Sims, um erneut auf die Felsen zu starren. Plötzlich fiel er über die Kante des Turms und kam mit einem Ruck im Abteil des Waggons wieder zu Bewusstsein.

"Ich war beim Vater der Physik", dachte Albert voller Ehrfurcht, als er den Kompass wieder in seine Tasche steckte und abwesend aus dem Abteilfenster blickte, um über Galileis Worte nachzudenken.

Seine Gedanken reichten fast aus, um ihn von seiner Sorge darüber abzulenken, wie er von seiner Familie aufgenommen werden würde.

* * *

In der geschäftigen Stadt Pavia in Italien ging das Tageslicht gerade in die Abenddämmerung über, als der erschöpfte Albert seine Koffer auf der Türschwelle der Gartenwohnung seiner Eltern abstellte. Obwohl es so aussah, als ob sich die Dinge zum Besseren wenden würden, konnte Albert den Stress der jüngsten Ereignisse in seinem Leben immer noch nicht ganz abschütteln. Die Besorgnis lastete schwer auf ihm und er zögerte, bevor er an die Tür klopfte. Auf der Zugfahrt von München, die den größten Teil des Tages in Anspruch genommen hatte, hatte Albert befürchtet, dass er seine Familie enttäuscht hatte, als er das Gymnasium verließ. Nun stand er vor der Tür, rang die Hände, starrte auf seine Füße, atmete einen letzten Rest Mut ein und klopfte.

Pauline, in einem einfachen Baumwollkleid, öffnete die Tür und rief, als sie sah, wer es war, freudig: "Albert! Oh mein Gott!" Mit einem blassen Lächeln begrüßte der verlorene Junge seine Mutter.

"Bitte, Mama, ich muss nach Hause kommen", sagte Albert und sank in ihre tröstenden Arme. Er akzeptierte ihre warme Umarmung und als er ihren vertrauten Duft nach frischer Seife einatmete, brach er in Tränen aus.

Beunruhigt über die unerwartete Erregung, zog Pauline ihn schnell in die Stube. "Albert! Natürlich wirst du hier bleiben. Komm, setz dich. Erzähl mir, was passiert ist."

Eine gefühlte Ewigkeit lang schüttete Albert sein Herz aus.

Pauline hörte zu, ohne ihn zu unterbrechen, als Albert sich entlastete. Als er am Ende seiner Erzählung angelangt war, lächelte sie und Albert konnte das Mitgefühl und das Verständnis in ihren Augen sehen. Das und das Erzählen seiner Geschichte waren es, die Alberts Seele reinigten.

Pauline nickte weise und sagte nur: "Das ist die Vergangenheit, mein schöner Sohn. Lass uns jetzt in die Zukunft blicken."

* * *

In den drei Monaten, die vergangen waren, seit Albert unangemeldet im Haus seiner Eltern aufgetaucht war, hatte er sich in eine neue und angenehme Routine eingelebt. Onkel Jakob hatte den Sechzehnjährigen eingestellt, um in ihrem Geschäft für elektrische Beleuchtung auszuhelfen, und sein Vater Hermann, der Verkäufer des Familienunternehmens, war froh, ihn wieder in der Herde zu haben.

Als Albert eines Tages wie üblich die Post abholte, entdeckte er einen an ihn adressierten Brief. Als er sah, dass er von seinem Onkel Cäsar Koch, einem Kaufmann in Belgien, stammte, beschleunigte sich sein Puls. Aufgeregt riss er den Umschlag auf, und als er las, weiteten sich seine Augen. Am Ende des Briefes stieß er einen Freudenschrei aus und rannte nach draußen in die Werkstatt der Firma hinter dem Haus.

"Vater, Onkel Jakob!", rief Albert und wedelte mit dem Brief in der Luft herum.

Jakob und Hermann blickten zögernd von dem Wust zerknüllter Papiere auf, die um sie herum lagen. Sie waren gerade dabei, ein Problem mit der Elektroinstallation zu lösen.

Albert wurde langsamer und ein Stirnrunzeln ersetzte das freudige Grinsen, das er zuvor gezeigt hatte. "Was ist los?"

Jakob schüttelte den Kopf, sein Gesicht war vor Anspannung verkniffen. "Wir haben eine Installation von einhundert Lampen in einer Fabrik. Es ist der komplizierteste Auftrag, den wir je hatten, und ich komme einfach nicht mit der Mathematik klar. Wir sind seit gestern dabei."

Albert steckte den Brief in seine Hemdtasche. Seine Neuigkeiten konnten warten. Er ließ sich auf einer Bank neben seinem Onkel nieder: "Lass mich mal sehen."

Jakob reichte seinem Neffen seufzend die Papiere, er schloss die Augen und massierte sich den Kopf: "Ich habe solche Kopfschmerzen."

"Gebt mir ein paar Minuten Zeit für dieses Rätsel", sagte Albert, als er sich der Aufgabe zuwandte. Seit er mit seinem Onkel gearbeitet hatte, war sein Wissen über Elektrizität gewachsen und er fand das Studium des Magnetismus faszinierend

Sein Vater und sein Onkel begrüßten die Pause. "Du kannst uns im Haus finden, wenn du es herausgefunden hast", sagte Hermann mit einem schiefen Grinsen. Er wusste, dass der Sechzehnjährige nicht die Erfahrung hatte, um die Lösung zu finden - wenn es denn eine gab -, aber er und Hermann kamen nicht weiter, und die Pause würde ihnen den Kopf frei machen.

Als die beiden Männer gingen, ging Albert noch einmal die Spezifikationen des Auftrags durch, dann nahm er einen Bleistift vom Tisch, zog seinen Kompass aus der Hosentasche und legte ihn neben die Papiere. Er holte tief Luft und wollte mit den Berechnungen beginnen, doch die funkelnden Juwelen auf dem Messing-Peiler zogen seine Aufmerksamkeit auf sich. Mit den Details des Problems im Kopf entspannte er sich und blickte fast abwesend auf den Kompass. Einige Minuten vergingen, dann begann Albert fast fieberhaft zu schreiben.

Albert strahlte, als er die Küche betrat. Sein Vater und sein Onkel sahen vom Tisch auf, an dem sie saßen. "Hast du es schon gelöst?", sagte sein Onkel mit einem Hauch von scherzhaftem Sarkasmus.

"Ich glaube schon", antwortete Albert und hielt einige Papiere in die Hand.

Skeptisch schnappte Jakob Albert die Papiere aus der Hand. Er studierte, was der Junge geschrieben hatte, und langsam wich sein Stirnrunzeln einem erleichterten, fast ungläubigen Lächeln.

Als Alberts Vater Jakob über die Schulter schaute, las er und nickte, las weiter und nickte noch mehr. Dann sah er seinen Sohn an. "Wie hast du das gemacht, Albert? Wir arbeiten schon seit fast zwei Tagen daran und haben nichts gefunden."

Albert grinste und sagte: "Ich habe experimentiert. Ich habe neue Ideen, die auf der fortgeschrittenen Theorie der Physik von Voile basieren. Als ich über dein Problem nachgedacht habe, sind mir einige Ideen eingefallen. Ich denke, dass die Vorschläge, die ich gemacht habe, funktionieren werden".

Onkel Jakob sah sich die Papiere noch einmal an und nickte. "Ich glaube, das werden sie. Albert, ich weiß nicht, was ich sagen soll." Alberts Vater stand auf und umarmte seinen Sohn. "Ich ... ich kann dir gar nicht sagen, wie stolz ich auf dich bin, Albert." Albert erwiderte die Umarmung seines Vaters und der Brief, den er vorhin erhalten hatte, zerknitterte in seiner Tasche.

"Was ist das ... oh, ich erinnere mich, du wolltest uns etwas sagen."

Albert zog den inzwischen zerknitterten Brief aus seiner Tasche. "Ich will!" Als er das Stück Papier entfaltete, sagte Albert: "Ihr wisst, dass ich alleine studiert habe, um mich hoffentlich für das Polytechnikum in Zürich zu qualifizieren." Die beiden Männer nickten. "Ich habe Onkel Koch einen Aufsatz geschickt, *'Die Untersuchung des Zustandes des Äthers in einem magnetischen Feld'*. Er kennt ein paar Leute in der Verwaltung der Hochschule und hat sie dazu gebracht, sich den Aufsatz anzusehen."

"Ich nehme an, sie haben deinen Aufsatz gutgeheißen?" fragte Jakob.

"Besser", sagte Albert, dessen Grinsen nun sein Gesicht zu spalten drohte. "Ich wurde eingeladen, im Oktober an der Aufnahmeprüfung teilzunehmen.

Zwischenspiel

In der Mysterienschule von Sommerland im Astralreich war Johann tief in seinen Erleuchtungs- und Entfaltungsprozess eingetaucht. Im Moment wanderte er jedoch durch die üppigen Gärten und ließ das Gelernte auf sich wirken. In Gedanken versunken, spürte er eine Präsenz, blickte auf und fand einen lächelnden Jesus, der sich ihm näherte.

"Wie kommst du hier zurecht, Johann?" fragte Jesus.

Mir geht es gut, glaube ich, Jesus", antwortete er.

Jesus lächelte und legte seine Hand auf die Schulter des Jungen. "Also, keine Fragen?", fragte er und konnte ein Grinsen kaum verbergen.

Die Liebe, die von der Gegenwart Jesu ausging, erfüllte Johann. "Das würde ich nicht sagen", lächelte er dem Meister zu.

"Also", sagte Jesus, "welche neuen Erkenntnisse verwirren dich?"

Johann wurde nachdenklich. "Als ich auf der Erde gestorben bin, ist meine Seele hierher ins Astralreich gereist."

Jesus nickte. "Ja, die Seele kann die Reiche mit Leichtigkeit durchqueren. Einige Menschen, die sich dieser Bewegung bewusst geworden sind, haben es eine außerkörperliche Erfahrung genannt. Man könnte es eher als Seelenreise bezeichnen, je nachdem, durch welches Chakra oder Portal das Bewusstsein den Körper verlassen hat."

Johann fragte: "Nun, wie reisen wir mit unserer Seele? Geschieht es, wenn wir es wollen?"

Jesus lächelte, obwohl sein Tonfall sehr ernst war. Er wusste um die Bedeutung dieser Lehren und wollte sicherstellen, dass sie dem jungen Suchenden klar und deutlich vermittelt wurden. "Seelenreisen finden ständig statt. Die Seele verlässt den Körper, um zu verschiedenen Mysterienschulen in vielen Universen zu gehen. Ein Mensch kann nicht genau kontrollieren, wie oder wann die Seele fliegt, aber man kann lernen, sich dessen bewusst zu sein. Und wenn man den Körper nach dem Tod fallen lässt, verlässt die Seele - das, was wir wirklich sind - und geht in verschiedene Reiche des Lichts, je nach den Lektionen, die sie gelernt und den Erfahrungen, die sie gesammelt hat."

Johann dachte darüber nach und fragte dann: "Woher wissen wir, ob wir eine Erfahrung mit einer Seelenreise gemacht haben?"

Jesus nickte, "Gute Frage. Wie wäre es, wenn wir eine Exkursion machen. Es gibt einen Lehrer auf der Erde, der gerade über dieses Thema spricht."

"Wow, das wäre toll", antwortete Johann und freute sich auf das Abenteuer.

Jesus nahm Johanns Hand, und im Nu waren beide in einem Zimmer in einem bescheidenen Gebäude auf einem Gelände in der indischen Region Punjab. Johann konnte seinen Augen nicht trauen. Er hatte noch nie etwas so Exotisches gesehen oder eine Versammlung von Menschen, die so anders war als die Deutschen und Europäer, die er gewohnt war. Der Raum war gefüllt, aber nicht überfüllt, und Gaslicht erhellte den Ort.

Als Johann dies alles aufnahm, schaute er zu Jesus auf und flüsterte: "Warum hat uns niemand bemerkt, Jesus?"

Jesus lachte laut, Johann zuckte zusammen und sah sich besorgt um, dass die Versammelten etwas dagegen haben könnten. Doch niemand schien sie zu bemerken. Jesus, immer noch lächelnd, sagte: "Es tut mir leid, Johann, ich habe nicht über dich gelacht. Ich habe vergessen, wie neu das alles für dich sein muss."

Johann sah sich weiter unbehaglich um, und Jesus führte ihn in einen Raum an der Seite. "Wir sind hier nicht in phy-sischen Körpern, Johann, wir sind in einem feinstofflicheren Körper. Deshalb können uns die meisten hier drin nicht sehen."

Johann runzelte bei diesem Gedanken die Stirn. "Ich ... ich denke, das muss so sein, Jesus, denn niemand hat in unsere Richtung geschaut, seit wir hier sind." Er blickte zu einer Gruppe von Männern in der Nähe, die dem bärtigen Mann mit Turban, der vorne im Raum mit ruhiger, fast stiller Stimme sprach, gebannt zuhörten. Während er sprach, blickte der Mann zu Johann und Jesus, und seine Augen füllten sich mit Liebe, während er Jesus leicht zunickte. Johann blickte mit einem verwirrten Gesichtsausdruck zu Jesus auf. Mit einem Zwinkern in den Augen schaute Jesus auf Johann herab. "Ich sagte, die meisten könnten uns nicht sehen. Bist du jetzt bereit für deine Antwort auf die Frage, wie wir wissen können, ob wir Seelenreisende sind?"

Johann blieb verwirrt. "Ja. Soll ich meine Hand heben oder so?"

Jesus schüttelte den Kopf. "Nicht nötig. Behalte die Frage einfach im Kopf und schau, was passiert."

"Aber wir sind in einem fremden Land und dieser Mann spricht offensichtlich eine fremde Sprache. Wie soll er mich verstehen?" fragte Johann.

Jesus hob die Augenbrauen. "Wir sind in einem fremden Land, das ist wahr. Hast du also Probleme, diesen Mann zu verstehen?"

Johann hielt einen Moment inne und merkte, dass er alles, was gesagt wurde, vollkommen verstand. Er schüttelte den Kopf und tat, obwohl es keinen Sinn ergab, einfach, was Jesus ihm vorschlug, indem er an seine Frage dachte.

In einem Moment sagte der Mann am Eingang des Raumes: "Sie fragen sich vielleicht, ob wir wissen können, wann wir in unserem Seelenkörper reisen. Das heißt, wenn die Seele den Körper durch ein höheres Zentrum verlässt, die Spitze des dritten Auges oder das Kronenchakra. Die Antwort lautet: Ja, das können wir. Oft ist die Erfahrung einer Seelenreise ein Geistesblitz, den Sie durch Ihre Intuition erfahren. Wenn Sie

Ihrer täglichen Routine nachgehen, werden Sie die Offenbarung spüren oder eine Ahnung davon haben. Ein anderes Mal erleben Sie es vielleicht, wenn Sie Ihre spirituellen Übungen praktizieren, wenn Sie die heiligen Namen Gottes chanten. Vielleicht wirst du vor allem bemerken, dass sie von einem Gefühl der Liebe begleitet wird."

Johanns Augen wurden groß und er schaute wieder zu Jesus, der friedlich lächelte. "Wow, das war ... ich weiß nicht ... erstaunlich. Aber was ist mit Leuten wie dem Jungen, den ich kannte und der Werner hieß? Er schien mit der Liebe nicht viel am Hut zu haben. Ganz im Gegenteil, er schürte den Hass auf die Juden und setzte alles daran, sie zu schikanieren." Johann hielt inne, als ihm der Gedanke kam. "Er hat sogar mich umgebracht! Kann er eine Seelenreise machen?"

Der Lehrer am Anfang des Raumes fuhr fort: "Seelenbewusstsein ist ein aktiver Seinszustand, ebenso wie Seelenreisen. Aber wenn ein Mensch seine Aufmerksamkeit auf die Dunkelheit von Macht und Kontrolle richtet, kann das das Bewusstsein für das höhere Licht blockieren und er muss seinen Weg zurück ins Licht finden."

Mit diesen Worten verbeugte sich Jesus leicht vor dem Mann am Eingang des Raumes, nahm dann wieder Johanns Hand und brachte sie zurück in den Garten. Johann hatte Mühe, seine Gedanken zu sammeln und zu verarbeiten, was gerade geschehen war. "Du meinst, es gibt Leute, die über diese Seelenreisen lehren? Das wusste ich gar nicht."

"Auf der Erde und in den spirituellen Welten geschieht vieles, dessen sich die meisten Menschen nicht bewusst sind",

bekräftigte Jesus. "Wenn Seelen auf der Erde inkarnieren, haben sie ein Schicksal, das sie vor ihrer Geburt vereinbart haben. Für einige beinhaltet diese Bestimmung, sich mit einem Lehrer oder einem Mystischen Reisenden zu verbinden, wie der Mann, den wir gerade besucht haben."

Johann nahm alles auf, was Jesus ihm sagte, während der Meister fortfuhr. "Aber zurück zu dem Jungen, Werner. In seinem Streben nach Macht - in Wirklichkeit sucht er die Anerkennung von Gleichaltrigen und vor allem von seinem Vater - lernt Werner, dass die Dunkelheit ihm nicht gibt, was er will. Als Abgesandter des Lichts wurdest du in deinem Seelenkörper zu einem Lehrer für ihn, damit er die Konsequenzen seiner Entscheidungen lernen kann."

Johann nickte und Jesus fuhr fort. "Akzeptanz und Anerkennung sind Illusionen. Werner hat sich in den Einfluss eines Agenten der Finsternis namens Raka locken lassen. Raka giert nach der Macht von Alberts Kompass."

Johann keuchte. "Hat Werner mich deshalb ständig nach Alberts Kompass gefragt?"

Jesus nickte feierlich. "Raka versuchte, Werner zu benutzen, um den Kompass zu bekommen. Als du dich weigertest, mit ihm zu kooperieren, wurde Raka wütend und beeinflusste Werner psychisch so, dass er vor Wut blind wurde. Daraufhin hat Werner dich vor die Straßenbahn gestoßen."

Johann war voller Mitgefühl für Werner und seine Augen füllten sich mit Tränen. "Ich hatte ja keine Ahnung..."

Jesus hielt ihn liebevoll fest, während Johann diese neue Erkenntnis verarbeitete. Nach einem Moment wurde Johann ruhig und blickte zu Jesus auf. "Was ist so wichtig an dem Kompass, den Albert hat?"

"Jesus atmete tief ein. "Er enthält ein Fragment eines Steins, der seit Jahrtausenden existiert. Seine Macht ist unvorstellbar, und Raka will ihn haben, damit er die Zivilisation auf der Erde wieder zerstören kann, so wie er es tat, als er Atlantis zerstörte."

Johann fragte: "Oh je. Beeinflusst die Arbeit mit diesem Raka Werners Fähigkeit zu Seelenreisen?"

Jesus antwortete: "Nicht direkt. Aber um eine Seelenreise machen zu können, müsste Werner seine Angst aufgeben und sich von seiner Weisheit leiten lassen. Vielleicht ist er dazu in seinem jetzigen Leben nicht mehr in der Lage, wenn er den negativen Einflüssen erliegt, mit denen er begonnen hat, zu verkehren." Dann lächelte Jesus und sein Strahlen war umwerfend. "Aber keine einzige Seele ist jemals verloren. Wenn er das also jetzt nicht akzeptiert, wird er noch viele weitere Leben haben, in denen er lernen kann."

Johann saß eine Weile in der warmen Gegenwart Jesu. Beide schienen vollkommen zufrieden, einfach nur da zu sein. Dann kam Johann ein neuer Gedanke. "Was ist mit Albert? Wenn diese Raka-Person hinter seinem Kompass her ist, können wir ihm helfen? Ich meine, gibt es etwas, was ich tun kann?"

Jesus lächelte und der uralte Name und Klang Gottes, "HU", strömte durch die Reiche des Lichts. Auf diesen Klang hin sprach Jesus eine Einladung aus. In einem Augenblick erschienen die Mystischen Reisenden Moses, Echnaton und Hesekiel.

Jesus nickte den dreien zu. "Danke, dass ihr auf meinen Ruf reagiert habt. Johann ist besorgt über unseren Albert und den Kompass. Kannst du ihm den Weg zeigen, den Albert hoffentlich einschlagen wird?"

Ezekiel nickte, als er sich auf die Alabasterbank setzte und sein Sichtportal öffnete. Er winkte Johann zu sich. "Tritt näher, Johann, und sieh dir einen der möglichen Wege in Gottes Plan an." Die Mystischen Reisenden und Johann standen um den Botschafter des Lichts herum und sahen, dass das Hologramm eine Vision von Albert in Atlantis drehte.

Hesekiel sagte: "Albert war ein hochpriesterlicher Wissenschaftler aus Atlantis. Sein Name war Arka. Albert muss in seinem Seelenkörper nach Atlantis reisen, wo er Arka treffen wird."

Johann sah zu Ezekiel auf. "Kann er das?", fragte er erstaunt.

Ezekiel nickte. "Er kann, wenn er will. Wir werden Albert bei seiner Mission des Lichts und der Energie unterstützen und schützen. Seine Arbeit wird die Evolution des Planeten Erde beeinflussen."

Johann konnte nur in das Portal starren und das Bild von Arka betrachten. Er war fassungslos bei dem Gedanken, dass sein Freund eine so entscheidende Rolle für das Schicksal des Planeten spielen könnte. Und er schwor sich, dass er von dieser Seelenreise erfahren und alles tun würde, um seinem Freund zu helfen und ihn zu beschützen.

Kapitel 22
Gedankenexperiment

Sechs männliche Schüler mittleren Alters in Wollanzügen, gestärkten weissen Hemden und blau-gelben Krawatten sassen zu zweit in einer Reihe und warteten gespannt auf den Beginn des Unterrichts. Albert hatte sich nach seinem erfolglosen Versuch, ins Polytechnikum einzutreten, am Gymnasium Aarau eingeschrieben. Natürlich hatte er den mathematisch-naturwissenschaftlichen Teil der Prüfung mit Bravour bestanden. Doch der Test zeigte, dass er in den Fächern Sprachen, Biologie, Literatur, Politikwissenschaft und Botanik mehr lernen musste. Er war zwar etwas enttäuscht über das Testergebnis, aber er sah, dass es nur ein Jahr in Aarau dauern würde, bis er das Polytechnikum besuchen konnte, und damit war er einverstanden.

Der Geruch von frischer weißer Kreide regte Alberts Geist an. Er konzentrierte sich auf die drei "Hs", die der

Schulleiter, Professor Winteler, an die Tafel schrieb; die Grundsätze des Unterrichts, denen die Schule folgte

Herz - zu erforschen, was die Schüler lernen wollen. Ihre moralischen Qualitäten zu entwickeln, wie zum Beispiel anderen zu helfen.

Kopf - um Objekte, Konzepte und Erfahrungen zu verstehen.

Hand - um das Handwerk zu erlernen, gute Arbeit zu leisten und auch ihre körperlichen Fähigkeiten zu entwickeln

Der Lehrer beendete sein Schreiben mit einem Schwung und wandte sich seiner Klasse zu. Seine braunen Augen funkelten, und in seiner Stimme lag echte Wärme und Begeisterung, als er sagte: "Ich habe festgestellt, dass die Menschen über ihre Intuition, ihre inneren Kräfte, leichter lernen als über ihren Verstand."

In der ersten Reihe entspannte sich Albert. Zum ersten Mal in seinem Schulleben fühlte sich der Abgelehnte des Gymnasiums in Deutschland verbunden.

Der weise Professor legte die Kreide weg und rieb sich die Hände. Er rückte seine Brille zurecht und sagte: "Unsere erste Übung wird ein Gedankenexperiment sein. Es wird uns helfen, wenn wir eine Hypothese oder Theorie in Betracht ziehen wollen, wenn es darum geht, schrittweise die Konsequenzen zu durchdenken. Diese Übung wird Ihr persönliches Denkvermögen und Ihre Vorstellungskraft steigern. Außerdem", sagte er mit einem Lächeln, "fangen Sie an, sich selbst zu vertrauen, indem Sie nach innen gehen."

Ein Student mit sandfarbenem Haar hob die Hand und der Professor bestätigte ihn: "Ja, Gregory, hast du eine Frage?"

"Ja, Sir", sagte der Junge, als er aufstand.

Der Professor lächelte. "Gut. Fragen sind erwünscht. Was haben Sie?"

"Haben wir bei diesem Gedankenexperiment die Augen offen oder geschlossen?"

"Für unser erstes Experiment werden Sie Ihre Augen geschlossen halten. Ich bin mir aber sicher, dass Sie sich tagsüber manchmal in einem Tagtraum befinden, in dem Ihre Gedanken im Raum schweben, auch wenn Sie die Augen geöffnet haben." Gregory nickte, als der Professor fortfuhr. "Wir werden eine Art 'was wäre wenn' träumerische Vorstellungskraft benutzen, um Ihnen zu erlauben, loszulassen und Möglichkeiten zu schaffen."

Als Gregory sich setzte, wies der Professor ihn an: "Jetzt möchte ich, dass ihr eure Jacken auszieht, eure Krawatten lockert und euch aufrecht hinsetzt, ohne Arme und Beine zu verschränken. Legen Sie Ihre Hände mit den Handflächen nach oben auf Ihre Oberschenkel."

Die Schüler taten dies und warteten auf die nächste Anweisung.

"Schließen Sie Ihre Augen und atmen Sie langsam und tief ein", sagte Winteler. "Atmen Sie ein und lassen Sie langsam die ganze Luft in Ihren Lungen aus." Er hielt ein paar Sekunden lang inne. "Noch einmal, diesmal langsamer einatmen. "Als die Schüler dies taten, hielt er inne und sagte dann: "Halten Sie die Luft in sich." Er hielt wieder inne. "Lassen Sie langsam die ganze Luft los. Erlaube deinem Körper, sich zu entspannen. Halten Sie Ihre Augen geschlossen und konzentrieren Sie sich auf Ihren Atem, der ein- und ausströmt. Wenn Ihr Verstand anfängt zu plappern, nehmen Sie das einfach zur Kenntnis und konzentrieren Sie sich dann wieder auf Ihre Atmung.

Albert saß mit geradem Rücken, obwohl er entspannt war, und gab sich seinem Geist hin. Der Träumer war so vertieft in die Erfahrung, dass er nicht einmal hörte, was der Lehrer als Nächstes sagte, denn er fühlte sich von einem warmen Licht umhüllt und hatte das Gefühl, sich über die Erde zu erheben. Eine Bewegung erregte seine Aufmerksamkeit und er blickte zur Seite. Neben ihm flog ein anmutiges, hoch aufragendes, leuchtendes Wesen mit wallendem goldenem Haar. Irgendwie spürte Albert, dass es ein Engel war. Die violetten Augen des Engels schenkten dem Träumer ein liebevolles Lächeln, und Albert gab sich ganz seiner Erfahrung hin. Erzengel Michael reichte Albert seine Hand, und Albert ergriff sie sanft. Der Klang der Engel, die "Glory to God in the highest" sangen, erklang über das Universum.

Der Schleier der Zeit öffnete sich und Albert schwebte auf das smaragdgrüne Gras im Garten der Erinnerung. Als er versuchte, alles in sich aufzunehmen, sah Albert eine Gestalt in der Nähe stehen. Sie drehte sich langsam um, und Albert war voller Freude, seinen Freund Johann zu erkennen. Irgendwie schien alles richtig zu sein, obwohl es gleichzeitig unwirklich war.

Die beiden Freunde umarmten sich, dann löste sich Albert von ihnen. "Johann, wie ... wie ..."

Johann lächelte. "Versuche nicht, alles auf einmal zu begreifen, Albert. Lass die Realität einfach auf dich zukommen."

"Aber ist es Wirklichkeit, Johann? Oder befinde ich mich nur in einem Wunschtraum?"

Mit einem verschmitzten Lächeln streckte Johann die Hand aus und kniff Albert in den Arm.

"Au!", sagte Albert stirnrunzelnd und rieb sich die Stelle, in die Johann gekniffen hatte. Dann wurden seine Augen groß. "Okay, ich hab's verstanden. Es ist echt."

Johann nickte, immer noch lächelnd. "Es ist schon real. Nur nicht die Realität, an die du gewöhnt bist." In den Monaten seit seinem Tod war Johann zuversichtlicher geworden, was sein Wissen über die Welt, in der er sich befand, anging.

"Okay, ich glaube Ihnen... aber warum bin ich hier?"

Johann wurde ernster. Er nahm Alberts Arm und führte ihn am Ufer eines nahe gelegenen Teiches entlang. "Wir müssen reden, Albert. Es gibt viel zu erzählen. Es sind Dinge passiert, die du nicht glauben wirst. Aber dieser Besuch soll dich nur wissen lassen, dass du jederzeit hierher kommen kannst, wenn du willst. Die Technik des Gedankenexperiments, die Herr Winteler dir beibringt, wird dir helfen, wiederzukommen."

"Albert hörte gebannt zu, als sein Freund ihm etwas von dem erklärte, was er gerade gelernt hatte. Bevor er verdauen konnte, was er hörte, fuhr Johann fort. "Aber jetzt musst du erst einmal in deinen Körper zurückkehren." Johann umarmte Albert und küsste ihn auf die Wange. "Vergiss das nicht und wir sehen uns später."

"Aber ..." begann Albert zu protestieren. Im nächsten Moment fühlte Albert sich, als würde er aus großer Höhe fallen. Kurz bevor er auf dem Boden aufschlug, flogen seine Augen auf und er atmete tief ein. Er war in seinen Körper zurückgekehrt ( ), als Professor Winteler die Klasse fragte: "Was habt ihr bei eurem ersten Gedankenexperiment erlebt? Möchte jemand davon erzählen?"

Albert wusste nicht, wie er reagieren sollte. Er fragte sich, wer ihm glauben würde, wenn er erzählte, was passiert war? Er hielt den Mund und hörte kaum die Antworten seiner Mitschüler. Er war in seine Gedanken über das Treffen mit Johann versunken und fragte sich, was so wichtig sein könnte, dass er an diesen Ort gerufen wurde... wo auch immer - oder was auch immer - es war.

Kapitel 23
Raka's Fortschritt

Raka lauerte in den Dampftunneln des Polytechnischen Instituts und beobachtete den Unterricht unbemerkt durch die Heizungsgitter. Er schnupperte an den Dämpfen und suchte den aromatischen Duft des Shamir in den Kanälen. Das verführerische Parfüm verlockte ihn, aber die Beute blieb unerreichbar. Am vierten Tag, an dem er die Schule durchstreifte, wurde der Geruch jedoch intensiver. Rakas Herzschlag beschleunigte sich, als er die Nähe des Shamir spürte.

Er spähte durch das Heizungsgitter und sah Albert, der seinen Kompass in der Hand hielt, während Professor Meiss die Grundsätze der Physik erläuterte. Raka konnte nur mit Mühe verhindern, dass er vor Freude quietschte, als er das, was er sich wünschte, so nah sah.

Um an den Kompass zu gelangen, hatte der Drache seine Komplizin, die Gräfin Victoria von Baden, ins Spiel gebracht. Die hochwohlgeborene Verführerin hatte sich zunächst geweigert, ihn nach Zürich zu begleiten, aber die Möglichkeit, den Shamir zu bekommen, war zu verlockend, um darauf zu verzichten. Zufrieden, dass er seine Beute gefunden hatte, entfernte sich das Reptil leise vom Heizungsrost und ging zu seinem Rendezvous mit der Gräfin. Er war begierig darauf, seinen Plan in die Tat umzusetzen.

* * *

Der Speisesaal des Hotels Rigiblick befand sich im Erdgeschoss der beliebten Loge, in der berühmte Schauspieler übernachteten, wenn sie am Theater Zürich auftraten. Es war auch das Lieblingsrestaurant von Professor Meiss, der als Gewohnheitsmensch dort meistens zu Abend aß. Die Gräfin von Baden, die sich als Gastschauspielerin ausgab, trug ein knielanges, karmesinrotes Samtkleid, als wäre sie eine Figur aus der Oper Carmen. Ihr rabenschwarzes Haar hing ihr über den Rücken, ein auffälliger Kontrast zu ihren gut entblößten elfenbeinfarbenen Schultern. Sie machte es sich in der Nähe der Bar bequem und wartete auf ihr Opfer.

Gegen acht Uhr betrat der einsame Junggesellenprofessor den Supper Club und ging zu seinem Stammtisch. Als er sich dem Tisch näherte, an dem sie saß, stieß Victoria ihre kleine Abendtasche an, so dass sie vor ihm auf den Boden fiel. Wie es sich für einen Gentleman gehört, bückte sich der Professor, um sie aufzuheben.

"Wie ungeschickt von mir", schimpfte sie mit sich selbst, als er ihr die Handtasche reichte.

"Ganz und gar nicht", sagte er und seine Augen weiteten sich angesichts ihrer Schönheit. Er konnte das üppige Dekolleté, das die Frau zur Schau stellte, nicht übersehen.

"Sie sind zu freundlich, Monsieur." Sie lächelte und klimperte kokett mit den Augenlidern.

Der Professor nickte und drehte sich zu seinem Tisch um. Victoria rollte mit den Augen. Der Idiot war zu dumm, um zu erkennen, dass sie mit ihm flirtete. "Äh, Monsieur..." Der Professor drehte sich wieder zu ihr um. "Ich habe mich gefragt ... das heißt ..." Sie machte eine Pause, um zu wirken. "Nun, die Wahrheit ist, dass meine Verabredung zum Essen mich versetzt hat."

"Das kann ich nur schwer glauben, junge Dame. Welcher Mann, der bei Verstand ist, würde sich einen Abend mit jemandem wie Ihnen entgehen lassen?"

"Sie sind wieder zu freundlich, Monsieur. Ich esse so ungern allein."

Der Professor wurde von einer Idee ergriffen und sagte: "Das wäre ein Verbrechen von großem Ausmaß. Bitte, setzen Sie sich zu mir an meinen Tisch."

"Ich konnte mich wirklich nicht aufdrängen", sagte Victoria und drehte ihren Kopf so, dass er das zufriedene Lächeln auf ihrem Gesicht nicht sehen konnte, als er den Köder schluckte.

"Das ist überhaupt keine Zumutung. Bitte, ich bestehe darauf", sagte er und gestikulierte in Richtung seines Tisches.

"Nun, wenn Sie darauf bestehen, werde ich nicht un-höflich sein", sagte sie und ließ sich vom Professor zu einem Plüschsitz führen.

Als sie bequem Platz genommen hatten, deutete der Professor dem Kellner an, ihnen eine Flasche Wein zu bringen, und wandte sich dann an Victoria. "Ich bin Tomas Meiss. Ich unterrichte Physik an der Schweizerischen Polytechnischen Schule."

"Oh je, ein Gelehrter. Und in Physik. Ich bin sicher, dass ich nicht in meiner Liga spiele", sagte sie.

Der Professor errötete bei diesem Kompliment, als Victoria lächelte und sagte: "Ich bin Victoria von Baden. Bitte, nennen Sie mich Victoria."

Der Professor nickte und lächelte ihr zu, als der Kellner sich näherte und ihm den Wein zur Verkostung vorlegte. Nachdem er den Jahrgang für gut befunden hatte, wandte sich der Professor wieder Victoria zu, während der Kellner ihre beiden Gläser füllte.

Victoria deutete auf ein Gemälde mit einer Jagdszene an der Wand hinter dem Professor und fragte: "Was für ein reizendes Bild. Wissen Sie, wer es gemalt hat?"

Als der Professor sich dem Gemälde zuwandte, schnippte Victoria die mit Edelsteinen besetzte Kuppel ihres Rings auf und streute ein starkes Opiat in sein Glas.

"Ich bin mir nicht ganz sicher", gab der Professor zu. Soll ich den Kellner fragen?"

"Das ist nicht wichtig", sagte Victoria, hob das Glas des Professors und schwenkte den Wein, damit sich das Pulver vollständig auflöste, bevor sie es ihm reichte. "Lassen Sie uns auf mein Glück anstoßen, einen so gut aussehenden und charmanten Tischgenossen gefunden zu haben."

Der Professor errötete erneut und nahm einen großen Schluck aus seinem Glas, um seine Verlegenheit zu überspielen. Er tupfte sich die Lippen mit einer Serviette ab und sagte: "Ich bin schon lange nicht mehr als hübsch oder charmant bezeichnet worden... Victoria."

Sie lächelte zurück, während sie weiter nippten und sich unterhielten. Nach einem Moment ging ein verwirrter Blick über das Gesicht des Professors. Sein Teint wurde blass, er hob die weiße Leinenserviette und tupfte sich die Stirn. Ein flüchtiges Grinsen überzog Victorias Gesicht, wurde aber schnell durch ein besorgtes Stirnrunzeln ersetzt. "Stimmt etwas nicht, Tomas?"

Der Professor schüttelte den Kopf, dann wischte er sich noch einmal über die Stirn. "Nein... ich weiß nicht... ich fühle mich nicht...", dann sackte er bewusstlos zusammen.

Victoria gab vor, alarmiert zu sein, und winkte den Oberkellner herbei. "Mit Tomas stimmt etwas nicht", sagte sie, als er zum Tisch schritt. "Hilf mir, ihn zu meiner Kutsche zu bringen, damit ich ihn zu einem Arzt bringen kann."

"Sehr gut, Madame", antwortete er und winkte den Kellner heran. Die beiden Männer legten dem erschöpften Professor die Arme um die Schultern und folgten Victoria, die sie durch die Vordertür zu der wartenden Kutsche führte, die sie gemietet hatte. In wenigen Augenblicken fuhr der Kutscher im Eiltempo durch die Stadt und hielt vor einem verlassenen vierstöckigen Bekleidungslager im Escher Wyss District gegenüber der Polytechnischen Hochschule an. Schaufelraddampfer, beladen mit Touristen, säumten das Ufer.

Der Kutscher half der Gräfin und dem benommenen und groggy wirkenden Professor aus der Kutsche und in die vertiefte Tür des Lagerhauses. Der Kutscher, der wegen seines unangenehmen Charakters ausgewählt worden war, freute sich über ein ansehnliches Trinkgeld, damit er den ganzen Abend bequem vergessen konnte.

Als die Geräusche des Pferdes und der Kutsche verstummten, zerrte Victoria den Professor in das Lagerhaus. Sie schloss und verriegelte die Tür, als ein Stöhnen die Lippen des Professors verließ. "Keine Sorge, Tomas", sagte sie über die Schulter, "du wirst deine Beschwerden sehr bald los sein".

Sie drehte sich um, hob den Arm des Professors über ihre Schulter und führte ihn eine dunkle, schmale Treppe hinauf, wobei sie den auf den Stufen verstreuten Abfällen auswich. Am zweiten Treppenabsatz öffnete sie eine massive Metalltür und schob den langsam wieder zu sich kommenden Professor halb hindurch. Als er in den Raum taumelte, bot sich ihm ein Anblick, der nicht zu dem heruntergekommenen Zustand des restlichen Gebäudes passte.

Im Grunde genommen hätte er sich in jedem der schönsten Schlösser Europas befinden können. Exquisite orientalische Wandteppiche schmückten die Wände, und eine Reihe aufeinander abgestimmter Samtsofas und -sessel schufen einen intimen Gesprächsbereich. Ein Bücherregal bedeckte eine halbe Wand, gefüllt mit den beliebtesten Büchern der Zeit in edlen Ledereinbänden. Am anderen Ende des Raumes hatte die Gräfin ein Schlafgemach eingerichtet: ein riesiges, kunstvoll geschnitztes Himmelbett mit reich bestickten Vorhängen, die einen privaten Bereich innerhalb des Bettes schufen. An der Seite befand sich eine voll funktionsfähige Küche und darüber hinaus eine Eitelkeit und ein Wasserklosett für die Dame. Leider war der Professor nicht in der Lage, die Opulenz zu würdigen.

Die Gräfin schloss die Tür, drehte sich um und verzog ihre Lippen zu einem raubtierhaften Lächeln. Sie packte den Professor an den Schultern seines Mantels, steuerte ihn zu dem Bett am Ende des Raumes und schob ihn darauf. Während der Professor sich mühsam umdrehte, zog sie ihm erst den Mantel und dann die Jacke aus.

"Wa... was machst du da?", lallte er.

"Mach dir nichts draus, Tomas", sagte sie und drehte ihn grob um, entfernte sein Halstuch und knöpfte sein Hemd auf. Der Professor versuchte, sich zu wehren, aber seine Glieder waren wie Gummi. In wenigen Minuten lag er völlig nackt unter der Decke, die die Gräfin über seinen zerbrechlichen Körper geworfen hatte, und setzte sich inmitten von Daunenkissen in eine sitzende Position.

Dann lenkte ein Geräusch am Rande des Raumes seine Aufmerksamkeit auf sich. Der Professor blinzelte verständnislos, als er ein zwölf Fuß großes Reptil erblickte, das sich aufrichtete und auf ihn zuging.

Der verwirrte Blick des Professors schwankte zwischen der Gräfin und der Kreatur hin und her. "Wa...?"

Die Gräfin lachte, als die Echse unter die Decke griff, den Professor am Bein packte und zerrte. Der Professor wehrte sich, aber die Droge machte ihn noch immer benommen und verwirrt. Es wäre ohnehin aussichtslos gewesen, denn kein Mensch hätte es mit dem mächtigen Reptil aufnehmen können. Raka begann, ihn über den Boden zu schleifen. "Genießen Sie Ihre... Mahlzeit, Herr Raka", rief die Gräfin dem sich zurückziehenden Körper nach.

Als sich eine Metalltür am Ende des Raumes mit einem Knall schloss, ging Victoria zu einem gut bestückten Schnapsschrank hinüber und goss einen Spritzer edlen Cognac in einen Kristallbecher. Sie atmete die berauschenden Dämpfe ein, ohne die gedämpften Schreie zu bemerken, die hinter der Metalltür zu hören waren. Ein Lächeln umspielte ihre Lippen, als sie daran dachte, dass sie dem Shamir einen Schritt näher gekommen war. Raka dachte, sie sei sein Werkzeug. Nun, er würde herausfinden, wer wen benutzte.

Das Zimmer, das Raka eingerichtet hatte, war weit von dem der Gräfin entfernt. Er hatte keine Verwendung für teuren Schnickschnack, aber er war ihren törichten Wünschen nachgekommen, um sie bei Laune und gefügig zu halten. Sein Versteck war eher zweckmäßig. Sein Hauptmerkmal war ein Metalltisch mit Rillen, der nichts weiter als ein Grabenbrett darstellte. Und das aus gutem Grund, denn sein einziger Zweck war es, blutiges Fleisch aufzunehmen - und genau das lag jetzt auf seiner Oberfläche.

Es hatte nicht lange gedauert, bis Raka den Körper und das Blut des Professors verschlungen hatte. Der ältere Mensch hatte sich nicht einmal großartig gewehrt. Seine entsetzten Schreie waren irgendwie befriedigend und gaben der ansonsten eher faden Mahlzeit einen besonderen Geschmack.

Als der Leichnam halb verzehrt war, hielt Raka inne. Er spürte, wie die Verwandlung begann; er konnte fühlen, wie sich seine Klauen zurückzogen und seine ledrige Haut geschmeidiger wurde. Kopfschüttelnd riss er zurück in den nun leblosen Professor. Er würde sich beeilen müssen, um die Sache zu beenden, bevor seine schönen scharfen Reißzähne zu mickrigen und stumpfen Zähnen wurden. Er seufzte, denn er wusste, dass es eine unangenehme Aufgabe sein würde, alles loszuwerden, was er nicht verzehrt hatte. Er beschloss, so viel wie möglich zu essen, um die Aufräumarbeiten zu minimieren. Er wusste, dass die Gräfin sich niemals zu so etwas herablassen würde.

Am nächsten Morgen im Morgengrauen erwachte Raka aus einem tiefen Schlummer im Wohnbereich der Gräfin, die Verwandlung war abgeschlossen. Er fand sich nackt und in Fötusstellung zusammengerollt wieder, also richtete er sich auf und betrachtete seinen neuen Körper, angewidert von den schwachen Gliedmaßen und den fehlenden Flügeln. Als er aufstand, fiel er fast hin, weil ihm von der Verwandlung schwindelig war. Er stützte sich auf einem Tisch in der Nähe ab, griff dann nach einer Bank und setzte sich mit einem dumpfen Schlag.

Am Herd murmelte die Gräfin verärgert vor sich hin. "Ich habe mich nicht als Zimmermädchen gemeldet", schimpfte sie, während sie die Kleidung des Schulmeisters einsammelte, die vor dem Feuer getrocknet worden war. Sie trug sie zu dem frischgebackenen Drachen und drückte sie ihm in die Arme. "Bedecke diesen erbärmlichen Körper. Mir wird übel", sagte sie angewidert.

Raka nahm die Kleidung und durchbohrte Victoria mit einem vernichtenden Blick. "Achtet auf Euren Ton, Gräfin. Auch wenn ich gezwungen bin, mich dieser Form zu bedienen, um mein Ziel zu erreichen, bin ich immer noch Euer Herr."

Von der Zurechtweisung getroffen, zuckte sie zusammen und sagte: "Verzeiht mir, Herr Raka. Ich habe mir von dieser zerbrechlichen äußeren Form die Sicht vernebeln lassen." Sie hielt inne und fügte dann kleinlaut hinzu: "Der frühere Mensch, dessen Körper Sie bewohnten, war stark und hübsch. Ich habe Sie darin ziemlich... genossen." Verachtung überzog ihr Gesicht, als sie an der Gestalt des Professors auf und ab blickte. "Dieser gebrochene, kahlköpfige ältere Mann verspricht wenig Vergnügen."

Victorias Äußerungen verärgerten Raka. "Ich bin darüber nicht glücklicher als du", spottete er. "Aber da ich mich nicht direkt in den Jungen einmischen darf, muss ich ihn genauer beobachten und nach Möglichkeiten Ausschau halten, die ich ausnutzen kann." Seine Nasenflügel blähten sich und Hitze durchströmte seinen Körper. Als Victoria vor Angst einen Schritt zurücktrat, hatte er Mühe, diese verachtenswerte menschliche Emotion wieder unter Kontrolle zu bekommen. Er wusste, dass es bis zu zwei Tage dauern konnte, bis er sich vollständig in dieser Form eingelebt hatte, und jeder starke mentale oder emotionale Schock konnte dazu führen, dass er sich wieder in sein Reptilien-Ich zurückverwandelte. Mit einer Grimasse der Anstrengung regulierte er seine Atmung und kontrollierte energisch seinen rasenden Herzschlag.

"Ja, nun, manchmal müssen wir Opfer bringen, um unsere Ziele zu erreichen. Also, lass mich jetzt allein. Ich muss ruhig bleiben. Wir sehen uns dann morgen Abend."

"Ja, Herr Raka", murmelte Victoria, als sie aus der Tür eilte.

Raka setzte sich auf den Sessel und begutachtete erneut seinen neuen Körper. Als Wechselbalg schätzte er die Reptiliendrüsen, die immer noch Teil seines Halses waren. Sie erhöhten die Adrenalinausschüttung seines Körpers und machten ihn stärker, als es ein Mensch normalerweise wäre. Er spuckte in seine Handflächen und atmete genüsslich die beißende, zähflüssige Reptilienflüssigkeit ein. Für einen Menschen würde der Geruch nach verfaulendem Fleisch riechen.

Er kostete seine Essenz aus. Amüsiert stellte er fest, dass Victoria vielleicht nicht den Körper wählte, den er derzeit besaß, oder das bescheidene Haus, in dem er leben würde, bis er seine Ziele erreicht hatte, aber sie würde kooperieren. Er kicherte vor sich hin, als er feststellte, dass er immer noch die oberste Autorität des Drachens innehatte.

Er nahm einen silbernen Kerzenständer aus dem Kabel und hielt ihn in einer Hand, um ihn zu betrachten. Ja, er mochte wie der sanftmütige Professor Meiss aussehen. "Aber ich bin alles andere als schwach", dachte er, während er das dicke Silberstück zu einer verbogenen Masse aus Metall zerdrückte.

Kapitel 24
Mileva

Professor Henrik Martin Weber ging vor der Tafel auf und ab und erläuterte die Grundsätze der Physik, als der abgenutzte Messingknauf an der Tür klapperte. Die Köpfe der fünf jungen Männer in seiner Klasse drehten sich gemeinsam zur Tür. Die Tür öffnete sich und ein kleines Mädchen in den Mittzwanzigern, gekleidet in ein gestärktes weißes Hemd und einen dunkelblauen Trompetenrock, stand in der Tür und sah sehr nervös aus. Ein gemeinsames Aufatmen ging durch das Klassenzimmer. Was hatte ein Mädchen in den heiligen Hallen des Eidgenössischen Polytechnikums zu suchen?

Als das Mädchen sich nicht meldete, räusperte sich der Professor. "Kann ich Ihnen helfen?"

Mit schwacher, zittriger Stimme antwortete das Mädchen: "Oh, äh, ja. Ich bin Mileva Maric, Sir."

"Wie schön für Sie", antwortete der Professor hochmütig. Einem der Jungen in der Klasse entwich ein Kichern, das aber schnell wieder unterdrückt wurde.

Das Mädchen wurde knallrot, blieb aber standhaft. "Es tut mir leid, dass ich mich nicht klarer ausgedrückt habe, Herr Professor. Ich bin Mileva Maric und ich bin in Ihrer Klasse eingeschrieben."

Der großnasige, dickstirnige, bärtige Gelehrte hob die Augenbrauen, ging dann zu seinem Schreibtisch und sortierte einen Stapel Papiere. Nach einem Moment erkannte er den Klassenplan und runzelte die Stirn. "Hmmmm. Sie sind Maric aus Serbien?" Er konnte seine Verachtung für ihre slawische Herkunft nicht verbergen. Für ihn waren die Slawen bestenfalls ein mittelmäßiges Volk. Er konnte sich nicht vorstellen, wie sie die Aufnahmeprüfungen bestanden hatte; irgendetwas musste faul sein. Wenn das irgendwie stimmte, wäre sie erst die fünfte Frau, die diese Schule besuchte.

"Ja, Sir", antwortete Mileva.

"Also gut, komm, komm", sagte er und wies ungeduldig auf einen Schreibtisch im hinteren Teil des Raumes. "Setzen Sie sich dorthin und versuchen Sie, mitzuhalten. Sie sind schon fünfzehn Minuten im Rückstand mit der heutigen Vorlesung."

Erleichtert, dass der Professor keinen Aufstand machte, weil sie in seiner Klasse war, nickte Mileva und betrat den Raum. "Vielen Dank, Herr Proessor. Ich werde versuchen, Ihren Unterricht nicht zu stören", sagte sie, nicht mehr ganz so schüchtern.

Die Blicke der achtzehnjährigen Jungen folgten dem tapferen Mädchen, als sie an ihnen vorbei zu dem unbesetzten Platz in der Ecke des Raumes humpelte.

Als sie sich setzte, richteten alle ihre Aufmerksamkeit wieder auf den vorderen Teil des Raumes. Mit Ausnahme von Albert. Er konnte seinen Blick nicht von ihr abwenden. Er blinzelte, als wolle er sich an etwas erinnern. Einen Moment lang trafen sich seine Augen mit denen von Mileva und ihr Gesicht errötete zum zweiten Mal innerhalb weniger Minuten. Wie gebannt lächelte der junge Mann, dann wandte er sich, als der Professor sich räusperte, der Tafel zu.

Harrumphing, sagte er, "Ich werde den Fokus des ganzen Klassenzimmers haben, Herr Einstein."

"Natürlich, Professor Weber", antwortete Albert. Aber er drehte seinen Kopf noch einmal, um das junge Mädchen zu betrachten. Dieses Mädchen hatte etwas an sich... dachte er. Und dann wurde Alberts volle Aufmerksamkeit wieder von der Physik in Beschlag genommen.

* * *

Die Rucksäcke auf ihren Rücken, gefüllt mit Wanderausrüstung und Mittagessen, wurden langsam ein wenig schwer. Albert war fast zwei Stunden lang hinter Mileva hergestapft und er war definitiv bereit zu essen. Kiefernnadeln knirschten unter den Füßen und der Wind, der durch den Wald pfiff, duftete nach Kiefern.

Das Gezwitscher von Eichhörnchen, die durch die Bäume huschten, erregte seine Aufmerksamkeit. Er lächelte: "Siehst du, Dollie, die Baumratten spielen das Paarungsspiel."

Dollie war Alberts liebevoller Spitzname für Mileva, denn ihre kleine Statur erinnerte ihn an eine zierliche Figur.

Die anzügliche Anspielung ließ Milevas Gesicht erröten, aber ihre tiefliegenden dunkelbraunen Augen funkelten, als sie sich herumwirbelte und zurückschoss: "Oh, mein verruchtes Schätzchen, glaubst du, er wird sie erwischen?"

"Nun, das kommt darauf an. Wenn sie so böhmisch ist wie du, dann vielleicht", stichelte Albert, während er eine karmesinrote Wildblume pflückte und sie ihr anbot.

Ihre Leidenschaft für Mathematik und Physik hatte sie ursprünglich zusammengeführt, aber etwas anderes - ein geheimnisvolles Gefühl der Vertrautheit - hatte sie in eine romantische Beziehung geführt, die gewachsen und gediehen war. An diesem Morgen hatte das Paar den frühmorgendlichen Schnellzug genommen, um gemeinsam den Urwald Sihl an den Hängen des Albis zu erkunden; eine letzte unbeschwerte gemeinsame Zeit, bevor es in die Sommerferien ging.

Mit jedem Schritt auf dem Weg wurde Milevas Hinken weniger lästig. Eine Tuberkulose in ihrem Becken hatte in ihrer Jugend dazu geführt, dass ein Bein kürzer war als das andere. Zwar hatte sie sich davon nie abhalten lassen, doch als sie den Hang des Spinnerpfads hinaufstieg, schien ihre Behinderung weniger ausgeprägt, denn gleich lange Beine waren hier kein Vorteil. Je höher sie kamen, desto wilder wurde die Flora und desto friedlicher wurde das Gefühl. Ihr Ziel war es, am Nachmittag auf dem Gipfel des Albishorns anzukommen, wo sie ein Picknick mit Blick auf das malerische Panorama von Zürich und dem See genießen konnten.

Das Sonnenlicht schien durch die Blätter und warf flimmernde Schatten auf die Erde. Der Schrei des Wiedehopfs hallte durch den Wind.

Ihr letzter Ausflug war bitter-süß. Einerseits wurde das Ende eines langen Schuljahres gefeiert. Andererseits hatte Albert Vorkehrungen getroffen, um seine Familie in Italien zu besuchen, während Mileva zu ihren Eltern nach Serbien fuhr. Sie würden voneinander und von den anderen Freunden, die sie in der Schule gefunden hatten, getrennt sein.

Mileva lachte über Alberts Bemerkung und wechselte dann das Thema, um ihren Liebsten von seinem aktuellen Gedankengang abzulenken. "Weißt du, wenn ich an Physik denke, stelle ich mir den allmächtigen Gott in den verborgenen Kräften der Naturgesetze des Universums vor. Meinst du, es gibt geheime Regeln von ihm, die darauf warten, dass wir sie entdecken? Manchmal höre ich ihn flüstern, wenn ich Newton oder Descartes lese. Was denkst du, Johnnie?"

Albert, der an einem Abend vor Monaten Johnnie genannt worden war, als die beiden miteinander spielten, ging auf Mileva zu, mit einem nachdenklichen Gesichtsausdruck. Er nahm seinen bayerischen Hut ab und strich sich mit den Fingern durch sein dicht gewelltes braunes Haar, um seine Gedanken zu sammeln. Albert war nicht der Typ, der leichtfertig auf eine so gewichtige Frage antwortete. Schließlich sagte er: "Ich bin mir nicht sicher, ob die Vorsehung spricht - obwohl ich nach wie vor davon überzeugt bin, dass es mehr auf der Welt gibt als das, was wir sehen.

"Ich auch. Das wird faszinierend", sagte Mileva und ihre Augen leuchteten. Sie war von der Wissenschaft genauso fasziniert wie Albert - und sie war ziemlich brillant.

Wie von dem Gespräch über Kräfte, die sich der menschlichen Wahrnehmung entziehen, aufgewühlt, wirbelte ein Windstoß durch die Bäume um das Paar herum. Glühwürmchen, matt in der Mittagssonne, tauchten aus dem Nichts auf, und Albert spürte, wie ihn etwas streifte.

Eine warme Glut überzog seinen Körper, die Haare auf seinem Hinterkopf stellten sich auf. Schweißperlen sammelten sich auf seiner Stirn.

"Was war das?", fragte er und schreckte vor der geheimnisvollen Energie zurück.

Verblüfft fragte Mileva: "Was war was, Johnnie?"

"Ich weiß es nicht. Es schien, als ob sich etwas... jemand... an mir gestoßen hätte."

Mileva runzelte die Stirn und nahm Alberts Arm. "Ich bin sicher, es war nichts. Deine Einbildung oder etwas, das durch den Wind verursacht wurde.

Alberts Augen verengten sich, dann lächelte er: "Ja, ich bin sicher, Sie haben recht. Ganz und gar nicht." Albert küsste Milevas Hand und ging einen Schritt vorwärts den schrägen Weg hinauf. Komm, lass uns auf den Berg gehen, bevor ich verhungere."

Die Temperatur sank, während die Bergsteiger schweigend aufstiegen und immer noch über die wissenschaftlichen Fragen nachdachten, die sie besprochen hatten. Das Glucksen des bergab fließenden Wassers erfüllte ihre Ohren, als sie einen Steg überquerten.

In weniger als einer Stunde erreichten sie den Waldrand. In der Ferne sahen die Wanderer Berge, deren Gipfel in Nebel gehüllt waren. Ein Kieselpfad führte zur Aussicht auf eine mit Felsen und Geröll übersäte Landschaft. Die beiden blieben einige Augenblicke stehen und betrachteten die majestätische Szenerie. Auf dem Kamm des Albishorns blickten sie auf die Stadt Zürich und den unberührten See mit den winzigen Segelbooten, deren Segel sich in der Brise wiegten.

Unbekümmert ließ Albert seine Ausrüstung fallen. Mit ausgestreckten Armen atmete er ein und rief in den lapisblauen Himmel: "Oh, wie ich die reine Luft liebe". Dann ließ er die Arme fallen und erklärte mit einem Lächeln. "Ich bin ausgehungert. Bist du hungrig, Dollie?"

Mileva nickte lächelnd, zerrte Albert am Arm und drängte ihn vom Weg ab in Richtung einer bröckelnden Felsfassade, den Überresten eines längst verlassenen Gebäudes.

Mileva suchte sich einen Platz in der Nähe der Ruine, schlug eine Patchworkdecke auf und begann, das von ihr zubereitete Essen auszupacken.

Während Mileva damit beschäftigt war, das Picknick vorzubereiten, schlenderte Albert zum Rand einer nahen Klippe. Er summte eine Melodie und stieg auf einen fünf Zentimeter breiten Vorsprung, der den Rand der Klippe säumte. Wie ein Seiltänzer schritt er auf dem schmalen

Vorsprung von Fuß zu Fuß, nur einen Fehltritt entfernt von einem Abgrund von mehreren tausend Fuß.

Mileva unterbricht seine Träumerei und ruft. "Das Mittagessen ist fast fertig, Johnnie".

Als er sich umdrehte, um zu ihr zurückzuschauen, verlor Albert den Halt und stolperte mit einem Keuchen. Unfähig, das Gleichgewicht wiederzufinden, kippte Alberts Körper von der Kante, stürzte in die Tiefe und drehte sich auf den felsigen Boden weit, weit unten. Während er mit den Armen um sich schlug, purzelte der Kompass aus seiner Tasche.

Wie aus dem Nichts stürzte der Wiedehopf herbei und schnappte sich den Kompass aus der Luft.

Als der Wiedehopf ihn umkreiste, spürte Albert einen Druck unter seinem Rücken und sein Abstieg verlangsamte sich. Im nächsten Moment, als er versuchte, seine Atmung unter Kontrolle zu bringen, begann er sich in Richtung des Felsvorsprungs zu erheben, von dem er gefallen war.

Als Albert sanft auf das Gras in der Nähe des Picknickplatzes abgesetzt wurde, drehte sich Mileva vom Picknickkorb weg. "Wo bist du gewesen, Joh...? Sie hielt mitten im Satz inne und runzelte verwirrt die Stirn, als der Wiedehopf anmutig zu Boden stürzte und seine Beute neben Albert ins Gras fallen ließ, bevor er davonflog. Ihre Augen weiteten sich noch mehr, als Albert, scheinbar benommen, eine funkelnde Wolke ansprach, die in seiner Nähe schwebte. Seine Lippen bewegten sich, aber Mileva konnte keinen

Laut hören. Wie gelähmt von diesem Anblick konnte sie nur starren.

Albert, der nichts anderes als seinen Retter wahrnahm, platzte heraus: "Johann, was machst du hier"?

Sein Freund lächelte und antwortete. "Ich bin dein Wächter des Lichts." Johann sah erfreut aus. "Na ja, eigentlich Wächter in Ausbildung. Hast du meinen Geist vorhin im Wald bemerkt?"

Albert schüttelte den Kopf: "Nein, ich... warte, war das Druck, den ich bei dir gespürt habe?"

Johann nickte eifrig. "Ja, ich wollte dir sagen, dass ich in der Nähe bin."

Albert blinzelte und versuchte zu verstehen, was er da hörte, als Johann fortfuhr. "Erinnerst du dich, als Pater Benjamin dir gesagt hat, dass ich dich beschützen werde?" Albert schaute ins Leere und Johanns Augen wurden plötzlich groß, als er merkte, dass er sich geirrt hatte. "Ähm, vergiss es. Das ist noch nicht passiert."

Jetzt sah Albert wirklich verwirrt aus. "Wovon in aller Welt redest du, Johann?"

"Äh, nichts. Vergiss es", stotterte Johann, während er nach unten griff und den Kompass aufhob, den der Wiedehopf für Albert fallen gelassen hatte. "Vertrau einfach darauf, dass ich auf dich aufpasse."

Bevor Albert ihn weiter ausfragen konnte, wurde Johanns Gesicht ernst. "Aber was hast du dir dabei gedacht, auf diesen Vorsprung zu gehen? Du hättest sterben können."

Albert zuckte mit den Schultern: "Ich habe wohl nicht nachgedacht. Ich bin glücklich, und ich wollte über den Rand schauen.

"Nun, sei bitte vorsichtiger. Das sieht dir nicht ähnlich."

Albert nickte: "Das werde ich, Johann."

"Gut." Johann holte tief Luft. "Nun, ich habe einige Informationen für dich", sagte Johann. "Es sind keine guten Nachrichten."

"Du bist tatsächlich gekommen, um mir etwas zu sagen?" sagte Albert erstaunt.

Johann legte seine Hand auf Alberts Arm. "Ja, ich kann dir einiges erzählen und ich bin hier, um dich vor Professor Meiss zu warnen."

"Was meinst du?" sagte Albert stirnrunzelnd. "Er ist ein netter alter Mann und ich mag seine Klasse."

Jetzt schüttelte Johann den Kopf. "Er *war* ein freundlicher alter Mann. Aber sein Körper wurde von einer ... bösartigen Macht übernommen. Er ist nicht das, was er zu sein scheint."

Albert schüttelte den Kopf und versuchte zu begreifen, was er da hörte. "Bösartige Kraft? Johann, was meinst du?"

Johann tätschelte Alberts Arm. "Ich weiß, das ist eine Menge zu schlucken, aber vertrau mir, Albert. Der Mann, den du in deiner Klasse sehen wirst, ist nicht der Mann, den du bisher kanntest. Und er ist eine tödliche Bedrohung für dich und deinen Kompass."

Albert rieb sich die Stirn und versuchte, die Spannung abzubauen, die sich aufgebaut hatte, als Johann anfing, über

Professor Meiss zu sprechen. "Was ...?" begann Albert zu fragen, aber Johann hielt eine Hand auf.

"Wir dürfen uns nicht einmischen, Albert. Es tut mir leid, aber ich kann dir nur Anhaltspunkte geben." Albert begann, die Stirn zu runzeln, und Johann hob eine Hand. "Ich sage dir alles, was ich kann. Den Rest wirst du zu gegebener Zeit herausfinden, Albert. Vertrau mir. Er ist gefährlich. Sei in seiner Nähe auf der Hut. Bleib nie allein mit ihm."

Albert seufzte. "Ja, okay. Aber ..."

"Ich habe dir alles gesagt, was erlaubt ist, Albert. Jetzt muss ich gehen."

"Warte!" rief Albert, aber Johanns Bild war bereits am Verblassen.

Albert blinzelte und konzentrierte sich wieder darauf, wo er war. Als sich seine Sicht klärte, sah er Mileva, die ihn ungläubig anstarrte.

Als Mileva sah, dass Albert scheinbar wieder da war, wo er in seinen Gedanken war, rief sie: "Johnnie, was ist gerade passiert? Es war, als wärst du in einer anderen Welt ... und du hast mit einer ... einer ... Wolke oder so gesprochen."

Albert schüttelte den Kopf, um ihn zu klären: "Ich kann wirklich nicht sagen, was los ist. Ich hatte einen Freund, der getötet wurde und..." Albert hielt inne. Er nahm Milevas Hand in seine und küsste sie, dann sah er ihr in die Augen. "Vertraust du mir, Mileva?"

Mileva hielt inne und wurde nachdenklich. Nach einem Moment nickte sie einmal. "Ich weiß es, Albert. Mehr als fast jeder andere auf der Welt."

Albert ließ einen Atemzug los, von dem er gar nicht wusste, dass er ihn angehalten hatte. Er lächelte und drückte die Hand von Mileva. "Ich bin so froh, dass du das tust. Ich habe Ihnen eine Geschichte zu erzählen..... Aber ich muss dich bitten, Geduld mit mir zu haben. Ich muss sie erst selbst herausfinden, bevor ich sie dir erzählen kann. Ist das für dich in Ordnung?"

Mileva zögerte, nickte dann aber erneut.

"Gut, denn jetzt bin ich wirklich am Verhungern", sagte Albert grinsend und wandte sich dem Essen zu, das Mileva hingestellt hatte.

Mileva schüttelte den Kopf und schloss sich ihm bei ihrem Picknick an. Sie versuchte, nicht zu sehr an Alberts Gespräch mit einer Wolke zu denken oder daran, was ein Vogel in der Nähe ihres Sitzplatzes ins Gras fallen gelassen haben könnte.

Kapitel 25
Der Griff nach dem Strohhalm

Die Stadt Zürich begann sich im grellen Tageslicht zu bewegen. Eine magere Stute, der der Dampf aus den Nüstern quoll, trabte die holprige Kopfsteinpflasterstraße entlang und zog einen Kesselwagen. Die metallenen Tassen und Pfannen, die an den Seiten des Wagens hingen, klirrten und klapperten als Weckruf für die langsam erwachende Stadt.

In seiner schäbigen Junggesellenwohnung lag Albert zusammengekauert unter einer Bettdecke, während die eisige Winterluft durch das schlecht verschlossene Fenster pfiff. Eine winzige Gaslaterne warf ihren spärlichen Schein in den Raum und kämpfte einen aussichtslosen Kampf gegen die Finsternis. Der strenge, aber nicht unangenehme Geruch von verbranntem Brennholz lag in der Luft, trotz der Risse im Putz, die den Raum belüfteten. Zeitungen und Bücher lagen ohne erkennbare Ordnung verstreut herum. Der Raum war ein einziges Durcheinander. Auf dem schmutzigen, nackten Holzboden neben dem Bett stand eine halb leere

Espressotasse, in der mehrere Zigarettenkippen schwammen. Ein kleiner Stapel abgenutzter Steinteller mit abgegriffenen Würsten lag einsam auf dem ramponierten Esstisch.

Von unerklärlichen Träumen geplagt, hatte Albert seit Tagen nicht mehr geschlafen. Zu allem Übel vermisste er auch noch Mileva, die bei ihren Eltern geblieben war. Er atmete tief ein, dann schob er sich widerwillig aus seinem warmen Kokon. Als die Decke zur Seite fiel, landete ein zerfleddertes Flugblatt auf dem Boden. "Entdecken Sie die Geheimnisse der Mystischen Reisenden", stand darauf. Eine Illustration eines würdevoll aussehenden Mannes unbestimmten Alters mit einer Andeutung eines schelmischen Lächelns trug die Aufschrift: "Pater Benjamin, ein großer spiritueller Meister".

Albert bahnte sich einen Weg über den mit Büchern und Müll übersäten Weg zum Waschtisch, wo er erschrocken ein Loch in die Eiskruste stieß, die sich über Nacht in dem Krug neben dem Waschbecken gebildet hatte. Mit leerem Blick und blutunterlaufenen Augen blickte Albert stirnrunzelnd in den ovalen, vergoldeten Spiegel über dem groben seifenverschmierten Porzellan. Er strich sich über sein ungepflegtes Haar, das derzeit in seltsamen Winkeln stand, und strich über den drahtigen Wuchs unter seiner Nase.

Albert schüttelte den Kopf. "Warum habe ich diese Albträume?" Er atmete scharf ein und versuchte, mit sich selbst ins Reine zu kommen. "Wenn ich versuche, Gedankenexperimente zu machen, entdecke ich mich mit Johann in einem anderen Universum. Werde ich wahnsinnig? Ich kann mich nicht auf mein Studium konzentrieren."

Albert schüttelte den Kopf, um ihn wieder klar zu bekommen, goss kaltes Wasser in das Waschbecken und machte sich an die Rasur.

* * *

Im Lehrsaal des Polytechnikums waren fast alle Eichenstühle besetzt. Albert war früh gekommen und hatte sich in der Mitte der zweiten Reihe niedergelassen. Auf der Bühne standen nur ein quadratischer Tisch mit einem Krug Wasser und einem Glas sowie ein Stuhl, die auf den Redner warteten.

Kurz vor der angesetzten Zeit trat ein sympathischer, silberhaariger Herr in den Vierzigern in einem schwarzen Wollanzug aus einer Tür im hinteren Teil der Bühne und musterte das Publikum. Seine azurblauen Augen schienen zu funkeln, als sie die Menge abtasteten.

Als Pater Benjamins Blick Alberts Augen traf, zuckte der Körper des jungen Schülers zusammen, als hätte er einen elektrischen Schlag erhalten. Er unterdrückte ein leises Keuchen und setzte sich aufrechter auf seinen Platz. Pater Benjamin verweilte noch einen Moment, dann ging er weiter, wobei sich die Lippen des Mannes zu einem rätselhaften Lächeln verzogen, als er sich auf den Weg zum Tisch machte.

Albert war wegen seiner Träume zu dieser Vorlesung gekommen. Aus gelegentlichen Störungen waren sie zu nächtlichen Torturen geworden, aus denen er schweißgebadet erwachte. Sie hatten sich in lebhafte Träume verwandelt, in denen er vom Fliegen oder von Besuchen bei seinem Freund Johann träumte, der jedoch schon vor Jahren gestorben war. Trotz seiner "Erlebnisse" mit Johann, wie dem in den Bergen, beunruhigte es Albert, seinen Freund so regelmäßig in seinen Träumen zu sehen.

Schlimmer noch: In diesen Träumen begegnete Albert Männern, die schon lange tot waren, wie Galileo und Isaac Newton. Es war nicht so, dass sie nur durch diese Fantasien huschten; sie interagierten mit Albert und diskutierten esoterische Konzepte.

Albert, der normalerweise nicht zum Mystischen neigt, musste sich schließlich eingestehen, dass er in irgendeiner Form Hilfe brauchte. Da er keine andere Wahl hatte, beschloss er, über das hinauszugehen, was die rationale Welt erklären konnte. Kurz nachdem er sich entschlossen hatte zu handeln, egal wie verzweifelt es auch erscheinen mochte, stieß er auf das Flugblatt von Pater Benjamin.

Der in Osteuropa geborene Pater Benjamin war ein Mystiker und Visionär. Er wusste, dass ein großer Krieg bevorstand und dass ein tiefgreifender Wandel bevorstand. Aber er sprach selten darüber. Vielmehr war seine Botschaft das, was er die wahre Realität nannte: die Welten jenseits der physischen Sinne.

Er sprach über Konzepte wie Karma - das Gesetz von Ursache und Wirkung; was du säst, wirst du ernten - und Verkörperung; wie wir viele Lebenszeiten haben, in denen die Seele Erfahrungen sammeln und spirituelle Fortschritte machen kann. Hätte Albert das Thema seiner Vorträge gekannt, wäre er vielleicht nicht zu dem Vortrag gekommen. Aber er war mit seinem Latein am Ende und bereit, fast alles zu versuchen, um wieder eine Nacht durchschlafen zu können.

Als er seinen Stuhl erreicht hatte, setzte sich Pater Benjamin und räusperte sich. Das Gemurmel in der Aula verstummte und der Mann begann zu sprechen. "Was ich Ihnen jetzt sage, mag Ihnen unbekannt sein, aber ich versichere Ihnen, dass es wahr ist", sagte er mit ruhiger Stimme. "Ich verlange jedoch nicht, dass Sie mir glauben. Ich bitte dich stattdessen, einfach zuzuhören und diese Dinge selbst zu überprüfen."

Albert spürte, wie ihn eine Wärme zu durchdringen begann. Er fühlte sich ... wohl. Er nahm einen tiefen Atemzug und seufzte fast, als er ihn ausstieß. Die Stimme des Sprechers hatte etwas an sich, das Albert beruhigte. Zum ersten Mal seit Tagen fühlte sich Albert entspannt. Er ließ die Worte von Pater Benjamin auf sich wirken, ohne sie zu analysieren oder sich gegen sie zu wehren.

"Der mystische Reisende Moses lehrte die Gebote des allmächtigen Gottes", sagte er. "Du sollst nicht stehlen, nicht morden und nicht begehren. Als die Menschen sich nicht an die Gebote des Vater-Mutter-Gottes halten konnten, erschien der Reisende Jesus, um mit seinen Anweisungen der Vergebung und der Liebe die Gesetze des Moses in Gnade zu verwandeln".

"Vergebung und Liebe", dachte Albert. "Ja, Vergebung und Liebe." Albert spürte, wie er sich noch mehr entspannte, als er sich in seinem Stuhl zurücklehnte.

Im nächsten Moment schlug Albert die Augen auf. Der Hörsaal war leer, bis auf ihn und Pater Benjamin, der zufrieden neben Albert saß. Albert saß kerzengerade in seinem Stuhl. "Wa...was ist passiert?"

"Ich fürchte, mein Vortrag hat Sie eingeschläfert", sagte Pater Benjamin mit einem Lächeln, das sein Gesicht und seine Augen erhellte.

Ein entsetzter Blick ging über Alberts Gesicht. "Oh, nein ... wie unhöflich ... ich ..."

Pater Benjamin klopfte Albert auf den Arm. "Keineswegs, Albert. Du musstest ein paar Informationen über die andere Seite bekommen. Da du das noch nicht akzeptieren kannst, musstest du für eine Weile rausgenommen werden."

"Raus? Wo raus?" fragte Albert verwirrt.

"Natürlich aus deinem Körper", sagte Pater Benjamin sachlich.

Alberts Augen wurden groß. "Was um alles in der Welt meinen Sie? Moment, woher kennen Sie meinen Namen?" Albert wurde langsam unruhig. Irgendetwas ging hier vor, aber er wusste nicht, was es war.

Pater Benjamin lächelte geduldig und mit so viel Mitgefühl und Liebe, dass Albert nicht anders konnte, als sich wieder zu entspannen. "Fangen wir am Anfang an, ja?", sagte der Meister.

"Äh, ja, das machen wir", sagte Albert.

"Gut. Also, schauen wir mal." Pater Benjamin schien einen Moment lang in Gedanken abzuschweifen. "Ah, ich hab's. Okay", sagte er und wandte sich an Albert. "Du hast in letzter Zeit von deinem Freund Johann geträumt und das hat dich beunruhigt, richtig? Und dann hast du auch von Wissenschaftlern und Philosophen geträumt."

Albert schaute Pater Benjamin stumm an und nickte dann.

"Und diese Träume waren so lebhaft, dass sie dich gestört haben und du weder gut essen noch viel schlafen konntest."

Albert nickte erneut. "I..." Albert hielt inne. Pater Benjamin wartete geduldig. Ich glaube, ich werde verrückt", sagte Albert mit leiser Stimme und schaute in seinen Schoß.

Pater Benjamin legte eine Hand auf Alberts Schulter und sagte: "Du bist weit davon entfernt, verrückt zu werden, Albert."

Albert hob seinen Blick zu Pater Benjamins Augen und fühlte sich von dem Mitgefühl und der Liebe dieses Mannes überwältigt. "Ich bin?" Pater Benjamin nickte, und Albert brach in Tränen aus. "Es schien so echt zu sein", sagte er zwischen Schluchzern, während der Meister ihn einfach festhielt, den Arm immer noch auf Alberts Schulter.

Als Albert die ganze Anspannung und Sorge, die er so lange mit sich herumgetragen hatte, losgelassen hatte, reichte Pater Benjamin ihm ein Taschentuch und begann zu sprechen.

"Es gibt eine Reihe von spirituellen Wesen, die sich im Laufe der Geschichte verkörpert haben, die Mystischen Reisenden, um einen besseren Namen zu finden. Du hast heute Abend gehört, wie ich über zwei von ihnen gesprochen habe, bevor du für einige andere Lektionen abgeholt wurdest."

"Moses und Jesus", sagte Albert.

"Ja", bestätigte der Meister. Aber es gibt noch viele andere, und du hast von ihnen Anweisungen über das erhalten, was ich 'die andere Seite' nenne oder was du in deinen Träumen nennen könntest."

Albert versuchte verzweifelt, diese seltsame Information zu verarbeiten. "Aber warum ich?", fragte er fast klagend.

Pater Benjamin lächelte. "Du bist im Besitz von etwas sehr Heiligem und Mächtigem, Albert, und deshalb hat dein Karma eine sehr ... interessante, sagen wir ... Wendung genommen."

"Ich weiß nicht, was Sie meinen", sagte Albert mit einem verwirrten Stirnrunzeln.

"Dein Papa hat dir als Kind etwas Ungewöhnliches geschenkt, habe ich recht?"

Albert nickte. "Ein Kompass."

Pater Benjamin lächelte. "Ja, es ist ein Kompass. Aber es ist so viel mehr, Albert."

In Alberts Kopf begannen sich die Räder zu drehen. "Ja, ich glaube, das wusste ich." Albert begann zu überlegen. "Es gab Hinweise bei einer Schnitzeljagd und als ich noch ein kleiner Junge war und meinen Freund Johann besuchte, leuchtete eine Zahl auf. Alberts Sprache wurde immer schneller.

"Dreiunddreißig?" fragte Pater Benjamin ruhig.

Albert hörte abrupt auf zu plappern und holte tief Luft. "Äh, ja. Woher wussten Sie das?"

Pater Benjamin lächelte, ein warmes Licht in seinen Augen. "Lassen Sie mich Ihnen eine Frage stellen, bevor ich darauf antworte, Albert. Weißt du, welche Bedeutung die Zahl dreiunddreißig für dich hat?"

Albert schüttelte den Kopf. "Wie können Zahlen für Menschen eine Bedeutung haben?", fragte er, wobei Skepsis in seiner Stimme lag.

Wenn er besorgt war, dass Albert skeptisch war, ließ sich Pater Benjamin das nicht anmerken. Ruhig erklärte er: "Es gibt bestimmte Zahlen, die etwas über eine Person verraten. Eine davon ist ihre Geburtsnummer."

"Was ist eine Geburtsnummer?" wollte Albert wissen.

"Es ist die Summe der Ziffern des Geburtsdatums einer Person. Sie wurden am 14. Tag des dritten Monats im Jahr 1879 geboren."

Albert rechnete schnell in seinem Kopf nach. "3 plus 1, plus 4, plus ... Die Zahlen meines Geburtstags ergeben zusammen dreiunddreißig."

"Richtig", bemerkte Pater Benjamin.

"Und was bedeutet das?"

"Ah", sagte der Meister, "das ist die Frage." Er lehnte sich auf seinem Stuhl zurück und sagte: "Nun, solche doppelten Ziffern bedeuten einen 'Meisterweg'. Das heißt, diejenigen mit doppelten Ziffern, elf, zweiundzwanzig und so weiter, neigen dazu, Führer zu sein."

Albert hörte zu und bemerkte, dass der vernünftige Tonfall von Pater Benjamin seine Skepsis ein wenig zu beruhigen schien.

Dreiunddreißig ist eine sehr seltene Zahl, und die Menschen mit einem dreiunddreißigsten Geburtsweg wollen die liebevolle Energie der Menschheit anheben. Kurz gesagt, sie wollen Gutes in der Welt tun."

Pater Benjamin hielt inne, als Alfred über seine Worte nachdachte. Er konnte nicht leugnen, dass ein Großteil seiner Motivation für das Physikstudium darin bestand, die Natur des Universums zu erklären und den Menschen zu helfen, ihr Leben zu verbessern.

Als er sah, dass Albert das Gehörte zu verdauen schien, fuhr Pater Benjamin fort. "Der Pfad der dreiunddreißig Leben wird dich zur Führung aufrufen. Menschen mit diesem Plan erlangen oft Anerkennung durch Taten des Mitgefühls, der Liebe und des Wohlwollens, die das Bewusstsein der Welt anheben."

"Das klingt nach einer zu großen Verantwortung", sagte Albert. "Ich möchte nur etwas über Licht und Energie lernen."

Pater Benjamin tätschelte Alberts Arm. "Deine grenzenlose Neugierde wird dich sicherlich zu Entdeckungen von Energie und Licht führen, Albert. Das ist auch der Grund, warum du dich mit anderen Mystischen Reisenden getroffen hast, die dir helfen können, diese Dinge zu verstehen."

Albert schüttelte den Kopf, die Ungeheuerlichkeit dessen, was er da hörte, begann ihn zu überwältigen. "Du meinst diese Träume ..."

"Ja, Albert", sagte Pater Benjamin mit sanfter Stimme. "Es waren echte Gespräche mit Männern, die das Wesen dieser Phänomene verstehen. Dein Schicksal ist dem ihren sehr ähnlich und hat sie dazu gebracht, dir zu helfen."

Albert hatte Mühe, die Tragweite des Gehörten zu erfassen, aber Pater Benjamin war noch nicht fertig. "Verliere niemals die Dreiunddreißig aus den Augen, Albert, sie ist nicht einfach dein Lebensplan. Wenn du es siehst, sei auf der Hut. Es könnte ein Vorzeichen für Gefahr sein."

"In welche Gefahr könnte ich mich begeben?" wollte Albert wissen.

"Der Geist erlaubt mir nicht, dir jetzt alles zu offenbaren, Albert. Aber so viel kann ich dir sagen. Dein Schicksal hat sich mit dem einer heiligen Komponente deines Kompasses in Einklang gebracht. Diese Komponente ist so mächtig, dass dunkle Mächte alles tun würden, um sie zu sichern."

Albert hob eine Hand. "Moment, ich habe etwas, hinter dem eine böse Macht her ist, und ich bin auf mich allein gestellt?"

Daraufhin lächelte Pater Benjamin. "Nun, nicht ganz allein. Dein Freund Johann wurde beauftragt, dir zu helfen."

"Johann?! Soll er etwa mein Schutzengel sein oder so?"

"Nicht gerade ein Schutzengel - Engel waren noch nie Menschen. Johann ist das, was man einen Wächter des Lichts nennt. Er wird von den Heerscharen des Himmels und den

Mystischen Reisenden unterrichtet. Er wird von Zeit zu Zeit zu dir kommen, um dir bei deinem Vorhaben zu helfen." Während Albert versuchte, dies zu verdauen ( ), fügte Pater Benjamin hinzu: "So wie damals in den Bergen, als du mit deiner Freundin wandern warst."

Alberts Kinnlade fiel herunter, dann holte er tief Luft und versuchte, sich zusammenzureißen. "Es tut mir leid, Pater Benjamin, aber das ist wirklich eine Menge, was ich verarbeiten muss. Ich meine, ich bin unglaublich erleichtert zu hören, dass ich nicht verrückt werde, aber ein Treffen mit Leuten wie Galileo oder Newton und Wächtern des Lichts und unsichtbaren Bereichen der Existenz..." Albert schüttelte den Kopf.

"Lassen Sie sich Zeit damit. Gehen Sie nach Hause, essen Sie etwas. Schlafen Sie richtig."

"Ja, ich kann sicher etwas Schlaf gebrauchen." Albert erhob sich, um zu gehen, drehte sich aber noch einmal um. Kann ich Sie irgendwie erreichen, wenn ich noch Fragen habe?", fragte er.

Mit einem rätselhaften Lächeln sagte Pater Benjamin: "Wir werden uns vielleicht in diesem Leben nicht wiedersehen, aber ich werde dir näher sein, als du denkst, mein Freund."

Albert bedankte sich bei Pater Benjamin und wandte sich zum Gehen. Er war nur einen Schritt gegangen, als ihm eine weitere Frage in den Sinn kam und Albert sich umdrehte. Aber Pater Benjamin war schon weg.

Kapitel 26
Raka's Entdeckung

"*W*as für ein Ärgernis", dachte Raka, als ihm die goldgefüllte Brille mit der gekniffenen Nase wieder einmal von der Nase fiel. Er verfluchte die mangelhafte Sehkraft seines neuen Körpers, die des alten Physiklehrers Professor Meiss. Er vermisste seine messerscharfe Drachensicht schmerzlich.

Auf dem Schreibtisch des Professors stapelten sich die unbenoteten Arbeiten der Studenten von Meiss. Raka wusste, dass er den Schein wahren musste, und das Benoten von Arbeiten gehörte zu den Aufgaben eines Professors. Er betrachtete sie einen Moment lang, dann grunzte er resigniert und hob den Stapel auf. Er wühlte sich durch die Papiere und suchte Alberts Arbeit. Er fand sie zwischen den anderen, überflog sie und schüttelte missbilligend den Kopf; der Bericht des Emporkömmlings war nicht ausreichend bestätigt, nur gekritzelte Notizen ohne Beweise.

Während der Drache über Alberts mangelnde Gründlichkeit nachdachte, strömten die Schüler in das Klassenzimmer. Im allerletzten Moment huschte Marcel Grossman mit Albert an seiner Seite herein. Gelangweilt von den alten Lehrbüchern, die in der Klasse verwendet wurden, begaben sich die beiden oft ins Café Metropole am Limmatufer, wo sie eisgekühlten Cappuccino tranken und ihre Pfeifen rauchten. Dort trafen sie sich am liebsten und diskutierten über die neuesten Entdeckungen in der Physik. Sie besuchten die Vorlesungen nur so oft, wie sie wollten, um nicht von der Universität geworfen zu werden. Sie fanden die Diskussionen im Café viel interessanter.

Als er das Klassenzimmer betrat, sah sich Albert um. Er vermisste Mileva. Er bedauerte sehr, dass sie durch die mysteriösen Ereignisse, die sich während ihres Ausflugs in den Sihlwald ereignet hatten, verängstigt worden war. Albert hatte den Vorfall zwar als harmlos abgetan, aber er hatte ihre Ängste noch nicht beruhigen können.

Resigniert über eine weitere Unterrichtsstunde, die nicht sonderlich erfüllend sein würde, und mit dem Gedanken, was für eine Zeitverschwendung der Chemieunterricht in der nächsten Stunde sein würde, ging Albert näher an Rakas Schreibtisch heran. Raka/Meiss blickte auf und beobachtete den jungen Mann mit Interesse. Während er ihn anstarrte, schien Rakas Wahrnehmung von Albert zu verschwimmen. Der Professor nahm seine Brille ab, rieb sich die Augen und blinzelte einige Male. Ohne Brille und abgelenkt durch die physische Szene um ihn herum, stellte Raka fest, dass sich sein intuitives Sehen plötzlich durchsetzte. Das war ihm von Zeit zu Zeit passiert, und er hatte noch nie einen Weg gefunden, es zu kontrollieren.

Da er nicht mehr mit seinen physischen Augen sah, schärfte sich Rakas Blick, und er unterdrückte ein Keuchen angesichts dessen, was sich ihm offenbarte. Raka wusste, dass frühere Existenzen sich intuitiv über einen physischen Körper legen konnten, aber er war nicht darauf vorbereitet, in was sich Alberts Gesichtszüge verwandelt hatten. Es war ein Gesicht, das ihm unheimlich vertraut war; es war niemand anderes als sein Zwillingsbruder Arka aus ihrem Leben auf Atlantis.

Der Drache stützte sich auf seinem Schreibtisch ab, um sich zu beruhigen, als die Erinnerungen an dieses Leben sein Bewusstsein überwältigten. Er wirbelte herum, um seine Reaktion zu verbergen. "NEIN, NEIN, NEIN, das kann nicht sein!", rief er leise in seinem Kopf.

Mit den Erinnerungen an sein früheres Leben wurde auch seine Wut auf seinen Zwilling wach. Sein Atem beschleunigte sich, und er blickte nach unten, um zu sehen, wie seine Nägel zu Drachenklauen wurden. Schnell holte er zweimal tief Luft, um sich zu beherrschen, und langsam beruhigte sich sein Temperament, und seine Drachenklauen wurden wieder zu menschlichen Fingernägeln. Mit einem weiteren beruhigenden Atemzug steckte er seinen Hass für den Moment weg und wandte sich wieder der Klasse zu.

Er räusperte sich. "Meine Herren, schlagen Sie Ihre Bücher auf Seite 136 auf." Das Gemurmel in der Klasse verstummte, als die Schüler die ihnen zugewiesene Seite in ihren Büchern suchten. Seufzend blätterte Albert in seinem Buch und machte sich auf eine lange, langweilige Vorlesung gefasst. Da er sich besonders abgelenkt fühlte, schaltete er die Vorlesung aus und versank in seinen Gedanken.

Albert wurde aus seinen Tagträumen aufgeschreckt, als der Junge am Schreibtisch neben ihm ihn anstupste, als er seine Bücher zusammenpackte. Kopfschüttelnd packte Albert sein eigenes Lernmaterial ein und machte sich auf den Weg zu seiner nächsten Klasse, Chemie. Er konnte mit dem Fach wenig anfangen, aber er brauchte es für seinen Abschluss, also tat er sein Bestes, um es zu schaffen.

* * *

Im Labor ließ sich Albert an dem ihm zugewiesenen Platz nieder und warf einen Blick auf die vor ihm aufgereihten Flaschen mit Chemikalien. Er hatte wenig Interesse an ihnen und dem Experiment, das er vorbereitete, um es zu wiederholen. "Was bringt es, das zu tun, was andere schon getan haben?", murmelte er vor sich hin. "Ich will neue Wege gehen." Er seufzte und fand sich mit der unvermeidlichen Langeweile ab, die ein solch einfacher Test mit sich bringt. Er beachtete die rothaarige Frau im weißen Laborkittel, die eilig den Raum verließ, überhaupt nicht.

"Heute werden wir das siebzehnte Experiment durchführen, die Druckübertragung." Professor Heilmann deutete auf die Tafel. "Die Bestandteile des Experiments liegen auf euren Tischen."

Das Gemurmel wurde noch lauter, als die Studenten die Vorräte auf ihren Labortischen mit der Liste verglichen, die an der Tafel geschrieben war. Nach einer kurzen Pause sagte der Professor: "Meine Herren, Sie können mit dem Experiment fortfahren".

Albert wandte sich dem Experiment zu und schüttete die klare Flüssigkeit in das Reagenzglas, das auf dem Holzständer stand. Dann begann er, das Quecksilber darüber zu schütten. Während des Einfüllens erschien Albert plötzlich die Zahl "33" in holographischer Form, die schnell über dem Experiment blinkte. Alberts Augen verengten sich. "Das ist seltsam", murmelte er vor sich hin. "Wie kann ein einfaches Experiment mit Wasser und stabilem Quecksilber eine Gefahr für mich darstellen?"

Vor seinen Augen begannen die beiden Flüssigkeiten zu brodeln und zu sprudeln. Ohne nachzudenken, warf Albert seinen rechten Arm hoch, um sich zu schützen, duckte sich unter den dicken, stabilen Holztisch und rief: "Duckt euch!" Kaum waren die Worte über seine Lippen gekommen, explodierte das Experiment auf dem Labortisch mit einem lauten Knall und einem feurigen Blitz. Alberts Ärmel wurde mit brennender Flüssigkeit bespritzt und ging in Flammen auf. Verzweifelt schlug er mit der linken Hand auf seinen brennenden Ärmel und versuchte, ihn zu löschen.

Währenddessen stürmten seine Mitschüler schreiend aus dem Klassenzimmer. Die Gräfin von Baden lächelte von ihrem Platz am Ende des Ganges aus. Da sie für Alberts Experiment das Wasser und das stabile Quecksilber, das die anderen Schüler erhalten hatten, durch klares Natriumnitrat und instabiles Quecksilber II ersetzt hatte, hatte sie mit der Explosion gerechnet. Sie nahm sich zusammen, setzte einen entsprechend besorgten Gesichtsausdruck auf und eilte zum Klassenzimmer. Als sie sich dem Raum näherte, kam Raka/Meiss zu ihr und nickte ihr zustimmend zu, bevor sie das Labor betraten. In der Erwartung, Alberts tödlich verbrannte Leiche vorzufinden, waren beide bestürzt, als sie den jungen Mann fanden, der sich den Arm umklammerte, an dem noch die geschwärzten und verkohlten Reste seiner Jacke und seines Hemdes hingen.

Raka war wütend. Wie konnte sein Plan nur scheitern? "Verschwinden Sie hier, bevor sich jemand über Ihre Anwesenheit wundert", zischte er der Gräfin zu. Dann riss er sich zusammen und begutachtete die Zerstörung. "Was haben Sie getan?!" rief er Albert wütend zu. Er deutete auf den Eingang und sagte: "Verschwinden Sie, bevor Sie das Gebäude niederbrennen!"

Professor Heilmann eilte herbei, warf Meiss einen mahnenden Blick zu und sagte etwas ruhiger: "Ja, Herr Einstein, Sie müssen sich den Arm ansehen lassen.

Benommen und geschockt von der Verletzung an seinem Arm taumelte Albert aus dem Klassenzimmer auf den Flur, wo sich der Rest seiner Klasse versammelte. Sein Freund Marcel eilte zu ihm hinüber, seine Gesichtszüge waren von Sorge geprägt. "Albert! Was ist passiert? Geht es dir gut?"

Albert sah seinen Freund an. Er konnte sehen, dass er sprach, aber er konnte nur das Klingeln in seinen Ohren hören. "Ich... ich...", war alles, was er herausbrachte, bevor er in den Armen seines Freundes zusammenbrach.

* * *

Benommen und groggy kämpfte sich Albert zurück ins Bewusstsein. Mit verschwommenen Augen sah er, dass er sich in der Universitätsklinik befand, mit einem Arzt und seinem Freund Marcel an der Seite seines Bettes. Inmitten des antiseptischen Geruchs, der den Raum durchzog, nahm er auch den schwachen Geruch von verbranntem Fleisch wahr. Albert blickte zu dem Arzt, der an seiner Hand arbeitete, und sah seine geschwärzten, geschwollenen Finger. Er konnte den ernsten Gesichtsausdruck des Arztes sehen, aber das Klingeln in seinen Ohren von der fast tödlichen Explosion machte es ihm immer noch schwer, etwas zu hören.

Der bärtige Arzt um die dreißig in seinem weißen Kittel beugte sich über Alberts verbranntes Glied und salbte es. Als Albert mit der Hand zuckte, blickte der Arzt zu ihm auf. "Ah, Sie sind wieder da, Herr Einstein. Gut." Albert nickte ihm schwach zu. Der Arzt blickte auf Alberts Hand und beugte sich dann zu dem Jungen vor. "Was um alles in der Welt ist passiert? Du hast Glück, dass du nicht getötet wurdest."

Da der Arzt nun näher kam, hörte Albert die Frage. Er schaffte es, mit schwacher Stimme zu antworten. "Es war ein einfaches Experiment. Ich weiß nicht, was da schief gelaufen sein könnte. Wasser und Quecksilber. Große Sache", sagte er. "Ich habe die Elemente so kombiniert, wie es in der Anleitung stand, und...." Albert zuckte mit den Schultern und zuckte dann bei dem Schmerz zusammen. Er schaute auf seine Hand und versuchte, sie zu beugen. Sie war steif und sehr schmerzhaft, aber seine Finger ließen sich bewegen. Für den Moment zufrieden, blickte er zum Arzt auf und fragte: "Meine Hand... werde ich wieder gesund?"

Der Arzt seufzte. "Es hätte viel schlimmer sein können. Ihre Verbrennungen sind schlimm, aber sie werden heilen, aber es wird Zeit brauchen. Ich behalte Sie über Nacht hier und denke, dass Sie dann nach Hause gehen können." Albert nickte, dann ging er seinen eigenen Gedanken nach. Der Arzt wandte sich an Marcel. "Er wird etwas Pflege brauchen, bis er seine Hand wieder benutzen kann.

Marcel nickte. "Albert hat hier keine Familie, aber ich werde mich um ihn kümmern, solange er es braucht."

"Gut, ich möchte, dass er sich jetzt ausruht. Ich gebe ihm Laudanum gegen die Schmerzen." Der Arzt schüttete etwas Flüssigkeit in ein kleines Glas und forderte Albert auf, es zu trinken. Innerhalb weniger Minuten schlief der traumatisierte Albert ein.

Zufrieden wandte sich der Arzt ab, um seine Visite fortzusetzen, und sagte: "Ich gebe Ihnen Anweisungen, wie Sie die Brandwunde pflegen müssen, bis sie vollständig verheilt ist." Marcel nickte dankend und drehte sich wieder zu seinem Freund um, der nun friedlich auf der Liege döste.

Zurück in seinem eigenen Klassenzimmer saß Raka/Meiss an seinem Schreibtisch und dachte nach. Während des Durcheinanders im Labor hatte er heimlich die Flaschen mit den falsch etikettierten flüchtigen Inhaltsstoffen aufgesammelt, die Victoria an Alberts Station durch die harmlosen ersetzt hatte. Jetzt überlegte er die nächsten Schritte.

Einerseits war er enttäuscht, dass sein Plan, Albert zu töten und den Kompass mit dem Shamir-Stein zu bergen, gescheitert war. Aber jetzt, da er wusste, wer Albert gewesen war, freute er sich auf die Gelegenheit, dafür zu sorgen, dass sein Bruder leiden musste, bevor er starb.

Er lächelte, als ihm klar wurde, dass es besser war, dass sein Plan nicht sofort funktioniert hatte. Er hatte nicht damit gerechnet, dass er jemals in der Lage sein würde, sich für die Demütigungen zu rächen, die er durch seinen Bruder und seinen Onkel erlitten hatte - oder für die Schrecken, denen er ausgesetzt gewesen war, als seine genetischen Experimente so schrecklich schiefgegangen waren. Doch durch eine Laune des Schicksals war Arka aufgetaucht.

Zum ersten Mal seit Jahrhunderten begann Raka tatsächlich zu summen.

Kapitel 27
Intervention

Kendra lehnte sich in ihrem Alabaster-Sessel im Tempel der Forschung zurück und atmete tief ein. In eine schlichte lila Robe gekleidet, fühlte sich die Lichtseherin der Zeit nach einem schönen Morgen mit spirituellen Übungen gut mit dem Leben verbunden. Sie strich mit ihrer Handfläche über die Glastafel, flüsterte ein Gebet für das höchste Gut und öffnete das Unendlichkeitsportal der Blume des Lebens. Sie war an der Reihe, das Sternenkind Albert Einstein im 19. Jahrhundert auf der Erde zu beobachten.

Das Portal zeigte eine Szene in Alberts Chemieunterricht. Kendra stieß einen entsetzten Schrei aus, als der Becher, mit dem Albert arbeitete, heftig explodierte und die Wucht der Explosion Glas, Eisenwaren und Holz quer durch das Labor schleuderte. Der Blick aus dem Portal zeigte Alberts schlaffe Gestalt, die auf dem Holzboden lag, ein Arm seiner Jacke glühte. Als sie eilig durch die Zeit sprang, fand sie Albert wieder, diesmal schlafend in einem Klinikbett, mit Verbänden an Arm und Hand.

Kendra schloss das Portal und machte sich auf die Suche nach den Mystischen Reisenden.

* * *

Drei Mystische Reisende - Jesus, Echnaton und Moses - saßen um einen Marmortisch im Tempel des Lichts und hörten aufmerksam zu, als Johann den neuesten Stand von Alberts Mission berichtete.

"Albert meidet seine Kurse, weil sie ihn langweilen. Seine Professoren lehren alte Wissenschaft und wollen sich nicht mit neuen Konzepten wie der elektromagnetischen Theorie von Maxwell auseinandersetzen. Deshalb hat Albert einige Tage in der Schule gefehlt und die Professoren Weber und Pernat haben ihn mehrmals ermahnt, sich auf sein Studium zu konzentrieren."

Die drei Meister tauschten wissende Blicke aus.

Der junge Lichtarbeiter fuhr fort: "Albert ist besessen davon, die Raum-Zeit-Theoreme zu lösen, und er lässt Mahlzeiten aus und schläft nicht viel. Johann hielt inne und schaute die Meister an. "Ich weiß, wie Albert sein kann. Er merkt gar nicht, wie sein Verhalten seine Lehrer verärgert. Und selbst wenn er es wüsste, glaube ich nicht, dass es ihm etwas ausmachen würde."

Plötzlich erschien ein holografisches Bild auf dem Tisch, an dem Jesus saß, und löste sich auf, um Kendra zu zeigen, die im Flur stand. Jesus warf einen Blick auf Moses und Echnaton, die nickten. Jesus fuhr mit der Hand über einen Lichtstrahl, und eine Tür öffnete sich, die Kendra in die Kammer einließ.

Ohne Zeit zu verlieren, nickte sie respektvoll und begann dann in dringendem Ton zu sprechen. "Entschuldigen Sie, dass ich Sie unterbreche, aber Albert hat einen Unfall gehabt. Ich glaube, es war ein Versuch, ihn umzubringen."

Johanns Augen weiteten sich vor Sorge. "Ich bin nur ein paar Minuten von seiner Seite gewichen, und ..."

Jesus winkte Johanns Sorge ab. "Sei still, Johann, es ist nicht deine Schuld. Jesus wandte sich an Kendra und forderte die Seherin auf, sich zu setzen: "Was genau ist passiert?"

Kendra öffnete das Unendlichkeitsportal und zeigte auf die sich entfaltende Szene.

Johann und die Reisenden sahen zu, wie die Gräfin von Baden die flüchtigen Elemente einpflanzte. Johann schüttelte den Kopf. "Ich habe Albert gewarnt, dass sein Leben in Gefahr ist."

Moses verengte die Augen und Johann fügte hastig hinzu: "Ich habe nicht mehr verraten, als das Kosmische Gesetz erlaubt."

Die Reisenden lehnten sich in ihren Stühlen zurück, als Johann jeden von ihnen ansah. "Mir ist klar, dass wir nur eine bestimmte Menge tun können und die Gesetze des Karmas und der Zeit respektieren müssen", sagte er. "Aber ich mache mir Sorgen, dass Albert von Raka ausgetrickst wird."

Echnaton lächelte Johann freundlich an. "Ich weiß, es ist schwer mit anzusehen, wie dein Freund sich so nah an eine solche Gefahr herantastet. Aber das muss nach dem göttlichen Plan ablaufen, und wir können nur so viel Einfluss nehmen."

Johann nickte und akzeptierte die Wahrheit dessen, was Moses sagte. "Aber ..."

Echnaton hob die Hand und stoppte Johanns Protest. "Hab Vertrauen, junger Johann. Das Gleichgewicht zwischen Licht und Dunkelheit muss gewahrt werden. Aber Gottes Gnade ist überwältigend mächtig. Die Dinge sind immer perfekt - wenn wir unglücklich sind, dann nur, weil sie uns nicht so gefallen."

Die anderen nickten mit wissendem Lächeln, während Johanns Proteste auf seinen Lippen erstarben.

"Können wir irgendetwas tun?", fragte Johann hoffnungsvoll.

"Erhöht unsere Wachsamkeit, damit wir bereit sind, wenn Gottes Gnade uns erlaubt, einzugreifen", schlug Jesus vor.

"Sonst nichts? Albert ist wirklich in Gefahr!" beschwerte sich Johann.

Moses antwortete: "Sobald Albert seinen Auftrag erfüllt hat, wird der Kompass inaktiv sein. Raka wird dann keine Bedrohung mehr darstellen. Bis dahin müssen wir Albert vor ihm in Sicherheit bringen.

"Es gibt etwas, das wir tun können", sagte Echnaton nachdenklich. Kendra und Johann sahen ihn an, und die Hoffnung hob ihre Stimmung.

"Wir können Alberts Mission beschleunigen. Die Lösung für Alberts Dilemma liegt nicht in seiner Zeitdimension. Wir können Albert nach Atlantis bringen, damit er sich an das erinnert, was er vergessen hat."

Johann war verwirrt und blinzelte, als er versuchte, den Sinn des Vorschlags zu verstehen. "*Wohin* zurückgehen?"

"Albert ist ein Kind des Lichts. Er soll die atlantische Technologie der Raumzeit in sein eigenes Zeitalter bringen, um die Evolution der Wissenschaft voranzutreiben. Der Kompass, den er bei sich trägt, ist wie ein Leuchtfeuer und besitzt eine intensive Energie aus Atlantis. Sobald er seine Mission erfüllt hat, wird die Kraft des Kompasses ruhen, bis es Zeit für das nächste Kind des Lichts ist, vorzutreten", erklärte Echnaton.

"Albert war in einer anderen Zeit ein Priester-Wissenschaftler namens Arka, der mit den Kraftkristallen in Atlantis arbeitete und weiß, wie die Raumzeit funktioniert." fügte Moses hinzu und nahm die Erzählung wieder auf. "Sein Geist in der Lebenszeit, die wir gerade beobachten, ist empfänglich für das Wissen, aber er hat Schwierigkeiten, es vollständig in sein Bewusstsein zu bringen."

Jesus nickte nachdenklich und sagte dann: "Wir könnten ihn in seinem Seelenkörper nach Atlantis transportieren, während er sich von diesem Vorfall in der Schule erholt."

"Hmmm. Ja, ich glaube, das könnte funktionieren. Was meint ihr?" fragte Moses und wandte sich an Echnaton.

Der Pharao, der den Ägyptern das Konzept des einen Gottes vorgestellt hatte, nickte lächelnd und sagte: "Einverstanden".

Die drei Mystischen Reisenden richten ihre Blicke auf Johann. "Johann, du musst mit Albert in Seelenform nach Atlantis reisen. Zusammen mit Ezekiel wirst du ihm helfen, das heilige Portal zu betreten und seinen Geist durch die Dimensionen des Lichts zum richtigen Zeitpunkt in Atlantis zu transportieren, wo er sich wiederfinden wird. Der Heiler des Lichts wird intuitiv erwarten, dass er erscheint."

"Ich? Wenn Ezekiel dabei sein wird, wozu brauchen Sie dann mich? Ich glaube, das geht weit über meine Erfahrung hinaus." sagte Johann.

Jesus legte seinen Arm um den Lichtarbeiter in Ausbildung. "Du kannst etwas bieten, junger Johann, was nicht einmal Ezechiel kann." Johann blickte zu seinem Meister auf, und seine Verwunderung stand ihm ins Gesicht geschrieben. Jesus lächelte und sagte sanft: "Freundschaft. Ein vertrautes Gesicht wird ihm helfen, sich bei einer Übung, die ihn sicher herausfordern wird, wohl zu fühlen."

Johann schluckte seine Proteste hinunter. Er wusste, dass er sich nicht dagegen wehren konnte.

* * *

Eine rothaarige Frau in einer weißen Schwesterntracht wachte über Albert, der komatös in seinem Krankenhausbett lag. Das Bett war von Vorhängen umgeben, so dass ihre Anwesenheit nicht bemerkt wurde. Mit einem zufriedenen Lächeln überprüfte die Gräfin von Baden die Spritze, die sie in der Hand hielt, und vergewisserte sich, dass sie genug von der tödlichen Flüssigkeit enthielt. Mit einem kleinen Kopfschütteln, als wolle sie sagen, dass der arme Junge nie eine Chance gehabt hätte, beugte sie sich über Alberts Arm, die Nadel bereit, eine Vene zu treffen. Beinahe bedauerte sie die Qualen, die das Serum auslösen würde, bevor es schließlich sein Leben auslöschte. Fast.

Plötzlich materialisierte sich die ätherische Form eines Jungen im Raum neben ihr. "Was machst du da?!" Johann schrie auf.

Erschrocken kreischte die Gräfin auf und ließ die Spritze auf den harten Boden fallen, wo ihr Glaszylinder zerbrach und die darin befindliche Flüssigkeit auslief. Die falsche Krankenschwester schaute entsetzt auf die Pfütze auf dem Boden und dann auf Johanns geisterhafte Erscheinung. Mit einem Ausruf der Frustration stürzte sie aus dem Zimmer.

"Es scheint, dass unsere Ankunft zur rechten Zeit erfolgte. Das Licht schützt meinen Freund immer noch", bemerkte Johann und sprach in das Unendlichkeitsportal, das er an seinem Gürtel befestigt hatte. Die holografischen Bilder der drei Reisenden nickten.

"Bist du bereit, Johann?" fragte Moses.

Johann schluckte, dann nickte er. Das Trio hatte sich an den Händen gefasst und die Augen in Andacht geschlossen.

Jesus wies sie an: "Johann, konzentriere dein Bewusstsein auf das Liebende in deinem Herzen. Wir werden dir mit unserer Liebe beistehen. Jetzt werden wir für Alberts Seele beten, damit sie mit dir geht.

Die Reisenden sagten unisono: "Wir rufen das Licht Gottes aus den höchsten Reichen herbei, um jeden von uns, Ezechiel, Johann und Albert, zu umgeben, zu erfüllen und zu schützen. Wir beten für Ezekiel, dass er Albert Einstein bei seiner Mission für den Eintritt nach Atlantis unterstützt. All dies für das höchste Gut. So sei es."

Eine leuchtende Sphäre aus sanft glühendem Licht umhüllte Albert, als er in seinem Bett lag. In einem Augenblick schwebte sein strahlender Ätherkörper nach oben und schwebte über seiner physischen Gestalt. Der Blick des ätherischen Alberts wurde sofort von Johann angezogen, und er schwebte neben seinem Freund her. "Was ist hier los, Johann?" fragte Albert verblüfft. Er versuchte, Johann zu berühren, aber seine Hand bewegte sich durch den Körper seines Freundes. Dann bemerkte Albert einen Körper auf dem Bett liegen; seinen Körper. Seine Kinnlade fiel herunter. "Was...? Wie...?" Alberts Augen weiteten sich und seine Stimme wurde zu einem Flüstern. "Johann, bin ich ... tot?"

Johann schüttelte den Kopf schnell hin und her und hielt Albert die Hände mit den Handflächen entgegen. "Beruhige dich, Albert. Du bist nicht tot. Ich kann dir das erklären."

Alberts Augen verengten sich. "Hoffentlich ist das gut."

Johann holte tief Luft und überlegte, wie er seinem skeptischen Freund die Situation erklären sollte. "Okay, erinnerst du dich daran, was Pater Benjamin dir erzählt hat?"

"Natürlich, ich erinnere mich. Aber was er vorschlug, klang wie Wahnsinn. Ich bin Physikerin, keine Philosophin. Es ist ... nicht wissenschaftlich! Es widerspricht der wissenschaftlichen Methode, zu beobachten, eine Theorie aufzustellen und dann einen mathematischen Beweis zu erbringen."

Johann sagte: "Ja, ich weiß, Albert. Aber lass deine Besessenheit für greifbare Beweise einfach mal ruhen. Ich weiß, wie sehr dich deine Forschungen in Anspruch nehmen."

"Nun ..." sagte Albert und machte sich bereit, sich zu verteidigen. Aber Johann unterbrach ihn.

"Entspann dich Albert. Ich habe gute Nachrichten. Die Mystischen Reisenden haben mich beauftragt, dich an einen Ort zu begleiten, an dem du die Antworten, die du gesucht hast, wiederfinden wirst."

"Was? Reawak...? Wohin fahren wir denn? Werden wir den Zug nehmen?" fragte Albert ungeduldig.

Johann biss seine Frustration über die Hartnäckigkeit seines Freundes zurück. "Albert, wir werden in die Vergangenheit reisen - in ein Zeitalter, in dem du als Priester und Wissenschaftler in Atlantis gelebt hast. Ich glaube nicht, dass wir mit dem Zug dorthin kommen."

Alberts Augen weiteten sich, als er versuchte, sich einen Reim auf das zu machen, was sein Freund ihm erzählte. "Zurück in der Zeit? Wie ist das möglich?"

"Nimm einfach meine Hand, Albert. Vertrau mir."

Albert rollte fast mit den Augen, ergriff Johanns Hand und...

Kapitel 28
Arka

Arka bereitete sich gerade auf seine morgendliche Meditation vor, als er einen Boten bemerkte, der von der anderen Seite des Gartens auf ihn zuschritt. Bekleidet mit einer schwarzen Leinenhose und einem Hemd mit dem Symbol der Schwarzen Sonne auf jedem Kragen, blieb die arische Soldatin vor dem Priester-Wissenschaftler stehen und hielt stramm. "Entschuldigen Sie die Störung, Sir. Aber General Tora-Fuliar hat mir befohlen, Ihnen dies sofort zu übergeben", sagte sie und hielt ihm ein Papier mit dem Siegel des arischen Oberkommandos hin. Arka bedankte sich bei dem Soldaten, der das Papier entgegennahm, und sie ging.

Er öffnete das Dokument und seine Augen weiteten sich. Es war eine Nachricht von seinem Zwilling Raka, der seit einigen Wochen vermisst wurde.

Mein lieber Bruder,

Sie fragen sich sicher, was aus mir geworden ist, seit ich kürzlich aus Atlantis verschwunden bin. Ich versichere Ihnen, dass es mir gut geht ... nein, besser als gut. Tatsächlich gedeihe ich in meiner neuen Position als Oberster Befehlshaber aller arischen Streitkräfte prächtig.

Sie fragen sich vielleicht, wie ich das geschafft habe, wenn man bedenkt, dass Sie offensichtlich eine zu niedrige Meinung von mir haben. Sagen wir einfach, dass ich ein wenig Hilfe von der drakonischen DNA hatte. (Ich nehme an, Sie wissen, dass ich sie genommen habe.) Mit meinem angeborenen Intellekt und meiner Klugheit konnte ich die arische Führung davon "überzeugen", dass ich der richtige Mann für den Job bin (grob gesagt). Wie Sie sich vorstellen können, bin ich jetzt so viel mehr als ein Mann.

Ich sende Ihnen also nicht nur meine Grüße, sondern auch die Mitteilung, dass meine Arier unter meiner Führung die Kontrolle über die Tempel und Kraftkristalle von Atlantis übernehmen werden.

Ich freue mich auf unser nächstes Treffen, bei dem Sie in Ehrfurcht vor meinen Leistungen und in Ehrfurcht vor meiner Macht zu meinen Füßen knien werden.

Dein liebender Bruder,
Raka

Arkas Gesicht wurde blass, als er erkannte, dass sein Bruder von Gottes Gnade in die Dunkelheit von Gier und

Macht gefallen war. Er faltete den Brief und steckte ihn in seine Jackentasche, dann beschloss er, dass er sich erst einmal sammeln und mit seinem höheren Selbst in Einklang bringen musste, bevor er etwas anderes tun konnte. Trotz der Enthüllungen seines Bruders war er begierig, sich auf den Tag vorzubereiten. Vor kurzem war ihm durch Meditation bewusst geworden, dass er heute einen ganz besonderen Gast empfangen würde.

* * *

Als Albert und Johann sich an den Händen fassten, entblößte Ezekiel *den Atlas* und legte sein Licht frei. Er berührte den Bildschirm des Crystal-Lux-Portals, und ihre Ätherkörper wurden in das Schiff gesogen. Als die Aufnahme abgeschlossen war, gestikulierte Ezekiel über das Bedienfeld und das goldene Schiff verschwand.

Der silberhaarige Pilot konzentrierte sich darauf, die holografische Steuerung des Raumschiffs zu bedienen, und bedeutete seinen Passagieren, hinter ihm Platz zu nehmen. Albert versuchte, überall gleichzeitig hinzusehen. Nach einem Moment räusperte sich Johann. "Äh, Albert."

"Was?", sagte Albert, kam auf den Boden der Tatsachen zurück und drehte sich zu seinem Freund um.

Mit einem schiefen Blick deutete Johann auf ihre verschränkten Hände. "Oh, richtig", sagte Albert und ließ los.

"Aber ... sieh dir das an ... was auch immer es ist", sagte er und deutete auf das glühende Innere des Raumschiffs.

Nachdem er den Kurs eingestellt hatte, wandte sich Ezekiel an die beiden Jungen. "Dies ist ein energetisches Gefäß, das Arche genannt wird, Albert. Es ist eigentlich eine Art Metapher und erlaubt uns, durch die Konstrukte von Zeit und Raum zu reisen."

"Aber ... wie ... was ..." Albert versuchte, eine Frage zu formulieren, war aber völlig überwältigt von dem, was er sah.

Ezekiel hielt eine Hand hoch. "Ganz ruhig, mein Freund. Lass mich versuchen, die Dinge für dich zu verstehen."

Albert seufzte. "Ja, das könnte helfen."

Johann nickte. Er hatte zwar schon einiges an Erfahrung in den inneren Bereichen des Lichts, aber diese Zeitreise war neu für ihn.

"Okay, mal sehen", sagte Ezekiel mit einem leichten Lächeln. "Zunächst einmal, mein Name ist Ezekiel. Wie Moses, Jesus, Echnaton und andere bin ich das, was man einen Reisenden oder Mystischen Reisenden nennt. Wir haben eine besondere Rolle in der spirituellen Entwicklung der Menschheit zu spielen."

Alberts Augen weiteten sich: "Warte, Hesekiel wie in 'Hesekiel sah das Rad' Hesekiel?"

Ezekiels Lachen war freundlich. "Ja, das bin ich."

Da Johann mit der Arbeit mit spirituellen Meistern vertraut war, war er nicht überrascht. Albert war immer noch dabei, es zu verarbeiten. "Äh, o-o-o-okay...", sagte er und versuchte, das alles zu verarbeiten.

Ezekiel fuhr fort: "Auch Sie, Herr Einstein, haben eine Rolle bei der Weiterentwicklung der Menschheit zu spielen, und deshalb sind Sie hier".

"Moment mal", sagte Albert und schüttelte den Kopf. "Ich glaube, Sie haben sich geirrt. Ich bin nur ein Schüler."

"Ja, das ist es, was du jetzt tust. Nun, im Moment in eurer gegenwärtigen Zeit und eurem Raum. Aber ihr habt eine Bestimmung und wir Reisenden sind beauftragt, euch bei der Verwirklichung dieser Bestimmung zu helfen."

"Schicksal? Ich bin mir nicht sicher, ob ich daran glaube", protestierte Albert.

"Das ist einleuchtend", antwortete Ezekiel. "Aber lass mich dir eine Frage stellen. Was verzehrt dich? Ich weiß, dass es nicht das Studium veralteter Wissenschaften ist."

Albert rollte mit den Augen. "Nein, natürlich nicht. Ich arbeite daran, bestimmte Theorien über Licht und Zeit zu beweisen..." Albert wurde plötzlich bewusst, wo er sich befand und dass er sich in einer anderen Dimension als seiner eigenen bewegte. "...und Raum", schloss er zögernd.

Ezekiel lächelte, als er sah, wie die Erkenntnis in Albert auftauchte. "Weißt du, warum du dich so brennend für diese Dinge interessierst?"

Albert konnte nur den Kopf schütteln, da sein Verstand immer noch damit kämpfte, die Ungeheuerlichkeit dessen zu begreifen, was er gerade erlebte.

"Nun", sagte Ezekiel, "wie das Schicksal, so kann auch dies eine Herausforderung für die Forderungen eurer

Wissenschaftler nach greifbaren Beweisen in der materiellen Welt sein."

"Mach weiter", sagte Albert.

Ezekiel kicherte: "Nun, nehmen wir mal an, dass du Einblicke in ein früheres Leben bekommst, das du hattest.

Albert begann den Kopf zu schütteln, aber Ezekiel fuhr fort. "Und in diesem Leben warst du ein Wissenschaftler, der mit Licht, Zeit und Raum arbeitete. Und du hast Erinnerungen an das, was du in jenem Leben gelernt hast."

"Okay, ich werde etwas Zeit brauchen, um darüber nachzudenken", erklärte Albert und rieb sich die Schläfe, um die aufkommenden Kopfschmerzen zu lindern.

Ezekiel lächelte mitfühlend. "Nimm dir alle Zeit, die du brauchst. Ich weiß, dass dies eine Herausforderung für deinen analytischen Verstand ist. Aber ich denke, du bekommst ein Gefühl dafür, dass viel mehr vor sich geht, als der Verstand ohne weiteres erfassen kann."

Albert konnte nur nicken und sich in seine Gedanken zurückziehen, um über das Gehörte nachzudenken.

Kurze Zeit später winkte der Pilot Albert und Johann zu sich, um zu beobachten, wie Jahrtausende von Zeit am Portal des Crystal Lux vergingen.

Alberts Augen weiteten sich, dann verengten sie sich, als er einen Gedanken fasste. "Hey, warte mal. Wenn es so ist, wie du sagst, sollten wir uns dann nicht augenblicklich durch die Zeit bewegen können?"

Ezekiel nickte zustimmend. "Sehr gut, Herr Wissenschaftler. Aber wie ich schon sagte, ist dieses Schiff eine Metapher. Es wäre für den bewussten Verstand zu beunruhigend, wenn die Dinge gleichzeitig erscheinen würden, also arbeitet es mit den Konstruktionen, die der bewusste Verstand akzeptiert."

Albert nickte, zufrieden für den Moment, obwohl er wusste, dass er über all das noch mehr nachdenken musste, bevor er es wirklich akzeptieren konnte. Er wurde aus seinen Spekulationen gerissen, als Ezekiel verkündete, dass sie an ihrem Ziel angekommen waren: Atlantis, 10.400 v. Chr. nach ihren Berechnungen.

Albert beobachtete, wie der Reisende die holografischen Steuerungen betätigte und ihr Raumschiff in einem luxuriösen botanischen Garten mit blühenden Bäumen, einem Seerosenteich und Wasserfontänen zur Ruhe kam. Als sich die Öffnung des Raumschiffs öffnete, duftete es für Alberts Sinne nach Jasmin.

Ezekiel blieb im Raumschiff, während Johann und Albert ausstiegen und sich umsahen. Für Johann unterschied sich Atlantis nicht allzu sehr von der Schulumgebung im Inneren des Reiches, in der er gelernt hatte. Aber Albert war von dem Anblick, der sich ihm bot, beeindruckt.

An einem Ort gingen hochgewachsene Atlanter in andächtiger Besinnung durch ein Labyrinth. In anderen Gegenden gingen die Menschen spazieren und unterhielten sich, während sie sich in aller Ruhe auf den Weg zu den Tempeln des Lernens und Heilens machten, die überall in der Landschaft verteilt waren. Es herrschte eine Aura des Friedens und der Ruhe.

Ihre Aufmerksamkeit wurde auf einen blonden Mann in einer kurzen smaragdgrünen Tunika gelenkt, der in einer Grotte in der Nähe ihres Standes in meditativer Haltung saß. Während sie ihn beobachteten, verließ sein Ätherkörper seinen physischen Raum und kam auf sie zu. Er winkte und sagte: "Willkommen in Atlantis, mein Name ist Arka."

Albert kratzte sich an seinem immerwährend widerspenstigen braunen Haar und sah ehrfürchtig zu dem Atlanter auf.

Johann erinnerte sich an seinen Auftrag und nahm sich zusammen. "Danke, dass ihr uns empfangen wollt. Mein Name ist Johann und ich studiere bei den Travelers." Er drängte seinen Freund nach vorne und sagte: "Darf ich Ihnen Albert Einstein vorstellen?"

Arka streckte seine Hand aus und sah Albert in die Augen. Als sich ihre Handflächen und Blicke trafen, spürte Albert einen leichten Ruck. "Schön, dich kennenzulernen, Arka...., aber ich habe das Gefühl, dass ich dich schon kenne."

Arka lächelte und neigte den Kopf, während er die Jungen zu einer nahe gelegenen Bank führte. "Ich verstehe dich, Albert. Und ihr müsst euch das, was ich zu sagen habe, so gut es geht unvoreingenommen anhören."

Albert schüttelte reumütig den Kopf. "Das höre ich heute öfters." Er holte tief Luft und sagte: "Mach einfach weiter und ich werde sehen, wie ich mich mache."

Aaka nickte und begann mit seiner Erklärung. "Akzeptieren Sie die Idee der Reinkarnation - nun, der Wiederverkörperung, um genau zu sein?"

Albert zuckte mit den Schultern. "Ich habe das Konzept gehört. Ich kann nicht sagen, dass ich es glaube."

"Das ist richtig. Nun, viele Menschen, die an solche Dinge denken, glauben, dass wir ein Körper sind, der eine Seele hat. Aber Tatsache ist, dass wir eigentlich Seelen sind, die eine menschliche Erfahrung machen. Unsere Seelen dringen im Laufe der Zeit in menschliche Körper ein, um Wissen zu erlangen. Kannst du das für den Moment akzeptieren?"

Albert sah Arka an und dachte über die Frage nach. "Bis heute hätte ich nein gesagt, ich akzeptiere das nicht. Aber ich habe das Gefühl, dass die ganze Grundlage dessen, woran ich glaube, ins Wanken gerät, also sagen wir mal, dass ich diese Idee in Betracht ziehen werde."

Arka belohnte Albert mit einem mitfühlenden Lächeln. "Okay, gut. So sieht die Situation aus: Unsere Seele sammelt Erfahrungen durch mich, während ich lebe, und sie sammelt Erfahrungen durch dich, während du lebst."

Albert blinzelte, während er schweigend aufnahm, was Arka gesagt hatte. "Du sagst also ..."

"Ja, wir teilen diese Seele. Und sie überbrückt Ideen aus eurer Vergangenheit mit eurem Bewusstsein in eurer Zeit", schloss Arka.

Trotz Alberts verwirrtem Blick fuhr Arka fort. "Bevor eine Seele sich wieder verkörpert, wird ein spiritueller Plan vereinbart. Er beinhaltet viele Dinge, z.B. welche Erfahrungen die Seele braucht, um weiterzukommen, und wer die Eltern sein werden, damit diese Erfahrungen gemacht werden können."

Johann, der sich mit diesen Dingen beschäftigt hatte, nickte, als Arka Albert davon erzählte. Er wusste, dass es seinem Freund schwerfiel, diese Informationen zu verarbeiten, aber er war zuversichtlich, dass Albert die Wahrheit hinter all dem erkennen würde.

"Ich glaube, du wurdest hierher gebracht, Albert, um dein Bewusstsein für die Prinzipien von Licht, Raum und Zeit zu schärfen, die ich studiert habe", schloss Arka.

"Also", sagte Albert, "ist das wie ein Kurs für mich, damit ich die Informationen in meine Zeit mitnehmen und dann vertiefen kann?"

"Nun, ja ... und nein", sagte Arka. "Wir besprechen all dies in unseren Ätherkörpern. Ich tue es bewusst, aber so wie ich es verstehe, tun Sie es nicht absichtlich. Was du hier lernst, wird also in dein Unbewusstes und Unterbewusstes gehen, wo es sich dir von Zeit zu Zeit präsentieren wird. In gewisser Weise werden Sie es als Inspiration oder Intuition erleben.

Arka konnte sehen, dass Albert mit dem Gelernten zu kämpfen hatte, und kam auf eine Idee. "Ich weiß, dass das alles eine Herausforderung für dich ist, Albert. Wie wäre es, wenn ich dir eine kleine Demonstration der Arbeit gebe, die wir hier auf Atlantis leisten. Würde dir das gefallen?"

Albert nickte, "etwas Greifbares würde sicherlich dazu beitragen, all dies realer zu machen".

Arka lächelte und streckte die Hand aus: "Darf ich deinen Arm sehen, Albert?"

Albert streckte dem Priester-Wissenschaftler langsam seinen verletzten Arm entgegen. "Er ist ziemlich stark verbrannt, Arka, also sei bitte vorsichtig."

Arka wickelte zärtlich die Mullbinde ab, die über die Verbrennung gelegt worden war, und sagte: "Während dies in deinem Ätherkörper geschieht, Albert, werden die Ergebnisse zu deiner Zeit auf deinen physischen Körper übergehen."

In einem Augenblick hatte er die Wunde freigelegt und konnte sehen, dass die Verbrennung Alberts linken Unterarm bedeckte. Es bildete sich ein großer, verkrusteter Schorf, und es sah so aus, als ob es eine große Narbe geben würde. Arka schloss die Augen und betete leise: "Ich rufe das Licht Gottes und die Meister des Lichts und der Heilung herbei." Der Priester-Wissenschaftler war völlig entspannt, als seine Liebe aus dem Inneren seines heiligen Herzens strömte und er seine Handfläche über Alberts verletzten Arm hielt. "Ich bitte darum, dass es zum höchsten Wohle Alberts ist, dass sein Arm geheilt wird." Innerhalb weniger Augenblicke nahm die wütende rote Haut unter dem Schorf einen gesunden rosa Schimmer an. Nach einem Moment berührte Arka vorsichtig den Schorf und sah, dass er nicht mehr mit Alberts Arm verbunden war. Er hob den Schorf vorsichtig an, und Albert sah mit Schrecken, dass die Verbrennung vollständig verschwunden war.

Verwirrt sah Albert zu Arka auf. "Oh, wie hast du das gemacht?"

Arka schüttelte den Kopf. "Die Liebe ist der Heiler. Ich habe lediglich eine Bitte geäußert."

Albert schüttelte den Kopf und sah Johann an. "Unglaublich."

Johanns Augen funkelten und er lächelte. "Glaube es, Albert. Du bist Wissenschaftler genug, um Beweise zu sehen, die deinen Überzeugungen widersprechen."

Arka schaute Albert aufmerksam an und überprüfte die Aura des Jungen, um sicherzustellen, dass die Heilung vollständig und integriert war, als sich seine Augen plötzlich verengten.

Als Albert die Reaktion von Arka sah, runzelte er besorgt die Stirn. "Stimmt etwas nicht, Arka?"

Der Priester-Wissenschaftler fuhr fort, Alberts Aura zu betrachten, und fragte: "Ist Ihnen in letzter Zeit etwas Seltsames passiert, Albert?"

"Du meinst, wie bei einem Laborunfall in die Luft zu fliegen? Würde das als 'seltsam' durchgehen?"

Johann mischte sich ein: "Die Reisenden hatten mich gebeten, Albert zu warnen, damit er in der Nähe eines seiner Professoren vorsichtig ist. Aber wie du weißt, ist es uns nicht erlaubt, Informationen weiterzugeben, die das Schicksalsmuster einer Person verändern könnten. Was ich ihm also sagen konnte, war ... begrenzt."

Albert schüttelte ungläubig den Kopf und konnte seinen Freund nur ansehen. "Du könntest also etwas wissen, das mein Leben beeinflussen könnte, und du konntest es mir nicht sagen?", sagte er ungläubig.

Arka hob seine Hand, um Albert zu beruhigen. "Es ist kompliziert, Albert. Die Gesetze von Raum und Zeit, wie du gerade lernst, sind voller Paradoxien und Widersprüche."

"Aber mein Leben ..." rief Albert aus.

"Denk doch mal darüber nach, Albert. Unerwartete Dinge passieren den Menschen immer wieder", sagte Arka.

Johann rollte mit den Augen. "Ja, wie Leute, die vor eine Straßenbahn gestoßen werden", sagte er ironisch.

"Das ist nicht fair!" erklärte Albert.

Nun war es Johann, der die Führung übernahm und erklärte. Albert: "So etwas wie 'fair' gibt es nicht. Wir verkörpern, um Erfahrungen zu sammeln, damit sich unsere Seele weiterentwickeln kann. Also ist nichts wirklich gut oder schlecht - es gibt nur Erfahrungen. Es kommt darauf an, was wir mit ihnen machen, ob wir sie für gut oder schlecht *halten*."

Albert glaubte das nicht. "Aber du bist so jung gestorben, Johann."

Johann grinste. "Genau. Und schau mal, wo ich jetzt bin und was ich gerade mache", sagte er und deutete auf die idyllische Szene. "Ich bin doch gerade heute zehntausend Jahre durch die Zeit und unzählige Kilometer durch den Raum gereist."

Alberts Wut verließ ihn in Windeseile. "Ich ... ich kann das nicht bestreiten."

"Und ich stehe dir so nahe wie nie zuvor", schloss Johann mit einem Augenzwinkern.

Albert musste darüber lächeln. "Nun, das ist wahr", gab er zu.

Arka hatte das Gespräch mit Interesse verfolgt. Er beugte sich vor und sagte: "Okay, jetzt, wo du mehr an Bord bist, Albert, lass uns schauen, was ich sehe."

Das brachte Albert und Johann wieder auf den Boden der Tatsachen zurück.

"Ich spüre die Frequenz meines Bruders Raka in deiner Aura."

"Was soll das heißen?" fragte Albert verblüfft.

"Wir wissen nicht viel über die Energiekörper in der Zeit, aus der wir kommen, Arka", bot Johann an. Dann wandte er sich an seinen Freund. "Wir haben diese Energiefelder um unseren Körper, Albert."

"Energiefelder? Sie meinen so etwas wie elektromagnetische Energie?"

Johann nickte enthusiastisch. "Ja, das ist sehr ähnlich. Und jemand, der diese Energiefelder - manche nennen sie 'Auren' - zu lesen versteht, kann eine Menge über eine Person erfahren."

"Wie was?", wollte Albert wissen, der trotz des offensichtlichen Widerspruchs zu seinem starren wissenschaftlichen Denken interessiert war.

"Nun, wie die Gesundheit des physischen Körpers einer Person, oder einige ihrer Gedanken, die symbolisch dargestellt werden, oder sogar die Einflüsse der Menschen, die um sie herum waren."

Albert wandte sich an Arka. "Das hast du also mit der 'Frequenz' deines Bruders gemeint?"

Aaka nickte, und eine Traurigkeit überzog sein sonst so heiteres Auftreten. "Ja. Vorhin habe ich sehr beunruhigende Nachrichten über meinen Bruder erhalten. Er hat sich selbst dazu gebracht, seine gesamte Physiologie zu verändern, indem er mächtiges genetisches Material von einer Reptilienspezies, mit der wir verbündet sind, missbraucht hat."

"Rept... Was in aller Welt hat er getan?", fragte Albert, entsetzt über die Idee.

"Er hat Material gestohlen, das wir in unserer Heilarbeit verwenden, um Menschen bei der Regeneration von Organen oder Gliedmaßen zu helfen. Aber Raka hat eine viel größere Menge verwendet, als jemals zuvor ausprobiert wurde. Es hätte für Hunderte von medizinischen Anwendungen gereicht, und er hat eine massive Überdosis erhalten. Wenn unsere Nachforschungen und die Hochrechnungen von richtig sind, wird er, wenn er die Dosis überlebt hat, nicht nur in ein mächtiges Reptil verwandelt worden sein, sondern sein Körper kann sich auch in verschiedene Formen verwandeln."

Johann hatte einen besorgten Gesichtsausdruck. "Äh, Arka, ich glaube nicht, dass wir Albert zu viel darüber erzählen können, ohne seine Aufgabe zu beeinträchtigen."

Arka nickte. "Ich verstehe. Aber was er selbst herausfindet, wird erlaubt sein", sagte Arka voller Zuversicht. An Albert gewandt, fügte er hinzu: "Und ich glaube, wir befinden uns immer noch auf sicherem Terrain, wenn wir sagen, dass du dich vor den Menschen in deiner Umgebung in Acht nehmen musst; Menschen, die du vielleicht glaubst, gut zu kennen.

Auf Alberts Gesicht dämmerte das Verständnis. "Hmmm. Professor Meiss schien sich vor einiger Zeit wirklich zu verändern. Aber warum sollte er...?"

Johann schaltete sich wieder ein. "Es ist der Kompass. Er ist etwas ganz Besonderes und sehr wichtig."

"Aber was könnte ..." begann Albert. Aber Johann hielt die Hand auf, um ihn zu stoppen.

"Das ist wieder so eine Sache, über die wir dir nicht zu viel sagen können, Albert. Vertrau mir einfach, du musst sehr vorsichtig sein."

Als er Johann den Kompass erwähnen hörte, wurde Arka etwas klar. "Jetzt fängt es an, einen Sinn zu ergeben." Arka wandte sich an Albert und sagte: "Hör zu, Albert, ich kenne die Details auch nicht, aber ich kenne meinen Zwillingsbruder Raka..."

Albert unterbrach: "Warte, der Bösewicht ist dein Zwillingsbruder?!"

Arka sah verärgert aus. "Ja, ich fürchte, das stimmt. Raka war faul und hat nicht gelernt. Dann wurde er mir gegenüber nachtragend, weil er das Gefühl hatte, meine Leistungen seien das Ergebnis von Bevorzugung und nicht von harter Arbeit." Arka schüttelte den Kopf. "Offenbar hat er mit dieser drakonischen DNS eine Abkürzung genommen und hat auch gelernt, durch die Zeit zu reisen."

Arka sah, dass Albert wütend versuchte, all diese Informationen zu verarbeiten, die einige seiner tiefsten

Überzeugungen in Frage stellten, und beschloss, einen anderen Gang einzulegen. "Ich weiß, das ist alles etwas viel auf einmal. Machen wir eine Pause und widmen wir uns dem eigentlichen Zweck deines Besuchs, Albert."

Albert nickte dankbar. "Ich denke, das wäre gut."

Arka lächelte und winkte den Jungen, ihm zu folgen. "Beginnen wir mit dem Tempel des Poseidon. Während des Rundgangs können wir einige der Dinge ansprechen, die ihr, wie ich höre, in eurer Zeit vorbringen wollt."

Albert stimmte sofort zu. "Das würde mir sehr gefallen."

Arka führte sie um die Mauer aus reinem Gold herum, die den Tempel umgab. Während sie gingen, spürte Albert, wie sich ein Gefühl des Friedens in ihm einstellte.

Arka erzählte den Gästen gern von Atlantis und fand Gefallen an seiner Aufgabe. "Atlantis ist ein Ort der Weisheit und der Heilung. Die Menschen hier begegnen einander mit Fürsorge, Respekt und Liebe."

Albert nickte. "Ich glaube es. Ich kann den Frieden tatsächlich spüren."

"Der Frieden, den du erfährst, ist nicht passiv, unterwürfig oder gleichgültig, Albert. Vielmehr ist es ein dynamischer, aktiver Frieden, der die Lebensqualität des Einzelnen, der Gesellschaft und der Welt insgesamt bereichert", sagte Arka stolz. "Die Menschen kommen aus der ganzen Welt, um zu meditieren und sich zu verjüngen. Das Land, seine Gewässer, die Vegetation und die Tierwelt können genutzt werden, um den Teil von dir zu aktivieren, der ruhig, liebevoll und friedlich ist. Ich denke, es wird dir helfen, das zu akzeptieren, was du gehört hast."

"Es scheint zu funktionieren", sagte Albert mit einem kleinen Lächeln. "Ich bin nicht mehr so verängstigt."

Arka lächelte zurück und zeigte dann nach oben: "Der heilige Tempel des Poseidon ist 98 Fuß hoch und mit Silberfolien auf dem Kalkstein verkleidet. Und beachte die goldenen Statuen. Der Kontrast der Elemente entspricht dem esoterischen Prinzip der Ehrung von Gegensätzen. Das spirituelle Gleichgewicht, in diesem Fall Gold als Symbol für die Sonne und Silber als Symbol für den Mond, sind die ultimativen Ausdrucksformen der männlichen und weiblichen Energien; die Sonne ist männlich und der Mond weiblich."

Es war, als würden Albert und Johann die Informationen in sich aufsaugen. Als sie die Fassade des Tempels erreichten, öffneten sich die Glastüren wie von Zauberhand.

Angesichts dieser Wunder um ihn herum vergaß Albert für einen Moment seine Sorgen und legte Johann die Hand auf die Schulter. Die beiden konnten nur staunen, als sie in das dreißig Fuß hohe Atrium schritten. In der Mitte des Heiligtums kamen sie an der massiven metallenen Orichalcum-Säule vorbei, in die die Gesetze von Atlantis eingraviert worden waren. Heiler und Priester in hellen Kitteln gingen umher und gingen ihren Aufgaben nach.

Arka führte seine Gäste in die Versammlungshalle und zu einer 20 Fuß großen, quadratischen topographischen Karte von Atlantis, die an der Westwand hing. Während er auf die drei Inselgruppen zeigte, sagte er: "Die Insel mit den konzentrischen Landkreisen ganz links ist Poseidon, wo wir uns befinden. Die größere Insel ist Aryan, und die kleinste ist Og."

Die Jungen nahmen alles in sich auf, während Arka fortfuhr. "In vergangenen Jahrtausenden war Atlantis ein riesiger Kontinent, der sich fast bis zu den Küsten des östlichen und westlichen Kontinents erstreckte. Aber im Laufe der Zeit wurde Atlantis durch eine Reihe von Erdbeben auf drei Inseln reduziert."

"Die Entstehung von Poseidon ist sicherlich interessant", bemerkte Johann.

Arka nickte. "Ja, Poseidon hat zehn Provinzen, eine auf jedem Ring, mit heiligen Schreinen auf jedem von ihnen. Unser Ziel ist es, die Menschheit in Einklang mit der kosmischen Harmonie zu bringen, indem wir die Ebbe und Flut der Gegensätze beobachten."

Dann wandte sich Arka an Albert. "Aber kommen wir zu dem, was dich am meisten interessiert, Albert", sagte der Priester-Wissenschaftler lächelnd.

Alberts Augen glitzerten und er beugte sich erwartungsvoll vor." Aber um Energie und Licht zu verstehen, muss man lernen, wie wir die Prinzipien der Naturkräfte umsetzen. Unsere Tempel dienen nicht nur der religiösen Verehrung. Jeder ist einer der Künste, Wissenschaften oder Berufe gewidmet. In unseren Tempeln des Lernens lernt jeder Student auf Atlantis nicht nur die Details des von ihm gewählten Fachgebiets, sondern auch, wie er durch die Ausrichtung auf das spirituelle Herz Zugang zu seiner Kreativität erhält. Wenn sie in Harmonie mit Gott sind, ist der Fluss von Inspiration und Kreativität rein und höheres Licht strömt mit göttlicher Liebe aus."

Arka zeigte auf den Tempel des Lichts auf der Karte: "Um dein Interesse zu wecken, Albert, haben wir entdeckt, dass von der Erde Schallwellen ausgehen, die für das menschliche Ohr nicht wahrnehmbar sind. Unsere Lichttempel fangen diese Schallwellen ein, verstärken sie und leiten sie als Energiequellen weiter."

"Sie nutzen die Energie der Erde als Stromquelle?" fragte Albert fasziniert.

"Ja", sagte Arka und nickte. "Unsere Feuersteinkristalle befinden sich in der Nähe des Zentrums der Landmasse der Insel und dienen als Brennpunkt. Sie modifizieren die Energie, die aus dem inneren Kern in die Schächte fließt, die wir in der Erde selbst geschaffen haben. Sie ermöglichen es, dass die höchsten Frequenzen aus unserem Netzwerk von Pyramiden ausstrahlen." Arka gestikulierte und ein holografisches Bild der Erde erschien vor ihnen. "Wir haben Tempel des Lichts rund um die Erde in einem Energienetz."

Alberts Augen weiteten sich, und er zeigte auf das, was zu seiner Zeit als Ägypten bekannt war. "Warte, willst du damit sagen, dass die Pyramiden hier Teil deines Netzwerks sind und etwas mit der Übertragung von Licht und Energie auf andere Pyramiden zu tun haben?"

Arka nickte: "Ja, es gibt Pyramiden hier, hier, hier und hier", sagte er und zeigte auf das, was Albert als Mexiko, China, die Antarktis und die Vereinigten Staaten von Amerika erkennen würde. Dann drehte er sich um und gab den Jungen ein Zeichen, ihm zu folgen. "Kommt mit. Ich bringe euch zum Tempel des Lichts."

Johann beugte sich zu Albert hinüber und flüsterte ihm zu, während sie Arka folgten. "Kommst du mit all dem zurecht?"

Albert zuckte mit den Schultern: "Ich weiß nicht, was ich denken soll. Ein Echsenmonster will meinen Kompass. Sie benutzen Schallwellen, um Elektrizität zu erzeugen. Pyramiden senden Energie in die ganze Welt. Wie könnte es mir da nicht gut gehen?", sagte er sarkastisch.

Johann schlug sanft auf den Arm seines Freundes. "Du wirst dich daran gewöhnen, Albert... das habe ich."

Als das Trio den Tempel verließ, bestieg es ein silbernes, zylinderförmiges Luftkissenfahrzeug. Als das Fahrzeug sanft abhob, bemerkte Albert beeindruckt: "Das ist so leise. Und ich spüre fast keine Beschleunigung.

Arka lächelte: "Dieses Schiff nutzt die Antigravitation. Es produziert praktisch keine Abgase und fliegt sehr ruhig."

Im Tiefflug überflogen sie den Tempel der Heilung, wo eine grüne Kuppel aus Malachit in der Nachmittagssonne glänzte. Dann deutete Arka auf ein anderes Gebäude. "Das ist der Tempel der Tafeln."

Von ihrem Aussichtspunkt aus konnten sie einen zentralen Hof mit einem schimmernden, runden Marmorbecken sehen. In der Mitte des Beckens sahen sie schwimmende Lotuspflanzen und einen Schein aus kristallweißem Licht. Arka deutete auf mehrere Lapislazuli-Platten, die im

Innenhof verteilt waren. "Auf den Lapis-Steinen ist die gesamte Geschichte von Atlantis eingraviert."

Nach wenigen Minuten landete das Luftkissenfahrzeug sanft auf einem Sockel in der Nähe eines elliptischen, zweistöckigen Marmorgebäudes mit einer Kuppel, die von einer Öffnung durchzogen war, die an ein modernes Observatorium erinnerte, und die Passagiere stiegen aus.

Am Eingang des Gebäudes strich Arka mit der Handfläche über eine beleuchtete Tafel an der Wand, und eine Marmortür öffnete sich und winkte sie herein. Die Gruppe betrat den Tempel, dessen Erdgeschoss eher eine Plattform war, die die unteren Stockwerke umgab.

Albert spürte, wie sein Kompass in seiner Tasche kribbelte, als er die innere Kammer betrat. Er holte das ätherische Konstrukt des Kompasses hervor und studierte die zwölf leuchtenden Edelsteine.

Arka blickte auf die Edelsteine auf der Hülle des Kompasses. "Hmm", sagte er anerkennend. "Das werden wir bald brauchen." Albert erwiderte die Bemerkung mit einem verwirrten Blick, stellte Arka aber nicht in Frage.

Arka führte die Jungen zu einer schwebenden Plattform und sie stiegen in eine große unterirdische Kammer hinab, in der sich der sechsseitige, zwanzig Fuß hohe Blaue Larimar-Tuaoi-Stein befand. Als sie die massive Kammer betraten, öffnete sich die Platinkuppel, so dass der Stein die Energie der Sonne aufnehmen konnte.

Arka überprüfte ein holografisches Messgerät, das die Energien der Energiequelle maß. Dann blickte Arka zu

Albert, der immer noch seinen Kompass in der Hand hielt, und sagte: "Dein Kompass reagiert auf die Emanationen des Steins, der die solaren und terrestrischen Energien lenkt."

Albert warf einen Blick auf seinen Kompass, der tatsächlich ziemlich hell leuchtete.

"Dieser Stein", sagte Arka ehrfürchtig, "ist die Energiequelle des Planeten. Er empfängt die Lichtstrahlen der Sonne und der Sterne und bündelt dann diese Energien. Wenn der Stein mit den Frequenzen unserer Erde schwingt, sendet er sie an Satelliten, die sie dann wieder ausstrahlen, um alles anzutreiben, von unseren Luftkissenfahrzeugen über unsere großen Produktionsmaschinen bis hin zur Beleuchtung in unseren Häusern.

Albert war erstaunt. "Das ist erstaunlich. Wo kann ich das lernen? Wer wird mich unterrichten?"

Arka legte seine Hand auf Alberts Schulter und sagte: "Wir werden dir keine Bücher zum Lesen geben, Albert. Stattdessen werden wir dir zeigen, wie du die Lichtquelle deines spirituellen Herzens erreichen kannst, damit du das innere Wissen empfängst und mit dem Göttlichen, das durch dich fließt, erschaffen kannst."

Albert nickte. "Das wäre wunderbar. Ich habe geübt, Gedankenexperimente zu machen: Ich stelle mir die möglichen Lösungen für ein Problem vor." Er runzelte die Stirn: "Allerdings habe ich Schwierigkeiten mit meiner Lichttheorie."

Arka lächelte wieder. "Ja, du benutzt deinen Verstand. Aber das bringt dich nur so weit. Um wirklich zu verstehen, musst du das Licht in deinem spirituellen Herzen stärker wahrnehmen. Deshalb bist du hier."

Albert hatte das Gefühl, dass das, was Arka ihm gesagt hatte, richtig war. "Ich wäre sehr dankbar für alles, was Sie mir beibringen können", sagte er mit untypischer Bescheidenheit.

Arka bat Johann, draußen zu warten, dann führte er Albert zu zwei Mahagoni-Stühlen, die sich gegenüberstanden, und deutete Albert an, sich ihm gegenüber zu setzen.

Arka sagte: "Lege deinen Kompass in deine offene linke Handfläche, schließe dann deine Augen, lehne dich zurück und entspanne dich." Albert tat, was ihm gesagt wurde, und Arka fuhr mit seiner Lektion fort. "Nimm einen tiefen Atemzug und halte ihn an. Jetzt lass die Luft raus. Albert tat, was ihm mehrmals gesagt wurde, dann hörte er Arka sagen: "Erkenne die Liebe in deinem Herzen. Stell dir eine Lichtpräsenz vor, die tief in dir leuchtet. Stell dir den Klang deines Geistes vor, der zu dir singt."

Albert ließ sich vom Klang von Arkas Stimme mitreißen, während der Priester-Wissenschaftler ihn immer tiefer in sein Selbst führte.

Nach einer unbestimmten Zeit hörte Albert Arka sagen: "Jetzt öffne deine Augen und lege deinen Kompass neben dein Herz."

Mit einer Gelassenheit, die an Ehrfurcht grenzte, tat Albert wie ihm geheißen.

"Wenn Sie sich auf Ihre Gedankenexperimente einlassen, halten Sie den Kompass neben Ihr Herz, und er wird Sie wieder mit diesem Segen verbinden. Wenn das geschieht, wirst du frei sein, dich in größerem Maße auf die innere Quelle deiner Kreativität auszudehnen."

Alberts Haut kribbelte. Seine braunen Augen funkelten in einem sanften Licht. Er bemühte sich zu sprechen, konnte es aber nicht und lehnte sich in seinem Stuhl zurück.

"Mit der Zeit wirst du das auch ohne den Kompass schaffen", sagte Arka.

Albert nickte nur anerkennend.

Arka erlaubte Albert respektvoll, sich in diesem Licht seiner eigenen Essenz zu sonnen und ging, um Johann zurück in den Raum zu bringen. Als Johann eintrat, warf er einen Blick auf Albert und erklärte: "Albert, du siehst strahlend aus."

Albert atmete tief ein und neigte anerkennend den Kopf, dann wandte er sich an Arka. "So etwas habe ich noch nie erlebt."

Arka nickte verständnisvoll. "Du bist über deinen Verstand hinausgegangen, Albert, in einen reineren Zustand des Seins. Dein Kompass wird dir dabei helfen, einen solchen Zustand zu erreichen, wenn du in deine eigene Zeit zurückkehrst."

Albert richtete seine Aufmerksamkeit auf den Kompass und runzelte die Stirn. "Das wäre toll, Arka, aber wie bringe ich ihn sonst zum Laufen? Es gab mehrere Gelegenheiten, bei denen er aufgewacht ist, und ich weiß nicht, warum."

"Kannst du dich erinnern, was passiert ist, als das passiert ist, Albert?" wollte Arka wissen.

Albert dachte einen Moment lang nach. "Das erste Mal war, als Johann und ich Kinder waren. Ich zeigte es ihm und erzählte ihm, wie ich es von meinem Papa bekommen hatte. Plötzlich leuchtete es wie von Zauberhand auf."

"Okay, zeig mir, was du gemacht hast", bat Arka.

Albert dachte einen Moment nach, dann hielt er sich den Kompass vor die Brust, wie er es getan hatte, als er ihn Johann vor so vielen Jahren gezeigt hatte. "Es war ungefähr so."

Der Priester wusste, dass es nicht erlaubt sein würde, den Shamir-Stein zu erklären, also antwortete er: "Ja, der Kompass reagiert auf das Liebende in deinem Herzen. Wenn du bereit bist, eine Situation zu erschaffen, halte das Gerät in die Nähe deines Herzens, schließe deine Augen und atme in Liebe mit deinen Gedanken. Du wirst in dein intuitives Wissen transzendieren, wo du vielleicht Bilder oder Symbole siehst." Dann stellte Arka eine weitere Frage. "Hast du das Symbol 33 gesehen?"

Albert nickte wieder: "Ja, das letzte Mal war kurz vor dem Unfall im Labor in der Schule. Dreiunddreißig blitzten auf und kurz darauf kam die Explosion, aber ich habe mir nur den Arm verbrannt und nicht den Kopf weggeblasen." Albert hielt inne. "Ich schätze, die 33er-Warnung hat mich vor der vollen Explosion bewahrt."

Arka sagte: "Der Kompass ist heilig und nur für dich bestimmt. Er ist auf dein Schicksalsmuster abgestimmt und verfügt über ein Energiefeld, das drohende Gefahr erkennen kann. Deine Verbindung zu Johann war schon immer tief, aber von jetzt an rate ich dir dringend, das Gerät niemandem zu zeigen - nicht einmal deiner Frau oder deinen Kindern, solltest du heiraten."

Albert zögerte, sah aber die Weisheit in dem, was Arka ihm gesagt hatte. "Okay, von nun an heißt es: "Mama".

"Gut", sagte Arka, "da du nun in Gefahr vor meinem Bruder Raka bist, werde ich deinen Kompass mit der Zahl '666' programmieren. Wenn sich mein Bruder auf 15 Meter nähert, ertönt ein Ton, den nur du hören kannst, um dich zu warnen, dich umzusehen und zu sehen, wer in der Nähe sein könnte. Wenn er sich auf 5 Meter nähert, blinkt die Zahl '666'. Wenn das passiert, schauen Sie sich um, wer in der Nähe ist."

"Verstanden", sagte Albert.

"Gut. Aber denk daran, Raka mag wie ein Mensch *aussehen*, aber er ist kein Mensch mehr", sagte Arka, während er die Mitte des Kompasses drückte und einen Segensspruch in den Shamir summte.

"So klingt der Alarm", sagte Arka und drückte auf den Kristall in der Mitte des Kompasses.

Albert lauschte dem melodiösen Klang, aber Johann sah verwirrt aus. "Ich höre nichts", sagte er. Arka grinste. "Das liegt daran, dass die Frequenz auf Albert eingestellt ist. Es wäre kein gutes Warngerät, wenn Raka es hören könnte, nicht wahr?"

"Ich glaube nicht", sagte Johann und rollte über seine eigene Naivität mit den Augen.

"Was soll ich tun, wenn Raka in meine Nähe kommt?", fragte Albert.

Arka stand auf und führte die Jungen in Richtung des Aufzugs. "Geht schnell an einen sicheren Ort. Vielleicht wäre es das Beste, in eine Menschenmenge zu geraten. Er wird sich nicht zu erkennen geben wollen. Wenn er sich bis auf zwei Meter nähert, wird der Kompass vibrieren, und ihr solltet in der Lage sein zu erkennen, wer den Alarm auslöst." Dann hielt Arka inne und wurde ernst. "Aber es besteht die Möglichkeit, dass du nicht entkommen kannst. Du musst vielleicht kreativ werden und einen Weg finden, dich zu verteidigen."

"Großartig", sagte Albert und war mehr als nur ein wenig besorgt.

Arka blieb feierlich. "Seid euch auch bewusst, dass Raka Verbündete haben könnte, die euch schaden wollen. Vielleicht sind sie auch nicht offensichtlich. Haltet Ausschau nach allem, was verdächtig erscheint."

Albert stieß einen tiefen Seufzer aus. "Ich werde mein Bestes tun, um mich am Leben zu erhalten, damit ich meine "Mission" erfüllen kann", sagte Albert mit einem Hauch von Sarkasmus. "Wissen Sie, ich kann nicht behaupten, dass ich Ihnen das früher abgenommen hätte, aber jetzt...", sagte er und warf einen bedeutungsvollen Blick auf seinen Arm.

"Ich bin sicher, du wirst es schaffen, mein Freund", sagte Arka mit einer Zuversicht, die Albert Mut machte.

Als sie den Tempel verließen, holte Arka einen Alexandrit-Kristall aus seiner Tasche. Er hielt den violett-grünen Stein in die Sonne und betete: "Ich rufe dazu auf, das Tor Gottes mit dem heiligen Geist in die Reiche des Lichts zu öffnen."

Im nächsten Moment materialisierte sich die Arche in der Nähe und die drei gingen zu ihr hinüber.

"Ich werde mein Bestes tun, um mich an das zu erinnern, was du mir gesagt hast, Arka", versprach Albert, als er sich dem Raumschiff näherte.

"Weil wir Sie so intensiv beschäftigt haben, glaube ich, dass Sie mehr davon in Ihrem bewussten Gedächtnis behalten werden, als Sie es unter anderen Lernbedingungen getan hätten. Und ich glaube, dass die ungewöhnliche Heilung deines Arms ein bewusster Auslöser für dich sein wird."

Als Johann seinem Freund in das Fahrzeug folgte, sagte Arka: "Du machst deine Sache gut, Johann. Albert kann sich glücklich schätzen, einen Freund wie dich zu haben, der ihm hilft."

Johann strahlte über das große Lob.

Kurz bevor er das Schiff erreichte, drehte sich Albert um und rief: "Warte, wann kann ich wieder hierher zurückkehren? Es gibt so viel zu sehen und zu erleben."

Arka atmete tief ein, aber eine Traurigkeit erreichte seine Augen. "Es tut mir wirklich leid, Albert, aber ich glaube nicht, dass du zurückkehren kannst. Da Raka droht, die arischen Kräfte zu entfesseln, um die Feuerkristalle zu übernehmen, werden wir mehr als beschäftigt sein."

Auf Alberts niedergeschlagenen Gesichtsausdruck hin lächelte Arka und fügte hinzu: "Aber du lernst, Zugang zu deiner inneren Weisheit zu finden, Albert, alles, was du wissen musst, ist wirklich in dir."

Albert und Johann gingen zur Arche, und Ezekiel berührte den Bildschirm des Crystal-Lux-Portals. Das holografische Portal öffnete sich, und der Beleuchtungsstrahl zog Albert und Johann durch die astrale Tür. Innerhalb eines Herzschlags verschwand das goldene Schiff.

Nach der Rückkehr in seine eigene Zeit wurde Alberts Ätherkörper wieder mit seinem physischen Körper vereinigt, während Ezekiel und *der Atlas* zu den Reisenden in die Astralwelt zurückkehrten. Johann blieb in ätherischer Form bei Albert.

Nach einem Moment öffnete Albert die Augen. Er war noch etwas benommen, aber er erkannte Johann sofort wieder, selbst in seiner nicht ganz so starken Präsenz. Er setzte sich mit einem Lächeln auf. "Ich hatte den unglaublichsten Traum, Johann. Du warst bei mir. Wir flogen in einem goldenen Schiff und reisten an einen erstaunlichen Ort. Oh, und da ist ein Bösewicht, der meinen Kompass will."

Johann grinste. "Träumen, ja? Wie erklärst du dir das dann?", sagte er und zeigte auf Alberts Arm.

Albert schaute hin und überlegte kurz. Der Verband war immer noch auf seinem Arm, aber er spürte, dass er weder Schmerzen noch Steifheit hatte. "Er stocherte vorsichtig in der Bandage herum, dann stach er fester zu. Kopfschüttelnd löste er die Gaze und beugte seinen perfekt geheilten Arm. Er schaute Johann mit großen Augen an und sagte: "Du meinst...?"

Johann nickte und sein Grinsen wurde breiter. "Stimmt. Kein Traum."

Albert ließ sich auf sein Bett zurückfallen und seufzte. "Mein Gott, Johann, meine Welt steht auf dem Kopf."

Johann hielt eine beschwichtigende Hand hoch. "Ich weiß, es ist viel, Albert. Aber das wird schon wieder." Dann kam Johann ein Gedanke. "Weißt du noch, was Arka gesagt hat, wie man den Kompass benutzt?"

Albert drehte sich auf die Seite und sah seinen Freund an. "Ja, ich glaube schon."

"Das ist es, worauf es ankommt", versicherte Johann. Dann wurde sein Freund auf untypische Weise ernst. "Albert, ich habe das, was die Mystischen Reisenden von mir wollten, hier mit dir erledigt. Ich muss mich um meine eigene Mission kümmern. Also muss ich zurück ins Astralreich und meine Ausbildung fortsetzen."

Albert schüttelte den Kopf: "Wer hätte gedacht, dass wir beide wichtige Dinge zu tun haben, Johann?"

Johann zuckte mit den Schultern: "Das hätte ich nie gedacht. Aber das Leben ist, wie es ist." Dann trat er einen Schritt zurück und machte sich bereit, zu gehen. "Es ist Zeit für dich, auf eigene Faust weiterzugehen, Albert. Sei dir bewusst, dass es Leute gibt, die nicht wollen, dass du deine Mission erfüllst. Sei brillant und sei auf der Hut." Dann lächelte Johann ein breites Lächeln. Weißt du, Albert, ich glaube, du bist dabei, das Abenteuer deines Lebens zu erleben."

Albert lächelte zurück, wenngleich sein Lächeln etwas reumütiger war. "Ich weiß nicht, worauf ich mich da eingelassen habe. Aber ich bin sicher, dass es nicht langweilig sein wird."

Johann nickte daraufhin und sagte: "Okay, ich muss los. Pass gut auf dich auf, Albert. Und höre auf die Warnungen deines Kompasses."

"Das werde ich", sagte Albert und griff nach seiner Hosentasche mit dem Kompass in der Tasche.

Mit dem Kompass in der Hand lehnte sich Albert zurück und begann, die neuen Welten zu erforschen, die sich knapp hinter dem Rand seines Bewusstseins befanden.

Nicht weit davon entfernt schmiedete die Gräfin Victoria von Baden ihre eigenen Pläne.

Kapitel 29
Victorias Plan

Die Jagd nach dem Kompass belastete die Gräfin Victoria von Baden. Sie lehnte sich auf einem getufteten kastanienbraunen gotischen Sofa zurück und blickte stirnrunzelnd in den vergoldeten Spiegel, den sie in der Hand hielt. Was sie sah, gefiel ihr nicht. "Ich bin diesem elenden Reptil zu viele Jahre lang hinterhergelaufen, und alles, was ich vorzuweisen habe, sind Falten und graues Haar. Ich bin meinem Kompass kaum näher als vor mehr als einem Jahrzehnt, als wir herausfanden, wo er war." Wenn sie an ihren Auftritt im Krankenhaus zurückdachte, dachte sie: "Hätte ich doch nur diesen verachtenswerten Judenjungen im Krankenhaus vergiften können, dann würde der Preis jetzt mir gehören."

Als der letzte Plan, den Kompass in der Klinik in ihre Gewalt zu bringen, gescheitert war, floh sie von ihrem vorübergehenden Wohnsitz in Zürich in ihr Altes-Schloss am Bodensee. Einige Tage danach verließ Raka den menschlichen Körper von Professor Meiss und kehrte in seiner Drachengestalt zurück, um sich ihr anzuschließen und den nächsten Schritt zu planen.

Auf wie viele Pläne hatte sie schon gehört? Victoria leerte ihr Weinglas und spottete über Raka: "Dieses Mal werden wir den Kompass haben, das garantiere ich." Der Genuss von ein oder zwei Gläsern Rotwein war zu einer alltäglichen Routine geworden und ein Weg, um zu vermeiden, was aus ihr geworden war: eine müde, alternde Frau.

Ihre unwiderstehlichen bernsteinfarbenen Augen leuchteten dunkler und waren rot von der Müdigkeit des Lebens. Sie stöhnte sowohl vor Kummer als auch vor Frustration und zerrte an ihren dünner werdenden, langen, einst hellen kupferfarbenen Locken, die jetzt graue Strähnen aufwiesen. Ihre sinnlichen Lippen, die so vielversprechend ausgesehen hatten, waren jetzt dünn und missbilligend. Victoria seufzte. "Ich kann es nicht leugnen, ich habe mich gehen lassen."

Mit diesem Eingeständnis richtete sich die Gräfin auf und begann auf und ab zu gehen. "Ich bin nicht mehr das unschuldige Mädchen, das Raka gefunden hat. Es ist an der Zeit, dass ich meine Macht zurückerobere und mich selbst von diesem Einstein-Jungen befreie." Sie wanderte zum Schlafzimmerfenster und zog die Vorhänge zurück. Vom obersten Stockwerk ihrer Villa aus starrte sie auf die Statue ihres Vorfahren Heinrich von Hohenlohe hinunter, eines ehemaligen Johanniter-Ritters, der bei den Kreuzzügen in Jerusalem dabei gewesen war und Mitte des dreizehnten

Jahrhunderts als siebter Großmeister des Deutschen Ordens gedient hatte. Victoria war die Erbin eines der reichsten und mächtigsten Feudalherren in Württemberg.

Herr Hohenlohe hatte in den Ruinen des Salomonischen Tempels die Reliquie gefunden, die Victoria nun suchte. Der mit zwölf Edelsteinen besetzte Kompass hatte jahrhundertelang in einer staubigen Truhe gelegen, bis sie ihn entdeckte und attraktiv fand, weil sie ihn für eine hübsche Spielerei hielt. Ihr Vater, der gar nicht wusste, was er besaß, nahm ihn ihr weg und tauschte ihn zusammen mit anderen Familienjuwelen bei der Einstein Electric Company gegen ein neues Beleuchtungssystem in ihrem riesigen Schloss ein.

"Niemand ahnte, welche Macht dieses alte Relikt besaß", sinnierte Victoria. "Raka ist an sich schon beeindruckend, aber er sucht diesen Kompass. Er muss unvorstellbar mächtig sein." Dann gingen ihre Gedanken in eine etwas andere Richtung. "Wenn ein so mächtiges Wesen wie Raka nicht in der Lage war, den Einstein-Jungen aus dem Weg zu räumen, ist es dann möglich, dass der Kompass ihn beschützt? Das würde sicherlich einiges erklären", erkannte sie. Wenn der Kompass Einstein beschützt hat, dann stell dir vor, welchen Schutz und welche Macht ich ihm abtrotzen kann."

Als sie diese Möglichkeiten in Betracht zog, verzogen sich ihre Lippen zu einem bösen Lächeln. "Ich bin eine Gräfin. Ich habe es satt, das Dienstmädchen einer Riesenechse zu sein. Wenn ich meinen Kompass zurückbekomme, werde ich unabhängig von dieser grotesken Kröte sein und muss nicht mehr nach seiner Pfeife tanzen." Die Gräfin stieß einen tiefen

Seufzer aus, als ob sie sich von einer lang gehegten Last befrei-en würde. "Ich glaube, ich werde die Macht des Kompasses nutzen und diese schleimige Echse für mich arbeiten lassen!"

Mit neuem Enthusiasmus und Entschlossenheit schmiedete sie einen Plan, um das Familienerbstück zu-rückzuholen: "Ich werde Rakas Stock mit den Giftnadeln benutzen, um diesen Einstein-Jungen zu töten. Wenn ich den Kompass zurück habe, wird es bald überall in meinem Königreich Statuen von *mir* geben!"

Ihre fröhlichen Überlegungen wurden durch ein sanftes Klopfen an ihrer Zimmertür unterbrochen. Sie erkannte das zaghafte Geräusch als das Klopfen von Ana, ihrer Magd.

"Herr Werner von Wiesel ist unten für Sie, Herrin", sagte die mausgraue kleine Frau.

Die Gräfin hatte ihn erwartet. Raka hatte ihr erzählt, dass er den jungen Mann ins Schloss eingeladen hatte. Seine Notiz hatte den Eindruck erweckt, dass die Einladung von Victoria stammte, da der junge Narr in sie vernarrt war. Der einzige Grund, warum Victoria nicht widersprochen hatte, war, dass sie wusste, dass dies Teil eines weiteren Plans war, den Raka ausheckte, um den Kompass von Einstein zu be-kommen. Also war sie bereit, mitzuspielen ... vorerst.

Victoria erinnerte sich an ihr Gespräch mit Raka. Als er sie über die Einladung informiert hatte, hatte sie sich erkundigt, was Raka mit dem Jungen vorhatte. Mit einem schadenfrohen Grinsen sagte Raka ihr, dass er den Jungen nicht wirklich brauche, nur seinen Körper.

Victoria hatte kurz über die Möglichkeit nachgedacht, dass die Echse wieder in einem jungen und männlichen Körper steckte, und dann innegehalten. "Aber ist er nicht dein Freund?", hatte sie gefragt. Raka hatte eine Beziehung zu Werner aufgebaut, als er einen seiner mächtigeren Körper bewohnte, den Jungen mit Schmeicheleien überhäufte und ihm große Dinge andeutete. Werner hatte es verschlungen. Selbst als der Junge seine Mission mit Einstein scheiterte, hielt der Drache in einer für ihn untypischen Art der Vergebung seine Beziehung zu ihm aufrecht, schürte Werners Hass und spielte mit seinem Bedürfnis, respektiert zu werden.

Raka winkte mit der Hand, als wolle er den Gedanken abtun. "Bah, er ist nicht mein Freund. Er ist nur manchmal nützlich."

Victoria lenkte ihre Gedanken zurück in die Gegenwart und sagte zu ihrem Dienstmädchen: "Bring ihn in die Bibliothek und versorge ihn mit Tee und Süßigkeiten. Sagen Sie ihm, dass ich in Kürze zu ihm stoßen werde."

* * *

Victoria schritt mit einem neckischen Lächeln in die Bibliothek, die Haare hochgesteckt, um das Grau zu verbergen. Das smaragdgrüne Brokatbustier brachte das Grün ihrer Augen zur Geltung, so dass sie fast wie früher funkelten. Ein oberschenkellanger Rock brachte ihre wohlgeformten Beine optimal zur Geltung, und die drei Zentimeter hohen Absätze ihrer schwarzen Lederstiefel mit silberner Schnalle ließen ihre Hüften nach vorne schnellen und ließen sie noch größer erscheinen, als sie war.

Werner, der einst ein junger Emporkömmling war, war jetzt sechs Fuß groß und seine breiten Schultern spannten den schwarzen Ledertrenchcoat, den er trug. Die Adelige lächelte ihn kokett an und deutete auf den Snack auf dem Buffet: "Sie haben meine Gastfreundschaft nicht in Anspruch genommen.

Werner nahm seinen Filzhut ab und strich sich mit der anderen Hand fast nervös das goldene Haar zurück. "Ich fürchte nicht, Gräfin, ich kann nicht lange bleiben. Meine Pflichten bei der Geheimpolizei lassen mir wenig Zeit für die Dinge, die ich gerne tun würde", sagte er zögernd, während er ihre Hand küsste.

Die Gräfin schmunzelte, als sie das Verlangen des jungen Mannes spürte. "Ach ja? Was ist diese Geheimpolizei, von der Sie sprechen?", fragte sie mit gespielter Faszination. Sie wusste sehr wohl, dass Werners Vater den Kaiser überredet hatte, ihm die Übernahme der staatlichen Vollzugsbehörde mit fast unbegrenzter Macht zu überlassen.

"Es ist etwas, das mein Vater leitet, und er hat mich zum Kommandanten ernannt, der für die Ausbildung von 100 jungen arischen Männern verantwortlich ist", sagte er stolz. Er deutete auf seinen Mantel und seinen Hut und fragte: "Wie finden Sie meine Uniform?", und die Begeisterung überwand seine Schüchternheit.

Victoria nickte in falscher Wertschätzung, während sie dachte: *"Uniform? Ein schwarzer Hut und ein Trenchcoat? Was für ein prätentiöser Narr."* Aber was sie laut sagte, war: "Sie sehen sehr gut aus in Ihrer Uniform. Sie sind so ein starker Mann."

Werner freute sich über ihr Lob. "Ja, der Kaiser und mein Vater haben mich beauftragt, die Politik zur Beseitigung der Gegner des deutschen Staates festzulegen. Sie wissen schon, die Juden und so."

Victoria verschränkte ihren Arm mit seinem und lehnte sich verschwörerisch an ihn: "Ich weiß, Sie sind ein vielbeschäftigter Mann. Aber ich möchte Sie um einen kleinen Gefallen bitten, wenn ich darf.

Werner lächelte: "Nun, Gräfin, ich würde mich freuen, Ihnen in jeder Hinsicht behilflich sein zu können." Er sah ihr in die Augen, aber sein Blick konnte nicht umhin, zu ihren wohlgeformten Brüsten zu wandern, die Victoria sicher zur Schau gestellt hatte. Sie unterdrückte ein Lächeln, als sie spürte, wie sich seine Reaktion auf sie gegen ihr Bein steifte.

Victoria drückte Werners Arm und sagte: "Ich glaube, das könnte dir sogar gefallen, mein Schatz. Das letzte Mal hat unser Plan, deinen Schulfreund Albert Einstein zu eliminieren, nicht funktioniert, aber vielleicht haben wir ja mit deiner neuen Autorität Erfolg."

Werner konnte kaum zuhören. Die weibliche Präsenz der Gräfin und ihr französisches Parfüm haben ihn verwirrt. Konnten seine Tagträume von Intimität mit ihr wahr werden? Mühsam rang Werner darum, sich wieder auf das zu besinnen, was Victoria sagte. Irgendetwas über den Juden,

Einstein. "Nun, ich war ein Heranwachsender, als wir uns das erste Mal trafen, aber jetzt kann ich dir so viel mehr bieten." Er versuchte, sie fester an sich zu ziehen.

Victoria spürte seine Erregung und fügte schüchtern hinzu: "Herr von Wiesel, ich weiß, dass Ihre Zeit kostbar ist, aber dürfte ich Sie vielleicht dazu verleiten, sich zu mir zu setzen, damit wir diese Diskussion in einem... intimeren Rahmen fortsetzen können?"

Werner konnte seine Zustimmung nur stammeln.

Die beiden schlenderten aus der Burg hinaus zu einem versteckten Eingang auf der Rückseite des steinernen Gebäudes. Dagobert I., der König, der die Merowingerburg erbaut hatte, wollte eine abgeschiedene Höhle für sich und ein sicheres Lager für sein Gold und die Familienjuwelen.

Victoria öffnete das verzierte schmiedeeiserne Tor mit einem passenden Schlüssel, den sie aus ihrer Rocktasche zog. Sie winkte Werner in den rohen, steinernen Durchgang und zündete eine Messinglaterne an. Werners Kopf berührte fast die Decke, als sie eine der zwanzig Marmortreppen hinabstiegen. Als sie die letzte Stufe erreichten, machte die Gräfin eine Bewegung, als ob sie stolpern wollte. Werner streckte die Hand aus, um sie zu beruhigen.

"Geht es Ihnen gut, Gräfin?", fragte er besorgt.

Victoria ergriff seine ausgestreckte Hand und beruhigte sich. "Es ist nichts, Werner, ich komme schon klar." Während die Gräfin ein leichtes Hinken vortäuschte, betraten sie einen großen, fensterlosen, quadratischen Raum, in dem es nach Feuchtigkeit und Most roch. Die Gräfin zündete zwei Fackeln an, die den Kamin flankierten, und kniete dann nieder, um das Feuer zu entfachen, das bereits gelegt worden war.

Werner bemerkte die Stille in dem kalten, dicken Steinraum. An der Rückwand standen eine hohe Eichentruhe und ein quadratischer Mahagonitisch mit vier Sesseln mit gerader Rückenlehne. In der Mitte des Raumes stand ein Ebenholzsofa im gotischen Stil. Ein dicker antiker Teppich bedeckte den Steinboden.

Allein mit der Gräfin, wo niemand sie sehen oder hören konnte, nahm Werner seinen Mut zusammen und versuchte, höflich zu klingen. "Meine Gräfin, ich habe kaum zu träumen gewagt, dass ich in einem solchen Rahmen mit Ihnen zusammen sein könnte."

Victoria wandte ihren Blick vom Feuer zu dem jungen Mann. "Nun, Werner, ein gutaussehender und einflussreicher Mann wie du...", sagte sie und überließ die Andeutung seiner Phantasie.

Von Wiesel schluckte und stammelte: "Ich meine nicht, dass viele junge Mädchen kein Interesse daran haben, ... äh, mich näher kennen zu lernen. Aber eine Frau mit Ihrer Weltläufigkeit und Erfahrung..." Er ließ den Satz stehen.

Victoria runzelte die Stirn. *"Nennt er mich eine alte Schlampe?"*

Victoria erinnerte sich an ihre Absicht, unterdrückte eine empörte Reaktion und erhob sich mit einer lächelnden Geste zum Liebessitz: "Ah, nun, setzen Sie sich doch." Sie ging zu der Eichentruhe und öffnete geschickt eine der Flaschen, die neben einem Tablett mit Weingläsern standen.

Sie schenkte zwei Gläser mit rotem Claret ein, und während Werner sich im Raum umsah, streute sie ein wenig weißes Pulver in eines der Gläser. Es war genau die Art von Pulver, die sie vor nicht allzu langer Zeit benutzt hatte, um Professor Meiss zu überwältigen. Nicht, dass sie nicht selbst mit dem jungen Trottel fertig geworden wäre, aber das würde es um so leichter machen.

Sie trug die beiden Gläser zum Sofa und reichte Werner den betäubten Wein, dann setzte sie sich dicht neben den Jungen, ihre Hüfte berührte seine. Sie legte ihre Handfläche auf seinen Oberschenkel und murmelte: "Als wir uns das erste Mal trafen, warst du so jung, Werner. Aber ich spürte, dass du Potenzial hast. Wie ich sehe, hatte ich Recht. Du bist der große und starke Mann geworden, den ich mir vorgestellt habe."

Als Werner ein weiteres Mal schluckte, erklärte Victoria: "Lass uns auf alte Zeiten und neue Möglichkeiten anstoßen, ja?" Er nickte, errötete, und sie stießen mit ihren Gläsern an. Victoria nippte an ihrem Glas und sah zu, wie Werner einen großen Schluck nahm.

Werner nahm einen weiteren großen Schluck, um sich Mut zu machen, stellte das Glas auf den Boden und wandte sich an die Gräfin. "Meine Gräfin, Sie haben keine ... keine ... Ahnung ..." Er wollte die Frau umarmen, aber er merkte, dass er seine Arme nicht kontrollieren konnte. Ich ... ich weiß nicht ... was ...?" Mit einem Keuchen sackte Werner zurück.

Raka beobachtete das Wechselspiel zwischen der Gräfin und Werner mit Verachtung für den ungeschickten Jungen. Als Werner das Bewusstsein verlor, betrat der Drache den

Raum. Er hätte den Jungen überwältigen können, als die Gräfin ihn zum ersten Mal in die Kammer gebracht hatte, aber warum sollte er sich unnötig anstrengen und zusehen müssen, wie der Junge um sich schlug und schrie, wenn er die Dinge auch ohne viel Aufhebens erledigen konnte.

In seiner Drachengestalt sagte Raka: "Gut gemacht, meine Liebe. Du warst immer jemand, auf den ich mich verlassen konnte."

Victoria antwortete: "Schade, dass der kleine Tyrann nicht zu schätzen weiß, was er für dich tut."

Raka lächelte ein Echsengrinsen und stupste Werner mit seiner Klaue an. Der schlafende Junge reagierte nicht. Grunzend zerrte der Drache Werners schwarzes Hemd von seiner blassen, weißen Haut weg und entblößte seinen Unterleib. Dann drang er mit einer langen Klaue tief in seinen Bauch ein.

Der Schmerz reichte aus, um Werner zu wecken, der einen schmerzhaften Aufschrei von sich gab.

Der Drache grinste und blickte Werner in die Augen: "So ist es besser. Jetzt, Werner, wirst du mir ein letztes Mal dienen."

Werner zuckte zusammen, als er den Drachen sah und seine Stimme erkannte. Er hatte gehört, dass Raka als "der Drache" bezeichnet wurde, aber er hatte das nicht wörtlich genommen. Das hatte niemand. "Oh mein Gott. Was meinst du?"

Victoria klopfte dem immer noch gelähmten Jungen auf den Arm. "Mach dir keine Sorgen, Werner. Es ist eine große

Ehre, Raka zu dienen." Dann wandte sie sich an Raka: "Mein Herr, ich scheine mir den Knöchel verstaucht zu haben. Ihr habt doch nichts dagegen, wenn ich mir Euren Stock für eine Weile ausleihe, oder?"

Abgelenkt von Werner und begierig darauf, zur nächsten Phase seines Plans überzugehen, winkte der Drache sie ab, ohne sie auch nur anzuschauen. "Nein. Gut. Was immer du brauchst."

Sie verbarg ihr zufriedenes Lächeln und nickte zum Dank. Sie drehte sich um, humpelte zu der Stelle, wo der Stock an der Wand lehnte, und verließ humpelnd die Kammer. Während sie die Treppe hinaufstieg, überlegte sie, wie sie Einstein mit einer vergifteten Nadel ausschalten und den Kompass an sich nehmen könnte. "Sobald ich den Kompass habe, wird die Echse mir nichts mehr anhaben können, so wie sie Albert nichts anhaben konnte, solange er ihn hatte", sinnierte sie. Als Werners gequälte Schreie aus dem Raum unter ihr ertönten, war sie für einen Moment fast abgelenkt. Aber sie verschwanden aus ihrem Bewusstsein, als sie zurück in ihr Zimmer ging.

Kapitel 30
Eine Einladung

Albert warf den Brief auf seinen Schreibtisch und begann auf und ab zu gehen. "Dummköpfe!" Er meinte damit die Professoren Weber und Pernet von der Physikabteilung des Polytechnikums. Sie hatten es abgelehnt, ihn für eine Lehrtätigkeit zu empfehlen, nachdem er sein Studium abgeschlossen hatte. Albert hatte versucht, Professor Meiss ausfindig zu machen, der, zumindest anfangs, Alberts Leidenschaft für Spitzenforschung zu verstehen schien. Aber er war distanziert geworden und dann auf mysteriöse Weise verschwunden.

Wie der größte Teil seiner Ausbildung war auch der allgemeine Physikunterricht an der Eidgenössischen Polytechnischen Schule für Albert nicht interessant, und er hatte die Professoren dort weitgehend verprellt, als er ein Selbststudium aufnahm, um aus erster Hand von den Meistern zu lernen. Er hätte sich gewünscht, von seinen Vorbildern James Clerk Maxwell und Ludwig Boltzmann, den Pionieren und Begründern der kinetischen Theorie der Materie, unterrichtet zu werden.

So hatte Albert oft den Unterricht geschwänzt, die neuesten Forschungsergebnisse studiert und sich dann naiv gewundert, warum die Fakultät ihn abwies, als er sich um eine Stelle als Lehrer bewarb. Tatsache war, dass seine Professoren zwar sein Genie erkannten, aber seinen mangelnden Respekt vor ihnen oder den traditionellen physikalischen Theorien, die sie lehrten, nicht duldeten.

Nach vier Jahren Studium war Albert Ende Oktober 1900 kein Student mehr und er war arbeitslos. Er suchte Arbeit in Bern und in Mailand, wo seine Eltern lebten. Er schrieb fleißig Bewerbungen und Briefe, und 1901 hatte er einen wahrhaft beeindruckenden Stapel von Ablehnungspostkarten. Er begann sich zu fragen, ob der Antisemitismus eine Rolle bei seiner Unfähigkeit spielte, eine Stelle zu finden. Die Geschworenen waren sich darüber nicht einig.

In seiner Verzweiflung wandte sich Albert an seinen Schulfreund Michael Besso, der nach seinem Abschluss eine Zeit lang umhergezogen war und dann in Italien Ingenieur wurde. Von allen Menschen, die Albert kannte, war Besso - abgesehen von seiner Verlobten - sein engster Freund. Aber, Freundschaft hin oder her, auch er konnte nicht helfen.

Als er sich auf Schritt und Tritt ausgebremst fühlte, kam ein Hoffnungsschimmer durch seinen ehemaligen Klassenkameraden und Studienfreund Michael Grossman, mit dem Albert oft den Unterricht schwänzte und in die

Cafés ging, um über "echte" Wissenschaft zu diskutieren. Michael hatte von einer Möglichkeit beim Schweizerischen Patentamt erfahren. Und es schien, dass Michaels Vater den Direktor des Patentamts kannte und bereit war, Albert für diese Stelle zu empfehlen. Obwohl es nicht annähernd das war, was Albert wollte, war er bereit, jede Möglichkeit in Betracht zu ziehen. Nun wartete er darauf zu erfahren, ob er angenommen würde.

* * *

Die Sonne würde erst in drei Stunden aufgehen, aber Albert war schon wach. Er trug seinen Bademantel und seine Pantoffeln und war müde von zu viel Koffein und zu wenig Schlaf. Aus Angst, dass ihm das Geld ausgehen könnte und er immer noch keinen Job hatte, saß er am Küchentisch, der vollgestopft war mit Notizbüchern, die mit mathematischen Gleichungen vollgestopft waren. Auf der Suche nach einer Antwort auf sein Dilemma zog er seinen mit zwölf Edelsteinen besetzten Kompass aus der Tasche seines Bademantels.

Wie so oft weckte der Kompass Erinnerungen an den Tag, an dem sein Vater ihm nicht nur einen Peilsender aus Messing schenkte, sondern ihn auch auf die Suche nach den unvorhergesehenen Kräften des Universums mitnahm. Als Albert spürte, wie sich sein Herz vor Liebe zu seinem Vater öffnete, zog er den Kompass näher an seine Brust und schloss die Augen.

Albert wiederholte den Segen für die Aktivierung des Kompasses, den Arka ihm gegeben hatte. Kaum hatte er das Gebet beendet, hörte Albert die Klänge einer Gitarre und eines Mannes mit schottischem Akzent, der ein Robert-Burns-Gedicht "Comin' Thro' the Rye" sang. Als die Musik deutlicher wurde, formte sich ein Bild. Mit einem überraschten Atemzug erkannte Albert James Clerk Maxwell. Maxwell hatte sich bereits 1855 mit Elektrizität beschäftigt und darüber berichtet. Für seine Arbeiten zum Elektromagnetismus, zur Kinetik und zur Thermodynamik erhielt er alle wissenschaftlichen Auszeichnungen seiner Zeit. Seine bedeutendste Entdeckung waren jedoch seine Gleichungen für den Elektromagnetismus, die zweite große Vereinheitlichung in der Physik, nach der ersten von Sir Isaac Newton.

Maxwell, ein gläubiger evangelischer Presbyterianer und Ältester in der schottischen Kirche, beendete sein Lied und sagte dann zu Albert: *"Ja, Junge, was du suchst, ist jenseits der Mathematik. Welche Prinzipien der vielen Disziplinen, die du gelernt hast, hast du gemeistert? Der Herr sieht das Universum in Harmonie. Finde die Einheit in allem."*

Als das erste Licht der Morgendämmerung in sein Auge fiel, wurde Albert aus seiner Träumerei wach, den Kompass noch immer fest in der Hand haltend. Die Inspiration traf ihn wie ein Schlag und er rief aus: "Oh, ich verstehe, wie ich meine Arbeit über Kapillarität mit Boltzmanns Gastheorie verbinden kann!" Albert steckte den Kompass eilig zurück in seine Tasche und begann, in sein Notizbuch zu kritzeln.

* * *

Wie sich herausstellte, war die Empfehlung des älteren Grossman erfolgreich, und Albert wurde beim Patentamt eingestellt. Obwohl er erleichtert war, ein Einkommen zu haben, war die Wissenschaft immer noch Alberts Liebe. Als Patentsachbearbeiter analysierte er technische Entwürfe und arbeitete oft mit Erfindern zusammen, indem er Empfehlungen zu deren Experimenten gab. Seltsamerweise wurde das Schweizerische Patentamt zum idealen Labor für seine Experimente, da Albert mit zeitgenössischen Theorien und einem neuen Ansatz über den Tellerrand hinausblicken und eine neue Richtung in der Physik formulieren wollte.

Eines Tages, als Albert an seinem Schreibtisch arbeitete, erhielt er einen Brief. Als er ihn aufhob, spürte er ein Unbehagen in seinem Magen und fragte sich, ob er schlechte Nachrichten enthielt. War seinen Eltern oder seiner geliebten Verlobten Mileva so weit weg etwas zugestoßen?

Er betrachtete den Umschlag aus teurem weißem Leinen, auf dem sein Name und seine Adresse in feiner Kalligraphie und mit schwarzer Tusche geschrieben waren. Als er den Brief umdrehte, fand er ein rotes Wachssiegel mit einem ihm unbekannten Familienwappen. Albert runzelte die Stirn und brach das Siegel vorsichtig auf. Als er das gefaltete Briefpapier herauszog, wehte ihm der subtile Duft eines französischen Parfums entgegen. Das gab ihm noch mehr

Rätsel auf. Er entfaltete das Papier und las die Nachricht, die von einer zarten weiblichen Hand geschrieben worden war:

Herr Einstein,

Ich würde gerne mehr über Ihre visionäre Arbeit in der Wissenschaft erfahren.

Wären Sie so freundlich, am kommenden Dienstag um 13.00 Uhr in der Dalmaziquai 69 mit mir darüber zu sprechen, wie mein Family Trust Fund Ihre Arbeit unterstützen könnte?

Gräfin Victoria von Baden".

Verblüfft faltete Albert den Brief wieder zusammen und legte ihn zu seinen Notizbüchern und Papieren.

Kapitel 31
Katze und Mausefalle

lbert summte gedankenlos vor sich hin, während er sich rasierte und dann seinen besten, wenn auch etwas abgenutzten Tweedanzug anzog. Er hatte sich für den Tag von der Arbeit freigenommen, um sich mit der Gräfin zu treffen, obwohl ihm die Adresse auf dem Zettel seltsam vorkam. Er konnte sich nicht an ein Gasthaus oder Hotel am Dalmaziquai erinnern, nur an einen trostlosen Park und leere Lagerhäuser am Wasser. Es war nicht die beste Gegend der Stadt. Während er seine Krawatte band, dachte er darüber nach, wer diese Gräfin war und wie sie ihm bei seinen Bemühungen helfen konnte.

Victoria wartete ein wenig ungeduldig auf Alberts Ankunft. Zwei Tage zuvor hatte sie die kurze Reise von Baden-Baden nach Bern unternommen und sich ein Hotelzimmer gesichert. Mit einem schwarzen Schleier, der ihr Gesicht verhüllte, und unter dem Namen Frau Schmidt hatte sie mit dem Besitzer des Maison De Fleur ein Buffet arrangiert. Wenn der

Mann sich über ihre geheimnisvolle Art gewundert hatte, zeigte er es nicht; die Berner Elite nutzte die unscheinbare Unterkunft oft für ihre heimlichen Liebschaften. Entlang der Allee reihten sich zehn Suiten aneinander, jede mit einem eigenen Eingang von der Strasse her.

Um keinen schlechten Eindruck zu hinterlassen, kam Albert eine Viertelstunde zu früh. Er vergewisserte sich, dass seine Kleidung ordentlich und nicht zerknittert war, holte tief Luft und klopfte an die schwarze Holztür mit der Messingnummer 69.

Als die Gräfin die Tür öffnete, empfing ihn der Duft des exotischen französischen Parfums aus dem Brief, den er erhalten hatte. In einem schwarzen Seidenkleid und mit einem verzierten Stock mit goldenen Griffen in der Hand bat sie ihren Besucher einzutreten. Albert trat in den Salon, als sie die Tür schloss und mit einem Dietrich verriegelte.

Albert fand das ein wenig seltsam, aber er vergaß den Gedanken wieder, als er sich umsah. In dem intimen Salon stand ein antikes Chippendale-Sofa, das mit chinesischem gelbem Satin bezogen war, davor ein niedriger Couchtisch mit einer Flasche roten Claret und zwei Kristallgläsern. Am Ende des Couchtisches waren zwei modische Zeitschriften und eine ordentlich gefaltete Zeitung geschmackvoll aufgereiht. Hinter der Couch befand sich ein rechteckiger Esstisch aus Nussbaumholz mit einer üppigen Auswahl an Wurst, Käse, Obst, Butter und Brot, daneben zwei weitere Weinflaschen und zwei Kristallgläser. In der Nähe standen zwei mit gelbem Satin bezogene Sessel und ein wunderschön handgeschnitzter

Schreibtisch, auf dem einige Papiere ordentlich gestapelt waren. Gemälde von Landschaften und orientalische Wandteppiche schmückten die Wände, und frische Blumen auf dem Schreibtisch und den Beistelltischen verliehen der Suite einen Hauch von Eleganz. Ein majestätischer, zwei Meter hoher Philodendron stand in einem zierlich verzierten Porzellantopf an der Wand neben dem Schreibtisch.

Victoria grinste vor sich hin und bereitete sich auf ihren Auftritt vor. "Ich werde mit meiner Beute spielen, bevor ich den Gnadenstoß gebe", dachte sie.

Albert stand in der Nähe des Esstisches und spürte, wie sich sein Herzschlag beschleunigte, als seine Gastgeberin mit ihrem Stock auf ihn zuhumpelte.

Victoria lächelte den jungen Mann an. "Danke, dass Sie mich besuchen, Herr Einstein. Ich hatte gehofft, wir könnten uns entspannen und ein ruhiges Gespräch führen. Ich mag keine lauten Restaurants mit so vielen neugierigen Menschen. Ich bevorzuge eine eher... intime Umgebung. Sie hielt inne und ließ den Satz voller Andeutungen stehen. Albert schluckte und fühlte sich aus irgendeinem Grund ein wenig unwohl.

Ohne auf sein Unbehagen zu achten, fuhr die Gräfin fort. "Bitte, bedienen Sie sich an dieser bescheidenen Kost. Wären Sie so freundlich, mir ein Glas Wein einzuschenken?"

"Natürlich", sagte Albert, schenkte zwei Gläser Claret ein und reichte eines davon seiner Gastgeberin. Das Essen war beeindruckend, aber Alberts einziger Hunger galt der Finanzierung seiner Forschung. "Vielleicht genieße ich die

Mahlzeit ein wenig später", sagte er, nahm die Weinflasche und sein Glas und ging zum Sofa.

"Wie Sie wollen", sagte die Gräfin mit einem Nicken und folgte ihm zur Couch. Sie nahm einen weiteren Schluck Wein, während Albert das Gespräch eröffnete. "Ich war überrascht, dass jemand außerhalb der wissenschaftlichen Gemeinschaft von meiner Arbeit wusste. Gibt es etwas Bestimmtes, das Sie interessiert?" Albert nahm einen Schluck Wein und wartete auf die Antwort der Gräfin.

Victoria ließ sich mit übertriebener Lässigkeit in die Couch zurückfallen. Mit ihrem Weinglas gestikulierte sie in Richtung Albert: "Ich bin an Talenten interessiert, Herr Einstein. Kennen Sie die Werke von Maestro Travalio? Ich bin ihm wie Sie begegnet, gerade von der Universität kommend und mit dem Wunsch, wunderbare Arbeit zu leisten. Ich wurde sein Mäzen und bezahlte ihn dafür, Musik zu komponieren und aufzutreten. Ich habe sogar seine ersten Konzerte organisiert. Sonst hätte er stumpfsinnige Musikstudenten akzeptieren oder einen Job annehmen müssen und Tische bedienen." Albert hob die Augenbrauen. "Ich habe schon von Herrn Travalio gehört. Aber ich bin kein Musiker, fürchte ich."

Die Gräfin nickte und nahm einen größeren Schluck ihres Weines. Sie genoss es, den jungen Narren in ihr Netz aus Täuschung und Lügen zu ziehen. "Nein, aber Ihr Name ist in einigen meiner gesellschaftlichen Kreise aufgetaucht. Es heißt, Sie seien ein begabter Wissenschaftler. Was studieren Sie?"

Wie viel konnte sie schon verstehen? Er schlug die Vorsicht in den Wind und beschloss, ihr eine riesige Dosis seiner Arbeit zu geben, und antwortete: "Bei meinen Forschungen geht es darum, Theorien des Elektromagnetismus, der kinetischen Theorie und der Thermodynamik zu vereinen, um einzigartige Ansätze zur Nutzung von Licht und Energie zu entdecken." Er hielt inne und wartete auf eine Reaktion.

Die Gräfin wollte Albert nicht wissen lassen, dass sie kein Wort von dem verstanden hatte, was er gerade gesagt hatte. Was sie wollte, war, ihr Spiel noch eine Weile zu verlängern. "Das klingt in der Tat faszinierend. Natürlich bin ich keine Wissenschaftlerin. Können Sie mir Ihre Arbeit in Laiensprache erklären?"

Albert zog eine Grimasse, aber wenn das, was er gerade gesagt hatte, die Gräfin nicht abschreckte, gab es vielleicht noch Hoffnung auf eine Finanzierung. Im Geiste bereitete er sich darauf vor, seine Arbeit auf das Wesentliche zu reduzieren, versuchte ein charmantes Lächeln, füllte das Weinglas der Gräfin nach, holte tief Luft und begann mit seiner Erklärung.

Während Albert weiterredete, war die Gräfin mehr und mehr überfordert und verlor die Geduld. Der Spaß an der Verfolgungsjagd ließ langsam nach. Wider besseres Wissen, aber mit der Überzeugung, dass sie diese Erklärung bis zum Ende durchhalten müsse, um ihren Plan zu verwirklichen, füllte die Gräfin ihr Glas immer wieder. Als Albert seine Rede beendet hatte, war Victoria benommen und konnte sich kaum noch konzentrieren. Sie beschloss, dass es an der Zeit war, mit ihrem Plan, den Kompass zu erbeuten, weiterzumachen.

"Danke, dass Sie mir das alles erklärt haben, Herr Einstein. Sie haben mich davon überzeugt, dass Sie und Ihre Arbeit es mehr als wert sind, von der von Baden Trust unterstützt zu werden."

Albert konnte sich ein Lächeln nicht verkneifen. "Ich ... ich fühle mich geehrt, Gräfin." Er dachte bei sich: "Ich vermute, dass der Wein mehr mit ihrer Entscheidung zu tun hatte als meine Rede."

Die Gräfin erhob sich aus ihrem Sessel, ihren Stock in der rechten Hand, ging ein paar Schritte zu dem kunstvoll geschnitzten Schreibtisch und winkte ihn heran. "Bitte, Herr Einstein. In Erwartung unseres Treffens habe ich meine Anwälte eine vertragliche Vereinbarung vorbereiten lassen. Sie unterschrieb das Papier und sagte dann: "Sie brauchen nur noch zu unterschreiben, und wir können fortfahren." Sie drückte Albert das Dokument in die Hand und sagte: "Bitte schenken Sie dem Dokument Ihre volle Aufmerksamkeit. Ich denke, Sie werden mit den Bedingungen zufrieden sein, aber sobald es unterschrieben ist, kann nichts mehr geändert werden."

Äußerst erfreut über diese Wendung des Schicksals ging Albert zum Schreibtisch und beugte sich über das Dokument, fand aber, dass die juristische Terminologie für ihn genauso unverständlich war, wie es die physikalische Diskussion für die Gräfin gewesen sein dürfte.

Während Albert den Vertrag überflog, bereitete Victoria den tödlichen Stock vor. Doch der junge Mann überraschte sie, indem er seine Lektüre beendete, bevor sie vollständig vorbereitet war. Albert sah mit einem verlegenen Lächeln auf und sagte: "Ich bin sicher, dass alles in Ordnung ist, Gräfin".

Als er sich erneut bückte, um den Vertrag zu unterschreiben, schob Victoria die Metallplatte zurück, die den Abzug des Rohrstocks verbarg. Noch bevor er seine Unterschrift leisten konnte, blitzte die Zahl 33 vor Alberts Augen auf. Erschrocken, aber sich der Bedeutung bewusst, zuckte Albert zurück, als ein Projektil an seinem Kopf vorbeiflog.

Die mit Drachengift beschichtete Nadel traf die Topfpflanze, und vor Alberts Augen verwelkte der einst prachtvolle Philodendron, seine Blätter fielen zu Boden. Als Albert verblüfft zusah, verwandelte sich die Pflanze in eine Lache aus zähflüssiger Flüssigkeit.

Verwirrt blickte Albert zu der unsicheren Gräfin hinüber, die ihren Stock auf ihn richtete. Blitzschnell wurde klar, dass der Stock die Quelle des Geschosses war. Da er nun merkte, dass er in Lebensgefahr schwebte, griff der schmächtige junge Mann nach der Gräfin und schlug den Stock nieder, in der Hoffnung, ihn ihr aus der Hand zu reißen.

Als Albert den Stock rüttelte, löste der Finger der beschwipsten Gräfin den Abzug aus und die zweite von mehreren tödlichen Nadeln schoss aus dem Stock und bohrte sich in ihren entblößten Knöchel. Die Gräfin fiel zurück und starrte entsetzt nach unten, während ihr Fleisch zu schmelzen begann.

Auch hier brauchte das Gift nur wenige Augenblicke, um sein Opfer in eine übel riechende gallertartige Masse zu verwandeln, in deren Mitte das durchsichtige schwarze Kleid der Gräfin und der goldfarbene Rohrstock auf dem Boden lagen.

Jetzt war es Albert, der sich verblüfft umsah, während er versuchte, seinen Verstand zu sammeln. Wäre die Warnung nicht gewesen, so erkannte er, hätte er auf das gestarrt, was sein Schicksal gewesen wäre.

Als er wieder zur Besinnung kam, begann er, seine Situation zu überdenken. "Niemand darf herausfinden, dass ich hier war", erkannte er. In den Tod einer Gräfin verwickelt zu werden, könnte katastrophale Folgen haben. "Würden sie denken, ich hätte sie getötet?", fragte er sich.

Als Albert sich hektisch umsah, entdeckte er den Skelettschlüssel auf dem Couchtisch vor der Stelle, an der die Gräfin gesessen hatte. Er nahm den Stock in die Hand und zog damit das Kleid aus der Schlammpfütze. Er schnappte sich die Zeitung vom Couchtisch und wickelte das Kleid eilig darin ein. Vom Schreibtisch schnappte er sich das Dokument, das er zu unterschreiben begonnen hatte, und steckte es in seine Manteltasche. Er ging zur Tür und schnappte sich den Nachschlüssel vom Tisch. Die Tür ließ sich leicht öffnen, und Albert blickte sich um, bevor er hinausging. Da niemand in Sicht war, ließ er den Schlüssel im Schloss stecken und nahm den Stock und das in Zeitungspapier eingewickelte Kleid mit, um es zu entsorgen.

Den Kopf voller Fragen, fand Albert schnell einen Platz, um die "Beweise" zu entsorgen, und machte sich dann eilig auf den Weg zurück in sein Zimmer. Er hatte viel zu überdenken.

Im Schloss der Gräfin wurde Raka in seinem neuen, jungen Körper ungeduldig. Er hatte Pläne, die er in die Tat umsetzen musste, und er brauchte die Gräfin, um einige Besorgungen für ihn zu machen. Als er zum zehnten Mal auf die Uhr schaute, fragte er sich, wo die Schlampe geblieben war.

Kapitel 32
Rakas Pläne gehen schief

"Wo ist sie?", brüllte Raka. Er hatte fast eine Woche auf die Rückkehr der Gräfin Victoria von Baden in ihr Schloss gewartet. Jetzt, da Raka den Körper von Werner von Wiesel bewohnte, konnte er es kaum erwarten, die letzten Schritte seines Plans in die Tat umzusetzen. Doch dazu musste Victoria mit ihm nach Bern in die Schweiz reisen, wo er Werners alten Schulkameraden dazu bringen konnte, ihm den Kompass zu geben, bevor die Gräfin ihn eliminierte. Die Verzögerung war ärgerlich.

Raka war froh, den schwachen Körper von Professor Meiss endlich abgestreift zu haben. Doch selbst in dem neu erworbenen Körper des jungen, starken Werner dachte er darüber nach, wie unterschiedlich die menschlichen Formen und Temperamente waren. In den vergangenen Jahren hatte er die Gestalt eines deutschen Geschäftsmannes, des alternden und altersschwachen Physikprofessors Meiss und nun die des jungen Werner von Weisel angenommen. Jede war anders gewesen und jede hatte ihre ärgerlichen Grenzen gehabt. Die rasenden Hormone in Werners Körper förderten eine fast unerträgliche Ungeduld.

Voller Frustration betrat Raka als Werner in gestärkter brauner Leinenhose und schwarzem Hemd die Küche von Badens Schloss. Mit lässiger Gleichgültigkeit grüßte er die Köchin. "Habt ihr heute etwas von eurer Herrin gehört?"

"Tut mir leid, Herr von Wiesel, noch nichts", antwortete die Köchin. "Ich verstehe nicht, warum sie Sie zu einem Besuch eingeladen hat und dann auf so geheimnisvolle Weise verschwunden ist."

Raka runzelte die Stirn: "Ich will sichergehen, dass ich das richtig verstehe. Vic... die Gräfin ist vor einer Woche gegangen und hat gesagt, dass sie eine Weile weg sein könnte?"

Die Köchin antwortete: "Nun, sie hat es mir nicht direkt gesagt. Ana, ihre Dienerin, kündigte an, dass die Gräfin geschäftlich verreist sei und auf unbestimmte Zeit abwesend sein würde."

Raka rollte mit den Augen. "Warum erfahre ich das erst jetzt?" Er stürmte davon und ließ eine verwirrte Köchin bei ihrer Arbeit zurück. Er stürmte durch das Schloss, auf der Suche nach dem Dienstmädchen oder irgendeinem Hinweis, wo er Victoria finden konnte ... oder seinen Stock, was das anging. Er erinnerte sich vage daran, dass sie gehumpelt und gefragt hatte, ob sie ihn benutzen könne, als er mit von Wiesel fertig war. Während er suchte, ging er an einem Spiegel vorbei und blieb stehen. Sein Spiegelbild zeigte Andeutungen seines Drachenselbst. Ihm wurde klar, dass er seine Wut unter Kontrolle bringen musste, bevor er etwas Unüberlegtes tat. Nur mit Mühe gelang es ihm, seine Fassung wiederzuerlangen.

Als Raka seine Suche langsamer fortsetzte, fand er Ana in der Bibliothek, die den Schreibtisch der Gräfin abstaubte. Die stämmige, braunäugige Hausfrau um die dreißig, gekleidet in ein weißes Dirndl und eine Baumwollmütze, hörte Werner hereinkommen und lehnte ihren Staubwedel auf die Anrichte. Sie blickte zu dem großen, gut aussehenden Werner auf, lächelte und fragte höflich: "Kann ich Ihnen helfen, Sir?"

Raka zügelte seine Ungeduld und ging auf die schüchterne Frau zu. "Ja. Ich habe gehört, Sie waren die letzte Person, die die Gräfin gesehen hat, bevor sie abreiste. Ist das richtig?"

"Ich glaube, ja, Sir. Meine Herrin sagte, sie würde eine Weile weg sein, aber wenn sie nicht innerhalb einer Woche zurückkäme, solle sie Ihnen eine Nachricht geben."

"Ich verstehe. Hast du bemerkt, ob sie einen Stock dabei hatte, als sie ging?" fragte Raka.

"Nun, ja. Mir ist aufgefallen, dass sie einen wunderschönen Stock mit goldenem Griff bei sich hatte, als sie in ihren Waggon einstieg, um den Zug zu nehmen." antwortete Ana.

Die Antwort von Ana überraschte Raka. "Zug?"

Ana nickte zaghaft. "Ja, Herr. Ich glaube, sie wollte nach Bern."

Als Raka das hörte, wurde sie misstrauisch und wütend zugleich. "Es ist lange genug her. Gib mir den Zettel, den deine Herrin für mich hinterlassen hat", verlangte er unwirsch.

"Gewiss, Sir, ich bin gleich wieder da, Sir. Bitte warten Sie, während ich es hole", stammelte Ana, während sie aus dem Zimmer huschte.

Werners blaue Augen verengten sich vor Misstrauen. Bern? Hatte Victoria versucht, etwas abzuziehen? Eine Million Fragen schossen ihm durch den Kopf. Er hatte ihr vertraut ... nun ja, bis zu einem gewissen Grad. Was hatte sie getan? Und warum hatte sie seinen Stock genommen? In Anbetracht der gegenwärtigen Situation fügten sich bestimmte Dinge zusammen, und er wurde immer überzeugter, dass die dumme Frau ihn verraten hatte.

Als seine Stimmung immer düsterer wurde, fragte sich Werner: Werde ich sie retten müssen? Oder sie eliminieren?

Während dieser verwirrende Gedanke in Rakas Kopf herumspukte, kam Ana mit der Nachricht der Gräfin zurück. Der Zettel war von Victorias Hand mit schwarzer Tusche geschrieben und das Familienwappen auf ein rotes Wachssiegel eingebrannt. Raka riss Ana ungeduldig das Papier aus der Hand und brach das rote Siegel auf. Als sich der Zettel entfaltete, stieg ihm der Duft von Victorias charakteristischem französischen Parfüm in die Nase. Mit wachsender Wut las er, was sie geschrieben hatte.

Mein lieber Werner,

Ich bin nach Bern vorausgereist, um zu sehen, ob ich mehr über den jüdischen Wissenschaftler erfahren kann. Wenn Sie jedoch diese Nachricht erhalten haben, ist etwas schief gelaufen und Sie müssen so schnell wie möglich nach Bern kommen. Sie sollten erwarten, mich im Hotel Schweizerhof anzutreffen.

Ihr,
Victoria

Ein Knurren entwich Werners Lippen, als er das Papier in seiner Faust zerknüllte und aus der Bibliothek stürmte, wobei er eine verblüffte Ana zurückließ, die vor Schreck zitterte.

Als Raka sich wütend und beunruhigt in das Gästezimmer zurückzog, das er übernommen hatte, als er Werners Körper annahm, entdeckte er im Eingang neben der Tür einen Ständer mit Spazierstöcken, der ihn an seinen eigenen Stock erinnerte. "Was könnte Victoria mit meinem Stock wollen?", fragte er sich. Er wusste natürlich, dass sie sich der Giftnadeln bewusst war, die er trug. Er hatte ihr diese kleine Besonderheit eines Abends in einem Moment der Verwundbarkeit nach einer Sitzung von... Intimität gezeigt. Das bedauerte er jetzt zutiefst. War es möglich, dass die Närrin geplant hatte, das Gerät zu benutzen, um Einstein zu zerstören und den Kompass für sich selbst zu gewinnen? Seine Wut kochte hoch und er beschleunigte seine ohnehin schon eilige Gangart, um zu seinen Zimmern zu gelangen und herauszufinden, was er als nächstes tun sollte.

In seiner Gästesuite ließ Raka seiner Wut freien Lauf. Er warf eine fast unbezahlbare Karaffe aus geschliffenem Kristall gegen die Steinwand, so dass sie in tausend glitzernde Scherben zerbrach, und kickte einen handgefertigten Eichenstuhl quer durch den großen Raum. Dann warf er sich auf eine mit Samt gepolsterte Couch und dachte über die Situation nach, immer mehr davon überzeugt, dass die Gräfin etwas unglaublich Dummes getan hatte, das in direktem Widerspruch zu seinen Anweisungen stand.

Raka biss vor Wut die Zähne zusammen, um einen weiteren Aufschrei der Empörung zu unterdrücken, und holte einen rasiermesserscharfen Silberdolch aus seinem Stiefel. Im Geiste stellte er sich vor, wie er ihr das Fleisch in kleinen Stücken von den Knochen schneiden würde , während sie in grässlichen Qualen schrie. Er gab sich für ein paar Augenblicke der Fantasie hin, dann besann er sich wieder auf die aktuelle Situation. Die Gräfin war nur so wertvoll wie die Dienste, die sie leistete, erkannte er. "Vielleicht werde ich die übermäßig ehrgeizige Dirne beseitigen und mich in die Gräfin verwandeln." Er hielt kurz inne. "Hmmm. Das wäre eine Möglichkeit."

Mit diesem Gedanken schien seine Wut ein paar Stufen abzufallen. Mit seiner neugewonnenen Gelassenheit steckte er das Messer vorsichtig in sein verstecktes Fach im Stiefel und bereitete sich in aller Ruhe auf die Reise nach Bern vor.

* * *

Das Servicepersonal nickte Werner von Weisel unterwürfig zu, als er in seinem strengen schwarzen Trenchcoat und Fedora in das Hotel Schweizerhof einmarschierte. Der Inbegriff kühler Autorität schritt an ihnen vorbei, ohne sie eines Blickes zu würdigen, und trat an die Rezeption heran.

"Die Gräfin Victoria von Baden. In welcher Suite finde ich sie?", fragte er den zierlichen, bebrillten und kahlköpfigen Angestellten.

Und Sie sind, Sir?" Der Hotelangestellte antwortete höflich.

"Ich bin ein Mann, der langsam die Geduld verliert", spuckte Raka aus und blickte auf das Abzeichen an seinem Mantelkragen.

Der sichtlich bleiche Schalterbeamte nickte und schluckte mehrmals. "Ja, natürlich. Ich habe verstanden. Nur einen Moment. Lassen Sie mich nachsehen." Der Angestellte blätterte nervös in der Gästekartei, die auf dem hohen Tresen lag, der ihn von Werner trennte. "Äh, sie ist in Suite 309 ... aber ..." Der Angestellte schüttelte ein wenig den Kopf. "Einen Moment noch, bitte, Sir." Er suchte ein paar Sekunden lang in einem kleinen Stapel Papiere, dann zog er eines aus dem Stapel. Er runzelte beim Lesen die Stirn und sah dann zu Werner auf. "Ich dachte, die Nummer käme mir bekannt vor. Das Zimmermädchen hat gemeldet, dass ihr Bett seit mehreren Nächten nicht mehr benutzt wurde."

Werners Augen verengten sich, dann schnippte er ungeduldig mit den Fingern. "Schlüssel. Gib mir den Schlüssel zu ihrem Zimmer."

"Ja, ihr Zimmerschlüssel. Ja, natürlich." Der Hotelangestellte öffnete einen Schrank hinter dem Tresen und sortierte nervös die Schlüssel, während Werner ungeduldig mit den Fingern auf die Marmorplatte trommelte. Nach einem Moment hielt der Angestellte einen Schlüssel hoch. "Ah, hier ist er ..."

Werner schnappte sich den Schlüssel, bevor der Angestellte seinen Satz beenden konnte, und eilte die große Treppe zu Victorias Suite im dritten Stock hinauf. Ungeduldig und wütend fummelte er einen Moment lang mit dem Schlüssel im Schloss herum, dann stieß er die Tür auf. Im Inneren der eleganten Drei-Zimmer-Suite ließ er seinen Blick über die opulente Ausstattung schweifen und blieb schließlich auf einem Briefumschlag stehen, der auf dem kunstvoll geschnitzten Kaminsims aus Eiche lag.

Mit zusammengekniffenen Augen schritt er zum Kaminsims und riss den Zettel auf.

Mein Mentor,

Ich bin zu Nummer 69 Dalmaziquai gegangen, um Herrn Einsteins Kompass für Sie zu sichern. Wenn Sie dies lesen, sind die Dinge schlecht gelaufen und ich könnte in Schwierigkeiten sein. Ich weiß, dass du kommen wirst, um mich zu retten.

Ihr immer treuer

V

Der Drache schnaubte spöttisch. "Immer treu, in der Tat", dachte er sarkastisch, während er den Zettel in seine Manteltasche steckte. Zügig machte er sich auf den Weg zur Rezeption und warf dem Rezeptionisten, der sich immer noch von der früheren Begegnung erholte, einen bösen Blick zu.

Haben Sie etwas gefunden, das Ihnen weiterhilft, Sir?", fragte der Beamte nervös.

"*Nummer 69 Dalmaziquai*", spuckte Raka aus. "Wo ist es ... und was ist es?", fragte er.

"Oh, äh, ja. Die Gräfin bat uns, ihr einen diskreten Ort zu empfehlen, an dem sie ein besonderes... Treffen abhalten kann. Die Adresse ist das Maison de Fleur, eine exklusive Unterkunft für die Oberschicht..." Der Beamte blickte zu Boden und begegnete Rakas Blick nicht, "...wenn Sie wissen, was ich meine. Monsieur."

Rakas Wut drohte überzuschwappen, als er sich umdrehte und aus dem Hotel stürmte. Als er sich umsah, entdeckte er eine Mietkutsche und bellte den Fahrer an, er solle ihn zum Maison de Fleur bringen. "Oh, Victoria, was hast du nur getan?", fragte er sich, während er ungeduldig in der Kutsche herumzappelte.

Nach einer scheinbar endlosen Fahrt, die in Wahrheit aber nur ein paar Minuten gedauert hatte, warf Werner dem Fahrer etwas Geld zu und rannte zu der schwarzen Tür mit der Nummer 69. Er mühte sich, den Riegel zu öffnen, aber die Tür war verschlossen. Verärgert darüber, dass er ausgebremst wurde, schaute er sich um. Da er niemanden auf der Straße sah, griff er nach dem Türgriff und drückte zu. Im Handumdrehen hatte er mit der Kraft seiner Wut die Klinke und das Schloss zertrümmert und sich einen Weg in die Suite gebahnt.

Im Inneren war der makellose Raum unbewohnt. Obwohl er in Menschengestalt war, hatte er sich etwas von seinem scharfen Drachensinn bewahrt und konnte zwischen dem Geruch der Reinigungsseife, die jemand in den letzten Tagen benutzt hatte, den schwächsten Hauch des Parfums der Gräfin wahrnehmen. Vielleicht reichte das aus, um sie dorthin zu führen, wohin man sie gebracht hatte. Er blickte sich ein letztes Mal um, um zu sehen, ob sein Stock noch da war, und überzeugte sich, dass er nicht im Zimmer war.

Vorsichtig zog er sich zurück und folgte den schwachen Resten des Parfümdufts bis zum Flussufer, wo er nicht weit entfernt eine Müllhalde sah. Die Duftspur führte ihn an kleinen Müllbergen vorbei zu einer Zeitung, hinter der sich ein elegantes schwarzes Kleid verbarg, das durch einen zähflüssigen Schleim unrettbar verschmutzt war. Er erkannte das Kleidungsstück als eines, das er an der Gräfin gesehen hatte, und nahm Victorias Essenz in der Flüssigkeit wahr. Mit zusammengekniffenen Augen ahnte er sofort, was geschehen war. Er konnte sich die Szene vorstellen, in der sie versucht hatte, den Stock zu benutzen, und es irgendwie nach hinten losging. "Dummkopf!", knurrte er vor sich hin.

Es war nun unbestreitbar, dass ihr Treffen mit Einstein eine Katastrophe gewesen war. Und, wie er feststellte, war es sehr wahrscheinlich, dass der idiotische Junge jetzt sowohl seinen Stock als auch den Kompass hatte.

Während Raka sich seinen Weg durch die Abfälle und das Gerümpel bahnte, verfluchte er im Geiste die verräterische Gräfin dafür, dass sie seinen Plan so grandios vereitelt hatte. Als er darüber nachdachte, wie Victorias Handeln die Pläne, die er seit Jahren geschmiedet hatte, völlig zum Scheitern gebracht hatte, kochte seine Wut hoch und verstärkte sich. Der chemische Eintopf aus Hormonen und Chemikalien, der die Emotionen des menschlichen Körpers umtrieb, schien überzusprudeln, und seine Wut begann, jeden Anschein von Vernunft völlig auszulöschen.

Er wollte den Kompass auf keinen Fall verlieren. Er würde *alles* tun, damit er ihn wieder in die Hände bekam.

Kapitel 33
Die Zeit enthüllt

Raka, als Werner, beobachtete Alberts Routine nun schon seit einer Woche. Der Narr war so methodisch, dachte Raka, dass er seine Uhr nach seinen Bewegungen stellen konnte. Er war sich sicher, dass er genau wusste, wohin der junge Mann gehen würde und wann er an bestimmten Punkten seines täglichen Weges zur Arbeit sein würde. Jetzt hatte er sich strategisch so positioniert, dass er Albert auf dem Weg zu seinem Büro abfangen konnte. Heute würde er also seinen Plan in die Tat umsetzen. Alles, was er zu tun hatte, war zu warten.

Er war früh angekommen, und so ließ er seine Gedanken in köstlicher Vorfreude auf das Kommende schweifen. Seine verbesserten Drachensinne hatten ihm verraten, dass sich der Shamir tatsächlich in Alberts Besitz befand, und Rakas Aufregung wuchs bei dem Gedanken, dass er ihn endlich sein Eigen nennen konnte. Lächelnd warf er einen Blick auf seinen Stiefel, in dem er seinen Silberdolch in Vorbereitung auf die bevorstehende Begegnung versteckt hatte.

Der gefallene dunkle Engel sehnte sich nach Rache, nicht nur an seiner jugendlichen Nemesis, sondern auch an Arka, seinem Bruder, der in Atlantis ein Hohepriester geworden war. Raka grinste bei dem Gedanken, wie Arka seinen Fortschritt in Atlantis so sehr untergraben hatte, bevor er seine Drachengestalt angenommen hatte. Er würde ihnen allen zeigen, wie erfolgreich er war. Und wie konnte diese Einstein-Person es wagen, seine Dienerin Victoria zu töten - und das mit Rakas eigenem Stock und Gift! Raka versuchte, sich mit Gedanken darüber zu beruhigen, was er tun könnte, welche Macht er ausüben würde, sobald er die übernatürliche Lichtquelle besaß. Aber seine Wut ließ sich nicht mehr unterdrücken.

Nicht lange nach Sonnenaufgang erwachte Albert aus dem Tiefschlaf und bereitete sich auf den Arbeitstag im Patentamt vor. Aus irgendeinem Grund war er mit einem Gefühl der Erwartung aufgewacht. Albert spürte, dass ihn etwas Bedeutendes erwartete. Er schüttelte das Gefühl ab, vollendete seine Waschungen und kleidete sich dann passend zum angenehmen Frühlingswetter.

Auf dem Weg zur Tür nahm er den goldfarbenen Spazierstock mit, den er bei dieser schrecklichen Begegnung mit der Gräfin von Baden erworben hatte. Er wollte ihn eigentlich zusammen mit dem Kleid der Gräfin wegwerfen, aber er konnte sich nicht dazu durchringen, etwas von so feiner Handwerkskunst einfach wegzuwerfen. Der Griff war wirklich ein Kunstwerk. Also hatte er ihn behalten und den kunstvollen Stock mit dem Griff des rubinäugigen Drachens, der so gut in seine Handfläche passte, schnell liebgewonnen. Er betrachtete ihn als seine Belohnung dafür, dass er irgendwie die verrückte Frau abgewehrt hatte, die ihn aus einem unbekannten Grund hatte ermorden wollen.

Er überprüfte ein letztes Mal seine Kleidung, öffnete die Tür und trat aus seiner Wohnung in dem zweistöckigen Wohnhaus die Treppe zur Kramgasse hinunter. Der sonnige Tag und die warme Frühlingsluft ließen seinen Schritt schwungvoll werden. Der Stock schwang vor und zurück und koordinierte sich anmutig mit jedem Schritt.

Wie jeden Tag schlenderte Albert ein paar Häuserblocks zum Berner Uhrenturm, von wo aus er mit der Strassenbahn zur Arbeit fahren würde. Während er ging, ließ er seine Gedanken zu seinen Theorien schweifen. In den letzten Wochen war Albert wieder auf seine Beschäftigung mit der Lichtgeschwindigkeit zurückgekommen. Als er 16 war, hatte er sich immer vorgestellt, neben einem Lichtstrahl herzulaufen und sich auszumalen, was er sehen würde. Inzwischen hatte er gelernt, dass sich das Licht nach den Maxwellschen Gleichungen immer mit der gleichen Geschwindigkeit bewegt. Darüber hinaus wäre es für einen Beobachter unmöglich, diese Geschwindigkeit zu erreichen. Nichts kann sich mit der Lichtgeschwindigkeit bewegen. Albert konnte keine Lösung für das Geschwindigkeitsproblem finden und war frustriert und kurz davor, aufzugeben.

Als er um die Ecke bog und auf das Wahrzeichen, den mittelalterlichen Uhrenturm aus dem 15. Jahrhundert, zuging, ertönte auf Alberts Kompass der Alarmton, den Arka in ihn einprogrammiert hatte. Aufgeschreckt durch das Geräusch blieb er stehen und drehte sich um die eigene Achse. Die morgendlichen Pendler und Frauen mit ihren Einkaufstaschen säumten den breiten Boulevard. Er überblickte die Menge und entdeckte einen hochgewachsenen, jugendlichen Mann in einem schwarzen Ledertrenchcoat und einem schwarzen Filzhut, der ihm vage bekannt vorkam und irgendwie fehl am Platz wirkte. Mit seinem Stock in der Hand bog Albert um die Ecke und versteckte sich hinter dem dreißig Meter hohen Bären, der den Zahringer Brunnen begrenzte.

Raka blickte finster drein. Er glaubte, Einstein am Brunnen gesehen zu haben, aber jetzt war er verschwunden. Erneut musterte er die Menge, dann ging er langsam auf das Denkmal zu.

Albert spähte um die Statue herum. Seine Augen weiteten sich, als er den Mann im Trenchcoat als seinen Erzfeind aus Kindertagen, Werner von Wiesel, erkannte. Als Werner sich Alberts Versteck näherte, blinkte auf Alberts Kompass die Zahl 666. Albert wusste nicht mehr genau, was das bedeutete, aber er wusste, dass es nicht gut war. Er musste versuchen, ohne eine Konfrontation davonzukommen. Als er sich umsah, entdeckte er den Eingang zu einer engen Gasse und huschte dorthin.

Werner registrierte die Bewegung und erkannte seine Beute. Er bemerkte, dass sich die Menge gelichtet hatte, und schritt selbstbewusst auf die Gasse zu, in die Einstein gelaufen war.

Als er die Gasse betrat, lachte Werner. Die Gasse war eine Sackgasse, und Albert versuchte erfolglos, über einen Müllhaufen zu klettern, um ein Fenster hoch oben zu erreichen. Als er Werners spöttisches Kichern hörte, brach Albert seinen vergeblichen Fluchtversuch ab und rutschte auf den Boden der Gasse hinunter.

"Warum verfolgst du mich, Werner?"

Werner schmunzelte und erwiderte: "Vielleicht mag ich es einfach nur sportlich, Judenjunge."

Albert runzelte die Stirn: "Ich hatte fast vergessen, dass du mich so nennst. Was willst du von mir? Du und ich waren nie Freunde, und dein Versuch, meine Freundschaft mit Johann zu zerstören, hat dich zum Feind gemacht."

"Ja, du bist mir bei Johanns Beerdigung aufgefallen", prahlte Werner. "Du hast so erbärmlich ausgesehen. Hast du herausgefunden, dass ich derjenige war, der Johann in den Wagen gestoßen hat?"

Albert runzelte die Stirn und schüttelte den Kopf, als Werner fortfuhr, und genoss den ungläubigen Blick auf seinem Gesicht. "Er war so ein braves Kerlchen. Ich habe ihn angefleht, den Kompass für mich zu besorgen." Werner kicherte. "Als der Narr sagte, dass er dich auf keinen Fall verraten und deinen kostbaren Kompass holen würde, wurde ich wütend. Also bin ich ihm nachgegangen und ... na ja ... den Rest kennst du ja. Was hältst du davon?", spottete er.

In Albert kochte die Wut hoch. Er dachte, Johanns Tod sei ein Unfall gewesen und hatte keine Ahnung, dass Werner seinen Freund ermordet hatte. Als Reaktion auf seine Wut bewegte er sich bedrohlich vorwärts.

Werner grinste und griff nach unten, holte seinen silbernen Dolch aus dem Stiefel und richtete die bösartige, scharfe Spitze auf Albert. "Ruhig, Einstein. Ich würde keine voreiligen Schritte machen."

Albert stoppte seinen Vorstoß und betrachtete die glitzernde Klinge. Dann erfüllte die Erinnerung sein Bewusstsein. "Was willst du, Werner? Oder sollte ich sagen ... Raka?"

Diesmal waren es Werners Augenbrauen, die in die Höhe schossen. Wieder drohte seine Wut ihn zu überwältigen. "Was weißt du von..." Dann wurde Raka klar, dass es keine Rolle spielte. Für ihn zählte nur der Kompass, und was Einstein wusste, war unwichtig, da er bald tot sein würde.

Werner holte tief Luft und versuchte, sich zu beruhigen, was ihm teilweise auch gelang. Er lächelte ein fast freundliches Lächeln. Er wusste, dass der Besitz des Kompasses mit dem Shamir den Lauf der Geschichte für immer verändern würde, und sein Triumph war nur noch wenige Augenblicke entfernt. "Was ich will, ist der Kompass. Wenn du ihn mir jetzt aushändigst, werde ich dich schonen." Er meinte das nicht ernst, aber vielleicht würde die Zusicherung den Jungen dazu bringen, die Beute ohne einen Kampf, den er unmöglich gewinnen konnte, zu übergeben.

Mit Rakas Geständnis wurde Albert klar, dass er es mit etwas zu tun hatte, das er nicht begreifen konnte. Trotz seiner jenseitigen Abenteuer mit Johann und den Reisenden war es etwas anderes, sich dieser Realität hier in seiner eigenen Zeit und seiner eigenen Stadt zu stellen. Zum ersten Mal fühlte sich Albert erschrocken.

Raka machte einen bedrohlichen Schritt auf Albert zu, und Albert reagierte reflexartig und hob den Stock, um sich zu verteidigen.

"Du kannst mich nicht mit meinem Gift aufhalten", sagte Raka mit einem spöttischen Lachen.

Albert war verwirrt. Venom? Wovon sprach Raka? Er trat einen Schritt zurück und rutschte auf einem Stück Müll aus, das von dem Haufen gefallen war, als Albert darauf geklettert war. Als sein Ellbogen den Boden berührte, rutschte Alberts Finger gegen den versteckten Abzug und ein Pfeil schoss aus dem Stock und traf den Körper, den Raka trug, in die Brust.

Raka brüllte, als Werners Fleisch von seinem Körper zu schmelzen begann. Seine Hand mit dem Dolch verlor ihre Form und die silberne Klinge fiel mit einem dumpfen Klicken auf den Boden der Gasse. Der lederne Trenchcoat glitt von seinem Körper, während seine Schultern zusammensackten und sich auflösten. Der schwarze Filzhut rutschte über Werners überraschte Augen und fiel dann zu Boden.

Albert trat langsam zurück und konnte seinen Blick nicht von dem Geschehen losreißen. Doch anders als bei Victoria, die zu einer Lache aus Abschaum geschmolzen war, begann mit Werners sich auflösendem Körper etwas zu geschehen. Inmitten des Haufens von Kleidung auf dem Boden begann eine Verwandlung.

Was von Werners Körper übrig blieb, begann sich neu zu formen. Grünlich-schwarze Schuppen erschienen, als ein massiver Reptilienkörper im Schleim Gestalt annahm.

Angesichts dieser phantastischen Szene musste Albert feststellen, dass die Gefahr noch nicht vorüber war. Es schien sogar, dass die Gefahr eskaliert war. Er sprintete an dem wiederauferstehenden Drachen vorbei und rannte so schnell er konnte aus der Gasse. Auf der verzweifelten Suche nach einem Rückzugsort, während sich der nun geformte Drache langsam aus der Pfütze, die Werner gewesen war, aufrichtete, entdeckte Albert eine Tür zum gotischen Uhrenturm. Er rannte darauf zu, während der Drache die Verfolgung aufnahm.

Albert hielt sich immer noch an dem Stock fest und brach in die Kammer ein, in der sich die Zahnräder und Hebel befanden, die die alte Uhr antrieben. Drinnen brach er eine weitere Tür auf und kletterte die sechs sehr hohen Etagen des ehemaligen Wachturms eines Schlosses hinauf. Er lief die Treppe hinauf und gelangte in eine Kammer über dem Zifferblatt. Er schloss die Tür, verkeilte sie mit einem Stück Holz und suchte nach einem Fluchtweg. Aber der kleine Raum hatte nur ein kleines Fenster, das auf eine Terrasse über dem Zifferblatt führte. Albert betete, dass die

Tür stark genug sein würde, um ihn zu schützen, und dass der Drache schließlich gezwungen sein würde, seine Verfolgung aufzugeben. Albwert war sich sicher, dass er nicht entdeckt werden wollte.

So heimlich, wie es ihm in seiner zwölf Fuß großen Drachengestalt möglich war, huschte Raka schnell hinter Albert her in das Gebäude, das in den Himmel ragte. Sobald er drinnen und außer Sichtweite der Bürger war, stürmte er die Treppe hinauf und nahm zwei auf einmal, wobei seine Krallenfüße auf jede zweite Holzstufe krachten.

Er erreichte die Tür zu der Kammer, in der Albert kauerte, und stieß sie ohne große Mühe auf. Als er den Raum betrat, wollte er nach seiner Beute greifen, aber Albert schlug die Krallen mit seinem Stock zurück.

In seiner Verzweiflung schlug Albert mit dem Stock auf das Glas und sprang aus dem kleinen Fenster auf das Deck des Uhrenturms.

Raka schob sich durch die Öffnung und landete auf dem Steindeck. Er drehte sich um und suchte Albert, mit dem Rücken zur hüfthohen Geländerwand. Als er sein Opfer erblickte, fing er an zu grinsen. "Scheint, als gäbe es keinen Weg von diesem Turm herunter, mickriger Mensch." Er warf einen Blick auf den Boden weit unten. "Nun, es sei denn, du kannst fliegen."

In diesem Moment begannen die sich drehenden, lebensgroßen gusseisernen Automaten der Uhr ihren stündlichen Tanz, das Glockenspiel ertönte und die Messingglocke schlug ein ohrenbetäubendes Geläut aus.

Raka schrie gequält auf. Er konnte die donnernde Explosion nicht ertragen. Seine Reptiliensinne waren überlastet. Wie aus dem Nichts stürzte ein Wiedehopf herab und flog in Rakas Gesicht. Der Drache fuchtelte mit seinen kurzen Armen herum und versuchte, den scharfen Schnabel des Vogels von seinen Augen fernzuhalten.

Albert erkannte seine Chance, so gering sie auch sein mochte. Als der Drache abgelenkt und verwirrt war, rannte Albert auf das Tier zu und stieß ihm mit seinem ganzen Gewicht den Schaft des Stocks in Rakas Brust. Der Drache knurrte vor Schmerz und Unglauben und stürzte über den Rand der Steinmauer.

Schreiend machte Raka eine verzweifelte Drehung und erwischte den Minutenzeiger auf dem Zodiac-Zifferblatt der astronomischen Uhr. Er holte tief Luft und streckte seine Hand aus, um zur Mitte der Uhr zu gelangen. Aber sein Gewicht war zu groß, und als er nach einem festeren Halt griff, brach der Zeiger vom Ziffernblatt der Uhr ab, und die böse Kreatur stürzte auf die Kopfsteinpflasterstraße weit unten.

Der Drache lag still da, während sich eine entsetzte Menschenmenge um ihn scharte.

Albert ging schnell die Treppe hinunter und auf die Straße hinaus. Aus der Nähe konnte er den unbeweglichen Drachen am Boden sehen, dessen Hals in einem unmöglichen Winkel gebogen war. Plötzlich sah er, wie die Menge zusammenzuckte, als sich Rakas Kopf aufrichtete. Als der Drache sich aufzusetzen begann, keuchte Albert entsetzt auf.

Doch während er zusah, umgab ein Leuchten Raka, und die Bewegungen der Menge verlangsamten sich und kamen direkt vor Alberts Augen zum Stillstand. Es war, als wären sie in der Zeit stehen geblieben - und genau das waren sie auch. Aus dem Leuchten trat eine Gestalt hervor, die Albert als einen der Lehrer des Lichts erkannte, denen er auf seinen Reisen mit Johann begegnet war. Das Lichtwesen blickte Albert an und lächelte, dann wandte es seine Aufmerksamkeit Raka zu, der sich gerade aufrichtete.

"Du hast kein Recht, dich bei mir einzumischen", donnerte Raka verächtlich.

Die Lehrerin lächelte nur. "Ah, aber ich weiß es. Du scheinst vergessen zu haben, dass du eines von Gottes Gesetzen des Lichts verletzt hast, als du dich persönlich in den jungen Einstein und seinen Kompass eingemischt hast."

Raka richtete sich zu seiner vollen Größe auf und bereitete sich darauf vor, sein tödliches Gift zu verspritzen. "Ich pfeife auf Gottes Gesetze", brüllte er und ließ einen Schwall beißender Säure los.

Der Lehrer hielt einfach die Hand hoch, und die feurige Flüssigkeit blieb stehen, schwebte in der Luft und verschwand dann.

Raka zog eine wütende Grimasse und machte einen drohenden Schritt auf den Lehrer zu, der traurig den Kopf schüttelte. "Genug, Raka. Du musst in die inneren Reiche des Lichts zurückkehren und darüber nachdenken, was du getan hast ... und was du gelernt hast."

"Ich werde..." Raka wütete. Aber er konnte sich nicht bewegen. Als der Lehrer mit einer Hand gestikulierte, hob das Monster vom Boden ab und bewegte sich sanft auf das Lichtportal zu, durch das der Lehrer aufgetaucht war. Dann wandte sich der Lehrer Albert zu, der durch die Menge der unbewegten Zuschauer hindurch in den Lichtkreis trat.

"Warum musstest du all diese Jahre warten ...?" Dann ertappte sich Albert. "Entschuldigung. Ich meine, danke, dass du mir geholfen hast, aber ..."

Mit großer Fürsorge sagte der Lehrer: "Ich weiß, es macht keinen Sinn, Albert, aber wie du bei mehreren Gelegenheiten gesehen hast, können wir uns nicht in die Seelen einmischen, die in ihren Inkarnationen Erfahrungen sammeln."

"Aber Raka hätte mich töten können - und vielen Menschen Schaden zufügen. Verdammt, er hat einigen Leuten geschadet. Er hat Johann getötet!" Albert hätte fast geschrien.

Die Lehrerin nickte ein wenig traurig. "Ich weiß. Aber diejenigen, die von Rakas Verhalten betroffen waren, setzten ihr eigenes Seelenschicksal fort. Sieh dir zum Beispiel Johann an."

"Wie konnte Raka das tun, was er mit ihnen gemacht hat, ohne dass du dich bis jetzt eingemischt hast?" fragte Albert.

"Das ist eine sehr gute Frage, Albert", sagte der Lehrer. "Obwohl jeder Mensch in Gottes Augen wichtig und wertvoll ist, haben einige wenige ein, sagen wir mal, besonderes Schicksal."

Albert schüttelte ungläubig den Kopf. Willst du damit sagen, dass ich wichtiger bin als Johann oder so?"

"Nicht wichtiger, Albert. Nur ... anders. Und anderen Regeln unterworfen. Du hast einige ganz besondere Dinge zu vollbringen ... wenn du auf deinem derzeitigen karmischen Weg weitergehst. Raka war es nicht erlaubt, sich direkt einzumischen. Aber er ließ zu, dass seine Emotionen und seine Ungeduld sein höheres Bewusstsein blockierten, was dann sein Urteilsvermögen trübte. Und als er das Gesetz Gottes verletzte, konnten wir eingreifen." Der Lehrer hielt inne. "Ich wage zu behaupten, dass wir ein paar Minuten früher hätten eingreifen können", schloss er mit einem schüchternen Blick.

"Also, was jetzt? Tötest du Raka oder steckst du ihn in eine Art Gefängnis?"

"Nichts dergleichen", sagte der Lehrer und wandte sich seinem Lichtportal zu, an dem Raka hing. "Rakas Seele wird in ein spezielles Reich des Lichts gehen, wo sie die Auswirkungen dessen, was sie getan hat, lernen kann. Und dann wird er das Inkarnationsmuster erneut beginnen, um zu lernen und in der Liebe zu wachsen."

Albert dachte über das, was ihm gesagt worden war, nach und stellte fest, dass er es nicht begreifen konnte. Er wollte eine weitere Frage stellen, aber der Lehrer war bereits im Licht verschwunden. "Lebe wohl, Albert. Folge deinem Herzen", sagte der Lehrer, als er und Raka vollständig verschwanden.

Die Geräusche der plötzlich wieder einsetzenden Menschenmenge lenkten Alberts Aufmerksamkeit wieder auf die Szene vor ihm. "Warum ist der Zeiger der Uhr so gefallen?", fragte sich ein Mann.

"Keine Ahnung", kommentierte ein anderer.

"Ich bin sicher, dass die Ingenieure eine Lösung finden werden", schlug eine Frau vor.

Albert wandte sich an einen Mann neben ihm und fragte: "Äh, haben Sie noch etwas anderes mit dem Uhrzeiger fallen sehen?"

Der Mann sah ihn verwirrt an. "Was zum Beispiel?"

Albert beschloss, dass es nicht sinnvoll wäre, zu sagen: "Eine zwölf Fuß große Eidechse", also sagte er stattdessen: "Hmm, ich weiß nicht. Etwas, das den Arm zu Fall gebracht haben könnte.

"Eine Frau mit einer Einkaufstasche schüttelte den Kopf. "Ich glaube nicht, dass da noch etwas war."

Als sich die Menge zu zerstreuen begann, hörte Albert den herannahenden Wagen. Trotz der außergewöhnlichen Ereignisse des Tages musste er noch zur Arbeit kommen. Er kletterte an Bord, suchte sich einen abgelegenen Platz und zog seinen Kompass aus der Hosentasche. Er hielt einen Moment inne, dann hielt er das Gerät dicht an seine Brust.

In Dankbarkeit dafür, dass der Kompass sein Leben gerettet hatte, wiederholte Albert leise den Kompasssegen.

Ein helles Hologramm erschien vor Alberts Augen. Als er sich vom Uhrenturm entfernte, wurde Albert klar, dass es keine "absolute Zeit" gibt.

Als der Zug weiterfuhr, blickte Albert zurück zum Uhrenturm. In einem Geistesblitz erkannte Albert, dass Zeit und Raum für ihn und für jeden Beobachter, an dem er vorbeikam, unterschiedlich waren; es hing davon ab, wie schnell man fährt. Je schneller man fährt, desto mehr verlangsamt sich die Zeit. Als ihm die Erkenntnis dämmerte, verstand er plötzlich, dass sich der Raum verzerrt, wenn man sich der Lichtgeschwindigkeit nähert. Die Dinge würden verkürzt erscheinen.

In diesem Moment und mit dieser Erkenntnis spürte Albert, wie das warme Summen des Kompasses aufhörte. Er sah, wie die Kristalle, die einst hell und funkelnd waren, schwächer wurden. Nach all diesen Jahren war der Kompass plötzlich still. Mitten in seinem Leben, das bedroht war und über seine Grenzen hinausging, wurde ihm bewusst, dass er die Grundlagen seiner neuen Theorie des Lichts hatte.

Albert legte den Kompass weg, lehnte sich zurück, schloss die Augen und entspannte sich im gleichmäßigen Rhythmus der Räder, die auf den Metallschienen klapperten. Jetzt weiß ich, wie die Zeit funktioniert", dachte er bei sich. Jetzt muss ich nur noch herausfinden, wie ich es beweisen kann.

Epilog

Johann saß auf einer goldenen Bank in der Nähe eines ruhigen Teiches im Garten der Erinnerung. Er dachte über das nach, was er über das Reisen in die inneren Reiche des Lichts gelernt hatte. Als er eine liebevolle Präsenz spürte, blickte er auf und sah Moses und Jesus auf sich zukommen. Die beiden lächelten.

"Etwas Gutes, oder?" sagte Johann und weitete seine Augen, um die Frage zu unterstreichen.

Moses nickte. "Sehr gut."

Johann dachte eine Sekunde lang darüber nach, dann kam ihm die Erkenntnis wie ein Geistesblitz. "Albert! Es geht ihm ... gut?"

"Das ist er", sagte Jesus, als die beiden Reisenden, einer auf jeder Seite von Johann, saßen. "Raka hat über das Erlaubte hinaus gehandelt, und das hat uns erlaubt, einzugreifen."

"Und was ist mit Albert...?"

"Er schreitet voran und erfüllt die Bestimmung, die ihm ermöglicht wurde. Er hat diesen Weg mit Zuversicht eingeschlagen und wird einen großen Beitrag zum Wissen der Menschheit über die physische Welt leisten", sagte Moses mit einem Lächeln.

"Aber er wird sich auch daran erinnern, dass es Gottes Schöpfung ist", sagte Jesus mit Zufriedenheit.

"Nun, danke, dass Sie mir Bescheid gesagt haben", sagte Johann, dem seine Erleichterung und Dankbarkeit ins Gesicht geschrieben stand.

Jesus und Mose standen auf, dann wandte sich Jesus an Johann. "Kommst du mit?"

"Wohin kommst du?" fragte Johann, der über diese Frage verblüfft war.

Moses sah Jesus an und schüttelte den Kopf. Dann wandte er sich an Johann. "Dachtest du, du könntest für immer in diesem Reich bleiben, Johann? Du hast Arbeit zu erledigen."

"Mit dir?" stotterte Johann.

Jesus zuckte mit den Schultern und sagte: "Nun, Albert ist auf dem Weg und Raka ist keine Bedrohung mehr. Albert braucht dich also nicht als seinen Lichtwächter." Auf Johanns entsetzten Blick hin hob Jesus seine Hand. "Aber du kannst trotzdem ab und zu nach ihm sehen und ihn sogar besuchen, wenn er dafür offen ist."

Moses nickte. "Aber in der Zwischenzeit haben wir einige Dinge für dich, die dich weiterbringen und dich wachsen lassen."

"Und dich aus Schwierigkeiten heraushalten, wenn wir Glück haben", sagte Jesus und grinste.

Johann sprang auf und gesellte sich zu den beiden Reisenden, zufrieden damit, dass es seinem besten Freund gut ging, und versank in der Vorstellung, was sein eigenes Schicksal wohl für ihn bereithielt.

www.ingramcontent.com/pod-product-compliance
Lightning Source LLC
Chambersburg PA
CBHW030923120726
47906CB00002B/464